SÉRIE DE LA MALÉDICTION DES IMMORTELS

I0612238

Un picotement chaud chatouilla les sens de Leela, lui faisant reprendre connaissance.

Des lèvres caressaient sa peau.

Son cou.

Son épaule.

Sa clavicule.

Un gémissement s'échappa de son esprit tandis que la chaleur parcourait son dos.

Quand est-ce que je me suis endormie ? se demanda-t-elle en remarquant ses sens revitalisés.

Elle se sentait rajeunie, vivante. *En feu.*

— Chut, murmura une voix profonde dans son oreille. Détends-toi.

Balthazar...

Oh, combien de fois avait-elle rêvé de l'avoir à nouveau dans son lit ! Hmm, et maintenant il était là, avec une cuisse posée sur la sienne et une lourde main sur son abdomen.

Elle avait perdu sa chemise.

Et son jean.

La nuit dernière, en embrassant B, se rappela-t-elle rêveusement.

Il était resté fidèle à sa promesse, prenant sa bouche jusqu'à ce qu'elle s'endorme.

Il y avait eu quelques légères caresses connaisseuses. Mais rien d'excessif. Juste une étreinte sensuelle remplie de souvenirs non exprimés et d'intentions malicieuses.

C'était exactement ce dont ils avaient tous les deux besoin.

Et pourtant, ce n'était pas encore assez.

Et c'était tout à fait le but.

— B...

Elle laissa échapper le surnom en un plaidoyer inattendu. Elle voulait le goûter, l'embrasser, le dévorer. Lui faire reconstituer chaque détail.

Elle réalisa que cette faiblesse provenait en partie du fait qu'elle était encore à peine réveillée, perdue dans cet instant agréable où les fantasmes prospèrent. Elle voulait retomber dans un rêve. Assouvir les désirs de son âme. Se délecter du toucher habile de Balthazar.

— Tu as volé mes souvenirs, Lee, lui chuchota-t-il. Je veux les récupérer.

— Nous pouvons les recréer.

— Nous allons faire plus que ça, jura-t-il, sa main marquant sa peau.

Des Liens Dangereux

Série de la Malédiction des Immortels

Traduit de l'anglais par
Well Read Translation

Auteure à succès USA Today
Lexi C. Foss

Ceci est une œuvre de fiction. Les noms, personnages, lieux et situations décrits dans ce livre sont purement imaginaires : toute ressemblance avec des personnes, des établissements commerciaux, des faits ou des événements existants ou ayant existé n'est que pure coïncidence.

Des liens dangereux

Revu et corrigé par : Outthink Editing, LLC

Relecture et correction par : Katie Schmahl & Jean Bachen

Couverture illustrée par : Mayflower Studios

Photographie de couverture : Wander Aguiar

Modèles : Travis & Evan

Publié par : Ninja Newt Publishing, LLC

Édition numérique

eBook ISBN : 978-1-68530-169-9

Paperback ISBN: 978-1-68530-170-5

Traduction : Well-Read Translations

❀ Réalisé avec Vellum

À Bella et Lola. J'espère que vous courez après des balles et que vous jouez avec les anges. Jusqu'à ce que nous nous retrouvions sur le pont arc-en-ciel.

Et à mes lecteurs, pour votre amour et votre soutien. Merci d'avoir fait de mes rêves une réalité. <3

DES LIENS DANGEREUX

SÉRIE DE LA MALÉDICTION DES IMMORTELS

LIVRE HUIT

DES LIENS DANGEREUX

Continuez le voyage de *La malédiction des immortels* avec Balthazar et Leela dans *Des liens dangereux*...

Bienvenue dans le monde de La malédiction des immortels *où les anges et les vampires existent en secret... pour le moment.*

Une liaison passionnée d'une chaleur torride.
Oubliée et enterrée.
Car ce qui se passe au Brésil reste au Brésil.

C'était l'idée, en tout cas. Jusqu'à ce que Balthazar commence à se souvenir de tout. Il force alors Leela à payer le prix ultime en la faisant supplier.

Chaque contact sexy enflamme l'âme de cette dernière. Chaque regard de braise lui fait serrer les cuisses. Et pire, elle ne peut lui échapper.

Ils fuient une horde d'anges guerriers pour préserver des innocents d'un destin plus atroce que la mort.

Le Conseil supérieur des Séraphins a émis un édit.
Il faut obéir ou mourir.
Seuls les fidèles survivront.

NOTE DE L'AUTEURE

La série *La malédiction des immortels* est à lire dans l'ordre, en commençant par *Les lois du sang*. Cependant, j'essaye d'écrire ces romans en expliquant le contexte aux lecteurs, nouveaux comme anciens. J'inclus également une histoire d'amour principale par livre. Donc, en théorie, ils peuvent être lus sans connaître les autres. Seulement, ce n'est pas recommandé.

L'ordre de lecture conseillé pour *La malédiction des immortels* est le suivant :

Les lois du sang
Des liens interdits
Cœur de sang
Les liens du sang
Les liens des anges
Chercheur de sang
Le poids du sang (nouvelle de l'univers de *La malédiction des immortels*)
Des liens dangereux

Des personnages et des chapitres d'histoires précédentes apparaîtront dans celle-ci. De plus, le début des *Liens dangereux* et *Chercheur de sang* se chevauchent légèrement. Vous pouvez blâmer B pour ça : il voulait absolument une scène sous la douche.

Et en parlant de douches, je vous adresse sur une dernière mise en garde : ce livre est plus torride que les autres. Encore une fois, vous pouvez blâmer B pour ça. Et peut-être Leela aussi.

Bonne lecture !

Je vous embrasse,
Lexi

LA MALÉDICTION DES IMMORTELS LEXIQUE

ÊTRES SURNATURELS

Novice (nom) : L'enfant d'un homme ichorien et d'une femme humaine, qui n'a pas encore été ressuscité en Hydraien. En général, ils ne possèdent aucun don psychique ou surnaturel jusqu'à leur résurrection en tant qu'immortels.

Hydraien (nom) : L'enfant immortel d'un homme ichorien et d'une femme humaine qui possède deux dons surnaturels ou psychiques et qui n'a pas besoin de sang humain pour survivre.

Ichorien (nom) : Être immortel d'ascendance inconnue, qui possède un don psychique ou surnaturel et qui doit boire du sang humain pour survivre.

Immortel (nom) : Terme général pour désigner un être qui ne vieillit pas et qui est immunisé contre les causes de décès naturelles.

Progéniture (nom) : Terme que les Ichoriens utilisent pour désigner ceux qu'ils ont créés par leur processus de transformation.

Séraphin (nom) : Un être qui appartient aux plus hauts échelons de la hiérarchie des anges.

MOTS-CLÉS

Arcadia : Club ichorien renommé situé à New York, qui sert aussi de lieu de rassemblement principal au gouvernement ichorien.

Lois du sang : Série de décrets émis par le gouvernement ichorien en réaction au Traité de 1747.

Fondation humanitaire pour les catastrophes (FHC) : Organisation d'aide humanitaire mondiale dont le siège social est situé à New York et qui possède une unité paramilitaire secrète conçue pour exterminer les êtres surnaturels hors-la-loi.

Conclave : Le gouvernement ichorien.

Édit : Loi ou règle émise par le Conseil supérieur des Séraphins.

Anciens : Les premiers Hydraiens, qui forment également le gouvernement hydraien.

Lignées du destin : Les Séraphins qui peuvent prédire l'avenir.

Conseil supérieur des Séraphins : Le gouvernement des Séraphins.

Nizares : Anciens assassins ichoriens qui chassent et tuent les novices.

Poison nizarin : Substance verte connue pour tuer les novices et empêcher leur résurrection.

Sentinelle : Soldat de l'unité de la FHC conçue pour supprimer les êtres immortels hors-la-loi.

Traité de 1747 : Armistice signé entre les Hydraiens et les Ichoriens mettant fin aux combats et délimitant les lieux de vie des deux lignées. Ceux qui choisissent de franchir les frontières le font à leurs dépens.

PROLOGUE

LEELA

La guerre se profile.

Je ressens le grondement sourd de la violence le long de ma colonne vertébrale et le besoin féroce de tuer comme un picotement tangible sur mes plumes éthérées.

Nous avons atteint un point de non-retour. La prophétie va bientôt se réaliser. Et nous serons tous contraints de choisir un camp.

Je suis un Séraphin. Mon allégeance devrait être évidente. Mais tout ce que j'ai vu au cours de ma très longue existence me fait hésiter.

Mon espèce ne ressent rien. Ce sont des êtres stoïques qui prennent des décisions pragmatiques en dehors de toute émotion. L'humanité a peu d'importance pour eux. Les humains sont un fardeau plus qu'un cadeau. Des jouets qui se cassent trop facilement. Des êtres bien en deçà de leurs supérieurs.

En tant que fille de la lignée de la Fertilité, je me trouve souvent immergée dans le monde des mortels. Le sexe me fascine. L'amour aussi. Et j'aime regarder les humains réaliser leurs rêves.

C'est en partie à cause de ça que je me suis retrouvée dans ce pétrin, en choisissant un camp auquel personne ne s'attendait. Cependant, le Conseil des Séraphins a un penchant pour la destruction qui me terrifie.

Ils désirent exterminer tous les Hydraiens et Ichoriens. Ces êtres immortels sont considérés comme des abominations, car Osiris, le Séraphin de la Résurrection, les a créés grâce à son pouvoir.

Toutefois, Osiris est un hors-la-loi.

Il a été banni de la nation séraphique et envoyé chez les humains, en punition d'un crime que même moi je ne comprends pas.

Il s'est donc créé une armée qu'il compte utiliser contre les Séraphins. C'est pourquoi il a passé les trois ou quatre derniers millénaires à s'assurer que ses créations soient dotées de la meilleure combinaison de pouvoirs.

La vie humaine provient de l'essence séraphique.

Ça signifie que chaque mortel naît avec une aptitude naturelle et celle-ci est perfectionnée lors de la renaissance dans une existence ichorienne.

Et quand un Ichorien s'accouple avec un humain, ils créent un Hydraien, donnant ainsi à l'enfant deux talents.

En plus de l'immortalité.

Bien sûr, les Ichoriens ont besoin de sang humain pour survivre, ce qui les rend légèrement moins résistants que leur progéniture hydraienne. Le sang de ces derniers est également nocif pour les Ichoriens, une autre faille dans leur programmation. Mais les Ichoriens l'emportent en force, en âge, en savoir, et par le simple fait qu'ils sont les parents des Hydraiens.

Pendant des années, Osiris a dressé les deux espèces l'une contre l'autre, s'assurant que seuls les plus forts des deux lignées survivaient.

Le traité de 1747 a mis fin aux combats.

Mais l'animosité demeure.

Ce qui signifie que nous allons devoir nous battre contre la mort. Parce qu'aucun des deux camps n'acceptera de coopérer avec l'autre, même si les Hydraiens et les Ichoriens sont sur le point d'affronter un ennemi commun : les Séraphins qui veulent tous les tuer.

Du coup, je me trouve du mauvais côté.

Je devrais me battre pour le Conseil, essayer d'éliminer les abominations d'Osiris.

Sauf que certaines de ces abominations sont devenues mes amis. Ma famille, même.

J'ai passé les vingt dernières années à protéger une prophétie. À défendre l'enfant de Sethios et de Caro, *Astasiya*. Ou Stas, comme elle préfère qu'on l'appelle.

Elle est notre salut, notre espoir, notre avenir. Elle est la réincarnation du pouvoir, la fille de deux lignées de Séraphins très puissantes, et sa vie entière a été façonnée par l'humanité.

Elle ne s'inclinera pas devant le Conseil.

Pas plus que devant Osiris.

Nos vies sont faites de décisions, chacune d'entre elles dictant notre chemin futur.

Pour le mien, j'ai choisi de marcher aux côtés des abominations que je devrais haïr.

Mais ça ne veut pas dire que je vais survivre à ce destin. Il serait si facile d'être capturée par le Conseil des Séraphins et soumise à l'infâme réformation. Sans un véritable lien qui me rattache à ces abominations, je serai sans doute reprogrammée, comme l'ont été de nombreux Séraphins avant moi.

Cette voie n'est donc pas sans risque. C'est terrifiant, dangereux, mortel.

Et c'est officiellement mêlé à la vie d'un homme que je n'ai pas le droit d'aimer.

C'est un Hydraien. Puissant. Un Ancien de son peuple.

On s'est amusés ensemble une fois sur une plage. Engagés dans une danse sensuelle, on a ensuite passé des heures au lit. À se savourer, à se lécher, à baiser. Je lui ai alors donné une part de mon cœur. Peut-être mon cœur entier.

Mais je lui ai enlevé ses souvenirs.

Ma meilleure amie, Vera, un Séraphin réputé pour sa faculté à manipuler la mémoire, a supprimé tous les souvenirs qu'il avait de moi.

Tout allait bien. *Nous* allions bien.

Jusqu'à ce que cette même amie crée une rune qui a affaibli ma résistance naturelle aux dons des Hydraiens. Elle l'a faite pour me permettre de guérir après une attaque.

Et cette altération a ouvert mon esprit à l'homme dont je me cachais précisément.

Balthazar.

Il prétend désormais tout savoir.

Mes secrets les plus intimes et les plus sombres.

Je ne sais pas s'il veut me tuer, me baiser, ou les deux.

Toutefois, il y a une chose dont je suis maintenant sûre : nos destins sont à jamais entrelacés. Reste à savoir si nous y survivrons.

Nous ne sommes pas faits l'un pour l'autre. Nous ne sommes pas destinés à nous aimer. Nous ne sommes pas faits pour autre chose que la destruction.

Pourtant, j'espère un peu que nous trouverons un moyen pour que ça marche.

S'aimer et se chérir.

Pour le meilleur et pour le pire.

Aussi longtemps que nous vivrons...

CHAPITRE 1

BALTHAZAR

LE CHAOS ÉCLATA DANS LA CHAMBRE.

Des cris.

Des pleurs.

Et un silence assourdissant pour les oreilles de Balthazar.

Aucun battement de cœur. Aucune respiration. Aucun signe de vie.

L'enfant... était mort.

La souffrance se propagea dans l'air, une vague émotionnelle si toxique qu'elle faillit mettre Balthazar à genoux. Dans de tels moments, son aptitude à percevoir et contrôler les émotions, ainsi qu'à entendre les esprits de ceux qui l'entouraient, était débilitante. Respirer, essayer de penser, de se concentrer, tout cela faisait un mal de chien.

Mais une voix parvint à ses oreilles.

Une voix plus forte que les autres.

Pleine d'espoir, de vie et de connaissance.

Leela.

Il s'empara des pensées de celle-ci, aspira la sensation

sous-jacente d'attente et s'accrocha à son existence comme à une bouée de sauvetage.

Plus de trois mille ans d'expérience lui avaient appris à entrer et sortir de l'esprit des gens, à privilégier certaines émotions plutôt que d'autres, à exister dans un monde de perpétuel chaos provoqué par ses aptitudes surnaturelles.

Il prit une grande inspiration, la relâcha, inspira de nouveau et ferma les yeux.

L'angoisse de Lizzie et l'inquiétude de Jayson créaient un raz-de-marée d'énergie que Balthazar s'efforçait de contenir et d'apaiser. Il avait assisté son meilleur ami, Jayson, pendant la naissance, l'aidant à rester calme tandis qu'il tenait sa femme, Lizzie. Mais lorsque le bébé était finalement arrivé sans vie, le désespoir écrasant des parents avait noyé les intentions de Balthazar sous une avalanche d'émotions incontrôlables.

L'esprit de Leela le maintenait ancré et les pensées de la femme étaient les seules prometteuses dans la pièce.

Elle essayait d'apaiser les autres, de leur demander de la laisser se concentrer, mais ils étaient trop accablés par le chagrin pour l'écouter. La frénésie s'aggrava quand Stas revint et trouva une Lizzie hystérique. Issac suivit.

Sethios et Caro leur emboîtèrent le pas.

Trop de voix. Trop de douleur.

Mais la certitude de Leela l'emportait sur les autres, prodiguant à Balthazar la force dont il avait besoin pour reprendre le contrôle.

Déchaînant son pouvoir sur ceux qui l'entouraient, il projeta une vague de sang-froid à travers leurs auras et exigea le calme.

Respirez. Soyez attentifs. Réfléchissez.

Parce que Leela avait besoin qu'ils se calment afin de sauver l'enfant dans ses bras.

Elle serrait le bébé contre sa poitrine et la puissance

tournoyait dans ses iris turquoise lorsqu'elle croisa le regard de Balthazar. Il lui adressa un signe de tête pour lui dire, sans un mot, qu'il avait compris.

Elle répondit par un froncement de sourcils.

Il sait, songea-t-elle, des mots que l'esprit de Balthazar entendit très clairement. *Mais comment est-ce possible ?*

Un flash de réminiscences se mit à tourbillonner dans l'esprit de Leela, des souvenirs qu'il essayait de comprendre depuis ce qui lui semblait une éternité, ce qui n'était en vérité que quelques jours.

Dès qu'elle était entrée dans sa vie en se volatilisant, il avait su qu'ils s'étaient déjà rencontrés. Il n'arrivait pas à retrouver le souvenir. Cependant, depuis ce moment crucial, des bribes d'informations lui étaient parvenues et lui avaient rappelé le Brésil.

Ce voyage ne datait que de quelques mois.

Il avait été provoqué par un défi entre Balthazar et Luc. Les deux hommes étaient constamment en guerre à propos du petit-déjeuner, une subtilité comique pour les autres, mais un débat très sérieux entre les deux Anciens d'Hydria.

Des gaufres ou des pancakes ?

Balthazar préférait toujours les pancakes parce qu'ils étaient supérieurs en tous points et il avait conçu un jeu avec Luc pour tester leur petit pari.

Cela avait impliqué des femmes, une plage brésilienne, des shots aromatisés à l'érable et le Séraphin qui se tenait à cet instant devant lui.

Il en était certain. *Elle avait été présente.*

Pourtant, son esprit refusait de lui livrer les détails dont il avait besoin. Tout ce qu'il pouvait capter, c'étaient des fragments, des souvenirs qui avaient clairement été modifiés pour dépeindre différemment la femme de ses rêves.

Quand il avait découvert que Vera, un autre Séraphin, pouvait altérer la mémoire, il avait aussitôt su qu'elle lui avait déglingué l'esprit.

Plutôt que d'insister, il avait attendu que ce même Séraphin dessine une nouvelle rune sur le bras de Leela pour la rendre réceptive aux pouvoirs hydraiens. Elle avait eu besoin d'un guérisseur pour la ramener à la vie après avoir reçu une balle dans la tête. Lara avait fait son boulot et avait aidé Leela à retrouver sa pleine santé juste au moment où Lizzie commençait le travail.

Et depuis, Balthazar n'avait cessé de jouer aux confins de ses pensées, à la recherche de ce fil dont il connaissait l'existence.

Il l'aperçut alors que Leela luttait pour se concentrer sur l'enfant au lieu de réaliser qu'il la percevait mieux qu'il ne le devrait.

Douce beauté, tu n'as pas idée à quel point je te comprends, pensa-t-il, son regard parcourant chaque centimètre exquis de sa superbe silhouette. *Je t'ai déjà goûtée.*

Et ça le tuait de ne pas savoir quand ou comment.

Il ne s'était pas trop avancé dans son esprit, ne voulant pas affecter ses responsabilités présentes. Mais il était tapi dans ses pensées, écoutant attentivement pour obtenir plus d'informations.

Elle repensa à la façon dont il l'avait appelée Lee à Rio de Janeiro, confirmant ce qu'il avait déjà appris de leur rencontre au Brésil. Et la boisson qu'il avait préparée pour elle – il était certain que c'était celle qu'elle préférait – était également liée à ce souvenir.

Cependant, avant de pouvoir lui en dire plus, elle se ressaisit et se concentra sur l'enfant.

Toi et moi allons avoir une conversation, ma petite, pensa-t-elle en regardant le bout de chou dans ses bras.

Nous aussi, songea Balthazar, conscient qu'elle ne pouvait pas l'entendre.

Il croisa les bras, attendant la suite.

À commencer par comment ne pas faire flipper tes parents, poursuivit-elle.

Balthazar l'écoutait tandis qu'elle expliquait le processus de naissance séraphique. Si Lizzie était techniquement une expérience de laboratoire, un être créé pour ressembler en tous points à un Séraphin, y compris sur le plan de l'immortalité, elle n'était pas de sang pur. Mais Leela semblait convaincue que son enfant suivrait la norme : le nourrisson ne pleurerait pas, il posséderait une intelligence incommensurable dès la naissance et aurait une forte volonté de vivre.

Son esprit expliqua à Balthazar que le bébé n'était pas du tout mort ; son âme s'était simplement égarée dans les limbes, évitant la souffrance d'une naissance assez douloureuse. La pauvre chérie s'était cassé quelques os en sortant, l'accouchement d'un immortel étant plus rapide et plus violent que celui d'un mortel.

Toute l'expérience de Balthazar était fondée sur la biologie humaine, et non sur les moyens séraphiques ou immortels. Les Hydraiens ne pouvaient pas procréer.

Sauf, apparemment, avec un Séraphin génétiquement créé, comme Jayson venait de le prouver avec Lizzie.

Pourtant, cette naissance n'avait rien à voir avec celles auxquelles Balthazar avait déjà assisté, laissant le bébé dans une situation désespérée. Ce qui avait fait fuir son âme pendant que son corps se reconstituait.

Fascinant, songea Balthazar, son attention partagée entre le fait de garder tout le monde calme et de regarder Leela travailler.

— Elle va s'en sortir, dit Balthazar, son contrôle émotionnel se resserrant autour de Lizzie et Jayson alors qu'il tentait de les apaiser avec des mots. Leela est confiante et je la suis sur ce point.

Ce n'était pas un mensonge.

Sa foi en Leela était primordiale, l'esprit de celle-ci lui donnant la confiance nécessaire pour exprimer son opinion à voix haute.

Ce qui troubla légèrement le Séraphin, car cela prouvait encore une fois qu'il pouvait lire en elle.

Et *ça*, ça lui faisait peur. Ce qui confirma à Balthazar que sa douce beauté avait quelque chose à cacher.

Le Brésil, comprit-il. *Tu sais ce qui s'est réellement passé au Brésil.*

Il s'était souvent senti mal à l'aise après ce voyage, comme si quelque chose n'allait pas.

Maintenant, il savait pourquoi.

Tu as joué avec mes...

Les divagations de Lizzie l'empêchèrent d'aller jusqu'au bout de sa pensée. La peur de celle-ci montant en flèche, elle l'obligea à lui envoyer une autre vague de calme. Elle inspira brusquement, des larmes coulant sur ses joues. Mais son rythme cardiaque ralentit une fois de plus, ce qui l'empêcha de devenir complètement hystérique.

— Est-ce qu'il s'est passé la même chose avec moi ? demanda Stas à ses parents.

— Non, murmura Sethios, son père. Mais ta situation était différente.

— L'âme des Séraphins ne peut pas périr, dit Caro, faisant écho à ce que Balthazar avait déjà découvert dans l'esprit de Leela. Seul le corps meurt, mais il se régénère ensuite.

Une chose que Balthazar voyait se produire à l'instant même dans les bras de Leela.

Il lança un tourbillon de réconfort sur son meilleur ami, l'incitant à rassurer sa femme, et Jayson se mit alors à murmurer des mots doux à Lizzie. Jayson savait certainement que c'était l'œuvre de Balthazar, un acte qu'il pourrait commenter plus tard, mais il était impuissant à se soustraire à son contrôle émotionnel.

C'était d'ailleurs ce qui le rendait si meurtrier : il pouvait lire et manipuler les pensées et émotions des autres. Une combinaison de talents qui pouvait donner des résultats fatals, mais Balthazar utilisait rarement son aptitude secondaire. Lire les pensées était naturel et difficile à désactiver, alors que jouer avec les émotions des autres demandait réflexion et intention.

Arrête de vagabonder, ma petite. Le moment est venu de rencontrer tes parents dans un état corporel.

Balthazar lutta contre l'envie de sourire face aux tonalités mentales de Leela. Elle avait l'air si maternelle, ce qu'il supposait être approprié, étant donné sa lignée séraphique.

Une déesse de la fertilité, songea-t-il. *Je me demande ce que tu sais faire d'autre.*

Ils en discuteraient quand elle aurait sauvé l'enfant.

Ils auraient également une longue conversation sur ce qui s'était réellement passé au Brésil. Il voulait savoir combien de fois il l'avait fait jouir.

Le goût qu'elle avait.

Les positions qu'elle avait privilégiées.

Si les affres de la passion l'avaient fait crier.

Ce à quoi ressemblait son regard pendant l'orgasme.

Si elle avait étroitement enveloppé sa tige.

Il y avait tant de mystères qui l'excitaient et l'exaspéraient à la fois. Parce qu'elle avait joué avec son esprit, quelque chose qu'il ne lui pardonnerait peut-être jamais.

À moins qu'elle ne s'excuse et explique pourquoi.

Il pourrait aussi être persuadé si ses lèvres charnues s'enroulaient...

Allez, mon cœur, roucoula-t-elle, distrayant l'esprit sensuel de Balthazar. *Je sens que tu es tout près. Retrouve ton corps et montre-moi ces jolis yeux bruns.*

Apparemment, Leela les avait vus avant que l'âme ne quitte son corps. Balthazar prit cela comme un bon signe que l'enfant allait revenir.

Il fit passer cette réassurance grâce à ses dons, touchant Lizzie et Jayson avec une caresse apaisante. Ils étaient blottis l'un contre l'autre sur le lit, les cheveux roux foncé de Lizzie s'accordant aux taches de sang dans la pièce.

Balthazar faillit demander aux autres de l'aider à nettoyer, mais il sentit dans les pensées de Jayson et de Lizzie qu'ils ne se souciaient pas du désordre. Tout ce qu'ils voulaient, c'était leur enfant.

Te voilà, chuchota Leela quelques minutes plus tard. *Montre-moi ces yeux, ma belle.*

Il semblait que l'enfant ne pouvait pas exactement entendre Leela, juste ressentir la chaleur et le réconfort de son essence de fertilité. Il capta ce fait dans l'esprit de Leela, suivi de ses pensées intimes concernant sa spécialisation dans l'accouchement, la fécondation... et le *sexe*.

Hmm, dis-m'en plus, faillit-il demander. Mais elle pensait déjà à la satisfaction et au fait qu'elle n'en avait pas besoin pour survivre – ce qui l'aurait assimilée à une succube – et qu'elle aimait simplement baiser.

Il eut un petit rire.

Qui n'appréciait pas une bonne baise ?

Les Séraphins, apparemment. Ils étaient notoirement stoïques et connus pour ne rien ressentir.

Mais Leela défiait clairement ces attentes.

Il se rapprocha d'elle, posant sa main sur sa hanche alors qu'il approchait ses lèvres de son oreille.

— Toi et moi allons avoir une longue conversation après ça, Lee, lui dit-il, prononçant ces mots pour elle seule.

Puis, plus fort pour que tout le monde entende, il demanda :

— Comment va-t-elle ?

Leela eut un frisson et se demanda si elle devait ou non réagir à ce qu'il venait de dire. Il lui mordilla l'oreille, prenant la décision pour elle.

Parce qu'il le pensait.

Ils en discuteraient *vraiment* plus tard.

Dans les moindres détails.

Tout nus.

Dans un lit.

Des souvenirs remontèrent dans l'esprit de Leela où elle le chevauchait sur un tabouret, son corps se réchauffant contre lui en réponse. Mais ce fut trop fugace pour qu'il puisse détailler leur étreinte.

C'était pourtant suffisant pour savoir qu'il s'était trouvé en elle.

Et qu'elle avait aussi adoré cela.

Elle secoua la tête, se tournant vers lui et ôtant sa main de sa hanche. Il croisa simplement son regard, lui permettant de voir qu'il était au courant. Mais il ne voulait pas qu'elle sache à quel point.

Non, ce n'était pas du tout comme ça qu'ils allaient disputer ce match.

Elle avait joué avec son esprit, il lui rendrait donc la monnaie de sa pièce.

Cependant, il y avait d'autres priorités plus pressantes pour le moment, notamment la petite boule d'énergie dans les bras de Leela. *Une vraie beauté*, pensa Balthazar en rencontrant une paire d'yeux bruns magnifiques. Ils étaient exactement comme Leela les avait décrits.

— Eh, bonjour, petite LJ ! gazouilla-t-il. Je vois que tu as le regard de ta maman.

Le bébé cligna des yeux, l'intelligence dans ses profondeurs confirmant ce que Leela avait murmuré dans son esprit sur la naissance des Séraphins.

Il pressa un doigt sur le nez de la petite chérie.

— C'est Jay tout craché, décida-t-il à voix haute, admirant le mélange des traits de sa mère et de son père. Mais les pommettes sont définitivement celles de Lizzie.

Il ne put s'empêcher de sourire, la vue de la petite lui réchauffant le cœur.

Sa courte chevelure auburn semblait un peu plus foncée que celle de Lizzie, probablement parce que les traits sombres de son père se mêlaient à la génétique de Lizzie.

— Tu es éblouissante, ma belle, dit-il à l'enfant.

Absolument à couper le souffle.

La petite LJ, un surnom que Balthazar lui avait donné avant sa naissance, l'étudia un instant avant de froncer les lèvres.

Leela gloussa.

— Oui, oui. Tu dois te lier.

Ses yeux turquoise rencontrèrent les siens une fois de plus avant de se tourner vers Lizzie et Jayson sur le lit.

— Oh, elle est vivante ! dit Lizzie après avoir pris l'enfant des bras de Leela.

Sa surprise rappela à Balthazar qu'il devait relâcher son contrôle émotionnel, car la maman aurait dû s'en rendre compte depuis quelques minutes.

— Je te l'ai dit, elle avait juste besoin de se rétablir un peu, répondit Leela. Mais oui, elle est bien vivante et c'est une sacrée battante, si tu veux mon avis. Elle est aussi impatiente. Vous avez échangé un peu de pouvoir pendant l'accouchement, mais elle a besoin de plus.

Balthazar se souvint de cet échange, l'acte étant également très différent d'une naissance mortelle. Vraiment, rien dans cette expérience n'aurait pu être considéré comme humain.

Ce qui était logique puisque tout le monde dans la pièce était d'origine immortelle.

— Comment je fais ça ? demanda Lizzie.

Leela la guida et dit à Jayson d'aider sa femme à s'asseoir. Balthazar continua à dénouer son contrôle émotionnel pendant qu'ils travaillaient et il remarqua que Lizzie était déjà en grande partie guérie elle aussi.

Avant la naissance du bébé, ils s'étaient tous demandé à quoi s'attendre puisque Lizzie n'était pas un Séraphin de sang pur, mais il semblait qu'elle en avait assez en elle pour garantir sa survie.

Jayson en serait ravi.

Parce que cela signifiait que ce serait la même chose pour sa fille.

Lizzie et Jayson murmurèrent quelques mots sur la beauté de leur enfant, ce qui permit à Leela de s'éloigner lentement.

Nonchalamment, Balthazar se faufila derrière elle, s'assurant qu'elle buterait directement contre son torse. Il attrapa ses hanches et la retint contre lui.

Un autre frisson parcourut la peau de la femme, la facilité avec laquelle leurs corps semblaient se mouvoir ensemble suggérait qu'une intimité existait entre eux.

C'était vraiment le cas.

Et il voulait en connaître tous les détails.

Je suis vraiment dans le pétrin, songea-t-elle, ce qui fit sourire Balthazar contre son oreille.

— Absolument, acquiesça-t-il, s'assurant ainsi qu'elle comprenait qu'il pouvait lire ses pensées.

Apparemment, elle n'avait pas encore fait le rapprochement, parce qu'elle était trop prise par la guérison. Mais cette rune que Vera avait gravée sur son bras permettait à *tous* les dons hydraiens d'agir sur Leela.

Est-ce que j'ai dit ça tout haut ? Ou est-ce qu'il a lu dans mes pensées ? se demanda-t-elle.

Balthazar attendit, amusé de voir les pièces du puzzle s'assembler.

Puis elle eut un sursaut lorsqu'elle réalisa ce qu'il savait déjà de la rune.

— Je suis au courant, confirma-t-il doucement en glissant ses bras autour de sa taille.

Il posa alors sa tête sur son épaule, pour montrer qu'il ne la laisserait pas partir facilement.

— Nous en parlerons plus tard, Lee. Pour l'instant, contemplons la vie que nous avons aidé à mettre au monde.

Balthazar avait participé à la plupart des préparatifs de la naissance, sa formation médicale faisant de lui un assistant satisfaisant. Puis Leela avait pris le relais une fois que l'enfant était arrivé.

Ensemble, ils formaient une équipe remarquable.

Leela ne s'opposa pas à lui, son regard errant sur les personnes présentes et songeant au fait qu'elle avait vécu quelque chose de similaire vingt-cinq ans auparavant lorsqu'elle avait mis Stas au monde.

Caro semblait contempler le même souvenir, mais Balthazar ne pouvait pas lire ses pensées. Il ne put que saisir la lueur embrumée de son regard bleu alors qu'elle jetait un coup d'œil à son compagnon, Sethios, puis à leur fille.

Issac se tenait aussi à proximité, avec une expression plus émotive que d'habitude.

Balthazar n'entendait plus l'ancien Ichorien comme avant, à cause de son récent lien avec le Séraphin Stas. Les pensées de l'autre homme étaient désormais floues et incohérentes, ce qui ravissait Issac au plus haut point.

Cependant, Balthazar était capable de capter suffisamment d'émotions dans son aura pour savoir que, si Issac ne voulait pas d'enfant tout de suite, il changerait d'avis un jour.

Balthazar pouvait lire cette vérité dans son regard saphir qui était posé sur Stas avec adoration.

Ces yeux s'adoucirent lorsque Stas demanda à sa meilleure amie le nom de l'enfant, une chose que Balthazar avait déjà entendu chuchoter entre les esprits de Jayson et de Lizzie.

— Aidyn Lee, répondit Lizzie. Aidan nous a sauvé tous les deux. Il est normal qu'elle porte son nom en mémoire de son sacrifice. Et Lee d'après Leela, pour avoir fait en sorte que nous survivions tous.

Balthazar garda le silence, mais ressentit l'amour écrasant présent dans la pièce.

Luc apprécierait le fait que son père soit honoré de cette façon.

Et Leela... était stupéfiée par ce geste.

Cependant, Balthazar ne l'était pas. Il avait senti son lien avec l'enfant pendant la naissance. Il avait ensuite perçu qu'elle l'avait approfondi lorsqu'elle avait ramené le petit esprit dans le corps d'Aidyn.

Un serment tacite avait été fait entre elle et le nouveau-né, un serment fondé sur la protection.

Balthazar comprenait cela, car il ressentait la même chose pour la petite beauté. Il veillerait toujours sur elle, tout comme il avait passé des millénaires à protéger son père et ses frères et sœurs immortels.

Les Anciens de son espèce avaient un lien tacite avec tous ceux qu'ils aimaient.

Ce qui impliquait que Balthazar devait aussi protéger la petite LJ.

— Un nom bien trouvé, dit-il après que Leela avait fait remarquer qu'on n'avait jamais donné son nom à un enfant auparavant.

C'était une belle idée, non seulement pour Leela, mais aussi pour l'homme qui avait sauvé la vie de la petite enfant alors qu'elle grandissait dans le ventre de sa mère.

— Aidan serait flatté.

— En effet, reconnut Issac, l'émotion rendant sa voix plus rauque. Merci d'honorer sa mémoire.

— Nous ne serions pas ici sans lui, répondit Lizzie d'une voix douce. C'est la meilleure façon de nous souvenir de lui. C'est aussi un nom fort qui convient à notre miracle. Notre bébé Aidyn.

Un autre silence lourd d'émotion s'installa et tous purent se détendre, maintenant que la crise avait été évitée.

Tout cela grâce à Leela et à sa capacité séraphique à se connecter à l'âme de l'enfant.

Balthazar la serrait toujours dans ses bras, pensant à son pouvoir, à ce qu'il signifiait et à la façon dont elle avait pu l'utiliser sur lui auparavant. Mais d'une manière sensuelle. *Un Séraphin de la Fertilité.* Un sourire apparut quasiment sur ses lèvres. *Un vrai plaisir.* Un sujet qu'il explorerait longuement, dès qu'il aurait obtenu ses réponses.

Si les autres avaient remarqué qu'il tenait Leela enlacée, la retenant captive, ils ne firent aucun commentaire. Au lieu de cela, Issac et Stas sortirent en adressant des sourires à Lizzie, à Jayson et au nouveau-né.

Sethios et Caro les suivirent rapidement, Leela et Balthazar se retrouvant les derniers dans la pièce.

— Appelle-moi si tu as besoin de quoi que ce soit, dit Leela.

— Pas de souci, chantonna Lizzie, toute son attention portée sur le bébé dans ses bras.

Quel que soit l'échange de pouvoir qui se produisait entre elles, il semblait profond et intangible.

Jay leva les yeux vers Balthazar, la gratitude se lisant sur ses traits. *Merci.*

Balthazar hocha la tête. Il ferait n'importe quoi pour son meilleur ami et sa nouvelle famille. Jayson le savait.

Leela tenta de bouger, mais Balthazar l'en empêcha. Il l'avait laissée prendre le contrôle pendant la guérison. C'était maintenant à son tour d'affirmer sa position dominante – une position qu'ils pourraient renégocier une fois qu'elle lui aurait fourni les détails qu'il désirait.

— On ne sera pas loin, promit-il. Tu sais comment attirer mon attention.

— Merci de m'avoir apaisé, dit Jay, surprenant Balthazar.

Mais ne recommence jamais, ajouta-t-il en pensée.

Balthazar faillit sourire, mais hocha à nouveau la tête pour dire qu'il comprenait, sans pour autant être d'accord. Parce qu'il refusait de faire une telle promesse, pas quand ils n'avaient aucune idée de ce que l'avenir leur réservait.

Il se redressa et lâcha la taille de Leela. Toutefois, persuadé qu'elle pouvait se volatiliser à tout moment, il lui prit la main pour l'attirer hors de la pièce.

Dès qu'ils arrivèrent dans le couloir, elle envisagea de s'échapper, comme il s'y attendait.

D'un regard, il lui dit qu'il ne le lui recommandait pas, puis il l'entraîna vers une chambre dont le balcon s'ouvrait sur l'arrière.

Ça fera l'affaire, décida-t-il.

Il referma la porte et ignora le lit couvert de soie bleue au centre du grand espace ouvert. Il la conduisit plutôt à la salle de bain et admira l'énorme douche en marbre.

Oui, ça fera vraiment l'affaire.

— Déshabille-toi, lui dit-il, décidant d'aller droit au but.

— Tu ne peux pas m'intimider, lui dit-elle doucement en suivant son ordre à la lettre.

Aucune hésitation. Aucune inquiétude. Juste une belle femme confiante qui arrachait ses vêtements ensanglantés comme s'ils lui brûlaient la peau.

— Je ne cherche pas à t'intimider. Je veux juste prendre soin de toi et te montrer ma gratitude pour ce que tu as fait pour mon meilleur ami. Ensuite, je considérerai la possibilité de te baiser. Et après ça, nous parlerons. À moins que tu veuilles que Vera modifie encore mon esprit ?

C'était exprimé comme une pique, une façon de confirmer qu'il savait tout.

Ce qui n'était pas le cas.

Mais il voulait qu'elle croie cela pour la rendre plus encline à penser et à parler librement avec lui.

Elle le regarda fixement.

— Je n'ai pas besoin que tu prennes soin de moi.

— Je sais, mais je vais quand même le faire.

Parce qu'elle avait mérité son réconfort après tout ce qu'elle venait de faire pour ses amis. Il soupçonnait également qu'elle avait besoin de se faire dorloter, étant donné qu'elle avait reçu une balle dans la tête peu avant d'aider Lizzie à accoucher.

— Et inutile de réfléchir au fait de me baiser, ajouta-t-elle en ignorant sa réponse. Si je veux baiser, on baise.

Les lèvres de Balthazar se retroussèrent.

— Je peux te faire supplier.

— Tu peux toujours essayer.

— Oh, Leela, dit-il en s'introduisant dans son espace personnel et en écartant ses vêtements ensanglantés d'un coup de pied. Je vais te faire ramper, bébé.

Ce serait une belle façon de s'excuser après lui avoir ôté ses souvenirs.

— Ça n'arrivera jamais.

Les mots qu'elle prononça à voix haute ne correspondaient pas à ceux qu'elle avait en tête, qui donnaient plutôt quelque chose comme : *oui, s'il te plaît.*

Elle prit la tangente en se mettant à penser que Vera n'avait pas bien fait son travail, confirmant ainsi que Leela avait demandé à Vera d'effacer sa mémoire.

— Tu crois que j'ai donné tout ce que j'avais au Brésil ? l'interrogea-t-il, espérant provoquer l'aperçu d'un autre souvenir. Ce n'étaient que des préliminaires. Et quand on en aura fini, tu ne sauras même plus comment bouger sans me sentir entre tes cuisses.

L'esprit de Leela évoqua un souvenir de danse et de baise devant une foule, rivalisant avec une réminiscence qui narguait ses pensées à lui. Il avait rêvé de cette scène, celle où une femme le chevauchait sur un tabouret et descendait vers sa queue après l'avoir fait jouir.

Merde, il en bandait encore !

Et la façon dont l'esprit de Leela passait à la pensée suivante, un souvenir où il l'avait prise pendant des heures dans une chambre, ne fit que le rendre plus désespéré de la posséder.

La chaleur qui se dégageait de son corps, ainsi que ses tétons raidis, lui indiquait qu'elle ressentait la même chose.

Puis sa bouche le confirma lorsqu'elle souffla « montre-moi », en réponse à sa promesse d'anéantir sa capacité de mouvement.

— Je vais le faire, jura-t-il. Après t'avoir fait ramper.

Elle pouffa de rire.

— Alors ce ne sont que des paroles en l'air, *bébé*, parce que je ne ramperai jamais devant toi.

Son entrejambe se contracta, ses espérances s'accroissant à chaque seconde. Il déposa un baiser doux et taquin sur sa bouche, l'électricité entre eux était un bourdonnement d'attentes.

— Merci, Leela.

Elle fronça les sourcils.

— Pour quoi ?

— Pour m'offrir ce nouveau défi, lui dit-il dans un faible murmure.

Un défi que j'ai l'intention de gagner en un temps record, songea-t-il.

— Maintenant, bouge tes belles fesses et va prendre une douche. Je te rejoins dans un instant. Et on verra combien de temps tu tiendras avant de céder.

Chapitre 2

Balthazar

Une femme. Nue. Mouillée.

Trois des choses préférées de Balthazar.

Dommage qu'il ne puisse pas pleinement profiter de l'éblouissant spectacle qui s'offrait à lui. Il avait d'abord besoin de réponses. Et il voulait vraiment faire ramper cette femme avant de la posséder.

Elle avait joué un jeu dangereux avec son esprit.

Elle avait volé ses souvenirs, déformé les faits, mystifié son expérience sensuelle. Elle lui avait fait oublier l'un des week-ends les plus fabuleux de sa vie.

Il n'avait pas encore tous les détails, mais d'après les pensées masquées de Leela, il en savait suffisamment pour comprendre qu'elle avait modifié un sacré souvenir.

Et le fait qu'on ait pu jouer avec sa tête le troublait. Il lisait dans les esprits, possédait une immense puissance émotionnelle et ne pouvait supporter l'idée que son propre psychisme puisse être altéré par la magie séraphique.

— Hmm, gronda-t-il alors que son regard glissait sur ses formes parfaites.

Elle était divine en tous points, si l'on exceptait sa

fourberie mentale, bien sûr. Mais Balthazar pourrait se contenter du corps magnifique qui se tenait sous la douche.

L'eau assombrissait ses longs cheveux blonds en un brun clair, les gouttelettes taquinant leurs pointes avant de ruisseler sur ses jolis seins et plus bas sur son ventre plat. Balthazar voulait suivre le chemin alléchant avec sa langue, s'agenouiller devant elle et vénérer la déesse entre ses jambes de danseuse.

Des éclats chauds scintillaient dans ses iris turquoise, lui indiquant qu'elle connaissait l'effet qu'elle produisait sur les hommes et l'ascendant qu'elle avait sur eux. Elle était un Séraphin avec des pouvoirs de fertilité, un fait qu'elle avait ouvertement admis et qu'elle avait également confirmé par ses pensées.

Oh, il se souvenait vraiment d'elle.

Il n'avait pas pu dire ni comment ni pourquoi, mais il avait eu ce soupçon de familiarité dès qu'elle était revenue dans sa vie. Il avait alors su qu'il la connaissait déjà. Même intimement. La seule chose qu'il n'avait pu déterminer, c'était le moment où ils s'étaient rencontrés. Plusieurs millénaires d'existence rendaient bien trop facile le fait d'oublier des connaissances, mais son âme l'avait reconnue immédiatement.

Et maintenant, il savait pourquoi.

—Je suis tenté de te faire recréer ces souvenirs en moi, lui dit-il d'une voix basse à peine plus forte que l'eau qui coulait autour d'eux.

Il s'avança, la prit à la gorge et la força à soutenir son regard.

—Jusqu'au moindre détail.

Ce ne serait pas la même chose, pensa-t-elle. *Il sait qui je suis maintenant.*

Balthazar inclina la tête, curieux.

— Si ça se trouve, ça ne ferait qu'intensifier notre connexion.

— Reste en dehors de ma tête.

— Aucune chance, Lee, murmura-t-il. C'est un juste retour des choses que je puisse lire ton esprit pour récupérer ce que tu m'as volé.

Elle envisagea de se volatiliser – elle y pensait sans cesse – mais resta cependant, comme captive de sa présence.

Balthazar lui dit avec un regard semblable à celui qu'il lui avait lancé dans le couloir qu'il ne lui conseillait pas de donner suite à cette idée. Même si elle se téléportait ailleurs, il la retrouverait et la ferait parler. Mieux valait affronter la vérité maintenant plutôt que de retarder l'inévitable.

— Pourquoi ? demanda-t-il. Pourquoi as-tu pris les souvenirs que j'avais de toi ?

— Parce qu'il n'était pas encore temps pour toi de me connaître. Je n'aurais pas dû... *Nous* n'aurions pas dû...

Elle s'interrompit et se racla la gorge.

— Je suis ici pour protéger Stas, conclut-elle. Rien d'autre.

Son esprit contredit aussitôt ses paroles.

Il l'étudia alors qu'un souvenir lui revenait, celui d'une journée qu'il n'était pas près d'oublier.

Le mariage de Lizzie et Jayson sur la plage. L'attaque par les hommes de Jonathan. Une énigme qui dansait entre Balthazar et les balles mortelles destinées à le tuer.

Il haussa un sourcil.

—Je vois.

Il aurait certainement préféré ne pas se le rappeler, mais cela lui en disait long sur les intentions de Leela. Elle était peut-être là pour Stas, mais c'était sa vie à lui qu'elle avait sauvée ce jour-là. Sa capacité à manipuler les émotions lui dit ce qu'elle ressentait à ce sujet aussi.

Protectrice.

Comme s'il lui appartenait.

Et que c'était son devoir de le garder en vie.

Pour Stas, ajouta-t-elle. *Parce qu'il la protège bien.*

Les lèvres de Balthazar se retroussèrent.

— Et c'est la seule raison, hmm ?

— C'est Stas qui importe, répéta-t-elle. Son héritage prime sur tout le reste.

Les murmures d'une prophétie bruissèrent dans l'esprit de Leela et attirèrent son attention.

Une puissance inconnue émerge. Elle possédera la force et la volonté de nous détruire tous, à moins que certaines mesures ne soient mises en place pour freiner ses inclinations.

Jusque-là, Balthazar n'avait jamais entendu la prémonition exacte de la prophétesse Skye, alors il la mémorisa aussitôt.

Pouvoir lire dans les pensées avait certainement ses bons côtés, comme le fait d'interroger quelqu'un nu dans une douche et d'obtenir toutes les réponses dont il avait besoin sans qu'une goutte de sang ne coule. C'est pour cela qu'il croyait que faire l'amour valait bien mieux que faire la guerre.

Il y avait un temps et un lieu pour la violence.

Mais toute cette agressivité refoulée pouvait être utilisée à d'autres fins.

Et il préférait certainement ces dernières méthodes.

Il passa les doigts dans ses cheveux humides et la repoussa contre le mur carrelé derrière elle. Elle attrapa ses hanches et planta ses ongles dans sa peau alors qu'il pressait son entrejambe contre son ventre plat.

— J'ai promis de prendre soin de toi, lui rappela-t-il doucement.

Elle venait juste de mettre au monde et de sauver l'enfant de son meilleur ami. C'était l'une des principales raisons pour lesquelles Balthazar avait choisi cette méthode d'interrogatoire. Non seulement elle avait besoin d'une douche pour nettoyer le sang de l'accouchement, mais elle méritait aussi sa gratitude après tout ce qu'elle avait sacrifié.

Pas seulement en protégeant Stas ou en sauvant la vie de Balthazar à la plage ce jour-là.

Mais aussi dans ce qu'elle venait de traverser pour faire renaître le bébé de Jayson et Lizzie.

Balthazar avait entendu chaque mot, chaque bribe de pensée, puis il avait senti son énergie de fertilité ramener l'âme séraphique à sa forme corporelle d'enfant. Cela avait été à la fois magistral, déchirant et beau.

Cependant, elle avait permis à son esprit d'être vulnérable pendant toute l'expérience.

Et il en avait pleinement profité.

Peut-être cela faisait-il de lui un enfoiré, mais c'était elle qui avait volé ses souvenirs. Il semblait juste qu'il les récupère de cette façon.

Il ne s'était cependant pas attendu à trouver autant de souvenirs comportant son nom.

Aucun n'était clair, juste des détails très précis qu'elle stockait à la surface de son esprit, suggérant ainsi qu'elle pensait souvent à lui.

Cette information lui plaisait bien. Cela l'aidait à se rassurer d'une certaine manière, car elle avait capté son attention dès qu'elle était arrivée, peu après la mort de Stas.

Leela eut un frisson lorsqu'il se déplaça pour récupérer une bouteille de shampoing, et une rafale d'émotions fit virevolter ses iris.

La concupiscence. La crainte. L'acceptation. Le désir.

C'était un mélange enivrant qui narguait ses propres sens, alimentant en lui une flamme qui brûlait entièrement pour elle. Il ne se souvenait pas de la dernière fois où une femme lui avait fait cet effet. Il aimait les femmes, les hommes, le sexe, la vie. Tout était naturel pour lui.

Mais à la différence de beaucoup d'autres, quelque chose chez Leela le fascinait.

Un exploit impressionnant, compte tenu de ses quelques milliers d'années d'existence.

Peut-être qu'elle dissimule d'autres choses, s'étonna-t-il en passant le shampoing dans ses cheveux.

Il avait découvert le Brésil dans ses pensées, mais peut-être avaient-ils fait connaissance avant cela, ce qui pourrait expliquer la connexion étrange qu'il ressentait avec elle.

— Quand nous sommes-nous rencontrés pour la première fois ? lui demanda-t-il en écoutant attentivement la réponse dans son esprit plutôt que celle qui effleurait ses lèvres.

— La première fois que je t'ai parlé, c'était au Brésil, dit-elle.

Son esprit en confirmait la véracité. Cependant, cela le mit également sur la piste d'un autre secret.

— Mais ce n'est pas la première fois que tu m'as vu.

— Non. Je connais ton existence depuis... un moment.

— Oh ? s'étonna-t-il avec un haussement de sourcil amusé. Une de mes fans, Leela ? C'est pour ça que tu me cours après ?

Elle eut un rire moqueur.

— Je ne te cours pas après, lui dit-elle alors que ses pensées corroboraient l'affirmation. Et être fan supposerait que j'envie quelque chose chez toi, ce qui n'est pas le cas.

— Être fan n'implique pas l'envie. Ça suggère plutôt l'excitation. L'intrigue. Un désir d'en savoir plus, peut-être.

Il l'attira sous l'eau pendant qu'il parlait, attendant que ses pensées confirment ses soupçons.

Mais cela n'arriva pas.

Oui, il y avait un certain intérêt – assez pour qu'elle lui ait cédé au Brésil. Mais pas parce qu'elle avait envie d'expérimenter ses prouesses.

Non.

Elle avait autorisé leurs jeux uniquement pour voir s'il tenait la route.

Fascinant...

Il n'avait jamais rencontré de femme qui considérait lui être égale, et encore moins meilleure.

— Je vais vraiment te faire recréer ces souvenirs avec moi, décida-t-il à voix haute.

— Peut-être que je ne veux pas les recréer.

Il se contenta de la regarder. Les pensées de Leela lui dirent que c'était un mensonge avant même qu'elle ait fini de parler et la jolie rougeur sur ses joues révéla qu'elle en avait aussi conscience.

Plutôt que d'insister, il se concentra sur le rinçage de ses cheveux, puis continua avec l'après-shampoing avant d'attraper un savon. Elle avait peut-être trahi son esprit à lui, mais elle méritait quand même cette preuve d'affection.

Il pouvait entendre sa perplexité.

Parce qu'elle savait qu'il n'était pas content d'elle.

Balthazar ne cédait jamais vraiment à la colère. Néanmoins, il pouvait admettre qu'il voulait punir cette femme pour avoir violé son esprit. Elle avait dérobé ses souvenirs, manipulé sa mémoire et ne lui avait pas avoué la vérité après l'avoir revu.

— Avais-tu l'intention de me le dire ? demanda-t-il à voix haute.

Mais le regard de Leela lui donna la réponse avant sa bouche. *Non.*

— Pourquoi l'aurais-je fait ? demanda-t-elle.

— Parce que c'est mal de prendre les souvenirs de quelqu'un, Leela.

— C'était pour te protéger.

— Menteuse. Tu l'as fait pour te protéger toi.

Elle pouvait au moins lui avouer ça. Il l'avait entendu dans son esprit.

— C'était pour *nous* protéger, rectifia-t-elle. Tu ne devais rien savoir à mon sujet. Pas encore.

— Qu'est-ce que ça aurait changé ?

— Potentiellement tout.

Balthazar considéra l'idée alors qu'il commençait à savonner chaque centimètre de son corps. La plupart des femmes auraient été émoustillées par le simple fait qu'il les caressait, mais Leela s'avérait plus difficile. Oh, elle était excitée. Il pouvait pratiquement la goûter lorsqu'il s'agenouilla pour laver ses jambes.

Mais elle ne suppliait pas.

Elle n'avait pas non plus l'air d'être dans l'expectative.

Elle savait qu'il voulait qu'elle rampe devant lui et il pouvait entendre dans son esprit qu'elle n'avait même pas l'intention de s'excuser pour ce qu'elle avait fait.

Son absence de remords le dérangeait beaucoup. Malgré tout ce qu'elle avait commis, elle n'était même pas fichue de lui présenter des excuses. Il pouvait entendre dans ses pensées qu'elle ne regrettait rien, qu'elle savait qu'elle avait bien fait, mais pas une seule fois elle n'avait envisagé de lui parler ou de le laisser décider de sa propre voie.

Elle avait choisi *pour lui*.

Parce qu'elle ne lui faisait clairement pas confiance.

Ce qui était un moyen efficace de tuer le désir qui brûlait entre eux, car Balthazar ne jouait pas avec les femmes qui le tenaient en si piètre estime.

Peut-être qu'ils ne recréeraient pas ces souvenirs, après tout.

Il se leva et posa le savon sur le côté avant de s'occuper de ses propres cheveux.

Dans cette situation, la plupart de ses conquêtes fantasmeraient ouvertement sur lui.

Pas Leela.

Son esprit faisait des allers-retours entre le passé et le futur, se mêlant un peu du présent.

Avec un certain intérêt, ses yeux suivirent naturellement les mains de Balthazar lorsqu'il attrapa le savon pour se laver, mais elle ne fantasma pas sur le fait de prendre le contrôle ou de le lécher. Au lieu de cela, elle admirait simplement la vue tout en considérant la meilleure façon de protéger l'enfant de Lizzie et Jayson.

Le Conseil supérieur des Séraphins va débarquer bientôt, pensait-elle. *On ne peut pas se cacher ici indéfiniment.*

— Où veux-tu aller ? demanda Balthazar, sans prendre la peine de dissimuler son aptitude à lire son esprit.

Cela dérangeait souvent son entourage et leur inspirait généralement des remarques ou des pensées désobligeantes. Mais Balthazar ne s'excuserait pas de ses talents. Il ne les cacherait pas non plus.

—Je ne sais pas, répondit-elle, sans aucune irritation.

En fait, elle semblait accepter son aptitude comme une chose normale. Peut-être parce qu'elle avait été élevée parmi des êtres puissants, faisant de la lecture de son esprit une expérience ordinaire.

Et si c'est le cas, alors elle a probablement trouvé quelques astuces pour se cacher aussi, songea-t-il en parcourant son magnifique corps une fois de plus.

Jusqu'à présent, je ne suis pas impressionnée, pensa-t-elle, la lueur de son regard lorsqu'il tourna ses yeux vers les siens suggérant qu'elle voulait qu'il l'entende. *Au Brésil, tu sembles avoir donné ton maximum.*

Il répondit par un grondement amusé, s'avançant vers elle et la plaquant de nouveau contre le mur. Elle frissonna, ses mamelons étaient de raides petits pics qui taquinaient son torse alors qu'il alignait leurs corps dans un baiser intime.

— Tu ne peux pas me distraire avec le sexe, Lee.

Consciente de l'effet que cela produirait, Leela fit glisser ses ongles le long de ses cuisses.

— On sait tous les deux que ce n'est pas vrai, poursuivit-il.

Ses mains glissèrent vers le bas de son dos jusqu'à son derrière qu'elle serra effrontément.

— Tu voulais recréer les souvenirs, n'est-ce pas ? Nous allons avoir besoin d'une piste de danse et d'un tabouret pour ça.

Elle se mit à décrire la scène dans sa tête, dépeignant une image de la première fois qu'ils s'étaient rencontrés sur la plage. Balthazar écoutait, se souvenant de cette conversation. Mais ça n'avait pas été avec Leela. Il avait parlé à une autre femme, une énigme dont il rêvait depuis des mois.

Une femme sans visage.

Un fantasme qu'il avait simplement apprécié sans trop y réfléchir.

Mais Leela lui rapporta plus d'éléments de leur conversation, lui indiquant la façon dont cela les avait amenés à rejoindre Luc pour observer son concours de shots à l'érable.

—Je me souviens de ça...

Mais cela ne s'était pas tout à fait passé de la manière qu'elle décrivait maintenant.

— J'ai emmené une de ces brunes dans ma chambre pour l'après-midi.

Leela secoua la tête.

— Oh, non.

Elle avait presque l'air triste. Cependant, il entendit la conviction dans son esprit, celle qui lui disait qu'elle avait supprimé ces souvenirs pour une raison.

Pour le protéger.

Pour nous protéger.

Pour protéger Stas.

Balthazar caressa sa joue, son pouce traçant une ligne sensuelle sur sa lèvre inférieure.

— Tu as tort, Lee, chuchota-t-il.

— Pas du tout.

— Oh si, rétorqua-t-il. Tu aurais pu me faire confiance.

Elle secoua la tête, sa bouche s'entrouvrant pour un argument qu'il ne voulait pas entendre.

Je te connaissais à peine. On n'était pas censés se rencontrer. C'était une erreur.

Ces pensées tentaient toutes de s'imposer dans son esprit et, dans une certaine mesure, chacune d'elles était vraie.

Et pourtant...

— Tu ne nous as même pas laissé une chance, Lee.

— Une chance ? répéta-t-elle, incrédule. Ne me prends pas pour une idiote. Aucun de nous n'est du genre à avoir des relations, Balthazar.

— Je voulais dire nous, les Anciens, corrigea-t-il, avec un sourire. Mais c'est bon de savoir où se promène ton esprit.

Elle leva les yeux au ciel.

— Tu le sais déjà, *liseur d'esprit.*

— Hmm, c'est vrai, répondit-il en se penchant encore plus vers elle et en s'assurant qu'elle pouvait sentir chaque centimètre de son intérêt pressé contre elle. Et tu sais aussi où est le mien.

Des flammes bleues se frayèrent un chemin dangereux autour de ses pupilles, supplantant le vert de ses iris.

— Je pensais que tu serais en colère.

— Je suis en colère, admit-il doucement. Très, très en colère.

Elle avait déglingué son esprit. Il n'appréciait pas cela.

Cependant, le fait d'avoir accès à ses pensées l'aidait à comprendre pourquoi elle l'avait fait.

Cela ne voulait pas dire qu'il approuvait. Non, il avait bien l'intention de le lui faire payer d'une manière qui les satisferait tous les deux.

Mais il voulait quand même qu'elle admette qu'elle avait eu tort d'effacer le souvenir du temps qu'ils avaient passé ensemble.

Ensuite, il voulait qu'elle le supplie pour en avoir plus.

Qu'elle l'implore de créer de nouveaux souvenirs.

Qu'elle s'excuse avec ses jolies lèvres enroulées autour de sa queue.

Il releva le visage de Leela, sa bouche se trouvant à quelques centimètres de la sienne.

— Tu vas ramper devant moi, Lee, jura-t-il, répétant ce qu'il lui avait dit avant de la traîner dans cette douche. Tu vas ramper et me supplier de te baiser. Mais je ne céderai pas. Pas avant que tu ne le veuilles vraiment. Et même là, j'aviserai.

— Je ne ramperai pas devant toi, rétorqua-t-elle avec une conviction qui fit monter les enchères entre eux. Je ne rampe devant personne.

— Tu le feras pour moi, lui promit-il.

— Je ne vais pas m'excuser, Balthazar.

— Je ne demandais pas d'excuses, Leela, lui fit-il remarquer, ses lèvres effleurant les siennes. Je promettais

36

simplement de te faire supplier pour une autre nuit dans mon lit.

Elle sourit.

— Qu'est-ce qui te fait croire que ça m'intéresse ? demanda-t-elle. Je me souviens de chaque minute de notre dernière session.

En réponse, les lèvres de Balthazar se retroussèrent.

— C'est pour ça que je sais que tu vas me supplier pour en avoir plus.

Parce que même s'il ne pouvait pas se rappeler les détails, il avait entendu la satisfaction écrasante dans l'esprit de Leela. Ces souvenirs l'avaient souvent empêchée de dormir, son corps mourant d'envie d'être satisfait par quelqu'un d'aussi doué que lui.

— Seulement dans tes rêves, répondit-elle mielleusement.

— Tu en sais quelque chose, dit-il.

Il captura sa bouche avant qu'elle ne puisse répondre, sa langue glissant avec aisance entre ses belles lèvres pour plonger en elle et lui fournir un rappel sensuel de ses prouesses.

Les ongles de Leela s'enfoncèrent dans ses fesses, le retenant contre elle alors qu'il la dévorait d'une manière qui lui était trop familière. Il l'avait *vraiment* déjà embrassée. Il le sentait au plus profond de son âme. Comme il l'avait reconnue dès qu'elle avait réapparu dans sa vie.

Des bribes se remettaient en place.

Un sourire qu'il avait vu dans un rêve.

Une voix qui l'avait fait bander sans autres préliminaires.

Un corps créé pour le péché.

Ses instincts prirent le dessus, guidant ses mouvements, dominant les sens de Leela et consumant les siens en même temps. La chaleur faisait bouillir son sang et son désir augmentait à chaque seconde qui passait.

Et ce n'était pas seulement le *sien* qu'il ressentait, mais aussi celui de Leela.

Son aptitude à percevoir et à manipuler les émotions s'enflamma lorsque le désir de Leela frappa son entrejambe.

Mais il pouvait entendre son intention.

Elle voulait briser la conviction qu'il avait avant même que ce jeu ne commence.

Adorable chipie, songea-t-il, amusé par ses pitreries.

Le Séraphin avait été créé pour ce match, plus que préparé à combattre sa sensualité avec une bonne dose de la sienne.

Il gémit, l'ivresse pure de tout cela le noyant dans une mer de désir comme il n'en avait jamais connu auparavant.

Cette femme respirait le sexe.

Une maîtresse de sensualité et de grâce.

Elle savait aussi exactement comment jouer avec lui.

Ses ongles le prouvèrent en traçant une ligne sensuelle à travers son dos jusqu'à sa hanche, sa trajectoire rendant son intention évidente. Mais il attrapa son poignet avant qu'elle ne puisse atteindre son but. Il lui permit d'effleurer sa queue de son doigt, puis releva sa main au-dessus de sa tête pour la plaquer contre le mur.

Balthazar répéta le mouvement avec le poignet opposé, réussissant à la capturer devant lui, leurs corps humides et prêts l'un contre l'autre.

— Je ne suis pas aussi facile, bébé, dit-il contre sa bouche. Je prends mes défis très au sérieux.

Une chose qu'elle devrait savoir après l'avoir rencontré au Brésil.

— Qu'est-ce qui te fait croire que je veux jouer ?

— Oh, petite chipie, murmura-t-il, ses lèvres effleurant

les siennes. Tu as déclenché ce jeu au moment où tu as altéré mes souvenirs et tu as fait monter les enchères en cachant la vérité lorsque nous nous sommes retrouvés. Alors, ne feins pas l'innocence avec moi, Lee. Nous savons tous les deux que ce n'est pas ton rôle dans ce jeu.

Elle déglutit et ses pupilles se dilatèrent.

— Je ne ramperai pas, répéta-t-elle.

— Bien sûr que si, promit-il en souriant contre sa bouche avant de la relâcher et de reculer d'un pas. Maintenant, parle-moi du Conseil supérieur des Séraphins. Que crois-tu qu'ils vont faire ensuite ?

Chapitre 3

Leela

L'abrupt changement de sujet de Balthazar donna le vertige à Leela.

Un instant, il la tenait clouée au mur de la douche avec une promesse ardente pressée contre son bas-ventre, et le suivant, il l'observait avec une expression clinique. Elle le regarda avec surprise. Puis, jetant un œil, elle constata qu'il bandait toujours et qu'il était prêt à continuer.

C'était donc une démonstration de retenue.

Parce qu'il voulait qu'elle supplie.

Soit.

Elle allait juste lui montrer ce qu'il manquait.

Sauf que cette question était lourde de sens dans son esprit.

Que crois-tu qu'ils vont faire ensuite ?

— Les Devins auraient prédit la naissance d'Aidyn, dit Leela en réfléchissant à voix haute. Le Conseil est probablement réuni en ce moment pour déterminer son sort. Il se peut...

Elle se tut et ravala sa salive.

— Il se peut que ça soit suffisant pour leur faire sauter le pas.

— Sauter le pas ? répéta-t-il.

— Vers la guerre, murmura-t-elle, son désir s'estompant à chaque seconde qui passait. Les Hydraiens et les Ichoriens sont des abominations, des êtres créés par un abus de pouvoir du Séraphin de la Résurrection. Le Conseil vous veut tous morts.

S'ils n'avaient pas encore agi, c'est qu'ils attendaient simplement le bon moment pour intervenir. Le Conseil supérieur des Séraphins ne prenait jamais de décisions hâtives. Ils étaient pragmatiques à l'excès, attendant l'instant précis de l'histoire où ils devaient s'immiscer dans une situation.

Et ils comptaient sur les Devins pour leur indiquer ce moment.

— Tout ce qu'ils font est déterminé par les voyants de mon peuple, poursuivit Leela. Si les Devins prédisent quelque chose de néfaste en ce qui concerne Aidyn, comme la possibilité de fabriquer plus de Séraphins tels que Lizzie dans un laboratoire, le Conseil pourrait décider qu'il est enfin temps de nettoyer le désordre d'Osiris.

Nettoyer signifiait les tuer tous. Parce que le Conseil supérieur des Séraphins ne tenterait pas de réformer qui que ce soit ; il se contenterait de massacrer les abominations et passerait à autre chose.

La seule raison pour laquelle ils n'étaient pas encore intervenus, c'était à cause des Devins.

Le moment n'est pas venu.

S'impliquer maintenant est prématuré.

Il y a encore de l'espoir qu'Osiris se réforme.

Leela avait entendu les murmures de ces prophéties à l'extérieur des murs de la salle du Conseil. Elle et Vera s'étaient relayées pour espionner leurs réunions, se cachant aux abords de l'amphithéâtre, dans un recoin jusqu'où les voix portaient et où personne ne regardait jamais.

Les Séraphins ne verraient jamais le fait d'épier le Conseil comme pratique.

Parce que l'idée qu'un Séraphin puisse s'opposer à sa propre espèce était inconcevable.

Pourquoi remettrait-on en question le Conseil ? Tout reposait sur la logique et la raison d'être. Bien sûr, ils mettaient l'intérêt supérieur des Séraphins au premier plan de leurs décisions. Agir autrement serait déraisonnable et ne servirait pas une finalité plus importante.

Mais c'était précisément le genre de logique ancrée chez les gens de son espèce qui les poussait à fermer les yeux sur la vérité.

Le Conseil supérieur des Séraphins est corrompu.

Elle se souvenait encore de la première fois où elle avait réalisé cela. C'était après avoir passé plusieurs siècles avec les humains, apprenant leurs penchants pour la guerre, le sexe et la violence. Mais en observant les évolutions politiques au fil des ans, elle avait compris comment cela s'appliquait à sa patrie, comment le Conseil des Séraphins utilisait la raison et le sens pratique pour garder les anges dans le droit chemin.

C'était stratégique, magnifique, rusé et dangereux.

Plus Leela comprenait cela, plus elle craignait pour son existence.

On surveillait déjà fortement chez elle tout signe d'humanité en raison de ses liens avec la lignée de la Fertilité. Toute sa raison d'être tournait autour de l'attention portée aux autres, ce qui la rendait vulnérable aux émotions.

Le Conseil avait mis en place un programme pour réfréner ces penchants sensibles.

La réformation.

Dont Caro venait de s'échapper.

Leela ne savait pas grand-chose de l'exigence ou de ce qu'impliquait le processus, car elle n'en avait jamais fait l'expérience elle-même. Cependant, elle avait vu ce que cela avait produit sur d'autres.

Et ouais, non, merci, pensa-t-elle.

C'était l'une des raisons pour lesquelles elle gardait son côté émotionnel secret. Mais elle soupçonnait le Conseil d'être déjà au courant. Ils avaient une équipe de voyants, *les Devins*, et Leela préférait notoirement vivre parmi les mortels. Ce dernier élément était très révélateur de son état psychique.

Heureusement, ils n'avaient pas choisi d'engager la correction dans son cas.

Peut-être parce que les Devins n'avaient prévu aucune menace liée à Leela.

Ou, plus probablement, parce que le Conseil ne pouvait pas la traquer.

— Pourquoi ne peuvent-ils pas le faire ? demanda Balthazar, sans un regard d'excuse.

Il avait clairement écouté tout ce qu'elle pensait, y compris ce qu'elle savait du Conseil et le fait qu'elle préférait les humains à la compagnie des Séraphins.

Plutôt que de répondre à voix haute, elle se retourna pour lui montrer la rune dans son dos. C'était un cœur, tout comme celui que Caro avait donné à sa fille. Cela avait aidé à cacher la position de Leela, lui permettant d'être un bon gardien pour l'enfant en question – Stas.

J'ai reçu cette marque lorsque j'ai juré fidélité à Stas, expliqua Leela sans tenter de se soustraire à l'aptitude naturelle de Balthazar à lire dans les pensées.

Elle arrangerait cela dès qu'elle aura retiré le charme que Vera avait gravé sur sa peau.

— Ou tu pourrais le garder, suggéra Balthazar en

saisissant ses hanches pour l'empêcher de se tourner à nouveau vers lui. *J'aime plutôt ton esprit*, chuchota-t-il, ses lèvres maintenant contre son oreille. *Il est fascinant, Lee.*

La chaleur de l'Hydraien l'enveloppa alors qu'il pressait son torse contre son dos et son sexe contre son derrière.

Hmm, gémit-elle pour elle-même.

La façon dont ils s'emboîtaient naturellement lui plaisait beaucoup. La force de Balthazar épousait ses courbes dans une harmonie sensuelle qui enflammait son sang.

Ses lèvres effleurèrent son cou, s'arrêtant sur sa jugulaire. Elle savait ce qu'il ressentirait, l'escalade de ses besoins, le désir qui battait dans ses veines, l'envie de finir ce qu'ils avaient commencé il y a plusieurs mois.

Cette expérience avait été plus mémorable qu'il ne pouvait l'imaginer.

— Parle-moi de ça, murmura-t-il, son souffle donnant un baiser sensuel à ses sens. Combien de fois t'ai-je fait jouir, Lee ?

Pour toute réponse, elle eut un frisson et ses cuisses se resserrèrent au souvenir de ce qu'elle avait ressenti quand il était en elle : chaud, épais. *La perfection.*

Un gémissement resta coincé dans sa gorge, le souvenir de leur premier baiser assaillant son esprit. Il l'avait prise dans ses bras avec une confiance qui l'avait interpellée au plus profond de son âme.

— Non, ma chérie, avait-il dit, en réponse à sa taquinerie sur ses méthodes habituelles de séduction. Je n'ai pas d'approche.

— Ah ouais ? avait répondu Leela, saisissant ses épaules nues et croisant son regard directement. Et pourquoi ça ?

Il lui avait palpé les fesses et caressé la nuque avant de répondre :

— Parce que je n'en ai pas besoin.

Puis il avait pris sa bouche avec une audace qu'elle ressentait dans son toucher maintenant, son assurance étant l'un des traits de caractère qu'elle préférait chez lui.

Balthazar savait comment allumer, comment baiser, comment assurer la satisfaction de toutes les parties impliquées, encore et toujours. Elle l'avait regardé jouer à plusieurs reprises au cours des derniers mois.

Et chaque fois, elle s'était laissée aller au souvenir de leur expérience commune, se faisant plaisir à la seule pensée de son contact et de sa langue.

Il sourit dans son cou et lui dit sur un ton doux :

— Voyeuse.

Mais elle sentit la preuve de ce que cet aveu lui faisait. Elle perçut la dureté de son sexe contre ses fesses et sut qu'il *aimait* qu'elle le regarde.

Elle s'en était doutée, avait fantasmé sur ce qu'il ferait quand il le découvrirait. Ces fantasmes avaient conduit à l'extase et à un besoin accru. Cependant, elle n'avait pas eu suffisamment de temps pour se satisfaire correctement.

Ces derniers mois avaient été un tourbillon pour la protection de Stas.

— Pourtant, tu as trouvé le temps de m'épier, dit Balthazar d'une voix qui promettait du sexe, en resserrant sa prise sur les hanches de la jeune femme. Fascinant.

Elle avait vraiment envie de le chasser de sa tête, de l'empêcher d'entendre ces secrets.

— Menteuse, l'accusa-t-il, sa langue passant sur le rebord de son oreille. Je pense que tu aurais aimé que j'entende tes pensées pendant que tu me regardais.

Elle ravala sa salive, refusant de l'admettre à voix haute.

Toutefois, ce n'était pas nécessaire.

Il pouvait entendre la vérité dans son esprit.

— Aurais-tu voulu te joindre à nous ? demanda-t-il doucement. Ou est-ce que le fantasme était que je finisse, que je te trouve et que je remette le couvert ?

Les deux, pensa-t-elle en se tortillant. Elle avait imaginé les deux possibilités de ce fantasme, préférant la seconde à la première. Parce que ses prouesses l'emporteraient toujours et il lui donnerait le meilleur de lui-même après s'être échauffé avec les autres.

Ses dents effleurèrent sa gorge, sa queue tendue était une balise dans son dos qu'elle avait envie de toucher. Mais il la maintenait en place sans effort, la forçant à rester concentrée sur le mur.

Les hommes tentaient souvent de la dominer, de prendre le contrôle, de prouver leur valeur sexuelle par rapport à la sienne. En général, elle en riait, leur permettait d'essayer, puis leur donnait une leçon au lit.

Sauf que Balthazar était différent. Sa confiance provenait de sa valeur, cimentée par l'expérience et renforcée par sa compassion.

Ses menaces sensuelles étaient sérieuses.

Il allait toujours jusqu'au bout.

Il possédait également la capacité de jouer ce jeu tout aussi bien qu'elle.

Ce qui rendait la chose encore plus amusante. Et plus dangereuse aussi.

— Pose tes mains contre le mur, dit-il. Au-dessus de ta tête.

Elle envisagea de le lui refuser, juste pour voir ce qu'il ferait ensuite. Cependant, elle obtempéra parce que c'était exactement ce qu'il voulait. S'amuser avec elle, la persuader, subjuguer ses instincts.

Leela savait tout de Balthazar : ses goûts, ses méthodes,

sa technique de séduction, son *endurance*, ce qui lui donnait l'avantage ultime dans cette situation.

Ses connaissances lui permettaient de jouer avec lui aussi bien qu'il jouait avec elle. Parce qu'elle pouvait anticiper chacun de ses mouvements.

— Depuis combien de temps me surveilles-tu ? demanda-t-il avec une pointe d'étonnement dans la voix.

— Assez longtemps, admit-elle.

Elle connaissait son existence depuis des millénaires. Mais ce n'était qu'au Brésil qu'elle s'était autorisée à le rencontrer vraiment.

Il répondit par un grognement contre son cou, ses paumes glissant sur ses flancs dans un mouvement lent.

— Quand es-tu devenue ma voyeuse personnelle, Leela ? Avant ou après le Brésil ?

Après.

Mais techniquement avant, aussi.

Elle l'avait déjà observé, avait été impressionnée par ses prouesses, puis était passée à autre chose.

Cependant, ces derniers mois, elle avait fait plus que regarder. Elle s'était... *satisfaite* après coup.

— Satisfaite de quelle façon ?

La sensualité caressait son ton, provoquant la chair de poule sur les bras de Leela. Ses doigts effleurèrent le renflement de ses seins, ce qui la fit inspirer fortement, le besoin en elle en redemandant.

Il la toucha avec la connaissance de leur passé et Leela se demanda alors ce dont il se souvenait.

Ou peut-être que tout cela était dans sa tête à elle. Une réponse à un désir sans fin, un espoir, un *manque*, qu'elle avait niés pendant trop de mois.

Parce qu'il ne lui appartenait pas de le désirer.

Sa mission consistait à protéger Stas, pas à badiner avec Balthazar.

La main de celui-ci glissa vers le bas, effleurant son abdomen plat jusqu'à la peau lisse entre ses cuisses.

Sauf qu'il ne la toucha pas là où elle le voulait. Il revint plutôt à sa hanche, son pouce dessinant des cercles hypnotiques contre sa peau.

— Si tu ne me regardes vraiment que depuis quelques mois, alors tu n'as aucune idée de ce que je peux faire. Pas encore.

Il effleura son cou avec ses dents, son excitation chaude se faisant à la fois promesse et menace contre son dos.

— Mais tu le sauras, Lee. Bientôt. Très, très bientôt.

Il mordilla la veine rugissante de son cou et fit un pas en arrière, les mains toujours sur ses hanches pour l'entraîner avec lui.

Elle le suivit parce qu'elle était trop fatiguée pour lutter. Trop épuisée pour refuser. Trop exténuée émotionnellement pour faire autre chose que d'obtempérer.

— Je te tiens, promit Balthazar à voix basse, tandis qu'il les rinçait tous les deux une dernière fois.

Elle entendit le double sens de ses mots. Il la tenait, comme pour la garder en sécurité. Mais il la tenait aussi d'une manière qui impliquait une intention sensuelle.

Leela accepta les deux interprétations de la phrase.

Mais je ne vais toujours pas ramper, jura-t-elle.

Balthazar gloussa.

— Oh si, répondit-il en la contournant pour fermer le robinet de la douche. Et tu adoreras chaque seconde qui suivra.

Elle laissa ses pensées répondre à son affirmation, lui disant qu'elle n'avait jamais rampé devant qui que ce soit et qu'elle ne commencerait pas avec lui.

Mais lorsqu'il la retourna pour lui faire face, elle capta

le défi dans son regard, qui indiquait qu'il aimait son combat.

Il permit que ce soit sa réponse, de la même manière qu'elle lui avait donné son esprit.

Plutôt que de commenter, elle se contenta de sourire. Il n'avait toujours aucune idée de qui était son adversaire. Et une fois qu'elle aurait arrangé la rune, il perdrait la faculté de lire ses pensées.

Le regard de Balthazar se plissa.

— Il semble juste de garder une ligne de communication ouverte, vu les avantages que tu t'attribues.

— Une ligne de communication ouverte ? répéta-t-elle. C'est comme ça que tu appelles ça ?

Il ouvrit la porte de la douche pour prendre une serviette sur le support. Plutôt que de l'enrouler autour de sa taille et d'altérer la vue qu'elle avait de son corps plus qu'impressionnant, il l'utilisa pour la sécher complètement. Puis il l'enveloppa dans le coton et l'entraîna dans un baiser inattendu.

Sans langue.

Juste une pression des lèvres.

Le murmure d'une promesse malicieuse.

Leela frissonna malgré la chaleur, son désir revenant en force au moment où il se retira pour la regarder fixement.

— La communication, Leela. C'est comme ça que les relations fonctionnent.

— Les relations ? répéta-t-elle, essoufflée.

Ce n'était pas le genre de Balthazar. Bon sang, ce n'était pas le *sien* non plus.

— Qu'entends-tu par *relations* ?

Il ne répondit pas. Au lieu de cela, il attrapa sa propre serviette et l'enroula autour de ses hanches sans se sécher. Puis il lui tendit la main, son expression la mettant au défi de refuser.

Elle faillit le faire par principe.

Mais elle était trop intriguée pour contester, ce qui lui valut un sourire entendu.

Ça ne veut pas dire que je désire une relation, lui dit-elle.

— Il est trop tard pour changer ça, ma chérie, dit-il en la guidant hors de la salle de bains. Notre histoire ne fait que commencer.

Il la regarda, ses intentions virevoltant dans ses iris chocolatés.

— Maintenant, allonge-toi sur ce lit et écarte les jambes. Je veux t'entendre crier mon nom.

— Je croyais que tu voulais d'abord que je rampe ?

— Oh, ça viendra aussi, répondit-il, une intention sournoise rayonnant dans son expression. Et quand...

Balthazar fut interrompu par un éclat de puissance séraphique qui fit redresser les poils des bras de Leela.

Il avait entendu la réaction dans son esprit, un problème qu'elle avait désespérément besoin de régler.

Des plumes marine apparurent, suivies par l'énergie familière de Vera. Elle prit immédiatement sa forme corporelle, ce qui fit sourire Balthazar.

— Justement le Séraphin que je cherchais. Toi et moi, on va devoir discuter de mes souvenirs.

Elle le regarda en clignant des yeux. Puis elle secoua la tête comme pour l'éclaircir et reporta son attention sur Leela.

— Leek et Kital sont en route. On doit décamper. *Tout de suite.*

CHAPITRE 4

LEELA

LEELA REGARDAIT SA MEILLEURE AMIE BOUCHE BÉE.

— Quoi ? Comment ?

Leek et Kital étaient des guerriers séraphins, tout comme Gabe. Mais, contrairement à Gabe, les deux autres n'étaient pas du côté de Stas. Ils faisaient partie de l'équipe du Conseil.

Heureusement, Gabe était le plus fort des trois guerriers, bien qu'il soit plus jeune de plusieurs siècles. Il avait en fait battu son demi-frère, Leek, il y a quelques dizaines d'années, prouvant ainsi que l'âge importait peu lorsqu'il s'agissait de pouvoir et de compétences.

Mais ça n'impliquait pas que Leek et Kital étaient faibles.

Non, ils représentaient vraiment une menace.

Sauf que des sorts de protection entouraient la propriété, ce que Gabe avait mentionné avant l'arrivée de Leela et Balthazar. Elle en avait vérifié quelques-uns elle-même, notant leurs liens avec l'essence de Lizzie.

— Il y a une rune d'occultation à l'extérieur, ajouta-t-elle en faisant référence au marqueur magique qui rendait la propriété invisible à quiconque cherchait à nuire à Lizzie. Ils ne peuvent pas nous trouver ici.

— Patreel et Arvane sont avec eux, répondit Vera.

Les deux noms paraissaient sombrement familiers à Leela.

Des traqueurs.

— Ils ont reçu l'ordre de prendre Elizabeth et son enfant vivants. Mais ils ont également la permission de les exterminer.

Bien sûr que oui, pensa Leela. Le Conseil ne souhaitait pas que Lizzie soit jugée ; ils voulaient juste faire des expériences sur elle et la tuer ensuite.

— As-tu informé Gabe ?

Il voudrait être au courant, étant donné que c'était probablement son père, Adriel, qui avait donné l'ordre.

— Je ne lui ai pas parlé depuis que j'ai altéré ses souvenirs, répondit-elle. Je pensais qu'il serait ici.

— Non, répondit Leela en fronçant les sourcils. Où est-il ?

Elle n'avait pas pensé à poser la question, avec tout ce qui s'était passé, mais elle comprenait pourquoi Vera avait supposé qu'il serait ici. C'était logique qu'il y soit.

— Il est toujours chez Ezekiel ? demanda Vera.

— Non, la dernière fois que je l'ai vu, c'était à Hydria. Mais je pensais qu'il nous retrouverait ici.

À moins qu'il n'ait pu trouver l'île.

Ce qui semblait improbable, vu la facilité avec laquelle Leela était arrivée ici.

Et Vera aussi, clairement.

Parce qu'ils savaient tous où regarder. *Cependant...*

— Comment le Conseil nous a-t-il trouvés ? demanda-t-elle tout haut. Nous sommes au milieu des Caraïbes. Loin d'Hydria.

Le regard de Balthazar se rétrécit, son expression

suggérant qu'il avait une idée, mais il ne l'exprima pas à voix haute.

Vera se contenta de hausser les épaules.

— Je ne sais pas, mais on doit bouger. Je suggère l'Islande. Ezekiel et Skye ont des sorts de protections en place. On peut se rassembler chez eux et décider de la suite des événements.

Leela hocha la tête.

— Très bien. J'ai besoin de savoir où ça...

Vera s'empara de son poignet, son pouvoir se réveilla et elle introduisit un souvenir artificiel dans l'esprit de Leela. Elle eut un frisson lorsque cette pensée factice lui traversa la tête à toute vitesse. Puis l'information s'intégra, se mêlant à ses autres souvenirs, et la fit cligner des yeux.

C'était si réel qu'elle remit presque en question la fausseté de la chose.

Est-ce que j'y suis déjà allé ? se demanda-t-elle. *Ou c'est juste encore un tour de Vera ?*

C'était si difficile de savoir ce que celle-ci avait modifié dans son passé, quelle part était réelle et laquelle était inventée.

Quand Vera voulut attraper Balthazar, il fit un pas en arrière.

— Si tu n'as pas l'intention de replacer les souvenirs que tu as déjà altérés, inutile de me toucher.

Elle soupira et secoua la tête.

— Comme si je prenais plaisir à faire ça.

— Je pourrais presque y croire, rétorqua-t-il, la colère dans sa voix surprenant Leela.

Elle ne lui avait jamais entendu ce ton auparavant. Cela dit, normalement, elle ne l'observait que dans des situations intimes. Et alors qu'ils n'étaient tous deux vêtus que de serviettes, la sensualité brûlante entre eux avait baissé de plusieurs crans à l'arrivée de Vera.

Ce qui fascinait aussi Leela.

Balthazar avait presque toujours accepté de laisser entrer tout le monde dans sa chambre.

Une certaine noirceur tourbillonnait dans son regard brun lorsqu'il rencontra celui de Leela.

Elle ravala sa salive, l'intensité qui se dégageait de lui étant à la fois étouffante et fascinante.

— Je veux retrouver mes souvenirs, dit-il. Tant que ça ne se produit pas, l'esprit de Leela reste ouvert.

Elle entrouvrit la bouche.

— Ce n'est pas...

— OK, dit Vera. Si ça peut vous faire *bouger* tous les deux. Le temps presse.

Sur ces mots, elle disparut.

Balthazar fixa l'espace qu'elle venait de libérer, les yeux plissés.

— Comment penses-tu qu'ils nous ont trouvés ? demanda-t-il à voix basse.

— Je ne sais pas, admit Leela. C'est bien pour ça que j'ai posé la question.

Il resta silencieux un moment, puis hocha la tête comme s'il acceptait cette explication. Mais son expression, lorsqu'il la regarda la seconde suivante, suggérait qu'il avait une théorie.

Elle fronça les sourcils. *Et toi, comment crois-tu qu'ils nous ont trouvés ?* lui demanda-t-elle en pensée.

Il secoua la tête avant de dire :

— Habille-toi.

Elle aurait voulu protester contre cet ordre, mais un picotement de malaise remonta le long de sa colonne vertébrale. Il irradiait de sa rune, celle qui lui murmurait l'arrivée du danger quand il approchait.

Des traqueurs.

Elle ravala sa salive, sa peur d'être découverte la glaça.

Elle s'était cachée pendant des siècles, échappant aux plus exercés de la lignée des Traqueurs avec une facilité dont elle s'enorgueillissait.

Mais là, ils les avaient trouvés.

Comment ? se demanda-t-elle encore.

Un jean et un débardeur apparurent dans son champ de vision. Ce n'étaient pas ses vêtements que lui tendait Balthazar, mais une tenue qu'il avait récupérée dans la commode à côté d'eux.

— Ça semble être à ta taille. Comme si quelqu'un savait que nous serions dans cette pièce, à ce moment précis, dit-il en lui tendant ensuite un chandail. C'est aussi à ta taille.

Elle jeta un coup d'œil autour de lui et vit une autre tenue dans le tiroir, pour lui apparemment.

Skye, songea-t-elle.

Il lâcha un grognement. Que ce soit pour dire qu'il était d'accord ou non, elle n'en était pas sûre. Elle ne l'avait jamais vu de cette façon, une facette qui faisait de lui un leader de son espèce.

La politique hydraienne était beaucoup plus décontractée que celle des Séraphins, ou même des Ichoriens.

Les Hydraiens valorisaient le pouvoir et l'expérience, nommant les plus âgés de leur race Anciens. Balthazar faisait partie de ce groupe, ses quelques millénaires d'existence l'ayant rendu vénérable et respecté. Pourtant, il gardait toujours un air décontracté, traitant délicatement les différends avec une touche affectueuse plutôt que réprobatrice.

Balthazar eut un petit rire, interrompant l'évaluation mentale de Leela.

— Il y a toutes sortes de façons de discipliner les gens, Lee. Toutes ne sont pas violentes.

Il entra dans son espace personnel, lui faisant prendre conscience qu'elle n'avait pas encore mis ses vêtements, alors que lui avait passé la dernière minute à enfiler un jean.

— Certaines punitions nécessitent une approche sensuelle, lui annonça-t-il doucement. Et tout le monde ne veut pas être dirigé. Certains ont besoin d'être amadoués pour rester dans le droit chemin.

La chaleur irradiait de son torse nu, des intentions ardentes bouillonnant dans son regard chocolat.

— Habille-toi.

Le ton dominateur sous-jacent lui donnait envie de se rebeller. Non pas parce que sa démonstration de puissance lui déplaisait, mais parce qu'elle voulait savoir ce qu'il ferait si elle refusait.

Toutefois, le picotement le long de sa colonne vertébrale lui rappela la menace persistante à l'extérieur. Et cela l'obligea à obtempérer.

Balthazar enfila des chaussettes épaisses et des bottes noires trouvées dans le placard avant de lui en apporter une paire assortie. Elle n'eut pas besoin de demander si elles étaient aussi parfaitement à sa taille. Tout comme le jean, le débardeur et le pull bleu qu'il lui avait remis.

Un coup d'œil sur son torse maintenant vêtu lui indiqua que ses vêtements lui allaient également. Cependant, son col roulé à manches longues semblait avoir été peint sur lui, ce qui accentuait son physique impeccable.

Leela soupçonnait que cela avait été choisi pour son propre plaisir.

Merci, Skye, pensa-t-elle quand Balthazar se retourna pour montrer son beau fessier dans ce jean ajusté.

Il trouva deux manteaux dans le placard, lui en tendit un blanc matelassé avant d'enfiler la veste en cuir noir.

Quelqu'un avait manifestement prévu qu'ils auraient à se rendre en Islande, car cette tenue n'était pas adaptée pour les Bahamas.

Et une seule personne aurait pu prédire qui aurait besoin des vêtements dans cette pièce même.

L'Islande était donc leur prochain arrêt pour une multitude de raisons.

— Allons retrouver les autres, dit-elle.

Soit Vera leur avait déjà donné les indications nécessaires, soit elle s'attendait à ce que Leela et Balthazar transmettent le message.

Stas sentirait aussi probablement la menace à l'extérieur. De même pour Sethios et Caro.

Leela se dirigea vers la porte, mais son poignet resta immobilisé dans la main de Balthazar.

— Emmène-nous en Islande.

— Quoi ? répondit-elle en clignant des yeux. On doit prévenir les autres.

— Non. On doit s'assurer qu'on ne tombe pas dans un piège, ensuite on reviendra chercher les autres, rectifia-t-il.

Elle le regarda bouche bée.

— Je peux sentir le danger.

— D'une rune créée par Vera, c'est ça ?

— Non, par Caro...

Elle se tut un instant, fronça les sourcils et ajouta :

— En quelque sorte.

Les runes étaient complexes. Tous les Séraphins savaient comment les créer. Mais il était plus ou moins tabou de se marquer soi-même.

Principalement parce qu'il y avait certains risques à dessiner le mauvais angle ou rebord.

Donc les Séraphins s'étaient toujours entraidés.

Cependant, cette aide était assortie d'une condition :

seul le créateur de la rune pouvait la modifier, une fois gravée dans la chair.

N'importe qui pouvait altérer les protections et les runes sur les objets inanimés. Mais sur une créature vivante, cela nécessitait l'intervention du Séraphin original.

Ou, dans le cas de Leela, *plusieurs* d'entre eux.

Parce que Vera et Caro avaient travaillé ensemble pour lier la rune de Leela à Stas pendant le serment d'allégeance.

— Je ne vois pas ce que ça vient faire ici, dit finalement Leela. On doit prévenir les autres.

Mais Balthazar secoua la tête.

— Nous devons d'abord vérifier que l'endroit est sûr avant que tout le monde se volatilise là-bas. Je ne vais pas mettre la petite LJ ou ses parents en danger.

Une énergie protectrice grouillait autour de lui, l'enveloppant d'une cape de confiance en soi et de contrôle nécessaire. Il pensait ce qu'il disait : il devait assurer la sécurité de son meilleur ami et sa famille.

Parce que c'était aussi sa famille à lui.

Leela déglutit, puis hocha la tête.

— Très bien. Mais laisse-moi au moins prévenir Caro. Ils sauront ainsi réagir à ce qui se passe ici si on ne revient pas.

Ils reviendraient. Elle en était certaine. Vera n'avait aucune raison de les trahir.

Mais Balthazar ne connaissait pas le Séraphin manipulateur de mémoire aussi bien que Leela.

— J'ai déjà partagé l'image avec Issac, lui dit Balthazar. Il est au courant.

— Je pensais que tu ne pouvais pas l'entendre, répondit-elle, les sourcils froncés.

Grâce au lien du sang entre Issac et Stas, l'Ichorien était en passe de devenir un Séraphin. Ce qui l'avait en grande partie immunisé contre les dons des Ichoriens et des Hydraiens. Dans vingt-cinq ans, il aurait ses ailes. Et une bonne dose d'immortalité indestructible.

— Son esprit n'est plus aussi clair, un peu comme une radio mal réglée, confirma Balthazar. Mais il m'a envoyé une réponse visuelle. Il a compris ce que nous voulons faire et il en informe les autres.

Une image assaillit l'esprit de Leela : Issac et Stas trouvant des tenues qui leur étaient destinées, de la même manière que Balthazar avait découvert les leurs.

Leela secoua la tête, essayant d'effacer le visuel qui se transforma : Issac et Stas marchant dans le hall pour rejoindre Caro et Sethios.

Puis Issac regarda directement Leela et elle lut sur ses lèvres : *Vas-y !*

Ses yeux s'écarquillèrent lorsque l'image disparut, remplacée par l'expression amusée de Balthazar.

— Tu lui as dit de faire ça ?

— Non, mais j'imagine qu'il a senti que tu tergiversais et qu'il a décidé de prendre les choses en main. Il n'est pas du genre à perdre son temps.

— Moi non plus.

— Alors pourquoi on est encore ici ?

Il serra son poignet pour appuyer ce qu'il venait de dire. Elle plissa alors les yeux.

Très bien. Tu veux aller en Islande ? Allons en Islande.

Elle déclencha sa faculté de volatilisation d'un simple geste, attrapa la nuque de Balthazar et leur fit traverser l'espace et le temps.

Pour Balthazar, c'était probablement comme parcourir un tunnel à toute vitesse. Mais ce n'est pas ce que ressentait Leela.

Pour elle, se volatiliser était synonyme de liberté.

C'était une situation où personne ne pouvait la toucher,

ce qui lui permettait de s'éloigner gracieusement des Bahamas et de les téléporter plus ou moins directement au nord, dans un climat beaucoup plus froid.

Sans que personne ne soupçonne sa présence.

Grâce à sa rune.

Ils pourraient percevoir Balthazar, mais seulement une fraction de seconde. Ce ne serait pas assez long pour que Patreel ou Arvane s'y accrochent et les pistent, ce qui l'aida à calmer le tourment de ses tripes.

Elle détestait l'idée qu'on puisse la suivre. Rien que d'y penser, elle étouffait.

Si quelqu'un découvrait les fractures dans son conditionnement, elle serait soumise à une réformation émotionnelle.

Elle n'y survivrait pas.

Elle n'était pas liée à quelqu'un comme Caro. Elle n'avait aucune ancre pour la garder saine d'esprit. Seulement un amour profond pour l'humanité, ce qui était la faiblesse même que le Conseil supérieur des Séraphins cherchait à détruire.

Le frisson qui l'envahit n'eut rien à voir avec l'air glacial qui caressa ses plumes quand ils arrivèrent.

Cependant, ce n'était pas seulement l'idée de la réformation qui lui glaçait le sang.

Non. C'était le fait de se souvenir de *lui* et de ce qu'il ferait quand il la trouverait. Il n'avait pas pris la peine de la pourchasser. Mais si Patreel ou Arvane lui signalait sa présence, il pourrait changer d'avis.

La seule idée de se faire prendre lui donna un violent frisson, qu'elle attribua au changement de température extérieure et qu'elle ignora. Parce que c'était son secret, la peur qu'elle portait en elle et dont personne ne connaissait l'existence.

Jusqu'à présent, réalisa-t-elle en jetant un coup d'œil au liseur de pensées à côté d'elle. Elle était peut-être invisible pour lui, mais il pouvait *l'entendre*.

Balthazar la scrutait lorsqu'elle reprit son état corporel, son regard trouvant infailliblement le sien malgré son incapacité à le visualiser sous sa forme éthérée.

L'esprit de Balthazar reconnaissait le sien, il pouvait imaginer chaque détail sans la voir.

Et cela la terrifiait vraiment.

Parce qu'il apprit exactement ce qu'elle craignait plus que tout au monde : *qu'elle se fasse capturer et tout ce qui suivrait.*

La réformation détruirait son esprit et broierait son âme.

Le fait que ça lui fasse peur disait tout ce qu'il y avait à savoir sur sa condition actuelle. Un Séraphin stoïque ne craindrait jamais la capsule abrutissante parce qu'il n'aurait rien à perdre.

Aucune joie. Aucun bon souvenir. Aucune *vie*.

Leela préférerait mourir plutôt que d'être soumise à cette torture.

Ce qui était précisément le problème : les Séraphins ne mourraient pas.

Aussi, si elle était capturée, elle resterait dans les limbes de ce supplice pour l'éternité. Et *lui* se contenterait de la regarder souffrir. Sans compassion. Sans cœur. Il attendrait qu'elle soit corrigée pour pouvoir accomplir ce que les Devins leur avaient dit de faire.

Se reproduire.

Ce qui n'arriverait pas avant au moins un autre siècle.

Un avantage de la lignée de la Fertilité : elle connaissait son propre cycle.

Une chose qui lui avait permis d'échapper à son sort plus d'une fois. Mais cela signifiait aussi que, si elle était attrapée, elle pourrait souffrir durant un siècle pendant qu'ils essaieraient de la réformer.

Et *lui*, il observerait la « correction ».

Balthazar ne fit aucun commentaire, ne posa aucune question. Il l'étudia encore un instant avant de jeter un coup d'œil à l'abondance de neige.

Janvier en Islande signifiait qu'il faisait froid et sombre.

Comme une chambre de réformation.

Elle déglutit, chassant l'idée de son esprit, et remarqua la maison à une vingtaine de mètres devant eux. Le ruissellement d'énergie à l'extérieur confirmait qu'elle était protégée. Mais le fait qu'ils pouvaient voir cela signifiait qu'ils avaient le droit d'entrer.

Balthazar ne semblait pas aussi convaincu.

— Je n'ai pas vécu si longtemps en faisant confiance à ce que je vois, dit-il en reportant son attention sur Leela. Comment Vera a-t-elle su pour la maison aux Bahamas ?

Elle s'était volatilisée là-bas avec aisance, comme si elle y était déjà allée. Pourtant, elle était absente lors de la naissance.

— Gabe a dû lui dire.

Mais Vera avait dit que la dernière fois qu'ils avaient parlé, c'était après qu'elle eut modifié ses souvenirs. Ou avait-elle dit qu'elle les avait *vus* ?

— Elle a dit qu'ils s'étaient *parlé*, confirma Balthazar. Alors comment a-t-elle su pour la villa d'Osiris ? demanda-t-il à nouveau.

— Je...

Leela s'interrompit un instant.

— Honnêtement, je ne sais pas comment Vera se procure la moitié des informations qu'elle obtient.

Elle avait toujours plusieurs longueurs d'avance et était préparée à cent pour cent.

— C'est un génie.

— Qui peut manipuler les souvenirs à volonté.

— Elle est dans notre camp, insista Leela.

— On verra bien.

— On verra en effet, convint-elle avec certitude.

Vera était sa meilleure amie. Elle lui faisait implicitement confiance.

Balthazar grogna quelque chose d'inintelligible et se dirigea vers la maison.

— Nous devons retourner chercher les autres.

— Pas avant d'avoir vu qui est ici et d'avoir vérifié les protections, répondit Balthazar. Une fois qu'on sera d'accord sur le fait que l'endroit est sûr, on ira les chercher.

Elle resta dans la neige tandis qu'il continuait vers la maison d'un pas assuré.

Ce côté protecteur de Balthazar lui plaisait plutôt bien.

Tout comme son derrière dans ce jean.

— Garde tes fantasmes pour plus tard, ma chérie, lui lança-t-il. On a du boulot.

— Et tu n'es pas du genre à lier le travail et le plaisir ? le railla-t-elle en se volatilisant jusqu'à lui.

Avec un réflexe impressionnant, il l'attrapa par la nuque avant même qu'elle finisse de reprendre sa forme corporelle.

— Je passe mon temps à jouer, dit-il, sa voix faussement basse alors qu'il l'attirait dans un baiser.

C'était rapide et inattendu, la laissant essoufflée lorsqu'il la libéra la seconde suivante.

Sans la langue.

Encore une fois.

Juste ses lèvres.

Comment... ?

— Je t'ai dit que quelques mois d'observation n'étaient rien, murmura-t-il sombrement. Tu vas ramper.

La confiance de son ton rivalisait avec celle de ses pas tandis qu'il continuait vers la maison.

Elle le suivit du regard, inhalant dans son sillage, impuissante.

Cette version de Balthazar ne ressemblait en rien à celle qu'elle avait rencontrée au Brésil. Pourtant, il était exactement le même dans la mesure où il continuait à lui en mettre plein la vue à chacun de ses mouvements.

Elle eut un sourire.

Les hommes charmants étaient monnaie courante. Ceux qui étaient sexy aussi. Mais Balthazar mettait la barre à un tout autre niveau, il ajoutait à ces attributs intelligence et stratégie, et les saupoudrait d'une bonne dose d'attitude protectrice.

On verra, décida-t-elle, reprenant ce qu'elle avait dit précédemment en le suivant une fois de plus.

Leela comprit finalement le but du défi qu'il avait lancé. Il ne s'agissait pas d'être difficile ou de le rejeter. Il s'agissait de lui donner à elle *l'envie* de ramper.

Devant lui.

Pour lui.

Avec son plaisir à elle en tête.

Il voulait mériter ce qu'elle appelait des excuses sensuelles. Et il avait pour but de leur offrir à tous deux une série de jeux érotiques en cours de route.

Son expression ne laissa rien transparaître lorsqu'ils atteignirent la porte d'entrée, mais elle savait qu'il écoutait activement son esprit pour en déduire ses véritables intentions à son égard.

— Oh ?

La voix d'Ezekiel gratifia l'air de la nuit, son amusement palpable même à travers le bois épais de la porte.

Leela échangea un regard avec Balthazar et ses sourcils se haussèrent. Il semblait tout aussi intrigué par ce qui se passait à l'intérieur. Il n'était pas nécessairement rare qu'Ezekiel trouve des situations amusantes, mais il serait utile de savoir ce qui piquait sa curiosité à cet instant.

Le penchant d'Ezekiel pour la volatilité et la violence en faisait un adversaire de taille. Leela lui faisait confiance dans une certaine mesure. Cependant, l'assassin « à la retraite » faisait toujours passer ses propres intérêts avant ceux des autres.

— Et qu'a-t-il emprunté d'autre ? demanda Ezekiel.

— Tu devras lui poser la question, répondit une femme sur un ton plus doux.

Les yeux de Balthazar s'écarquillèrent lorsqu'il saisit la poignée de la porte, son langage corporel confirmant qu'il avait reconnu la voix de la femme.

— Hmm, répondit Ezekiel. Je vais attendre de voir où ça mène.

— De voir où ça mène ? demanda Balthazar en entrant sans frapper ni prévenir.

Il découvrit Ezekiel parlant avec une femme blonde et haussa un sourcil.

— Qu'est-ce que tu fais ici ?

CHAPITRE 5

ISSAC

QUELQUES MINUTES PLUS TÔT.

La main d'Issac était posée sur le ventre plat d'Astasiya et le contact sur sa peau était chaud. Tous deux se prélassaient dans un silence paresseux rempli d'une myriade de non-dits qu'ils comprenaient naturellement sans avoir besoin d'émettre un son.

Bien sûr, ils étaient aidés par le fait qu'ils pouvaient communiquer via leur lien.

Mais tous deux restaient intrinsèquement silencieux, se contentant d'exister dans le plaisir de leur coexistence.

Un délicieux moment de bonheur et d'harmonie.

Ils venaient d'assister à la création d'une vie, ce qu'Issac n'avait jamais désiré voir auparavant. L'expérience l'avait cependant changé de manière irrévocable. Il se demandait à quoi ressemblerait son fils ou sa fille si lui et Astasiya choisissaient cette voie. Ça n'arriverait pas tout de suite ni bientôt. Et trois heures avant, il aurait même ajouté *jamais* à cette pensée.

Pourtant, la joie sur les visages de Jayson et d'Elizabeth l'avait rendu... curieux.

Aya releva la tête vers lui pour croiser son regard, la compréhension faisant étinceler ses iris verts. Il pouvait sentir son approbation sur ce changement de destin, ainsi que son esprit intrigué par ce qu'ils pourraient créer ensemble.

Un bébé séraphin.

Aurait-elle le menton elfique de sa mère ? Ces belles et longues mèches blondes ? Ou serait-ce un garçon aux yeux saphir et à l'épaisse crinière noire ? Peut-être une combinaison époustouflante des deux.

Il gloussa un peu pour lui-même, songeant à ce que sa sœur dirait si elle pouvait l'entendre penser à cet instant. Amelia serait absolument ravie de cette perspective et peut-être impressionnée qu'il envisage une telle possibilité.

Aya se redressa sur son coude à côté de lui, ses cheveux doux retombant sur ses épaules nues alors qu'elle le regardait.

Elle ne dit rien.

Parce qu'elle n'en avait pas besoin.

Il la comprenait à tous les niveaux, c'est pourquoi il savait exactement ce qu'elle avait l'intention de faire maintenant.

Issac posa sa main sur la hanche d'Aya et son corps réagissait automatiquement à chaque mouvement qu'elle faisait. Glissant sa cuisse entre les siennes, elle se pencha pour l'embrasser et ses lèvres murmurèrent de tendres mots d'éternité contre sa bouche.

Si intuitive et parfaite.

Son doux Séraphin.

Son âme sœur.

Son Aya.

Il fit glisser ses doigts le long de son flanc, effleurant la rondeur de ses seins avant de remonter vers sa gorge. Elle sourit lorsqu'il s'empara de sa nuque, puis gémit quand il prit le contrôle pour approfondir leur baiser.

Chaque attouchement, chaque caresse leur rappelait leur première fois. Une passion chaude et dévorante, une promesse d'intensité, une fondation pour l'éternité. Elle lui appartenait entièrement, tout comme il lui appartenait. Cela le comblait à un degré inexplicable. Cela n'était comparable à rien d'autre. Leur relation avait franchi toutes les frontières, brisé toutes les règles et défié toutes les attentes.

Il l'adorait, l'aimait, la vénérait.

Et à cet instant, il l'exprimait avec sa langue, jurant d'être toujours là pour elle, peu importait ce que l'avenir leur réservait. Il mourrait pour cette femme, lui donnerait son âme si cela permettait un souffle de plus.

Elle répondit de la même manière, lui signifiant sa promesse par l'habileté sensuelle de ses lèvres.

Il sourit et resserra sa prise alors qu'elle se glissait sur lui, chevauchant ses hanches et le plaçant exactement là où il devait être.

Jusqu'à ce qu'elle frissonne à cause d'une intrusion inattendue.

Son regard se leva aussitôt vers le plafond, puis se dirigea vers la porte.

Il n'eut pas besoin de demander pour comprendre qu'elle avait senti une perturbation, sa peau vibrant pratiquement sous son contact.

Elle fronça les sourcils.

Ma rune me donne des picotements.

Issac considéra ce qu'elle venait de dire, son penchant pour la manipulation visuelle se déclenchant par réflexe. Il fouilla la propriété, recueillant simultanément la vision de tous ceux qui étaient présents. Cela revenait à regarder plusieurs chaînes de télévision en même temps, à cela près qu'il y avait ici moins de fréquences, puisqu'ils étaient au milieu de nulle part.

Il trouva donc facilement celle qu'il cherchait.

— Vera est ici, dit-il en la voyant à travers le regard de Balthazar.

Astasiya se détendit.

Mais pas Issac.

Parce qu'il voyait la façon dont Leela s'était crispée en réponse à ce que Vera venait de dire.

Issac captura la vision de Balthazar, la manipulant pour se montrer sur les rebords sous une forme spectrale. C'était sa façon subtile de dire : *je te vois, que se passe-t-il ?*

Auparavant, le télépathe avait été capable d'entendre ces pensées. Désormais, les choses étaient un peu plus délicates. Mais l'Ancien d'Hydria n'hésita pas un instant, son esprit plongeant déjà dans son imagination pour montrer des anges habillés en guerriers déferlant du ciel.

— Balthazar dit que nous avons de la compagnie, traduisit Issac à voix haute.

Ce qui explique les picotements, marmonna Aya qui porta sa main vers le bas de son dos pour toucher la rune en forme de cœur près de sa colonne vertébrale. *D'habitude, elle ne réagit pas comme ça avec Vera.*

Issac ne répondit pas, concentrant son attention sur Balthazar qui continuait à créer des images fictives dans son esprit. Il pensait maintenant à un champ de glace et de neige.

— Je crois que Vera leur a dit, à lui et à Leela, de partir pour l'Islande.

C'était une supposition basée sur le fait que Sethios et Caro s'étaient rendus là-bas avant de se volatiliser vers les Bahamas.

Balthazar pensa ensuite à Ezekiel, puis dirigea son regard vers le ciel.

Issac lui renvoya le visage du Séraphin Skye. Il se rendit alors compte que les Anciens ne l'avaient jamais rencontrée. Elle avait toujours été dissimulée sous l'emprise d'Osiris jusqu'à ce que celui-ci autorise Ezekiel à l'emmener.

C'est ainsi qu'Osiris racontait l'histoire, en tout cas.

Il avait décrit le sauvetage de Sethios et Skye comme un exercice d'entraînement pour Astasiya. Mais l'ancien Séraphin de la Résurrection avait une vision tordue de la façon d'apprendre aux gens à maîtriser leurs pouvoirs.

L'image mentale de Balthazar se modifia encore. Cette fois-ci, il était agenouillé dans la neige pour dessiner des mots.

Je vais vérifier les protections en Islande. Méfie-toi de Vera.

Les sourcils d'Issac se haussèrent devant cette mise en garde. Il voulut demander pourquoi, mais se douta qu'il n'avait pas beaucoup de temps, car Balthazar était déjà en train de chercher des vêtements – ce qu'il vit à travers le regard du télépathe.

Vera avait disparu.

Et Leela semblait incrédule.

Issac relaya les détails tandis qu'Astasiya examinait la commode à côté du lit.

— Nous avons aussi deux tenues.

— Sans aucun doute grâce à Skye, dit Issac en notant les vestes d'hiver que Balthazar voyait dans son placard.

Aya vérifia le leur dès qu'Issac en fit mention, et bien sûr, ils avaient aussi des vêtements d'extérieur.

— Donc, elle est venue ici, murmura Issac. Mais quand ?

— Ou elle a informé Osiris de ces détails, répondit Aya, son expression indiquant qu'aucune des deux possibilités ne la ravissait.

La vision de Balthazar attira de nouveau l'attention d'Issac alors qu'il écrivait un autre message dans la neige.

On y va. Préviens les autres.

— OK, dit Issac en se roulant hors du lit pour commencer à enfiler des vêtements. Il envoya à Balthazar une image d'eux déjà habillés pour lui dire qu'il prenait les choses en main ici. Ils informeraient les autres et prépareraient les prochaines étapes pendant que Leela et Balthazar rejoignaient l'Islande en éclaireurs.

Connaissant Balthazar, il refuserait de faire partir Jayson, Elizabeth et Aidyn tant qu'il ne saurait pas si l'endroit était sûr.

On pouvait s'attendre à pas mal de choses de la part du télépathe, comme transformer toutes les situations en rencontres sexuelles, s'immiscer dans les pensées des gens inopinément ou assurer la sécurité de ceux qui lui étaient chers.

Sa connexion mentale disparut, confirmant que l'Ancien d'Hydria était parti avec Leela.

L'autre Ancien, Jayson, semblait perdu dans un moment de félicité familiale avec Elizabeth, parce qu'il ne voyait qu'elle et le bébé.

Issac abandonna ce visuel et se mit à chercher Caro et Sethios. Il les avait déjà frôlés, mais avait évité l'activité intime dans laquelle ils étaient engagés. Là, il les trouva en train de s'habiller devant l'armoire que Skye leur avait destinée.

— Soit Vera a rendu visite à tes parents, soit ils ont senti la perturbation dans l'atmosphère, déclara Issac.

Aya se gratta de nouveau le bas du dos en pinçant les lèvres.

— Sans doute la seconde possibilité, mais la première est aussi probable. Pourquoi n'est-elle pas venue nous parler ?

— Parce que j'étais dehors en train de discuter avec Osiris, répondit une voix féminine.

Une vague de plumes bleues déferla dans la vision périphérique d'Issac. Vera les gonfla en signe d'agacement avant de reprendre son état corporel.

— Il fait diversion pour que nous puissions nous échapper, poursuivit-elle. Mais je dois d'abord vérifier si Caro a une marque qui leur permet de la traquer. C'est la seule chose qui expliquerait qu'ils vous aient tous trouvés si rapidement.

Balthazar a dit qu'il se méfiait de Vera, pensa Issac à l'intention d'Aya. *Mais je ne sais pas pourquoi.*

Peut-être parce qu'elle s'était présentée sans aucune explication ? Gabriel lui avait probablement donné les instructions. Mais le fait qu'elle discute avec Osiris semblait aussi un peu suspect.

Astasiya ne réagit pas, mais dit :

— Nous devrions aller chercher mes parents.

Issac était d'accord.

— Ils nous attendent dans le hall.

Soit ils les avaient entendus parler, soit ils avaient senti Issac quand il avait examiné leur vision.

Il n'était pas sûr de la façon dont les runes bloquaient les pouvoirs, mais il songea qu'elles permettaient un accès basé sur la confiance. Ou peut-être que cela n'entravait que l'énergie surnaturelle des Ichoriens et des Hydraiens.

Comme Issac n'était plus ichorien, ses dons fonctionnaient dorénavant sur les Séraphins.

Du moins, ceux qu'il avait rencontrés.

À l'exception de Sethios. Son esprit semblait trop sombre. C'était le regard de Caro qu'il avait examiné quelques minutes avant. Et même pour elle, c'était un peu flou.

Peut-être n'avait-il pas encore fini d'acquérir ses

pouvoirs, parce que Sethios semblait réceptif à ceux des autres Séraphins. Comme quand son père le contraignait ou que Vera manipulait sa mémoire.

Issac nota mentalement de se renseigner plus tard sur les runes et la façon dont ses propres aptitudes séraphiques se développeraient au cours des vingt-cinq prochaines années, ce qui était le temps qu'il fallait à un Séraphin pour se voir pousser des ailes après sa naissance ou la création d'un lien du sang.

C'était la raison pour laquelle Astasiya, Séraphin de naissance, n'avait pu se volatiliser qu'après son vingt-cinquième anniversaire.

Elle serra sa main dans la sienne, le tirant de ses pensées alors qu'elle liait leurs doigts ensemble pour le guider vers la porte.

Vera ouvrit la voie d'un pas assuré.

Elle n'avait pas l'air coupable de quoi que ce soit.

Peut-être que Balthazar était...

Les fondations de la maison tremblèrent sous eux, projetant Aya contre son torse. Il la rattrapa, mais ses genoux faillirent céder sous l'impact. Elle prit sa forme éthérée par instinct et ses doigts s'enfoncèrent dans la veste en daim marron d'Issac.

— Ce doit être les protections, grogna Vera en se volatilisant vers la porte de la chambre pour l'ouvrir.

Caro et Sethios étaient juste à l'extérieur.

— Qu'est-ce qui se passe ? demanda Sethios pendant qu'Aya reprenait sa forme corporelle.

Elle ne lâcha pas Issac, ce que son père remarqua avec un léger plissement d'yeux.

— Le Conseil a envoyé deux guerriers et deux traqueurs. Les ordres sont de prendre les gens vivants, mais ils ont reçu la permission de tuer à vue, résuma Vera. Je l'ai dit à Leela, mais elle et Balthazar sont déjà en route pour l'Islande.

Caro fronça les sourcils.

— Sans nous ?

— Balthazar veut d'abord examiner la propriété pour s'assurer qu'il n'y a aucun danger pour Jayson, Elizabeth et Aidyn, expliqua Issac.

— Pourquoi ce ne serait pas sûr ? demanda Caro, son ton neutre lui rappelant le stoïcisme caractéristique de Gabriel.

Issac haussa les épaules. Il ne pouvait pas vraiment annoncer que le télépathe ne faisait pas confiance à Vera. Cela ne ferait que soulever des questions auxquelles il ne pourrait pas répondre.

Au lieu de cela, il leur dit :

— Il faudra le demander à Balthazar.

Sethios lui jeta un regard qui semblait dire : *Tu nous caches quelque chose.* Suivi immédiatement par : *J'imagine qu'il y a une bonne raison à ça.*

— Je vais parler à Jayson avec Astasiya et Issac, parce que je suis sûr que ce petit tremblement de terre l'a mis en alerte. Vous deux déterminez comment sortir.

Il braqua son regard sur celui de Caro.

Elle hocha la tête, acceptant le plan et probablement tout ce qu'il venait de lui dire via leur lien.

— Je dois d'abord vérifier que tu n'as pas de traceur, dit Vera en se concentrant sur Caro.

— Un traceur ? répéta Sethios. Pourquoi ?

— Parce que c'est la seule chose qui me vient à l'esprit pour expliquer comment le Conseil vous a trouvés si vite.

— Si c'est vrai, alors ils doivent déjà être au courant pour l'Islande, intervint Sethios. Et c'est là que tu viens d'envoyer Balthazar et Leela.

Vera fronça les sourcils.

— C'est vrai.

Ce qui signifiait qu'ils pourraient être en danger là-bas. Issac se dirigea vers ses vêtements par terre pour récupérer son téléphone.

— Pas de signal.

— Probablement à cause des guerriers...

— Quelqu'un peut-il me dire pourquoi le sol tremble ? lança Jayson du fond du couloir en interrompant Vera.

— Des guerriers séraphins attaquent le périmètre, répondit Sethios sans hésiter. Ils ont aussi bousillé le réseau cellulaire, apparemment.

— Osiris est en train de les distraire, ajouta Vera. Pour qu'on puisse s'enfuir.

— Vers un endroit qu'ils connaissent peut-être déjà, poursuivit Sethios, peu amusé. Un plan fantastique.

— Tu en as un meilleur ? demanda sèchement Vera.

— Oui.

Elle haussa un sourcil.

— Et c'est quoi ?

— On va massacrer ces connards là-haut pour gagner du temps et trouver un nouvel endroit où se cacher, dit-il en désignant le plafond. Mes ailes sont neuves et un peu d'exercice me fera du bien.

— Tu ne sais même pas encore t'en servir, fit remarquer Vera.

— Parfois, la meilleure façon d'apprendre, c'est le baptême du feu, répondit-il.

Vera eut un grognement.

— Par tous les dieux, tu es vraiment le fils de ton père.

— Malheureusement, répondit Sethios, le regard fixé sur Caro. Tu veux t'amuser avec tes nouveaux couteaux ?

— Contre les guerriers séraphins ?

Ses lèvres se tordirent tandis qu'elle réfléchissait

sérieusement à la question, son pragmatisme séraphique reprenant pleinement le dessus.

— Ils ne seront pas très utiles contre eux. Ils préfèrent les épées.

Sethios haussa les sourcils.

— Des épées ? Pourquoi pas des fusils ?

— Les fusils sont faits pour les mortels, intervint Vera. On perd du temps. Osiris nous dit d'aller en Islande. Skye et Ezekiel sauront quoi faire.

Caro et Sethios la dévisagèrent bouche bée.

— Depuis quand tu prends conseil auprès de mon père ? demanda Sethios.

— Depuis que j'ai été témoin de la raison de son exil, rétorqua-t-elle.

Le silence s'installa. Caro et Sethios échangèrent un regard.

C'est peut-être pour ça que Balthazar se méfie de Vera, supposa Aya.

Peut-être, convint-il en méditant ce que Vera venait de dire. *Tu crois qu'elle travaille avec Osiris ?*

Sa remarque sur le fait qu'Osiris leur dise d'aller en Islande pour retrouver Ezekiel et Skye suggérait que Vera suivait ses directives. Mais était-ce un nouveau rebondissement, comme s'il lui avait juste annoncé ce plan lorsqu'elle était arrivée ? Ou était-ce un ordre qu'elle avait accepté parmi d'autres ?

Tu crois qu'elle est la taupe, plutôt que Mateo ? s'interrogea Issac, plein d'espoir.

Il ne pouvait vraiment pas concevoir que sa progéniture soit capable de les trahir, même si la technologie impliquée le rendait plus que coupable.

Possible, répondit Aya, le doute soulignant ce seul mot.

— Tu n'étais pas encore née quand il a été exilé, dit finalement Caro. Tu ne peux pas en avoir été témoin.

— Pas en personne, non. Mais je l'ai vu dans ses souvenirs, répondit-elle en posant son regard multicolore sur Issac. Je partagerai ça avec vous une fois qu'on sera en sécurité. Issac pourra le diffuser pour moi.

Issac n'était pas sûr d'apprécier la description grossière de ses pouvoirs, mais il ne fit aucun commentaire. Il se contenta de hocher la tête. Parce qu'il sentait la curiosité d'Aya. Et qu'il voulait aussi en savoir plus sur l'exil d'Osiris.

— L'Islande, répéta Vera. C'est là où nous devons aller.

— Non.

Le ton de Sethios était empreint de puissance, son refus vibrant dans l'air avec une finalité que tout le monde devait ressentir.

— Je n'irai pas là où mon père suggère d'aller. Surtout si tu sembles croire que c'est à cause de Caro qu'ils nous ont trouvés ici. Ça veut dire qu'ils sont déjà au courant pour l'Islande.

— Le fait que Balthazar et Leela ne soient pas encore revenus n'est pas non plus un bon présage, ajouta Issac en croisant le regard de Sethios. Balthazar n'est pas du genre à traîner quand ses proches sont en danger. Il devrait déjà être de retour.

Ce qui signifiait qu'il avait trouvé quelque chose ou qu'il avait été distrait par un imprévu.

Sethios acquiesça.

— Nouveau plan. On neutralise les Séraphins qui attaquent. Après ça, on se regroupe pour décider de la suite des opérations.

Il se tourna vers Vera.

— Vois si Caro a un traceur. Je vais me renseigner un peu plus sur ces épées. Et toi, fais en sorte que ta femme et ton enfant restent cachés, ajouta-t-il à l'intention de Jayson.

Sethios fit apparaître ses ailes noires dont les rebords

bleu foncé scintillaient dans la lumière de la lune filtrant par les fenêtres. Il se volatilisa l'instant d'après, ce qui fit soupirer Vera.

— Il est probablement allé en Islande sans le vouloir.

Caro cligna des yeux, son regard mal assuré. Puis elle eut un sourire.

— Non. Dans le Montana.

Vera leva les yeux au ciel.

— Quel idiot !

— Lizzie a besoin de vêtements pour voyager, dit Jayson en les ignorant.

Torse nu, il était juste vêtu d'un jean. Issac ne se souvenait pas de sa tenue lorsque Jacque l'avait téléporté ici, mais il imaginait qu'il n'y avait pas grand-chose de plus que ce qu'il portait maintenant.

— Regarde dans ta commode et dans ton placard, lui dit Issac. Skye nous a laissé des cadeaux.

Ou du moins, c'était ce que tout le monde pensait.

Jayson hocha la tête et disparut dans sa chambre alors que le sol tremblait à nouveau.

Dois-je aider Osiris ? se demanda Aya.

Attends peut-être, suggéra Issac.

Il ne doutait pas de la capacité d'Astasiya à se battre, même si aucun d'entre eux ne s'était mesuré à d'autres Séraphins qu'Osiris, mais il préférait qu'elle reste avec lui pour l'aider à tenir Vera à l'œil.

Celle-ci attrapa le bras de Caro sans prévenir, mais cela ne sembla ni la perturber ni la choquer. Elle regarda simplement Vera faire son travail.

Comment vérifie-t-elle ? demanda Aya, plus pour elle-même qu'autre chose.

Peut-être qu'elle examine ses souvenirs ? proposa Issac.

Possible, murmura Aya.

Puis elle tressaillit avant de passer sa main derrière elle pour se gratter le bas du dos.

Ça picote toujours ? devina-t-il.

Oui, répondit-elle, irritée.

Il glissa sa main sous la veste d'Aya et se mit à masser la base de sa colonne vertébrale avec son pouce.

Ça va mieux ?

Elle se fondit contre lui dans une réponse non verbale, sa tête trouvant naturellement son épaule.

Caro les regarda avant de froncer les sourcils en direction de Vera.

— Je n'aime pas ces souvenirs.

— Moi non plus, lâcha Vera. Mais s'ils ont mis un traceur sur toi, c'était pendant la réformation.

Certaines des images filtrèrent dans l'esprit d'Issac, la capsule d'isolement le rendit aussitôt claustrophobe. En réaction, il eut un frisson, n'appréciant pas du tout la sensation évoquée.

Comprendre le concept de réformation et le *voir* étaient deux choses bien différentes. Caro avait été piégée dans ce petit espace stérile pendant des années. C'était presque pire que la noyade, ce qu'ils avaient tous pensé qu'elle subissait depuis presque vingt ans.

Hélas, non.

Elle s'était trouvée dans une capsule.

Ta mère est vraiment forte, décida Issac à l'intention d'Aya. *Admirablement forte.*

Quels souvenirs vois-tu ?

La période de réforma...

Une nouvelle secousse frappa la propriété, plus forte que les précédentes. Vera lâcha un juron, ses ailes s'animèrent et elle disparut.

— Qu'est-ce qui vient de se passer ? demanda Aya, ses

propres plumes apparaissant alors qu'un fort claquement retentissait dans l'air.

— Ils ont ouvert une brèche dans les premières protections, expliqua une Caro impassible.

Cependant, son expression se fit plus grave lorsqu'elle croisa le regard de sa fille.

— Les Séraphins arrivent.

CHAPITRE 6

BALTHAZAR

— C'EST STARK QUI L'A AMENÉE, DIT EZEKIEL EN répondant à la question de Balthazar sur la présence de Clara dans le nord de l'Islande.

Ce serait un euphémisme de dire que cela stupéfia ce dernier : aux dernières nouvelles, elle était enfermée dans une cellule à Hydria.

— Et il a disparu pour travailler sur les protections, poursuivit Ezekiel en faisant référence à Stark, aussi connu sous le nom de Gabriel. Ou peut-être a-t-il d'autres *obligations*.

Ce dernier mot contenait un tas de sous-entendus que Balthazar ne pouvait comprendre.

Qu'avez-vous fait tous les deux ? se demanda-t-il en portant son attention sur une Clara étrangement muette. Elle dégageait généralement des émotions fortes, puisqu'elle possédait une affinité naturelle à lire celles des autres. En tant qu'Ichorienne, elle n'avait qu'un seul don, mais il était puissant.

Pourtant, elle semblait désormais mystérieusement

stoïque, insensible. Comme si elle était *absente*. Même son esprit était vide.

Son regard scrutateur attira celui de Clara dont les yeux bleus renvoyaient une supplique qu'il ne pouvait entendre.

Ce qui était en effet troublant.

— Pourquoi Stark l'a-t-il amenée ici ? demanda lentement Balthazar.

Sa question était adressée à Ezekiel, mais il continuait d'évaluer l'esprit silencieux de Clara.

Pourquoi je ne t'entends pas ?

— Il n'a pas donné d'explication, répondit Ezekiel.

— Il le fait rarement, ajouta Leela.

Balthazar les entendit à peine, son attention entièrement tournée vers Clara et le flou de ses pensées. Cela lui rappelait Issac. Il haussa alors les sourcils.

Clara répondit en ouvrant de grands yeux et sa supplication rayonnait à nouveau dans ses iris profonds.

S'il te plaît... rien...

Les mots étaient étouffés comme si elle parlait à travers une vitre épaisse ou qu'elle murmurait quelque chose à plusieurs mètres de là.

Mais c'était suffisant pour qu'il comprenne.

S'il te plaît, ne dis rien, voulait-elle dire.

Balthazar se racla la gorge au bout d'un instant et ses yeux se rétrécirent légèrement.

— Luc sait que tu es là ?

— Gabriel a dit qu'il était au courant, oui, répondit-elle.

Gabriel, répéta Balthazar. *Pas Stark.*

C'était en effet révélateur.

Il jeta un œil à Leela, curieux de savoir si elle avait remarqué quelque chose de bizarre chez Clara. Mais elle ne réagit pas et se contenta de croiser son regard lorsqu'elle dit :

— Je vais voir Gabriel au sujet des protections, ensuite je retournerai chercher Jay et Lizzie.

Parce que, de toute évidence, on est en sécurité ici, ajouta-t-elle mentalement. *Je savais que ce serait le cas.*

Les apparences peuvent être trompeuses, faillit-il dire.

Mais elle disparut avant qu'il puisse répondre.

Les yeux de Clara s'écarquillèrent à nouveau en voyant Leela partir, captant une fois de plus l'attention de Balthazar. La téléportation n'était pas une nouveauté pour elle, ce qui suggérait qu'elle avait remarqué quelque chose d'unique dans ce départ.

Les ailes ? se demanda-t-il. *Tu as vu les ailes de Leela ?*

Parce que Balthazar n'en était pas capable, contrairement à Stas ou à Issac.

Donc si Clara avait été témoin de la volatilisation, ça ne pouvait signifier qu'une chose : elle s'était liée à Stark.

Comment ? faillit-il demander. *Comment t'es-tu liée à Stark, bordel ?*

Pourtant, le regard de Clara l'avait imploré, suggérant qu'elle ne souhaitait pas qu'il énonce la vérité à voix haute. Même s'il voulait des réponses, il choisit de respecter sa demande silencieuse.

C'était le moins qu'il puisse faire après la façon dont ils l'avaient traitée cette dernière semaine.

Elle avait été accusée à tort d'être une informatrice, ce qui avait amené les Anciens à croire qu'elle fournissait des informations à Jonathan, lesquelles avaient conduit à plusieurs décès. Toutefois, les Anciens avaient récemment réalisé que Clara n'était pas coupable. Ils l'avaient tout de même maintenue en prison afin d'endormir la vraie taupe et obtenir plus de renseignements sur ce qu'elle disait à Osiris.

Néanmoins, il apparaissait que Stark n'avait pas seulement fait sortir Clara de sa cellule, mais qu'il s'était aussi *uni* à elle.

Qu'est-ce qui se passe ici, nom d'un chien ?

— Qu'avez-vous dit d'autre à Luc ? se demanda Balthazar à haute voix.

Est-il au courant que le Séraphin et toi êtes liés ? C'était ce qu'il voulait vraiment savoir.

— Euh...

Clara s'éclaircit la voix, cette question la mettant clairement mal à l'aise.

— Je... euh, je ne sais pas.

Tu ne sais pas ? Ou tu préfères ne pas le dire ? voulut-il demander.

Mais il y avait un moyen plus simple de découvrir ce que Luc savait.

— Je vois, lui dit-il en sortant son téléphone pour appeler l'homme en question.

Le roi d'Hydria décrocha à la première sonnerie.

— B ?

Balthazar ne s'embarrassa pas des formalités et alla droit au but.

— As-tu eu des nouvelles de Stark récemment ?

— Non. Mais Ezekiel m'a dit que Stark avait emmené Clara à New York.

Le ton de Luc indiquait que ce rebondissement ne lui plaisait guère.

Ce qui signifiait qu'il serait furieux en apprenant que Stark avait ramené Clara en Islande.

Plutôt que de l'en informer, Balthazar se contenta de hocher la tête. Parce que c'était ce qu'il soupçonnait : Stark et Clara cachaient vraiment quelque chose.

Balthazar entendit vibrer le téléphone de Luc qui annonça :

— Jacque vient de m'envoyer un message pour dire que tu es en Islande.

Balthazar chercha l'esprit du téléporteur, curieux de savoir où il se trouvait, et l'entendit à l'étage avec Owen. Cela le fit presque sourire. Ces deux Hydraiens se tournaient autour depuis des décennies. Apparemment, il avait fallu qu'Owen meure et revienne d'outre-tombe pour convaincre Jacque d'agir selon son instinct.

Il était temps, songea Balthazar. Il aurait à féliciter le téléporteur plus tard.

— Tu arrives ici bientôt ? demanda-t-il à Luc, curieux de savoir s'il avait l'intention de les rejoindre.

Sa question servait également d'avertissement à Clara, car Luc ne serait sans doute pas ravi de ce qui s'était passé entre elle et Stark. Ce n'étaient pas vraiment les affaires de Luc, mais il était différent depuis le décès d'Aidan. Plus rageur, plus cruel. Et quelque peu… imprévisible.

— Oui, Jacque est en route, l'informa Luc.

Balthazar croisa le regard de Clara, s'assurant qu'elle comprenait le sens de ses paroles et répondit :

— À tout à l'heure.

Elle ravala sa salive, le message était reçu.

— Dans trois minutes, précisa Luc.

Puis il mit rapidement fin à l'appel.

Balthazar remit son téléphone dans sa poche, soutint le regard de Clara pendant un moment pour lui dire : *cette conversation n'est pas terminée*. Puis il reporta son attention sur Ezekiel.

— Il faut qu'on parle, dit Balthazar.

— Vous avez tous un constant besoin de parler, répondit Ezekiel en s'écroulant sur le canapé.

Une femme svelte aux traits pâles et au comportement soumis se rapprocha de lui comme si elle était attachée à lui par un cordon invisible.

Ce doit être Skye.

Elle croisa ses mains délicates sur ses genoux et fit plusieurs fois cligner ses yeux bleus étrangement flous.

Oui, assurément Skye.

Il poserait des questions à son sujet plus tard.

Pour l'instant, il avait d'autres préoccupations sur lesquelles il voulait qu'Ezekiel s'étende.

— Osiris, dit lentement Balthazar. Plus précisément, son histoire avec le Conseil. Et ce que sont ses intentions actuelles.

— Tu imagines que je le sais ? demanda Ezekiel en haussant le piercing de son sourcil noir.

Il ressemblait à un rocker décontracté avec son jean serré, son tee-shirt noir, ses bras tatoués et ses longs cheveux sombres. En comparaison, Skye incarnait l'innocence même avec sa chevelure couleur corbeau, ses yeux bleu clair, ses traits de porcelaine et sa robe blanche en dentelle.

Balthazar se reconcentra sur Ezekiel. Il n'était pas d'humeur à jouer sur les mots. Il était tard, il était fatigué et voulait des réponses. Absolument tout de suite.

— Je sais que oui, dit-il à l'infâme assassin en croisant les bras. Crache le morceau.

Ezekiel eut un sourire narquois.

— Eh bien, il était une fois...

Balthazar, peu amusé par cette blague, plissa les yeux.

— Ezekiel.

L'assassin poussa un soupir théâtral.

— Normalement, c'est toi le plus drôle.

— La journée a été longue et je suis fatigué de me faire balader par Osiris à chaque instant. Alors, dis-moi pourquoi il a créé un refuge pour Lizzie et pourquoi il protège actuellement ledit refuge en combattant deux guerriers séraphins. Je veux aussi savoir ce que tu peux me dire sur Vera.

— Des guerriers séraphins ? répéta une voix grave alors qu'un homme aux cheveux blonds et aux yeux vert clair apparaissait. Tu ne m'as pas dit qu'il y avait des guerriers séraphins.

— Parce que tu t'es volatilisé avant que j'aie pu finir ma phrase, dit Leela, irritée, quand elle se manifesta à côté de l'autre Séraphin. C'est ton père qui les a envoyés.

Elle disparut de nouveau sans donner plus de détails.

Gabriel lança un regard furieux à l'espace vacant, ce qui ne manqua pas de surprendre Balthazar. Le Séraphin ne montrait jamais d'émotions. Mais là, il n'appréciait clairement pas le fait qu'elle se volatilise après avoir lâché une telle affirmation.

Clara se rapprocha de lui, un geste qui n'échappa à personne dans la pièce, au moment où Jacque apparut dans le couloir avec Luc.

Ses iris émeraude s'enflammèrent en voyant Clara dans le séjour.

— Qu'est-ce que tu fais ici ?

— Oh, bien. On va encore répéter tout ça, marmonna Ezekiel, en passant sa main dans ses cheveux avant de reposer sa tête sur le canapé. Réveille-moi quand ils auront fini, mon amour.

Skye se contenta de cligner des yeux en réponse, penchant la tête légèrement sur le côté à cause de la vision qu'elle semblait suivre.

Balthazar n'avait jamais rencontré la prophétesse en personne. Cependant, il avait entendu un peu parler d'elle dans l'esprit des autres, ce qui lui permettait de savoir ce à quoi s'attendre de la part de cette femme.

Jusque-là, elle ne le décevait pas.

— Où que j'aille, Clara y va aussi, déclara Stark, les

bras croisés, en se plaçant devant la femme et en fixant directement Luc. Il n'y aura aucune question. Aucune explication. Aucune discussion.

Balthazar releva un sourcil.

C'est quoi ce bordel ? pensa Luc. *Est-ce qu'il la protège ?*

Balthazar répondit à la question par un léger hochement de tête.

Depuis quand ? Pourquoi ? Comment ?

Les questions de Luc s'enchaînaient, son esprit labyrinthique s'efforçant de comprendre la situation à toute vitesse.

Il analysa leur attitude, notant la main de Clara dans le bas du dos de Stark et la façon dont ses candides yeux bleus se promenaient autour de lui. Puis il observa la manière dont Stark se déplaça juste assez pour la protéger comme un bouclier.

Tout cela traversa ses pensées et s'ajouta à sa capacité omnisciente de connaître et se souvenir de chaque détail. Luc en conclut presque aussitôt que ces deux-là étaient engagés dans une sorte de liaison.

Inattendu. Étrange. C'est peut-être lié au sang que Stark a absorbé plus tôt. Comme Issac avec Stas...

Il s'interrompit et ses iris émeraude clignèrent alors qu'il étudiait le cou du Séraphin.

Est-ce qu'elle l'a aussi mordu ?

Il tenta de chercher des preuves et n'en trouva aucune.

Il reporta son attention sur Balthazar.

Sont-ils liés ?

Le télépathe marqua une pause, ne sachant pas comment répondre. Il n'en était pas tout à fait sûr et pourtant, il semblait relativement clair qu'ils avaient établi une sorte de connexion. Il répondit donc au roi d'Hydria par un nouveau hochement de tête.

Fascinant, pensa Luc.

— Où sont Jay et Lizzie ?

Le changement de conversation parut normal à Luc. Son esprit envisageait constamment cinq mille idées à la fois, ce qui empêchait quiconque de savoir quelle voie il allait choisir jusqu'à ce qu'il l'exprime tout haut.

Même si le fait de se connaître depuis plusieurs millénaires permettait à Balthazar de le deviner mieux que la plupart. Bien entendu, pouvoir lire les pensées de l'autre homme l'aidait également.

— Leela est allée les récupérer, répondit Stark, le front plissé. Elle devrait déjà être de retour.

Il sortit son téléphone de sa poche, composa le numéro, puis son expression s'assombrit.

— Quelque chose ne va pas.

Du fait de son incapacité à lire les pensées du Séraphin, Balthazar ne put capter la façon dont il en était arrivé à cette conclusion. Mais il devina que cela résultait de l'appel qui n'avait pas abouti.

— La guerre, murmura Skye, le regard toujours perdu dans le vague. Il y aura la guerre. C'est désormais certain.

Elle inclina de nouveau la tête d'une manière qu'elle semblait favoriser.

— La mort. La destruction. La réformation.

Elle eut un frisson.

Ezekiel enroula aussitôt son bras autour d'elle et porta son autre main au menton de la femme tandis qu'il penchait son visage vers le sien.

— Que vois-tu, mon amour ?

C'était le ton le plus doux que Balthazar ait jamais entendu de la part de cet homme.

Tout comme il ne l'avait jamais vu traiter quelqu'un avec autant d'attention.

L'assassin préférait les couteaux et la douleur, pas les

mots doux et les caresses. Mais il s'en servait clairement avec cette femme.

L'esprit de Luc rivalisa avec les pensées de Balthazar, sa surprise se noyant dans la compréhension. Ils savaient tous les deux qu'Ezekiel avait travaillé avec Osiris pour une raison : son amour pour Skye. Mais c'était une idée qu'aucun d'entre eux n'avait comprise.

Jusqu'à présent.

Jusqu'à ce qu'ils le voient de leurs propres yeux.

Malheureusement, la voyante semblait inconsciente de son affection. L'expression de Skye restait vide alors qu'il tentait de capter son regard.

— Il arrive, chuchota-t-elle. Le pouvoir arrive. Réveillé. Destructeur. *La réformation.*

Elle cligna des yeux, surprise, et se concentra sur Ezekiel.

— Nous ne sommes plus en sécurité ici.

— Où veux-tu aller ? demanda-t-il sans hésiter.

Elle secoua la tête.

— Nous devons nous séparer.

Il plissa les yeux, faisant scintiller les taches d'or de ses iris d'ébène dans la faible lumière.

— Hors de question.

— Ils ne sont pas prêts, insista-t-elle. Les Séraphins ont besoin d'être distraits, sinon ils attaqueront trop tôt.

Balthazar regrettait de ne pas pouvoir lire l'esprit de la femme pour mieux comprendre ce qu'elle voulait dire, mais elle restait aussi impénétrable qu'Ezekiel, Gabriel et maintenant Clara.

Ça devenait agaçant. Ses aptitudes naturelles étaient ancrées en lui. Elles l'aidaient à s'épanouir au quotidien. Ne pas pouvoir les utiliser, c'était comme perdre l'un de ses sens.

— Hydria a besoin de frontières plus solides, des runes,

des protections, dit Skye en clignant encore des yeux avant de se concentrer sur Luc. Vos protections vont tomber.

— Quelles protections ? l'interrogea Luc.

— Celles qu'Osiris a créées, répondit-elle. Elles sont anciennes. Trop anciennes. Trop fragiles. Il doit... *vous devez*... les renforcer pour survivre.

Luc et Balthazar échangèrent un regard. C'était la première fois qu'ils entendaient parler de protections autour de l'île.

— Tu étais au courant de ça ? demanda Luc en se tournant vers Stark.

— Oui.

Une réponse péremptoire qui suggérait que Stark n'avait pas l'intention d'en dire plus. Mais Clara appuya de nouveau sa main sur le bas de son dos, enfonçant ses ongles dans sa chemise, et le Séraphin se remit à parler.

— Je ne savais pas que c'était Osiris qui les avait créées, elles n'avaient aucune signature énergétique. Mais Skye a raison. Elles se sont détériorées avec le temps et ont besoin d'être renforcées.

— Pourquoi Osiris aurait-il placé des protections autour d'Hydria ? demanda doucement Clara.

— Pour protéger les Hydraiens, susurra Skye en fermant les yeux. Des créations prisées, dignes. Il leur accorde une grande valeur.

Luc ne répondit pas, mais il considéra attentivement ces commentaires et commença aussitôt à faire tourner un millier de scénarios dans son esprit. Balthazar ne tenta même pas de suivre ses pensées. Quand Luc arriverait à une conclusion, il leur en ferait part.

Skye se redressa en sursaut, les yeux grand ouverts.

— On ne peut pas rester ici, répéta-t-elle, son regard halluciné se posant sur Jacque. Téléporte ton roi chez lui. *Maintenant.*

Ses paroles furent ponctuées par un bruit de tonnerre à l'extérieur.

— Vas-y, dit Balthazar, donnant ainsi au téléporteur l'ordre dont il avait besoin pour réagir.

Luc entrouvrit la bouche pour protester, mais Jacque avait déjà fermement saisi le poignet du roi d'Hydria. Les deux hommes disparurent et Ezekiel se leva d'un bond du canapé, un revolver dans chaque main.

Stark sortit une épée de nulle part, ce qui provoqua un haussement de sourcils de la part de Balthazar. *Impressionnant.*

Mais cette pensée fugace se dissipa lorsque le sol se mit à trembler sous eux.

— *Leek*, dit Stark en disparaissant.

Des éclairs zébrèrent le ciel, illuminant les fenêtres de la maison. Owen descendit les escaliers quatre à quatre dans un jean et un tee-shirt qu'il n'avait que partiellement enfilé par-dessus son crâne basané fraîchement rasé.

— Où est Jacque ?

— À Hydria, répondit Balthazar. Avec Luc.

Owen hocha la tête, apparemment soulagé, jusqu'à ce qu'un autre flash vienne troubler la nuit.

— Qu'est-ce qui se passe, bordel ?

— Ils ont déplacé les combats ici, dit Skye en se levant du canapé pour se glisser sur le côté. Ils arrivent.

Des corps se mirent à se matérialiser lorsqu'elle prononça ces mots. D'abord Jay avec Caro. Puis Lizzie et Aidyn avec Leela. Suivis par Stas et Issac.

D'autres lumières étincelèrent et le tonnerre retentit derrière eux.

Balthazar capta ce qui s'était passé dans l'esprit de Leela qui repensait à son arrivée aux Bahamas et à la guerre qui avait éclaté dans son sillage. Le nom *Patreel* résonnait dans sa tête, suivi d'un murmure de terreur.

Leela craignait le traqueur et ce qu'il représentait.

Mais Balthazar ne voyait pas exactement pourquoi ni ce que leur histoire impliquait.

Elle pensait déjà au combat, à la façon dont Sethios était apparu et avait exigé de Kital qu'il lui remette son épée, et au chaos qui s'en était suivi.

Les Séraphins ne se battaient pas avec leurs pouvoirs inhérents. Ils se servaient de *runes*. Une erreur dont Sethios s'était vite rendu compte.

Cependant, il était déjà trop tard.

Les défenses avaient été rompues et désintégrées par la force de Patreel, ce qui les avait tous forcés à fuir.

L'Islande était la solution immédiate, les marques de protection y étaient fraîches et capables d'éloigner ceux qui voulaient faire du mal. Sauf que leur fuite en plein combat avait permis aux autres de suivre.

Et maintenant, la vraie bataille commençait.

Dans le ciel.

CHAPITRE 7

SETHIOS

GABRIEL APPARUT DANS UN EMBRASEMENT DE PLUMES rouges, ses épées reflétant le clair de lune alors qu'il frappait de sa lame le salaud de Séraphin qui essayait de découper Sethios en morceaux.

Sethios avait failli arracher son épée à cet enfoiré, mais Osiris avait alors déclenché une contrainte qui avait forcé Sethios à se volatiliser en Islande.

Et le guerrier séraphin l'avait talonné.

Ce qui lui avait permis de prendre le dessus.

Merci, papa, pensa Sethios, largement irrité.

Il avait finalement trouvé le moyen de revenir aux Bahamas à temps pour jouer et son père, fanatique de la persuasion, les avait tous envoyés se geler en Islande. C'était probablement une sorte d'exercice d'entraînement élaboré. Ou peut-être pensait-il qu'il les aidait.

Avec Osiris, c'était difficile à dire.

Le guerrier à l'épée vicieuse et aux cheveux noirs et courts s'arrêta pour cligner des yeux en voyant la lame qui heurta la sienne. Puis il leva la tête vers l'ange aux ailes rouges qui tenait la poignée de l'arme incriminée. Tout semblait se passer au ralenti, comme s'il avait du mal à comprendre ce qui lui arrivait.

— Gabriel.

Sa voix n'exprimait aucune surprise ou émotion. Juste un commentaire neutre accompagné d'une expression vide.

— Leek, répondit Gabriel. Votre présence ici est inutile.

— Adriel nous a envoyés, répondit Leek. Notre présence ici est obligatoire. Nous sommes venus pour l'abomination et l'enfant.

— Elles sont sous ma protection, répondit Gabriel. Partez.

Leek le fixa pendant un instant.

— Ton conditionnement est vicié.

— Mon conditionnement est perfectionné.

— Je ferai un rapport à Adriel, poursuivit Leek comme si Gabriel n'avait rien dit. Tu seras enrôlé pour la réformation.

Gabriel eut un petit rire, un son absolument atypique pour un Séraphin. Puis il prit son autre épée et trancha le cou de Leek.

Aucune hésitation.

Aucun remords.

Il décapita l'ange dans un bruissement de métal. Sethios ouvrit des yeux grands comme des soucoupes.

— Ma foi, c'est un...

Une lumière foudroyante traversa l'air, interrompant sa réponse. Gabriel l'intercepta avec son épée, le pouvoir rebondissant en une onde qui produisit un coup de tonnerre.

— *Va-t'en*, dit Gabriel dans un râle. *Maintenant.*

Il renvoya l'énergie dans la nuit, ce qui produisit une vague d'électricité statique qui grésilla le long des nouvelles ailes de Sethios.

Caro apparut la seconde suivante, sa main trouva celle de Sethios et elle murmura dans son esprit :

Laisse Gabriel s'en occuper.

Certainement pas ! répliqua Sethios, trop intrigué par l'étrange armement pour bouger. *Je veux le voir couper une autre tête.*

Caro grommela quelque chose dans son esprit à propos de son sadisme, ce qui ne fit que provoquer un sourire.

Parce qu'elle n'avait pas tort.

Il s'envola en direction du corps de Leek, déterminé à trouver son épée. Mais il ne découvrit qu'un tas de chair morte dans la neige. Il fronça les sourcils.

Merde !

Les armes font partie du pouvoir des guerriers séraphins, expliqua Caro en atterrissant à côté de lui. *Ils les font apparaître à volonté.*

Elle jeta alors un œil autour d'elle avec méfiance.

— Il ne lui faudra pas longtemps pour se régénérer. Peut-être une demi-heure. Nous devons trouver un plan.

— Une demi-heure ? Après une décapitation ?

Malgré lui, Sethios était impressionné.

— Les Séraphins sont résistants. Les guerriers encore plus.

Son regard s'envola vers le haut alors qu'une autre lumière sillonnait le ciel.

— Ils se battent avec les runes de leurs épées. C'est pour ça que tu ne peux pas les contraindre. C'est une marque défensive similaire à celle que j'ai gravée sur la peau de notre fille quand elle était enfant.

Elle fronça les sourcils, suggérant qu'elle réfléchissait à ce qu'elle venait de dire.

Il attendit, conscient que son ange n'avait pas fini.

— Enfin, celle de Stas était une ruse également

destinée à dissimuler son lignage. Donc, c'est un peu différent. Quoi qu'il en soit, si la rune avait été conçue pour détourner les pouvoirs des Séraphins, il aurait fallu la réécrire souvent pour maintenir le blocage, car ils évoluent sans cesse et contournent les protections.

Sethios se souvint vaguement que Caro lui avait déjà expliqué la façon dont ses semblables se battaient, mais il n'en avait jamais été témoin.

— Une rune peut-elle arrêter une balle ? se demanda-t-il tout haut.

Vera avait mentionné les armes à feu comme étant des jouets pour les mortels. Mais peut-être que son point de vue étroit provenait du fait qu'elle était un Séraphin et qu'elle se battait avec une magie surnaturelle. Après tout, il suffisait de voir les humains et leurs penchants pour la guerre et les armes meurtrières.

Caro secoua la tête.

— Plus ou moins. Les guerriers séraphins utilisent des runes pour créer des boucliers. Et ces boucliers repousseraient les balles.

Elle parlait de manière factuelle, laissant transparaître sa nature de Séraphin.

— Pourquoi ne m'as-tu jamais appris à faire ces runes ?

Bien sûr, ils avaient été occupés à élever une enfant et à se cacher d'Osiris. Mais cette information aurait pu s'avérer bénéfique contre une attaque de Séraphins.

— Le savoir est divisé de façon pragmatique entre les lignées de pouvoir. En tant que fille des Messagers, j'ai appris les marques de dissimulation, pas les runes défensives ou offensives.

— Tu veux dire que ton Conseil répartit l'information de manière égale entre les différentes branches, en s'assurant qu'aucune d'elle n'en sait trop, traduisit Sethios. Ça paraît sensé.

C'était stratégique. Un moyen de maintenir l'ordre de manière discrète.

Et dans la mesure où les Séraphins étaient programmés pour se fier à la raison, ils ne remettraient pas en question le protocole. Ils considéreraient comme pratique de n'apprendre que les runes correspondant le mieux à leur lignée.

Pourquoi un ange messager aurait-il besoin de connaître les marques défensives ?

Pour combattre le système, pensa Sethios.

Mais un Séraphin ordinaire ne considérerait jamais cette option. Cela ne servirait aucun objectif raisonnable, car ils estimaient que leur gouvernement actuel était sans faille et fondé sur le principe de pragmatisme qui leur était cher.

— Les Séraphins sont victimes du lavage de cerveau de leur Conseil, ils exécutent les ordres comme de glorieuses marionnettes, murmura Sethios, son regard se posant sur l'ange décapité au sol. Ça rend celui-ci presque innocent.

Mis à part le fait qu'il aurait dû tout remettre en question. Un manque d'intelligence qui lui avait valu cette punition. Il était venu ici dans l'espoir de kidnapper ou de tuer un bébé et sa mère. Ce n'était pas du tout honorable, bordel !

— Combien d'autres Séraphins vont-ils envoyer ?

Il n'y en avait ici que quatre pour l'instant. Trois d'entre eux se battaient encore quelque part dans le ciel.

— Ils n'en enverront pas d'autres, à moins que Leek ne le demande.

— Pourquoi Leek ? s'étonna Sethios en étudiant la dépouille du défunt.

Il n'avait pas l'air si impressionnant, à part ses épées tranchantes. Si la contrainte de Sethios avait fonctionné, ces lames seraient en poussière. Et alors, où serait-il ?

Mort. À terre. Comme il l'est à l'instant.

Pourtant, il était aux commandes... Pourquoi ?

— Il a le rang le plus élevé de ce groupe, expliqua Caro. Mais Gabriel est techniquement supérieur depuis qu'il a vaincu son demi-frère il y a quelques décennies.

Elle le regarda.

— Chez nous, le pouvoir n'a rien à voir avec l'âge.

Il haussa un sourcil.

— Qu'est-ce que tu veux dire, mon ange ?

Il entra dans son espace personnel et sa main trouva sa hanche.

— Mon âge et mon expérience ne te suffisent-ils pas ?

— Je dis juste que la hiérarchie des Séraphins est différente de celle de votre monde.

— Elle n'est pas différente, dit-il à voix basse alors qu'il approchait ses lèvres de son oreille. Parce que tu es mon monde, Caro.

Elle pouffa de rire.

— Est-ce que tu essayes de me séduire ? Ici ? Dans la neige ? À côté d'un Séraphin décapité ?

Sadique !

Il sourit, ses lèvres effleurèrent son cou pour trouver sa veine palpitante.

— Le sang m'excite, lui rappela-t-il. Et je passe mon temps à essayer de séduire, mon ange. Ça fait partie de mon charme.

Il mordilla sa peau tendre avant de se retirer pour croiser ses jolis yeux bleus.

— Ça ne rend pas ce que j'ai dit moins vrai, mon ange.

Elle retint un sourire.

— Tu m'as manqué.

Il passa ses bras autour de sa taille et pressa son front contre le sien.

— Toi aussi, tu m'as manqué.

Un doux aveu. Mais pas vraiment un secret.

Sa compagne avait été enfermée dans une chambre de réformation pendant près de vingt ans. Bien sûr qu'elle lui avait manqué. Et leurs retrouvailles n'avaient pas forcément été approfondies, compte tenu de tout ce qui se passait autour d'eux.

— Osiris a-t-il contraint tout le monde à se volatiliser ici ? demanda-t-il. Ou juste nous ?

Elle fronça les sourcils.

— Il ne nous a pas contraints. Nous avons choisi de venir ici quand nous avons entendu les protections tomber. Mais les traqueurs ont anticipé ça et nous ont suivis.

Sethios fronça également les sourcils.

— Non. Osiris nous a contraints à venir ici. Je l'ai senti.

— Je *t'ai* contraint pour parer à ton manque d'entraînement à te volatiliser, corrigea une voix grave alors que son père atterrissait près du cadavre dans la neige.

Le teint olivâtre de son crâne chauve scintillait sous la lumière de la lune alors qu'il regardait la dépouille du Séraphin. Il l'analysa un moment, son expression ne laissant rien transparaître.

— Hmm. Gabriel est bien plus utile que je ne le pensais, dit-il en levant son regard émeraude vers Sethios. C'est une chance que je ne l'aie pas éliminé comme j'avais l'intention de le faire quand je croyais qu'il était un espion du Conseil.

Sa déclaration manquait de sentiment, comme d'habitude.

— As-tu contraint les Séraphins à nous suivre ? demanda Sethios, en levant les yeux vers le ciel.

Les flashes avaient cessé, suggérant que la bataille était temporairement terminée.

— Il semble qu'il aurait été plus simple de les laisser aux Bahamas, poursuivit-il.

— La contrainte n'était pas nécessaire, puisqu'ils ont suivi Caro, dit Osiris en parcourant du regard la femme en question. Ils ont dû prendre ton sang pendant la réformation. Maintenant, les traqueurs l'utilisent pour te suivre.

— Peut-être, mais comment savaient-ils que je serais avec Lizzie ?

— Une supposition basée sur le fait que tu es le seul Séraphin qui pouvait l'aider à mettre l'enfant au monde, dit Osiris. Ou bien ils ont conscience de l'obsession de votre fille pour la loyauté. Dans ce cas, soit elle est surveillée, soit quelqu'un les informe.

Ces deux options importaient peu à Sethios.

— Comment fonctionnent les traqueurs ? demanda-t-il. De la même manière qu'Ezekiel ?

Osiris baissa le menton.

— Oui. Une fois qu'ils ont absorbé le sang, ils peuvent remonter à la source à tout jamais. À moins que le lien ne soit altéré d'une manière ou d'une autre.

Il jeta un œil vers le haut alors que Vera les rejoignait, ses ailes marine ralentissant sa descente depuis le ciel.

— Et c'est là que tu interviens.

Elle soupira lorsque ses bottes touchèrent le sol.

— Oui, je peux réorienter leurs souvenirs vers un nouvel objectif. Mais nous devons leur donner quelque chose à chasser, sinon ils retourneront simplement au Conseil, où mon allégeance vacillante sera découverte.

Gabriel les rejoignit ensuite, ses épées ayant disparu.

C'est une faculté très utile.

Tout comme le pouvoir de contrainte, répondit Caro.

Oui, mais apparemment, je ne peux pas forcer des épées à apparaître. Et je trouve ça décevant.

Il ne faisait pas la moue, mais il se sentait certainement un peu agacé par cet état de fait.

Je t'achèterai des épées, répondit-elle, une intention réaliste soulignant cette offre.

Pour aller avec tes couteaux ? suggéra-t-il en pensant à la façon dont il pourrait utiliser les longues lames pendant le sexe.

Elles constitueraient certainement un défi.

On ne joue pas avec des épées dans la chambre.

Elle avait l'air si sévère qu'il faillit éclater de rire.

Oh, mon ange, il y aura toujours des jeux d'épée dans la chambre.

Elle le regarda en fronçant les sourcils, ne comprenant clairement pas le sous-entendu. Ce qu'elle confirma quand elle répondit :

Mais je préfère les couteaux.

Oui, je sais. Je parle de mon *épée, ma chérie*, lui expliqua-t-il, conscient de sa tendance à tout prendre au pied de la lettre.

Mais tu viens de dire que tu n'as pas...

Elle s'interrompit.

Oh...

Il lui sourit.

Oui. Cette épée-là.

Les joues de Caro prirent des couleurs. Elle s'éclaircit alors la voix et reporta à nouveau son attention sur Vera.

Osiris et elle discutaient de différentes idées avec une spontanéité qui déconcerta un peu Sethios. La dernière fois que ces deux-là s'étaient vus, Vera avait plus ou moins battu Osiris lors d'un combat. Il semblait étrange qu'ils se parlent désormais aussi librement.

— Nous devons consulter les autres, conclut Vera.

Elle déploya ses ailes et s'envola vers la maison.

Osiris la regarda un instant avant de se tourner vers Sethios et Caro.

— Je reste ici, nous ne pouvons pas nous permettre de perdre du temps à cause des réactions dues à ma présence.

— Eh bien, si tu étais plus sympathique, ce ne serait pas un problème, dit Sethios.

— Les leaders n'ont pas à être sympathiques, lui répondit son père. Ils prennent les décisions que personne d'autre ne peut prendre. C'est pourquoi tu as besoin de moi pour former Astasiya. Je suis le seul capable de faire ce qui doit être fait.

— Toutes les méthodes d'entraînement n'ont pas besoin d'impliquer une cruauté sans cœur, répondit Sethios en croisant les bras.

— Non. Mais elles en deviennent plus efficaces.

— Tu en es vraiment certain ? répliqua Sethios avec un froncement de sourcils.

— J'ai vécu bien plus longtemps que toi, lui rappela-t-il. Mes techniques ont été perfectionnées pendant des dizaines de milliers d'années. Et elles fonctionnent.

— Elles ne fonctionneront pas avec Stas. Elle n'est pas comme tes cobayes habituels.

Ce qui impliquait qu'elle était aussi différente de Sethios qui avait grandi sous la tutelle cruelle d'Osiris. Son père pouvait sans doute objecter que Stas n'était encore qu'une enfant, vu son jeune âge de Séraphin, mais Sethios avait été témoin de l'entêtement de sa fille.

Les méthodes d'entraînement d'Osiris l'exaspéreraient plus qu'elles ne lui apprendraient quoi que ce soit. Parce qu'elle possédait l'once d'humanité qui leur manquait à tous.

— Tu n'as aucune idée de ce dont Stas a besoin pour grandir, poursuivit Sethios. Si on la force à se former avec toi, elle te détestera encore plus qu'elle ne le fait déjà.

— Elle ne me déteste pas, elle me craint, rectifia Osiris.

— Et tu penses que c'est mieux ? répondit Sethios. C'est précisément pour ça que tes méthodes vont échouer.

Non pas que ce soit sujet à débat. Elle avait déjà refusé son offre de l'entraîner.

— Gabriel va la former, intervint Caro. C'est un guerrier séraphin et le second de sa lignée, après Adriel. Tu viens de le voir combattre et tu as remarqué qu'il était utile. Laisse-le entraîner Stas.

Une suggestion pragmatique qui ne pouvait venir que de son ange. Visiblement, cela trouva un certain écho chez Osiris, car il se tut pour évaluer ce qu'elle proposait.

Puis, après un moment, il baissa le menton.

— Très bien. Il peut lui fournir une initiation adéquate. Ensuite, quand elle aura terminé sa formation élémentaire et qu'elle réalisera qu'elle doit se perfectionner, envoyez-moi Ezekiel. J'attendrai.

Sethios faillit lui répondre qu'il allait attendre très longtemps, mais Caro accepta doucement.

Ça le tiendra à distance pour l'instant, ajouta-t-elle dans l'esprit de Sethios. *Et ça nous donnera le temps de déterminer la meilleure façon de gérer cette situation à l'avenir.*

Il ne va pas abandonner.

Ce n'était pas dans les gènes de son père. Sethios le comprenait, parce qu'il réagissait de la même manière. Et apparemment, sa fille leur ressemblait.

Non, murmura-t-elle, *mais au moins, il n'utilise pas la contrainte pour forcer les choses.*

C'est vrai.

Quand son père voulait quelque chose, il le prenait. C'était donc presque une sorte de cadeau de les laisser explorer cette voie en premier.

Plutôt que d'insister sur ce point, il hocha la tête pour accepter les conditions et jeta un œil à la maison.

— On devrait rejoindre les autres et déterminer le nouveau plan.

Surtout parce qu'il s'agissait de Caro et de l'aptitude des Séraphins à la traquer.

Osiris hocha la tête, glissant ses mains dans les poches de son pantalon gris. Il avait assorti celui-ci à une chemise blanche déboutonnée autour du cou et avait retroussé ses manches jusqu'aux coudes, ce qui lui donnait une allure professionnelle. Pourtant, l'air autour de lui restait létal, confirmant qu'il avait plus que tenu tête aux Séraphins dans le ciel.

— Pourquoi ne m'as-tu jamais appris les runes ? lui demanda Sethios, sincèrement curieux.

— Parce que tu n'as jamais pu accéder à l'énergie éthérée, répondit son père. Je pensais que ça viendrait après ta vingt-cinquième année de vie mortelle, mais tes ailes n'ont jamais poussé. Alors, je n'ai pas perdu de temps à t'apprendre une chose dont tu ne pourrais pas te servir.

— Pourquoi n'ai-je pas complètement changé ? insista Sethios. D'après Leela, la génétique séraphique prend le pas sur celle des mortels. J'aurais donc dû devenir un Séraphin à part entière.

Le visage de son père resta stoïque.

— Une intervention divine, j'imagine. Peut-être celle d'un Séraphin de la Fertilité, dit-il en reportant son attention sur le corps à terre. Le processus de régénération est en bonne voie. Si vous devez établir un plan, je vous suggère de le faire maintenant.

Caro attrapa le poignet de Sethios.

— Il a raison. Nous avons besoin d'un plan. Tout de suite.

L'air de la nuit tourbillonna autour de lui tandis qu'elle les faisait se volatiliser jusqu'à la maison.

Là, Jayson et Balthazar semblaient engagés dans une dispute.

— Non, disait le nouveau père. Hors de question.

Balthazar attrapa l'autre homme par l'épaule et la serra.

— C'est un plan solide.

— On ne t'a jamais dit que les Séraphins étaient immunisés contre nos pouvoirs ?

— J'emmène Leela.

— C'est un Séraphin de la Fertilité, répondit sèchement Jayson. Qu'est-ce qu'elle va faire ? Les féconder ?

Cela fit rire Leela.

Balthazar ignora le commentaire et se concentra.

— Elle a mis au monde votre enfant et l'a ramenée à la vie. Elle s'est ainsi *liée* à Aidyn. C'est donc la personne parfaite pour se faire passer pour Lizzie. Je vais partir avec elle et prétendre que je suis toi pendant que tu protèges Lizzie et Aidyn. Fin de la discussion.

— Cette conversation n'est pas...

Balthazar prit Jayson dans ses bras, coupant court à son commentaire.

— Je comprends tes inquiétudes, mon frère. Mais c'est le meilleur plan.

— Et c'est quoi ce plan ? demanda Sethios en s'appuyant nonchalamment contre le mur près de la porte. Leela et Balthazar se font passer pour Lizzie et Jayson et entraînent les Séraphins à leur poursuite à travers le monde ?

La supposition était basée sur ce que Balthazar venait de dire à propos de Leela prenant l'identité de Lizzie.

— Quelque chose comme ça, dit Ezekiel. Pendant ce temps, les autres tenteront d'améliorer les protections autour d'Hydria.

— Et où seront les vrais Lizzie, Jayson et Aidyn ? persista Sethios.

— À Hydria, répondit Balthazar, fixant toujours Jayson qu'il libéra de son étreinte.

— C'est aussi le premier endroit où les Séraphins vont les chercher, murmura Ezekiel, s'emparant de l'idée de Sethios.

Pas littéralement, mais c'était exactement ce que Sethios était sur le point de dire.

— C'est pourquoi nous allons les envoyer sur une fausse piste, dit Balthazar. Jayson sait que c'est un bon plan. Il est juste inquiet de perdre son copilote préféré. Mais qui pourrait mieux se faire passer pour toi que l'homme qui te connaît par cœur, hein ? ajouta-t-il en tapotant la joue de Jayson.

Celui-ci n'était pas amusé. Il attrapa Balthazar par la nuque.

— Si tu te fais tuer pour moi, je vais te ramener à la vie juste pour te tuer à nouveau.

L'Hydraien télépathe sourit.

— Noté.

— Je suis sérieux, B. Je vais te mettre en pièces.

Cela ne fit qu'accroître le sourire de Balthazar.

— Ça ressemble à une promesse que je pourrais apprécier.

Jayson poussa un grognement.

— Balthazar.

— Tout ira bien, lui promit le télépathe. Leela joue à cache-cache avec les traqueurs depuis des millénaires. N'est-ce pas, mon cœur ?

Elle l'ignora pour s'adresser à Vera.

— Je veux que tu enlèves cette rune. Tout de suite.

— J'ai à peine assez de temps pour faire fonctionner ce plan, Lee, répondit-elle avec un léger épuisement dans la voix. Les guerriers ont des pouvoirs de régénération et les traqueurs ont des runes pour accélérer leur guérison. Même une décapitation ne les arrêtera pas longtemps. Donc le reste devra attendre.

Sethios se redressa et posa son regard sur le Séraphin manipulateur de mémoire.

— Et qu'est-ce que tu as l'intention de faire, exactement ?

CHAPITRE 8

LEELA

Vera expliqua le plan élaboré à Sethios : modifier les événements de la soirée dans l'esprit des Séraphins qui les poursuivaient et leur donner une nouvelle cible.

Leela et Balthazar.

Seulement, ils penseraient que ces traces fabriquées appartiendraient à Lizzie et Jayson. Parce que c'était ce que leur mémoire leur dirait.

Ils se souviendraient aussi de Caro et tenteraient de la suivre, mais une rune associée à une barrière de protection résoudrait ce problème. Ce qui signifiait qu'ils pourraient se volatiliser dans la direction générale de Caro, mais que la rune rendrait difficile sa localisation exacte dans un rayon d'un kilomètre. Et la protection les empêcherait de poser le pied sur l'île.

En supposant que tout soit mis en place avant que Patreel et Arvane ne réalisent qu'ils ont été dupés.

Leela et Balthazar avaient juste besoin de se volatiliser assez longtemps autour du monde pour occuper les Séraphins pendant que les autres renforçaient la sécurité d'Hydria.

Caro, Gabe et Vera étaient chargés de raviver les protections. Ils les enseigneraient également à Sethios et Stas et, si tout allait bien, auraient le temps de créer suffisamment de marques défensives pour empêcher les Séraphins d'entrer.

C'était un plan provisoire qui valait cependant la peine d'être poursuivi.

Même au téléphone, la position de Luc avait été claire :

— Se séparer nous affaiblit tous. Nous devons fournir un front fortifié et le seul endroit pour ça, c'est Hydria.

Balthazar était aussitôt tombé d'accord, tout comme Jayson.

— Nous anticipons une invasion depuis 1747, avait dit ce dernier.

— Par les Ichoriens, avait fait remarquer Issac. Pas les Séraphins.

— Oui. C'est là que les protections entrent en jeu, avait répondu Luc. On a juste besoin d'un peu de temps pour les « consolider », comme Skye l'a recommandé.

Cela avait conduit à la discussion sur la diversion et Leela s'était portée volontaire pour ce nouveau jeu du chat et de la souris.

Elle avait passé des millénaires à éviter les traqueurs séraphins.

Pourquoi ne pas profiter maintenant de son expérience ? Vera n'allait pas donner une fiole du sang de Leela au Séraphin, ça aurait rendu la dissimulation presque impossible.

Elle avait plutôt suggéré d'en laisser quelques gouttes sur un tissu. Les traqueurs pourraient les utiliser pour lancer une poursuite, mais ce ne serait pas suffisant pour qu'ils établissent une connexion ferme. Il fallait au moins une gorgée de l'essence d'un être pour pouvoir le suivre aisément.

Ainsi, Leela ne laisserait derrière elle que quelques gouttes, assez pour les taquiner sans s'engager dans la séduction totale.

Cependant, elle n'avait pas prévu que Balthazar insisterait pour l'accompagner.

Il avait prétendu que ça fournirait une distraction plus crédible puisqu'il pourrait se faire passer pour Jayson. Vera avait convenu que cela fonctionnerait mieux dans la mesure où Leela était liée à l'enfant, ce que les Séraphins sentiraient dans son sang, et Balthazar aurait l'essence d'une abomination.

Ensemble, ils formeraient une proie intrigante.

Du moins, c'est ce sur quoi le groupe comptait.

Maintenant, il semblait qu'elle n'avait pas d'autre choix que de suivre le plan. Non pas qu'elle soit en désaccord avec cela. C'était juste qu'elle ne voulait pas... trahir d'autres informations.

Il en savait déjà trop.

Et cela ne ferait que rendre les choses plus compliquées.

— Au contraire, Lee, murmura-t-il, ses lèvres s'approchant soudain de son oreille. Je pense que ça va plutôt rendre les choses plus intéressantes.

La chaleur de son corps se pressait contre son dos tandis qu'il tenait ses hanches avec douceur. Ce n'était ni appuyé ni inconfortable. Simplement naturel. Comme si leurs corps étaient faits pour se détendre l'un avec l'autre.

Pourtant, elle savait que si quelqu'un d'autre était entré dans son espace personnel de cette manière, elle aurait eu quelques commentaires à faire.

Mais Balthazar n'était pas n'importe qui.

Il était... *à elle*.

Un constat risqué. Et aussi faux. Mais cela semblait être une affirmation juste. Elle n'avait jamais revendiqué quiconque de cette manière avant lui. Elle ne comprenait pas vraiment cela. Mais telle était la vie.

Les lèvres de Balthazar se posèrent sur sa tempe. Un tendre baiser. Pourtant, il était souligné par tant de compréhension que son cœur tressaillit.

Tu ne devrais pas venir avec moi, lui dit-elle. *C'est dangereux.*

— C'est déjà décidé, chuchota-t-il, attirant son attention sur l'énergie dans la pièce.

Tout le monde se préparait à partir.

Même Ezekiel et Skye.

Est-elle d'accord avec cette voie ? se demanda Leela. *Est-ce qu'on lui a même posé la question ?*

Elle ouvrit la bouche pour le faire, quand Skye se tourna vers elle comme si Leela avait appelé la voyante par son nom.

Elle rencontra le regard de Leela l'instant suivant, ses yeux d'un bleu saisissant cerclés d'incertitudes et de visions insondables.

— Ne va pas au Maroc. Il le saura et ta véritable allégeance sera révélée.

Ezekiel fronça les sourcils.

— Sa véritable allégeance ?

— Au Conseil, dit Leela d'une voix à peine audible.

Aux Devins et à lui.

Parce qu'elle savait ce que Skye voulait dire : celui *à qui* elle faisait référence et ce qui se passerait quand *il* la trouverait.

Il y avait une raison pour laquelle Leela excellait à éviter les traqueurs séraphins.

— Ça ne vaut pas le coup, Leela. Rien ne vaut ce risque, souligna Skye. Il est l'un des *leurs*. Un fourbe, un masque. Ils sont tous des *masques*.

— Qui ? insista Ezekiel en posant sa main sur la joue

de la jeune femme pour attirer son attention sur lui. Qui sont les masques, Skye ?

Elle cligna des yeux, puis pencha la tête sur le côté.

— Je peux aller me baigner dans la mer Égée ? Ça me plairait bien plus que cette neige glaciale.

Il soupira et eut l'ébauche d'un sourire tandis qu'il étudiait ses traits.

— Bien sûr, mon amour.

— Merci, murmura-t-elle en déposant un baiser sur sa joue avant de se blottir contre lui. Emmène-moi à la mer.

Les taches d'or scintillaient dans les iris d'ébène d'Ezekiel lorsqu'il leva son regard désolé vers Leela. Elle répondit par un signe de tête compréhensif. Les prophéties de Skye étaient fugaces, ses avertissements généralement énigmatiques, et ne survenaient que lorsqu'elle était en transe. Une fois lucide, elle se concentrait sur le présent et, comme ces moments étaient de courte durée, Ezekiel préférait les honorer en faisant exactement ce qu'elle désirait.

Comme le fait de les téléporter jusqu'à Hydria à l'instant et de lui permettre de jouer dans l'eau malgré les températures hivernales.

Le couple disparut, laissant Leela et Balthazar dans la maison avec Gabriel, Clara, Sethios, Issac et Stas.

Caro était partie avec Jayson, Lizzie et Aidyn peu après que Vera avait réexpliqué le plan. Jacque était revenu pour ramener Owen à Hydria également. Le téléphone par lequel Luc avait communiqué n'était pas visible non plus. Et Vera manipulait des souvenirs à l'extérieur.

Ce qui signifiait que la course-poursuite était sur le point de commencer.

— Où est Osiris ? demanda Balthazar, son torse faisant vibrer le dos de Leela.

— Dehors, répondit Sethios. Du moins, il a prétendu

qu'il avait l'intention d'attendre là jusqu'à ce que les plans soient décidés. Vera lui a peut-être déjà fait part de nos projets.

— Tu ne trouves pas ça bizarre ? insista Balthazar. Qu'elle discute si librement avec Osiris ?

Sethios haussa les épaules.

—Je préfère que ce soit elle que moi.

— Quel est ton souci ? intervint Issac avec un regard saphir averti alors qu'il évaluait l'homme qui se tenait derrière Leela.

Elle avait toujours aimé l'approche directe d'Issac Wakefield. Elle différait grandement de celle de Balthazar, plus tournée vers l'amusement, ce qui provoquait de régulières querelles entre les deux hommes. Cependant, ils étaient tous deux farouchement loyaux. Par conséquent, même s'ils se querellaient souvent, ils estimaient toujours la contribution de l'autre lors de conversations sérieuses.

Un peu comme des frères.

Mais Balthazar essayait souvent de mettre Issac dans son lit, ce que Leela appréciait et comprenait parfaitement, mais cela rendait la relation légèrement moins familiale.

Pourtant, elle prenait plaisir à observer leur interaction.

Et ça ne la dérangerait pas de se trouver entre eux dans un lit. Elle inviterait même Stas à se joindre à elle. Plus on est de fous...

Les bras de Balthazar se resserrèrent autour de sa taille, indiquant qu'il avait entendu cette petite digression dans son esprit. Cependant, ses mots et son ton ne laissèrent rien transparaître quand il dit :

— Elle s'est volatilisée dans la propriété des Bahamas sans la moindre hésitation, ce qui laisse penser qu'elle y était déjà allée. Tu lui as indiqué le chemin ?

La question paraissait s'adresser à Gabriel, mais elle ne

pouvait pas voir la trajectoire du regard de Balthazar qui se tenait derrière elle.

— Non, répondit Gabriel.

— Alors comment savait-elle où aller ? demanda Balthazar. Et pourquoi n'a-t-elle aucune hésitation quand il s'agit d'Osiris ?

— Parce qu'elle comprend mes intentions, les informa une voix profonde tandis qu'une rafale de plumes noires apparaissait autour d'Osiris.

Il se matérialisa une demi-seconde plus tard, ses ailes disparaissant au moment où il reprit sa forme corporelle.

— Stas doit comprendre les runes, les protections et les manœuvres défensives. J'espère que tu l'initieras puisqu'elle n'est pas encore prête à s'entraîner avec moi.

— Puisqu'elle ne *veut* pas encore s'entraîner avec toi, rectifia Stas du tac au tac.

Issac passa son bras autour d'elle comme pour la retenir ou peut-être pour l'empêcher de continuer à parler. Osiris les aidait sans doute aujourd'hui, mais cela ne faisait de lui ni un allié ni quelqu'un qui tolérerait ce ton.

— Il serait également utile de lui apprendre les bonnes manières, ajouta-t-il comme s'il arrachait cette pensée de l'esprit de Leela. Occupe-t'en, dit-il à Sethios. Cette stratégie que vous avez tous établie pourrait vous faire gagner quelques jours, mais ce n'est rien dans l'échelle du temps.

— Tu as une meilleure suggestion ? demanda Issac, son ton poliment curieux, pas sarcastique.

— Oui, répondit Osiris. Mais pour cela, il faut qu'Astasiya accepte ma tutelle, une chose pour laquelle elle n'est pas encore prête, m'a-t-on dit. Par conséquent, je vais accéder à ses souhaits. Pour le moment.

— C'est gentil de ta part, dit Stas, sarcastique.

Nonchalamment, Sethios se positionna devant elle, le

mouvement n'échappant à personne autour d'eux. Il savait que son attitude contrarierait Osiris et il indiquait sans détour que son père devrait lui passer dessus pour l'atteindre.

Heureusement, Osiris n'avait pas l'air d'humeur à punir. À la place, il se contenta de secouer la tête et regarda Leela.

— Bonne chance, Séraphin. Tu vas en avoir besoin.

Son regard passa ensuite par-dessus son épaule pour se poser sur le télépathe derrière elle.

— Je serais cruellement déçu si tu te faisais tuer, Balthazar. Essaye de ne pas mourir.

Avec un bruissement de plumes, il disparut sans un mot de plus.

— Vera travaille avec lui, dit Balthazar une seconde plus tard. C'est pourquoi elle comprend ses motivations. C'est notre taupe.

— En plus de Mateo ou à sa place ? demanda Issac.

— Cela reste à voir, répondit Balthazar. Dis à Tristan de continuer à le surveiller.

Issac hocha la tête.

— Considère que c'est fait.

— Bien, dit Balthazar en approchant ses lèvres de son oreille. Nous devrions partir, Lee. J'ai un endroit à Stockholm où on peut se cacher.

Elle secoua la tête.

— On ne va pas à Stockholm.

Elle avait des résidences protégées partout dans le monde. Ils se volatiliseraient vers l'une d'elles.

— Vera a besoin de mon sang avant de partir.

Pas assez pour être ingéré.

Pas assez pour être vraiment traquée.

Juste quelques gouttes.

Pour aguicher.

Pour... *narguer.*

Leela déglutit péniblement.

Je peux le faire. Je peux le faire. Je peux le faire.

Cela allait à l'encontre de son instinct, mais ce n'était que temporaire. Et ça permettrait de cacher l'enfant.

Aidyn. C'est pour elle que je fais ça.

Cette pauvre petite âme n'avait rien fait de mal. Elle ne méritait pas d'être pourchassée. Pas plus que Lizzie ou Jayson. Leela savait dans quoi elle s'embarquait avec les Séraphins, eux non. C'était donc la voie logique. Un plan solide.

Temporaire.

Sauf que Balthazar l'accompagnait. Et ça compliquait les choses.

— Tu devrais...

Elle poussa un petit cri quand il la fit tourner dans ses bras.

— C'est décidé, répéta-t-il. Dis-moi où t'entailler.

Les cuisses de Leela se resserrèrent en réponse à la domination sous-jacente à cette déclaration.

Merde, je suis dans le pétrin.

— C'est vrai, reconnut-il dans un faible murmure.

Ce n'était pas la première fois qu'elle avait cette pensée ni la première fois qu'il y répondait. La promesse sombre dans son regard lui disait qu'il allait bientôt appliquer sa punition aussi.

En la faisant ramper.

Elle secoua la tête, rejetant l'idée. Il allait devoir faire beaucoup plus d'efforts que ça pour mériter un tel acte de sa part.

Elle ne s'agenouillait devant les hommes que lorsqu'ils en étaient dignes.

Balthazar haussa un sourcil.

Elle l'imita et soutint son regard.

Ceci paraissait normal, naturel. Ce qui l'apaisa énormément. Parce que l'affrontement avec cet homme l'ancrait dans le présent, dans la réalité, en dissipant ses peurs et en lui permettant de respirer.

Il prit sa joue dans sa main et son pouce effleura sa lèvre inférieure, son regard suivant le mouvement.

Tellement audacieux. Tellement intense. Tellement *Balthazar*.

Il n'avait pas demandé, il avait pris. Parce qu'une partie de lui savait qu'elle lui donnerait toujours la permission. Peut-être parce qu'il pouvait lire son esprit pour connaître ses intentions. Peut-être parce que c'était juste la façon dont ils fonctionnaient ensemble.

Quoi qu'il en soit, elle adorait qu'il ne perde pas de temps avec des questions ou des permissions. Il savait juste où se trouvaient les limites et faisait de son mieux pour les suivre sans passer en territoire interdit.

Sauf qu'elle n'était pas certaine qu'un territoire interdit existait pour lui.

Au lieu de cela, elle pourrait juste le laisser tout prendre.

L'intrigue fit briller les iris bruns de Balthazar et ses lèvres se recourbèrent en un sourire sensuel.

Il avait entendu chaque pensée, chaque réflexion, chaque désir.

Et son visage promettait qu'il tiendrait compte de chacun d'eux en temps voulu.

Le reflet d'une lame attira son regard alors que la main de Balthazar se dirigeait vers sa nuque.

— Dis-moi où t'entailler, Lee, répéta-t-il.

Elle comprit soudain le penchant de Sethios et Caro à jouer avec des couteaux dans la chambre. Ça n'avait jamais été son truc. Les cordes, les bandeaux, la domination, oui. Faire couler du sang ou laisser des marques, pas tant que ça.

Mais il y avait quelque chose d'indéniablement intime dans le fait de faire suffisamment confiance à son partenaire pour jouer avec une arme mortelle au lit.

— Tu choisis, lui murmura-t-elle.

Il sourit en levant la lame pour caresser doucement sa gorge. Elle déglutit lorsque le métal froid toucha sa peau, mais ses lèvres s'entrouvrirent au moment où elle réalisa que ce n'était que le manche et non le bout tranchant.

— Donne-moi ta main, Lee, lui dit-il.

Elle la leva entre eux comme si elle était commandée par des ficelles. Presque comme si elle était contrainte de lui obéir, chose contre laquelle elle luttait habituellement. Mais avec lui, il était plus amusant de se soumettre.

Même si le voir à genoux serait également une vision séduisante.

— Seulement si tu le mérites, chuchota-t-il, jouant sur ses pensées précédentes.

Ça ressemble à un défi, songea-t-elle.

Balthazar retroussa ses lèvres, mais il ne répondit pas à ce commentaire. Au lieu de cela, il se concentra sur sa main.

— Paume vers le haut.

Elle s'exécuta et il resserra sa prise sur sa nuque tandis que son autre main amenait le couteau sur la partie charnue de sa paume.

La pointe s'enfonça dans sa peau, provoquant un sifflement entre ses lèvres.

Il pressa le métal contre la petite lacération, saturant l'extrémité de la lame de son sang rouge. Puis il la relâcha et alla prendre une serviette des mains d'Issac. Leela n'avait même pas vu l'autre homme se diriger vers la cuisine pour la récupérer et elle ne savait pas non plus où Balthazar avait trouvé le couteau.

Parce qu'elle était trop distraite par tout le reste pour faire attention.

Cela n'augurait rien de bon pour leur course-poursuite.

Pour survivre dans ce jeu, elle allait avoir besoin de toute sa tête.

Balthazar lui maintenait les pieds sur terre, l'écartait du précipice de la peur. Elle se demanda alors si quelqu'un d'autre l'avait remarqué. Mais leurs expressions ne laissaient rien paraître. Tout le monde semblait déterminé.

Ça va marcher, se dit Leela tandis que Balthazar essuyait la lame sur la serviette. *Il faut que ça marche.*

Elle serra le poing, la sensation de picotement remontant le long de son bras. Cela disparaîtrait dans une minute, sa génétique séraphique l'aidant à guérir à une vitesse surhumaine. Mais Balthazar revint une seconde plus tard avec une serviette en papier humide qu'il utilisa pour apaiser la coupure sur sa paume, ce qui lui fit froncer les sourcils.

D'où est-ce que ça vient ? se demanda-t-elle.

Il répondit par un clin d'œil.

— La préparation est essentielle au succès, Lee.

Elle comprit le sous-entendu de son ton.

— Et ça assure également le plaisir de tous ceux qui sont impliqués.

Seul Balthazar pouvait transformer une situation dangereuse en une opportunité de séduction.

En fait, Leela le pouvait aussi.

D'habitude.

Mais pas aujourd'hui. Pas à cet instant. Pas avec ce qui les attendait.

Balthazar pressa la serviette en papier humide contre sa blessure, une pression juste assez forte pour arrêter le saignement, mais aussi faite d'une manière qui attirait son attention. Pour l'éloigner de ses peurs et la forcer à se concentrer. *Encore.*

Elle croisa son regard complice et lui adressa un rapide signe de tête reconnaissant parce qu'elle comprenait ce qu'il faisait.

Il retira la serviette en papier et la déposa sur celle en tissu.

— Je ne sais pas vraiment où Vera veut mettre ça, dit-il en les tendant à Issac. Ça dépendra des souvenirs qu'elle est en train de créer. En supposant qu'elle nous disait la vérité à ce sujet.

— Elle ne mentirait pas, intervint Leela avec certitude. Et si elle travaille avec Osiris, elle a aussi une bonne raison.

Si elle n'avait pas pris la défense de son amie plus tôt, c'était surtout parce qu'elle n'en voyait pas la nécessité. Vera avait plus que prouvé sa loyauté envers Leela au fil des ans. Elle était sa meilleure amie et sa confidente.

Et elle l'avait aidée en d'innombrables occasions.

Balthazar étudia Leela pendant un long moment, sa curiosité clairement piquée. Mais il lui adressa un léger signe de tête pour reconnaître son point de vue. Du moins, elle espérait que c'était ce qu'il voulait dire.

Peut-être faisait-il référence à la façon dont Vera avait manipulé ses souvenirs pour Leela et qu'il hochait la tête pour indiquer qu'il comprenait l'une de ces occasions où Vera avait aidé Leela.

C'était difficile de savoir ce qu'il voulait dire.

Aussi évident que Balthazar puisse paraître, Leela le trouvait en fait assez compliqué à décrypter. Le sexe était une motivation sans équivoque pour lui. Mais ses désirs allaient tellement plus loin que de simples galipettes entre les draps.

Il était assez complexe sous son apparence séduisante.

Ça lui donnait envie de pouvoir lire dans ses pensées à lui.

Ce qui les mènerait sûrement directement au lit.

— Je suis prêt si tu l'es, dit Balthazar en tendant la main.

Elle le regarda en plissant les yeux.

— Ce n'était pas une invitation.

— C'en était une, rétorqua-t-il. Mais je parlais de nous volatiliser, mon cœur. Vera a tout ce dont elle a besoin. Il est temps qu'on éloigne les Séraphins d'Hydria.

— On attend votre appel dans vingt-quatre heures, dit Issac, son bras autour de Stas.

Balthazar inclina la tête pour confirmer.

— Vous aurez de nos nouvelles.

Issac répondit par le même signe de tête avant de disparaître avec Stas.

Leela croisa le regard de Gabriel. Le guerrier séraphin était étrangement calme après avoir décapité deux de ses frères. Il ne semblait pas contrarié, mais plutôt résigné à son sort.

Cependant, si Vera effectuait son travail correctement, le Séraphin à l'extérieur ne se souviendrait pas du tout de l'implication de Gabriel. Ils ne devraient pas non plus se rappeler que Leela et Vera étaient présentes. Seulement Osiris, puisque c'était son pouvoir qui avait maîtrisé les deux guerriers assez longtemps pour lui permettre de prendre le dessus.

C'était le plan, en tout cas.

Et cela supposait que Vera soit capable d'achever la révision complète de l'histoire.

Elle avait donné la priorité à Leela, souhaitant que sa présence ici reste secrète pour permettre à la diversion de fonctionner.

— Leela, murmura Balthazar, captant une fois de plus son attention. Prête ?

Non, songea-t-elle.

Mais elle attrapa tout de même sa main et dit :

— Accroche-toi.

Parce qu'ils étaient sur le point d'entamer une expédition qu'aucun d'eux n'oublierait de sitôt.

CHAPITRE 9

BALTHAZAR

— Melbourne, songea Balthazar en observant le panorama familier.

C'était l'été de ce côté-ci du monde.

— Magnifique.

Il préférait de loin le soleil à la lune. Sans parler du temps plus chaud. Sa veste ne serait pas nécessaire ici, mais il la garda, guettant le prochain mouvement de Leela.

La commissure des lèvres de celle-ci retomba et ses sourcils se froncèrent.

Comment... ?

Elle s'interrompit, piquant la curiosité de Balthazar. Il attendit qu'elle en dise plus, puis attrapa le fil de pensée qui provoquait sa confusion. Elle avait eu l'intention de les volatiliser à Sydney, pas à Melbourne.

Il jeta un nouveau coup d'œil à la ville qu'il avait déjà visitée de nombreuses fois.

— Les Anciens ont un logement à deux rues d'ici.

L'appartement de quatre chambres appartenait techniquement à Alik, mais ils le partageaient. Comme toutes leurs propriétés dans le monde entier. Cela facilitait les visites et rendait les séjours confortables.

— L'un de mes restaurants italiens préférés est juste là, ajouta-t-il en désignant la rue en face d'eux. Leur pizza est meilleure que celles des plus célèbres endroits de Rome.

C'était en partie ce qu'il aimait à Melbourne. Tant de cultures fusionnées en une seule ville. Dommage qu'ils n'étaient pas en vacances. Sinon, il emmènerait Leela faire un tour, la nourrirait, puis la baiserait pour le dessert.

L'inquiétude qui émanait de l'esprit de celle-ci suggérait qu'un moment de plaisir n'était pas au menu de ce soir. Ou peut-être que ça voulait simplement dire qu'il devait faire un peu plus d'effort.

— Parle-moi, Lee, dit-il en donnant une pression à sa main. Doit-on se volatiliser à Sydney ?

Elle secoua la tête.

— Non. J'ai un autre appartement dans le coin. Je... j'essaye juste de comprendre pourquoi on a atterri ici et pas à Sydney.

Et pourquoi ça paraît si familier d'être à cet endroit précis à côté de lui, ajouta-t-elle pour elle-même.

Il considéra cela pendant un instant, cherchant dans ses souvenirs les fois où il avait marché dans cette rue. Mais il y en avait trop pour qu'il puisse les évoquer en même temps. Il n'était pas omniscient comme Luc.

— Peut-être qu'on s'est déjà croisés dans cette rue, suggéra-t-il. Si tu viens aussi dans le coin, c'est certainement possible qu'on se soit vus ici.

D'autant plus qu'apparemment, ils appréciaient tous deux les rencontres d'un soir. Peut-être ne l'avaient-ils pas fait ensemble, mais avec d'autres à peu près au même moment. Ou même une expérience de groupe. Balthazar ne s'y opposait jamais. Plus on était de fous, plus on riait, en ce qui le concernait.

— C'est juste que...

Elle fronça les sourcils alors qu'elle luttait contre une sorte de blocage dans son esprit. Une pensée qui apparut et disparut aussitôt, trop rapidement pour qu'il puisse la saisir. Comme si elle essayait de se souvenir de quelque chose qui devrait exister, mais qui était absent.

Une impression de déjà-vu, comprit-il. Cela lui arrivait parfois lorsqu'il fréquentait souvent un coin. Il avait vécu si longtemps que cela lui paraissait naturel. Cependant, dans ce cas, quelque chose la dérangeait. Comme si elle devait se rappeler exactement pourquoi cela lui semblait familier, mais qu'elle ne le pouvait pas.

Balthazar lâcha la main de Leela pour faire glisser ses doigts le long de son bras. Elle portait toujours cet adorable manteau matelassé. Il voulait le lui enlever pour admirer le pull en dessous et l'absence de soutien-gorge.

Hélas, il devait d'abord libérer l'esprit de Leela.

— On pourrait se balader et voir si quelque chose réveille ta mémoire.

Il garda un ton doux, amical, mais la lueur dans les iris turquoise de Leela lui dit qu'elle voyait clairement où il voulait en venir.

Elle enroula sa main autour de son poignet et déclencha à nouveau sa faculté de se volatiliser, les faisant tourbillonner à travers le temps et l'espace pendant un éclair d'une seconde.

Des murs apparurent autour de lui. Une moquette moelleuse remplaça le béton. Et d'immenses fenêtres donnant sur l'eau agrémentaient sa vision.

Ils étaient toujours à Melbourne.

Il le savait parce que l'appartement d'Alik avait la même vue.

Mais ils n'étaient pas chez Alik.

Le mobilier était trop blanc, le balcon trop dépouillé et

les chambres plus petites. Il n'y avait pas de salle à manger, le séjour se fondait dans la cuisine. Et le couloir à côté de lui suggérait qu'il ne menait qu'à une seule chambre.

Pas un problème pour lui. Il partagerait volontiers son lit avec Leela.

Elle le relâcha, mais il l'attrapa par la nuque, l'attirant à lui.

— Tu peux te volatiliser autant que tu le souhaites, mon cœur. Ça ne me fera pas oublier que je veux connaître la vérité.

— À propos de quoi ?

— Tout, dit-il lentement. Le Brésil. Combien de fois tu m'as vu. L'effet que ça a produit en toi. À quoi tu ressembles quand tu jouis.

Il voulait tout savoir.

Presque autant qu'il cherchait à mieux comprendre sa crainte de la réformation et de l'allusif *lui* auquel elle ne cessait de penser.

De qui as-tu peur, douce beauté ? voulait-il lui demander. Mais il savait qu'il ne fallait pas la pousser. Révéler des secrets exigeait de la délicatesse. Un domaine dans lequel il excellait particulièrement.

Être capable de lire les pensées l'aidait.

Tout comme son aptitude à manipuler les émotions.

Mais c'était surtout une question de savoir-vivre.

Ses lèvres effleurèrent celles de Leela, la goûtant avec l'expérience de l'âge derrière ce contact. Le fait d'avoir accès à son esprit lui donna la permission qu'il cherchait, lui indiquant qu'elle approuvait et appréciait vraiment son baiser.

Elle n'aurait jamais dit non.

Ce n'était pas dans sa nature de le rejeter.

Il le savait parce qu'il ressentait la même chose pour elle. Il y avait une étrange impression d'intimité entre eux

127

et il avait perçu cela dès qu'elle était arrivée à Hydria. Son corps connaissait le sien. Son esprit aussi. Et sa bouche... sa bouche avait embrassé la sienne de nombreuses fois auparavant.

— Combien de jours avons-nous passés au lit ensemble ? murmura-t-il.

Parce que ça semblait des centaines, peut-être même des milliers. Il y avait tellement de vécu ici. Pourtant, ils n'avaient été ensemble qu'au Brésil. Il se demanda tout de même si c'était vrai. Peut-être qu'elle avait aussi ôté des souvenirs d'avant.

Si Vera était là, il exigerait des réponses. Mais c'était juste Leela et lui.

— Seulement deux, répondit-elle contre sa bouche.

— Impossible, souffla-t-il, sa main libre défaisant le manteau de Leela tandis que l'autre étreignait toujours sa nuque. Je te *connais*, Lee.

— Parce qu'on est semblables, B, chuchota-t-elle. Je suis une déesse du sexe, de la séduction, de la fertilité, de la *luxure*.

Il repoussa la veste de ses épaules.

Elle la laissa tomber sur le sol avant de passer ses bras autour de lui.

— Je suis la femme destinée à détruire tout ce que tu penses savoir sur le sexe, lui promit-elle, d'une voix caressante qui alla droit à sa queue. C'est pourquoi je ne vais pas ramper.

Balthazar eut un sourire contre ses lèvres.

— Oh, mon cœur, chaque fois que tu parles, tu rends ce jeu encore plus intéressant.

Il glissa sa langue dans sa bouche, l'empêchant de répondre. Mais cela ne calmait pas l'esprit de Leela. Ses pensées se bousculaient, se rappelant les talents et les prouesses de Balthazar. La justesse et la connaissance de son toucher. Leur passion ardente. La chaleur qui avait enflammé ses veines pendant des semaines après le Brésil.

Pourtant, à la limite de son esprit, il sentit qu'il y avait quelque chose *d'autre*. Un vague souvenir qui palpitait dans le cerveau de Leela sans être totalement tangible. Il le poussa un peu, curieux de savoir ce qu'elle cachait là. Cependant, les ongles de Leela s'enfoncèrent dans son cou, le ramenant à leur étreinte. Son autre main redescendit le long de sa veste avant de glisser sous le tissu pour caresser son ventre plat.

Audacieux. Connaisseur. Enivrant.

Il eut un grognement d'approbation, appréciant le fait qu'une femme sache prendre les choses en main. Cependant, il serra sa nuque l'instant d'après pour lui rappeler qu'il n'était pas si facile.

Le défi s'épanouissait entre eux, les dents de Leela effleurant sa lèvre inférieure et menaçant de le mordre. Il ouvrit les yeux pour constater que ses iris n'étaient plus turquoise, mais d'un bleu vif qui lui rappelait une succube.

Absolument stupéfiant.

Il voulait voir ce qu'une extase intense ferait à son regard. À quel point pouvait-il le faire briller ?

Tu ne vas pas gagner cette bataille, pensa-t-elle en le regardant.

Il sourit, intrigué. Sauf que ces mots lui rappelèrent quelque chose. Un souvenir qu'il ne comprenait pas vraiment. Il ne pouvait pas dire si c'était dans son esprit ou dans celui de Leela.

Il y avait une sorte de connexion étrange entre eux, mais il ne parvenait pas à la définir.

Leela fronça les sourcils comme si elle ressentait aussi cela.

— Tu m'as dit ça au Brésil ? se demanda-t-il tout haut.

— Je...

Elle ravala sa salive.

— Je ne sais pas.

Ses ongles quittèrent le cou de Balthazar et il relâcha sa nuque. Elle fit un pas en arrière en trébuchant. Il la rattrapa par la hanche pour la stabiliser.

— J'ai la tête embrouillée, peut-être parce qu'on m'a tiré dessus.

Il fronça les sourcils.

— Tu devrais être complètement guérie de ça.

— Alors peut-être la rune ? dit-elle en jetant un œil à son bras, mais la marque était dissimulée sous son pull. Il se pourrait qu'elle soit incompatible avec celle que j'ai déjà.

Elle secoua la tête comme pour s'éclaircir les idées.

— J'ai peut-être juste besoin de sommeil.

— Ou de nourriture, suggéra-t-il. Quand as-tu mangé pour la dernière fois ?

— Aucune idée, admit-elle en soufflant doucement et en regardant autour d'elle. Je dois aussi sécuriser les protections. Ça fait longtemps que je ne suis pas venue ici.

— Alors, pourquoi ne pas faire ça pendant que je cuisine quelque chose ?

— Il faudrait faire des courses, marmonna-t-elle, acheter à manger.

— Je pourrais aller chercher quelque chose, proposa-t-il.

Mais elle secoua encore la tête.

— Tu dois rester à proximité au cas où j'aurais besoin de me volatiliser.

— Alors, faisons-nous livrer quelque chose, dit-il.

— Tu aimes vraiment la nourriture, non ?

Il sentit qu'elle puisait dans un souvenir du Brésil parce qu'elle se mit à penser à des pancakes.

— J'aime tout ce qui donne du plaisir au corps, lui dit-il très sérieusement.

Les yeux de Leela s'illuminèrent.

— Un homme comme je les aime !

La façon dont elle dit cela suggérait qu'elle était tout aussi sérieuse.

Cependant, plutôt que de préciser sa pensée, elle poursuivit simplement le sujet précédent :

— Il y a quelques endroits décents à proximité. Il faudra payer en liquide.

Elle s'approcha d'un meuble de la cuisine qui dévoila un coffre-fort quand elle l'ouvrit. Ses doigts agiles tapèrent rapidement un code qui lui donna accès à son contenu.

— Prends ce dont tu as besoin, mais ne quitte pas l'appartement. Je serai dans les airs.

Elle disparut la seconde suivante, le laissant s'amuser.

Et il allait en effet s'amuser !

———

— Ta collection de lingerie est impressionnante, dit Balthazar quand Leela revint enfin.

Il avait disposé leur dîner – de la cuisine italienne de l'endroit auquel il avait pensé plus tôt – sur la table basse de son salon, puisqu'elle n'avait pas de salle à manger. Et pendant qu'il attendait que cela arrive, il avait pris ses aises dans l'espace personnel de Leela.

— Portovinos, murmura-t-elle en ignorant son commentaire sur la lingerie pour se concentrer sur la nourriture. J'approuve.

Elle s'effondra sur le canapé à côté de lui.

— Quel téléphone as-tu utilisé pour commander ?

— Le téléphone jetable que j'ai laissé sur le comptoir, répondit-il. Tu as une sacrée réserve de fournitures.

Y compris plusieurs passeports et une tonne d'argent liquide. Cela rivalisait avec le coffre de Jay qui contenait des choses similaires destinées aux Anciens. Il avait une salle entière consacrée aux seules devises étrangères, juste à côté de son armurerie, ce qu'il n'avait pas trouvé dans l'appartement de Leela.

En fait, elle semblait n'avoir absolument aucune arme. Les seuls objets tranchants étaient ses couteaux à steak. Aucun revolver. Rien de moderne.

Cela dit, on aurait pu aussi dire que le déshabillé noir dans le tiroir du haut de sa commode tenait lieu d'arme. Parce qu'elle serait absolument superbe dedans.

— Tu vas ouvrir ça ? demanda-t-elle en montrant la bouteille de vin.

C'était un blanc sec pour accompagner les plats de pâtes aux fruits de mer qu'il avait commandés.

Il prit la bouteille et le tire-bouchon à côté, puis se mit au travail.

— Parle-moi des protections.

Il voulait comprendre comment elles fonctionnaient.

— Est-ce qu'elles nous avertiront de l'arrivée des Séraphins ?

— Elles m'alerteront *moi*, lui dit-elle. Tu ne peux pas percevoir l'énergie éthérée, donc tu ne peux pas voir ou sentir les protections.

Il finit de déboucher la bouteille et lui versa quelques gouttes pour goûter le vin.

— L'énergie éthérée, c'est similaire à ce qui se passe quand on se volatilise, non ? demanda-t-il en lui tendant le verre.

Leela fit légèrement tourner le vin, inhala les arômes fruités, puis en but une gorgée.

— Il est bon.

Il pencha la bouteille sur son verre pour le remplir généreusement.

— Et oui, c'est ça, poursuivit-elle. Les âmes des

Séraphins sont éthérées par nature. C'est de là que viennent nos pouvoirs. Sous sa forme corporelle, c'est le sang qui transporte cette énergie. C'est pourquoi les lignées ichoriennes d'Osiris en ont besoin pour se nourrir.

— Mais pas les Hydraiens.

— Exact, parce que vous êtes les enfants d'une créature séraphique. En tout cas, c'est la théorie. Vos lignées sont en quelque sorte plus pures et par conséquent plus proches de celle de mon espèce. C'est pourquoi les Séraphins ont toujours considéré les Hydraiens comme une plus grande menace.

C'était un détail intéressant que Balthazar devrait partager avec Luc plus tard. Il se servit également un verre tout en considérant ce qu'elle avait dit sur l'énergie éthérée.

— Wakefield voit désormais les ailes de Stas. Est-ce que ça signifie qu'il peut créer une rune ou une protection ?

Leela secoua la tête et posa son verre de vin pour s'attaquer à sa salade. Balthazar s'était volontairement abstenu d'ajouter une sauce, car il n'était pas sûr des goûts de Leela.

— Voir l'énergie éthérée, c'est la première étape. La faculté d'y accéder et de la manipuler, ça vient en dernier. Il lui reste environ vingt-cinq ans avant de pouvoir en puiser l'essence. Mais au moins, il peut désormais voir les marques et les apprendre.

Balthazar observa l'assiette de Leela : tomates, oignons et verdure qu'elle assaisonna avec de l'huile d'olive et du vinaigre. C'étaient des détails qui pourraient lui être utiles plus tard, dans la mesure où il aimait cuisiner pour ses partenaires. C'était une étape importante dans la relation. En plus d'écouter quand ses partenaires parlaient. Les mots étaient puissants et transmettaient bien plus de choses que la plupart des gens ne le pensaient.

Comme en ce moment où le ton de Leela suggérait l'ouverture.

Ce qui signifiait qu'elle était d'humeur à partager.

Et que cela permettait à Balthazar de poser d'autres questions pendant qu'ils mangeaient.

Il se renseigna d'abord sur le processus de croissance des Séraphins, curieux de savoir quel impact cela aurait sur Wakefield. Cela l'amena à s'interroger sur l'enseignement des protections séraphiques, où il découvrit que les différentes lignées apprenaient leurs propres versions des marques.

— Tout est une question de praticité, poursuivit-elle, après être passée à son plat de pâtes composé de tomates, d'oignons, de noix de Saint-Jacques et de spaghettis.

Balthazar nota cette préférence pour plus tard, en prenant celui au pesto qu'elle avait ignoré.

— Les Séraphins ne se donnent pas la peine de retenir des informations inutiles.

— Qui sont déterminées par votre Conseil, pas par les Séraphins concernés, dit Balthazar, déduisant ce détail de tout ce qu'elle lui avait dit.

— Exactement. Ils font savoir à chaque lignée ce qu'elle doit apprendre et personne ne remet ça en question.

— Pourtant, tu l'as fait, non ?

Ce n'était pas vraiment une question, car il avait entendu le fonctionnement de son esprit pendant qu'elle se volatilisait autour de l'appartement pour réajuster les marques éthérées.

— Toutes les runes que tu viens de modifier étaient protectrices, ce qui, j'imagine, ne sont pas des choses que la plupart des Séraphins de la Fertilité considèrent comme utiles à connaître.

— Oui, à peu près tout ce que j'ai appris en

grandissant était axé sur le fait d'établir un environnement parfait pour l'accouplement et garantir la santé et la prospérité à la naissance. Je connais quelques trucs utiles pour remettre les jeunes sur le droit chemin aussi.

Il médita cela tout en entortillant des pâtes autour de sa fourchette.

— Alors qu'est-ce qui t'a poussée à apprendre les runes de protection ?

Il savait que la réponse tournait autour de *lui*, une entité inconnue de son passé, et des traqueurs séraphins. Mais quelle était l'histoire derrière cela ? Qu'est-ce qui l'avait incitée à apprendre des choses qui ne concernaient pas sa lignée ?

Elle avait clairement remarqué le cloisonnement des connaissances par le Conseil, c'était évident dans son esprit. Mais ses pensées ne précisaient ni comment elle était devenue la femme qu'elle était aujourd'hui, ni pourquoi. Qu'est-ce qui, dans sa vie, l'avait forcée à se développer au-delà des normes sociétales de son espèce ?

C'était le vrai cœur de la femme à ses côtés.

Le mystère.

Le charme.

La fascination qu'il ne pouvait nier.

Il voulait tout savoir, que ce soient les parts d'elle qu'elle gardait verrouillées ou les souvenirs qu'elle lui avait volés.

Qui es-tu, douce Leela ? Dis-moi tout. Permets-moi de connaître qui tu es vraiment.

— Le Conseil supérieur des Séraphins s'en remet aux Devins pour dicter notre avenir, notre raison d'être, ce que nous faisons dans cette vie, commença Leela, d'une voix basse et pensive alors qu'elle fixait son repas à moitié mangé. Ma mère est le Séraphin de la Fertilité, ce qui signifie qu'elle est la plus puissante de notre lignée.

Elle leva les yeux vers lui.

— Chaque lignée est dirigée par l'un des leurs. Ce sont les Séraphins qui siègent au Conseil.

— Et c'est déterminé par l'âge ? tenta-t-il de deviner.

Puis il fronça les sourcils et se souvint d'une chose qu'il avait entendue dans sa tête à propos de Stark.

— Non, par le pouvoir, se corrigea-t-il.

— Le pouvoir, répéta-t-elle en hochant la tête. L'âge peut jouer en termes de vie et d'apprentissage, mais le pouvoir... le pouvoir ne peut pas être défini par l'ancienneté. Stas en est la preuve. Gabe aussi.

Balthazar tendit la main pour voler une noix de Saint-Jacques dans son assiette.

Elle répondit en lui chapardant une crevette, les manières entre eux étant naturelles et basées sur la familiarité.

Il ne fit aucun commentaire.

Il attendit plutôt qu'elle continue son explication.

— Donc, ma mère est la plus puissante de notre lignée et nous transmet les ordres du Conseil qui sont fondés sur les réactions des Devins. Cela peut aller de choses aussi simples que les assignations de vie, les fonctions ou les tâches à remplir sur les îles, ou...

Elle s'interrompit et plissa les yeux.

— Ou des *partenariats* idéaux.

Balthazar avala une bouchée et haussa un sourcil.

— Pour procréer ? Ou... ?

— Procréer, confirma-t-elle. Ils nous disent qui baiser et quand.

Son ton sombre laissait paraître ce qu'elle pensait de cela.

— Les enfants séraphins sont rares et difficiles à engendrer. Au mieux, nos cycles sont imprévisibles. Mais ça fait partie de mon travail de Séraphin de la Fertilité : je peux sentir quand une femme est prête à recevoir une semence viable.

— Ça doit être beau, le sexe chez votre espèce ! dit Balthazar, ironique.

Elle eut un petit rire.

— Le plaisir est une émotion humaine. Les Séraphins n'apprécient pas ça.

— Et pourtant, un homme doit ressentir quelque chose pour pouvoir déverser sa semence dans le cœur d'une femme, répondit Balthazar.

— Exactement ce que j'ai dit toute ma vie.

Leela posa son bol et releva son genou sur le canapé pour lui faire face.

— Les Séraphins mâles clament qu'ils ne ressentent rien. Ils ne poussent même pas un grognement quand ils jouissent. Mais bon, je suis un Séraphin de la Fertilité. Je peux percevoir leur plaisir. Ils peuvent tenter de le cacher autant qu'ils le veulent, mais c'est là.

— Bien sûr que ça l'est. C'est tout à fait naturel.

— Mais pas pour un Séraphin. On n'a pas le droit de ressentir quoi que ce soit, dit-elle sur un ton légèrement narquois. C'est le problème. Je sais que c'est un mensonge. J'ai toujours su que c'en était un. Ils affirment que c'est une réponse biologique. Pourtant, mes facultés prouvent que c'est un mensonge. Alors, pourquoi le cacher ?

Il attendit, conscient, d'après les pensées et le ton de Leela, que ce n'était qu'une question rhétorique.

— C'est là que ma déviance a commencé. Je ne comprenais pas l'intérêt de mentir sur une émotion claire juste pour le plaisir de se cacher. Et ma curiosité est alors partie en flèche. Mais le problème, c'est que je devais toujours aider à orchestrer les activités de procréation entre Séraphins. C'est ma fonction. Sauf que ça ne m'a jamais paru naturel. C'est pour ça que je me suis mise à rechercher le contact humain.

Un léger sourire apparut sur ses lèvres et ses yeux turquoise brillèrent de malice et de désir.

Il répondit aussi par un sourire. Ce regard sur elle lui plaisait beaucoup.

Telle une petite nymphe du sexe, décida-t-il, amusé. Il avait déjà rencontré des personnes comme elle. Mais Leela mettait la barre beaucoup plus haut, à un niveau qu'il voulait vraiment explorer.

— Les mortels n'ont pas peur de ce qu'ils ressentent. Ils l'embrassent. Leur vie est si courte que c'est la seule façon pour eux de vivre. Et j'ai trouvé ça enivrant. Si différent de mon espèce. Mais ça conduit à des déviations dans le processus de pensée, ce que le Conseil désapprouve.

Il hocha la tête, comprenant ce qu'elle voulait dire.

— Les Séraphins sont stoïques par programmation, pas par nature.

— Dans une certaine mesure, oui. Nous naissons sans émotion. Je vois ça sans arrêt chez les nouveau-nés. Les âmes ont besoin de temps pour grandir, respirer et apprendre. Mon espèce a choisi d'embrasser le stoïcisme en conséquence. Mais je me suis souvent demandé si c'était le résultat d'une pression sociale ou d'un désir de vivre sans sentiment.

— Ça me paraît ennuyeux comme existence, admit Balthazar. Mais ça rend aussi un peuple puissant plus facile à contrôler s'il ne pense qu'en termes logiques et non émotionnels.

En tant que personne capable de manipuler les émotions des autres, il pouvait certainement voir les avantages d'étouffer ces sentiments.

— Oui, chuchota Leela. C'est pour ça que la réformation existe. Ils appellent ça un défaut funeste qui doit être corrigé. Ils le qualifient parfois aussi de folie immortelle. Mais je pense que ça va plus loin que ça. Ce qui est la raison, pour répondre à ta question initiale, pour laquelle j'ai appris moi-même les runes de protection.

Hmm, cela n'expliquait pas ce qu'elle pensait des traqueurs ou du mystérieux *lui*. Cependant, Balthazar soupçonnait que les deux choses étaient liées d'une manière ou d'une autre.

Il n'insisterait pas ce soir, car son instinct lui disait qu'elle se tairait s'il l'interrogeait sur sa peur d'être capturée par les traqueurs. C'étaient des pensées qu'elle n'avait pas voulu qu'il entende. Il respecta donc cela en s'abstenant d'en faire mention.

Mais cela ne signifiait pas qu'il arrêterait de tenter de les comprendre.

Tout ce qu'elle craignait était manifestement important.

— Alors, comment fonctionnent les alertes ? demanda-t-il en les ramenant au sujet de départ. Combien de temps cela nous donnera-t-il pour nous échapper ?

— Peut-être dix minutes, répondit-elle. Ils devront désactiver la protection pour entrer, en supposant qu'ils aient l'intention de nous faire du mal, et ça nous donnera assez de temps pour nous volatiliser ailleurs.

— Très bien. Combien de temps avant qu'ils ne nous retrouvent ?

Elle haussa les épaules.

— Ça dépendra de la quantité d'essence énergétique qu'ils auront extraite de l'échantillon de sang. Ça pourrait prendre quelques jours ou une semaine, peut-être. Du moins, si on a de la chance. Avec une connexion directe, ils peuvent se volatiliser vers la source en quelques heures. Mais ils n'ont pas assez de sang pour ça.

— Et c'est juste parce qu'il s'agit de la lignée des Traqueurs, non ?

Elle inclina le menton en signe de confirmation.

— C'est leur compétence naturelle, identique au traçage d'Ezekiel.

OK, c'était ce dont il se doutait.

— Les Séraphins ont-ils un double pouvoir, comme les Hydraiens ?

— Oui et non. On naît avec un côté dominant ; dans mon cas, la fertilité. Mais beaucoup d'entre nous ont des compétences dormantes, comme la faculté de guérir de Caro.

— Et la tienne ?

Elle le considéra un instant et sourit.

— Peut-être que je n'en ai pas.

— Ça ressemble à un défi. Est-ce que je dois la découvrir ?

Un défi qui lui plaisait, puisque cela l'inviterait à pénétrer encore plus profondément dans son esprit.

Et cela l'intrigua en effet.

D'autant plus qu'elle avait beaucoup de zones inexplorées remplies d'obstacles.

Il voulait connaître les histoires qu'il y avait là, pour quelles raisons elle se cachait, les souvenirs auxquels elle refusait d'accéder.

— Je vais tout apprendre sur toi, Lee.

Les yeux de Leela se mirent à briller.

— On verra bien.

Elle tendit la main, le sourcil relevé. Entendant le désir de son esprit, il lui offrit son bol, puis se pencha pour attraper le sien. Elle prit sa fourchette et enroula quelques pâtes autour, complètement indifférente à l'intimité de ce repas partagé.

Parce que cela semblait normal.

Comme s'ils l'avaient déjà fait avant.

Pourtant, il ne pouvait trouver chez elle une seule pensée pour le confirmer.

Il ne pouvait pas lui demander ouvertement ce qu'il voulait savoir : il ne souhaitait pas qu'elle prenne conscience du peu d'informations qu'il avait tiré de son esprit. Ce jeu fonctionnait bien mieux s'il la laissait croire qu'il était au courant de tout. Cela l'empêchait de protéger les pensées qu'elle avait à son sujet.

Au lieu de cela, il lui offrit un moment de silence pendant qu'ils mangeaient.

Et puis, l'esprit de Leela était aussi calme. À l'aise. Fatigué. Content de soi.

Lorsqu'ils eurent terminé leur repas, il lava la vaisselle et attendit l'invitation qu'il savait venir. Celle qui les mènerait directement à la chambre.

Invitation qu'il avait l'intention de refuser.

Pas franchement. Pas impoliment. Juste subtilement.

La confiance avait beaucoup d'importance pour lui et elle l'avait brisée en falsifiant sa mémoire.

Ce qui signifiait qu'ils devaient repartir à zéro.

C'était une bénédiction et une malédiction.

Une bénédiction dans la mesure où la *nouveauté* était toujours excitante. Une malédiction à cause du comment et du pourquoi de leur situation. Balthazar n'était pas rancunier – pas sur le long terme, en tout cas – mais il n'appréciait pas la duplicité.

Il lui faudrait bien plus qu'une invitation de Leela dans son lit pour qu'il lui pardonne.

— Normalement, c'est le moment où j'offre le dessert, dit-elle, son regard le parcourant tandis qu'elle se levait du canapé. Mais nous ne sommes pas encore prêts à jouer.

— Non, en effet, convint-il.

— Ce qui ne veut pas dire qu'on ne peut pas partager un lit.

— Et dormir ? proposa-t-il.

— Se reposer, répondit-elle. Rêver. Fantasmer. Tirer une certaine satisfaction sous prétexte que j'ai besoin de toi à proximité au cas où nous devrions nous volatiliser.

L'amusement réchauffa la poitrine de Balthazar. Cette femme était vraiment son égale dans presque tous les domaines.

— Tu m'invites dans ce lit et je vais t'embrasser jusqu'à ce que tu t'endormes.

Il ne ferait rien de plus, rien de moins. C'était une bataille de volontés qu'il avait l'intention de gagner. De préférence en la mettant à genoux.

— Et puis tu me suivras dans mes rêves, songea-t-elle.

— J'y suis déjà, murmura-t-il en s'immisçant dans son espace personnel pour s'emparer de sa hanche. J'y suis depuis le Brésil.

Leela posa ses yeux sur sa bouche avant de les relever pour croiser son regard. Elle ne nia rien.

— Emmène-moi au lit, B, et embrasse-moi toute la nuit. Fais en sorte que ce défi en vaille la peine. Montre-moi ce que je rate et vois si tu peux me convaincre de ramper.

Son objectif initial de dire *non* mourut parce que l'intention qu'il exigeait était absente des pensées et des émotions de Leela.

Elle voulait juste du réconfort.

Pour chasser ses peurs.

Pour se sentir en sécurité.

Pour penser.

Pour embrasser.

Mais pas pour baiser.

Vraiment dommage. Il voulait lui donner une leçon.

Cependant, il semblait qu'elle n'en ait pas besoin, car elle savait déjà qu'ils n'étaient pas prêts.

Le passé était encore très présent entre eux.

Un problème qu'ils résoudraient une fois qu'ils auraient tous deux repris leur souffle et dormi un peu.

Après tout, Leela venait juste de se remettre d'une blessure par balle, d'aider Lizzie à accoucher et de les volatiliser à travers le monde.

Elle avait gagné un sursis dans ce jeu.

Pour ce soir, décida Balthazar.

Il pressa ses lèvres contre les siennes, une main toujours sur sa hanche tandis que l'autre se portait sur sa nuque. Puis il la fit reculer jusque dans sa chambre et la guida vers le lit.

Ce soir, ils se reposeraient.

Demain, le vrai défi commencerait.

CHAPITRE 10

STAS

Stas regardait le ciel sombre, les lèvres pincées sur le côté.

— Je ne vois rien d'autre que la lune et les étoiles.

Peut-être était-ce l'épuisement de ces derniers jours, mais elle ne décelait rien qui ressemblait à de l'énergie éthérée au-dessus d'elle.

Pourtant, sa mère était catégorique sur son existence.

Issac se tenait avec eux, une grande tasse de café à la main. Stas en avait terminé deux avant de quitter la maison de B une demi-heure auparavant.

Après leur retour d'Islande, Issac et elle avaient décidé de se reposer malgré l'heure matinale. Et ils ne s'étaient réveillés qu'à presque six heures du soir, ce qui n'arrangerait pas leur décalage horaire.

Heureusement, selon sa mère, il était plus simple de travailler sur les protections la nuit.

Parce qu'elles étaient censées être plus faciles à remarquer.

Un argument que Stas trouvait mensonger, puisqu'elle ne voyait rien du tout.

C'était une belle nuit. Mais pas aussi étincelante d'énergie éthérée qu'elle l'avait espéré.

Je ne les vois pas non plus, murmura Issac dans son esprit. *Mais ça ne veut pas dire grand-chose.*

Il prit une nouvelle gorgée de son café et glissa son autre main dans la poche de son jean noir. Stas préférait les tenues décontractées qu'il portait à Hydria. C'étaient toujours des vêtements de designers plutôt chers, mais ils lui donnaient un charme doux qui le rendait plus accessible.

Ses iris saphir quittèrent le ciel pour croiser le regard errant de Stas, en haussant un sourcil sombre.

Tu cherches des signes de mon énergie éthérée, ma chérie ?

Non. J'admire juste la vue, répondit-elle.

Il contempla son jean et son pull fin, et ses lèvres se retroussèrent en signe d'appréciation.

C'est plutôt ravissant, oui.

Ravissant ? demanda-t-elle en manquant de s'étouffer. *Ton âge commence à se voir.*

Séduisante. Magnifique. Sublime.

Les joues de Stas se réchauffèrent alors qu'il se rapprochait à chaque mot. Il retira sa main de sa poche pour caresser le rougissement de la jeune femme.

Délectable, ajouta-t-il.

Tu n'as plus besoin de sang, lui rappela-t-elle.

Ça ne me fait pas moins désirer.

Le léger raclement d'une gorge ramena leur attention sur la raison de leur présence ici. Le visage de Stas se réchauffa encore plus à l'idée que sa mère ait été témoin de leur flirt, ce qui fit glousser Issac dans son esprit.

Cependant, à voix haute, il semblait tout à fait normal. Cultivé, même.

—Je ne vois pas non plus les marques éthérées. Tout ce que je vois, c'est mon Aya.

La mère de Stas sourit.

— Ça me va.

L'approbation dans son ton alla droit au cœur de Stas. C'était un peu bouleversant de retrouver ses parents après quasimôt vingt ans, mais elle préférait cela à la possibilité qu'ils soient vraiment morts.

— D'ici, je ne vois pas non plus de protections. On devrait essayer une autre plage.

De douces plumes bleues apparurent lorsque la mère de Stas prit sa forme éthérée. Puis elle disparut et se volatilisa ailleurs.

Stas passa ses bras autour du torse d'Issac.

— Ne renverse pas ton café sur mes ailes.

Il gloussa à nouveau, son bras libre entourant le bas de son dos.

— Je m'en voudrais de souiller une telle beauté, mon amour.

Cette fois, elle pouffa de rire.

Il n'y avait rien de beau dans des ailes roses.

Opale, murmura-t-il dans son esprit.

Il n'avait même pas besoin de l'entendre pour savoir ce qu'elle pensait. Il connaissait parfaitement l'opinion qu'elle avait de ses plumes rosées.

Plutôt que de répondre, elle les volatilisa vers la plage suivante, où elle trouva son père qui les attendait. Il avait une épée à la main, ce que sa mère semblait commenter lorsque Stas et Issac apparurent.

— ... de Gabriel, disait son père.

— Et il sait que tu l'as ?

Son père haussa les épaules.

— Je suis sûr qu'il finira par s'en rendre compte.

La mère de Stas poussa un soupir et secoua la tête.

— Tu es incorrigible.

— Tu as déjà dit ça, répondit-il, ses yeux verts se

tournant vers Stas. Comment se passe la leçon sur les protections ?

— Étant donné qu'on n'en a pas encore trouvé, je dirais : pas trop bien, répondit Stas tandis qu'Issac se déplaçait à ses côtés.

Il tenait toujours sa tasse de café d'une main assurée quand il en but une autre gorgée.

Les capacités de volatilisation de Stas s'étaient nettement améliorées.

Ou peut-être que ça venait de lui.

Peut-être un mélange des deux.

Quoi qu'il en soit, elle était satisfaite et reprit sa forme corporelle avec un sourire en tournant son regard vers le ciel nocturne.

C'était la même chose. Aucun signe d'énergie éthérée.

— On est sûrs que ces protections existent ? demanda Stas en fronçant les sourcils.

Dès qu'Osiris était impliqué, elle se méfiait de tout. Et en l'occurrence, c'était lui qui était censé les avoir créées. Ce qui pouvait signifier tout ou rien, vraiment.

— Elles ne sont peut-être pas dans le ciel, murmura sa mère, son regard se tournant vers le sable noir et les rochers proches. Il aurait voulu les masquer, non pas pour les cacher des Hydraiens, puisqu'ils ne peuvent pas voir les runes, mais pour les autres Séraphins.

— Elles sont partout sur l'île, les informa une nouvelle voix.

Le demi-frère de Stas apparut alors dans un jean et un tee-shirt noir. Pas de chaussures. Plutôt négligé... Cela n'avait rien à voir avec l'homme qu'elle avait appris à connaître au cours des derniers mois.

Il tendit nonchalamment le bras, faisant disparaître l'épée des mains de Sethios pour la faire réapparaître dans la sienne.

— Ne joue pas avec des armes que tu ne comprends pas, dit-il alors que la vicieuse lame s'évanouissait dans les airs. Tu ne sais jamais qui va les utiliser contre toi, Sethios.

Le père de Stas sourit.

— J'ai toujours aimé apprendre en tâtonnant.

— Alors, je trouve étonnant que tu sois encore en vie, dit Stark sans rire.

— N'est-ce pas ?

Stark l'ignora, reportant plutôt son attention sur sa mère et Stas.

— Osiris a masqué les protections avec des marqueurs de camouflage. Il y en a une à environ cinquante mètres. Je vous la montre.

Il se volatilisa, suivi par leur mère.

Stas jeta un coup d'œil à Issac.

Tu veux que je te dépose ?

Vas-y. Je la verrai à travers tes yeux, mon amour.

Sa capacité à manipuler la vision était très utile, surtout dans une situation comme celle-ci.

Elle hocha la tête et partit à la poursuite de sa mère et de son demi-frère.

Ils flottaient tous les deux dans le ciel, leurs ailes les gardant facilement en équilibre. Le fait de voler était nouveau pour Stas, il lui était donc plus difficile de se maintenir dans les airs à leurs côtés. Elle étudia leurs plumes, notant l'angle qu'ils utilisaient pour rester en place. Mais quand elle essaya de les imiter, elle se mit à tomber.

— C'est tout un art, dit doucement sa mère en rattrapant Stas par le coude. C'est un peu comme se tenir debout. Une fois que tu auras appris, ça viendra naturellement. Mais il faut de l'entraînement.

Stas déglutit et hocha la tête.

— C'est comme se volatiliser, ajouta sa mère. Et tu parais déjà maîtriser ça.

— Seulement avec des endroits que j'ai vus ou que je connais, admit Stas. Sinon, il faut qu'on me guide.

— C'est normal. Cela vient en grande partie avec l'âge et l'expérience.

Elle fit un geste vers l'obscurité devant elle.

— Ou avec la magie, comme c'est le cas pour ton frère. Parce que je ne vois pas du tout la protection.

Stas examina l'espace vide et secoua la tête.

— Moi non plus.

— C'est dans les rebords, expliqua Stark.

Il leur montra une ligne subtile dans l'air qui n'aurait pas dû se trouver là. Elle émettait une lueur faible, semblable à celle de la lune sur un flocon de neige.

— Il les a très bien cachées, mais une fois que vous comprenez la signature énergétique, elles sont faciles à trouver. D'après ce que j'ai vu précédemment, il y en a près de cinquante de ce côté-ci de l'île seulement. La plupart d'entre elles sont détériorées, comme Skye l'a prophétisé.

— Tu les avais remarquées avant qu'elle ne dise ça ? demanda Stas, curieuse.

— Oui, mais je ne savais pas qu'elles avaient été établies par Osiris. Je croyais qu'elles avaient été faites par Vera ou Leela. J'en ai aussi créé quelques-unes l'année dernière, mais elles ont été conçues pour te protéger davantage que les autres.

Il fit tournoyer sa main dans les airs, tirant du bout de ses doigts un filet de magie semblable à de la brume. Puis il dessina un symbole qui lui fit penser à un fer à cheval renversé traversé par une ligne diagonale.

— Osiris masque sa signature énergétique, dit Stark en traçant une autre entaille dans sa marque, celle-ci horizontale. Il faut donc une rune pour révéler la vraie protection et, même là, ce n'est que temporaire.

Il traça une dernière ligne verticale à travers le charme, permettant à l'énergie de briller derrière.

Stas s'émerveilla, remarquant l'air vaporeux qui formait une danse complexe dans la nuit. Cela scintillait doucement, comme la lune se reflétant sur l'eau. Un jeu de lumière.

— Je vois pourquoi tu as dit que nous devions attendre la nuit, chuchota-t-elle à sa mère.

Elles auraient eu du mal à les trouver pendant la journée, le marquage se fondant facilement dans les rayons du soleil qui se déversaient sur Terre.

— Tout ce dont elles ont besoin, c'est d'un peu d'énergie supplémentaire, poursuivit Stark, ses doigts se déplaçant sur les marques. Elles sont anciennes, c'est pourquoi elles s'effacent. Mais même à pleine puissance, elles ne sont pas beaucoup plus lumineuses.

Il démontra ses propos en libérant un brin d'énergie de son index, la magie éthérée brillant dans la nuit avec une teinte rouge.

Son essence, réalisa-t-elle en fronçant les sourcils. *Est-ce que ça veut dire que la mienne sera rose ?*

Le gloussement d'Issac réchauffa son esprit.

Ce n'est pas drôle.

Ça l'est, mon amour. Ça l'est vraiment.

J'espère que tes ailes seront fuchsia, lui dit-elle. *Ou rose fluo. Si criardes qu'elles seront aveuglantes.*

Il se mit alors à rire franchement dans sa tête et elle se renfrogna. Mais Stark commença à tisser son enchantement à travers la protection, reprenant toute son attention.

C'est si beau, songea-t-elle en regardant les brins fusionner pour former un bourdonnement de magie qu'elle sentait chatouiller l'air de la nuit. C'était différent de tout ce qu'elle avait pu voir. La protection scintillait comme un millier d'étoiles suspendues dans une galaxie lointaine.

C'est comme... comme une constellation...

Mais en beaucoup moins brillant.

Est-ce que tu vois quelque chose de là-bas ? interrogea-t-elle Issac.

Seulement tes brillantes ailes, mon amour, répondit-il. *Mais je peux voir l'image à travers tes yeux.*

— Là, dit Stark en laissant retomber sa main. C'est fait.

Sa brume rouge se mêla à la noire, formant un cordon d'une solide intensité qui se mit lentement à se dissoudre dans le ciel alors que la rune de dissimulation se réactivait à nouveau.

— Comment as-tu créé le filament ? demanda-t-elle en regardant le bout de ses doigts.

Ils semblaient normaux, juste un peu translucides dans sa forme éthérée. Ses mains tremblaient aussi légèrement à cause de l'effort qu'elle devait fournir pour rester en équilibre dans les airs.

Les ailes dans son dos n'étaient pas vraiment lourdes, juste maladroites. Elle supposait que les remarques de sa mère sur la position debout étaient justes : elle se sentait aussi instable qu'un bambin qui apprenait à marcher.

Même le simple fait de mobiliser ses ailes lui avait pris un bon moment à maîtriser. Cependant, cela lui était devenu naturel, tout comme se déplacer dans le temps et l'espace. Mais voler avec ses ailes... c'était une tout autre affaire.

— Essaye de dessiner une lettre dans l'air, lui dit Stark.

Elle fronça les sourcils, mais s'exécuta.

Rien ne se passa.

Il lâcha un grognement.

— Non, Stas. Essaye de *dessiner* une lettre. C'est un peu comme remuer l'air autour de ta main pour la faire apparaître dans la nuit.

— Tu es un professeur épouvantable.

Stas ne disait pas cela pour se plaindre, elle faisait juste un commentaire. Parce que l'approche austère de son frère laissait beaucoup à désirer.

— Et pourtant, je suis le meilleur disponible. Maintenant, dessine une foutue lettre.

— Gabriel, l'avertit doucement leur mère.

Il l'ignora et croisa les bras, son attention entièrement portée sur Stas.

Elle souffla un peu, consciente qu'il la toiserait toute la nuit jusqu'à ce qu'elle essaye de faire ce qu'il voulait. Ou bien il se volatiliserait vers l'endroit d'où il venait et l'ignorerait tant qu'elle ne suivrait pas sa directive.

Même si elle n'aimait pas ses manières, elle devait admettre qu'il avait raison quant au fait d'être le meilleur coach disponible.

Alors, elle réessaya.

Et obtint le même résultat.

Ses sourcils se froncèrent alors qu'elle considérait l'air autour d'elle. Elle jeta un nouveau coup d'œil à la douce lueur près des rebords de la rune à côté d'eux, notant le schéma énergétique qui l'entourait.

Comme un nuage, pensa-t-elle à nouveau. *Non, comme de la* brume.

Sauf que ce n'était pas humide.

C'était de *l'énergie*.

Un élément que seuls les Séraphins pouvaient voir.

Et ça existait tout autour d'elle.

S'appuyant sur ce détail, elle tenta une autre lettre.

Ses lèvres se tordirent sur le côté quand l'air resta

intact. Mais elle pouvait sentir l'énergie bourdonner contre sa peau. Elle devait pourtant être libérée. Peut-être de la même manière qu'elle faisait apparaître ses ailes.

Hmm.

Elle dessina un *Z* dans l'air.

Puis un *T*.

Puis un *A*.

Tente de visualiser, suggéra Issac, entendant la frustration dans son esprit alors qu'elle récitait chaque lettre.

Elle essaya ensuite un *W*. Puis *A. K. E. F. I. E. L. D.*

Un soupir s'échappa de sa bouche et elle secoua la tête.

Pour toute réponse, Stark agita son doigt et envoya un jet d'énergie dans l'air. Il grésilla et se dissipa devant elle.

— Tu devras maîtriser ça avant que je puisse t'apprendre à combattre un guerrier séraphin. Les épées sont faites d'énergie, pas de métal. C'est pour ça que ton père ne peut pas garder mon arme. Elle fait partie de moi.

— Il veut que tu lui apprennes à les produire, dit sa mère sur un ton très séraphique. Ce serait une aptitude utile, compte tenu de ce qui se prépare. Tu devrais tous nous entraîner.

Stark hocha la tête.

— Oui.

Stas haussa un sourcil.

— Oh ? Tu peux devenir raisonnable et partager l'information ? Qui l'aurait cru ?

Il se contenta de la regarder, les mots « *sale gosse* » flottant entre eux sans être prononcés.

Parce que oui, elle se comportait un peu comme une enfant exaspérante vis-à-vis de lui.

Mais cet enfoiré avait caché une myriade d'informations salutaires qui auraient pu épargner beaucoup de peine à Stas et Issac. Elle n'était pas près de pardonner cela à Stark, même s'il se montrait utile pour le moment.

Il agita à nouveau ses doigts, envoyant plus d'énergie vers elle, cette fois suffisamment pour atteindre ses ailes. La chaleur la fit tressaillir et la magie ressemblait à de la braise pétillant contre ses plumes.

— Aïe !

— Ce n'est rien par rapport à ce que Leek et Kital peuvent faire, répondit-il. Il est important que tu maîtrises les marqueurs défensifs. Ce qui nécessite de faire appel au pouvoir éthéré.

Il la frappa avec plus de cette poussière d'énergie, ce qui la fit grogner.

— Les sons ne sont pas utiles, déclara-t-il sans ménagement. Fais dévier mon énergie. Ou mieux encore, *absorbe*-la. Cette fois, il lui lança une boule plus large qui heurta son épaule avec la force d'une balle de baseball à pleine vitesse.

Elle plissa les yeux.

— Stark...

Il en envoya une autre, la forçant à l'éviter.

Sauf qu'une troisième sphère fonçait sur elle une demi-seconde plus tard. Elle leva la main par instinct afin de l'attraper et les étincelles entrèrent en collision avec les siennes.

— C'est mieux, la félicita Stark.

Mais il ne lui laissa pas l'occasion de répondre.

Il lui envoya plusieurs autres boules ardentes, toutes plus rapides les unes que les autres.

Elle en attrapa quatre sur cinq et eut un sifflement lorsque la cinquième toucha son aile.

— Aïe !

— Alors, *absorbe*-la, Stas. Ce n'est pas comme si je te frappais avec du feu séraphique.

Stas faillit demander ce qu'était le feu séraphique, mais le déluge de sphères magiques qui s'abattit sur elle détourna son esprit et la força à se concentrer sur le fait d'esquiver les boules qui arrivaient.

Apparemment, la soirée qu'elle devait passer à examiner les protections avec sa mère était vite devenue une partie de balle au prisonnier.

Elle poussa un grognement quand l'une d'elles effleura ses plumes. Puis elle en attrapa une autre et la renvoya sur Stark avec une force qui la surprit.

Il la saisit et la relança avec vigueur.

Elle répéta l'action.

Et leur partie de balle au prisonnier se transforma en un match de baseball.

Ou de football.

Ou quel que soit le nom que les Séraphins donnaient à ce sport.

— Essaye d'y ajouter ton énergie, dit-il en la lui renvoyant.

— Pour l'instant, j'essaye surtout de t'empêcher de me brûler.

— Je ne t'ai pas brûlée. Ce picotement, c'est ton énergie éthérée qui réagit à la familiarité de la mienne. Nous sommes parents par le sang, pas ennemis.

— Je me posais justement la question, marmonna-t-elle en attrapant sa sphère pour la dixième ou onzième fois.

Elle tenta d'y insuffler sa propre essence.

Et lâcha un juron lorsque la boule se dissipa dans l'air.

Stark ne lui laissa pas le temps de se plaindre. Il lui envoya simplement un autre orbe à la tête.

Elle l'esquiva, puis se détourna pour éviter le deuxième, et cria lorsque le troisième atterrit entre ses omoplates. Maintenant, il les lançait plus fort et plus rapidement, la poussant à bout, comme il le faisait toujours.

Je...

Elle se volatilisa derrière lui.

Vais...

Elle s'envola vers le haut pour éviter son lancer trop précis. L'enfoiré anticipait ses mouvements de manière exacte.

Te...

Elle se volatilisa encore, essayant de le déstabiliser.

Tuer...

Merde !

L'énergie ardente qu'il libéra s'emmêla dans ses plumes, lui fit perdre l'équilibre et la fit tomber. Sa mère fit claquer quelque chose dans son sillage, mais le vent qui s'engouffra dans ses oreilles noya le bruit.

Stas réagit en se volatilisant et atterrit à côté d'Issac avec un juron furieux.

— Je vais le tuer ! cria-t-elle.

— Dans cet état, tu ne le pourras pas, répondit son frère en apparaissant devant elle.

Elle bondit vers lui, ses poings prêts à déchaîner l'enfer.

Mais une boule d'énergie étincelante se forma à la place.

Et fila tout droit vers la tête de Stark.

Il l'esquiva juste à temps, la surprise sur son visage étant presque comique.

Cependant, elle ne prit pas le temps d'en profiter. Elle lui en jeta une autre. Et encore une. Et encore une. Illuminant l'air avec des flammes de fureur alors qu'elle le poursuivait sur la plage.

— Tu aimes ça ? lui cria-t-elle, son désir de le tuer marqué au fer rouge dans son esprit.

Mais un éclat diamanté à ses pieds la surprit.

La plage de sable noir était jonchée de cristaux translucides, irisés sous le clair de lune.

Opale, souffla Issac dans son esprit.

Elle s'arrêta de courir, ses lèvres s'entrouvrirent devant cette démonstration d'énergie.

Stark s'immobilisa à quelques mètres devant elle et l'observa, son expression ne laissant rien transparaître.

Elle ravala sa salive et sa main se souleva comme sous l'effet d'un sort, puis elle tenta à nouveau de dessiner un *W*.

Cette fois, son essence suivit, illuminant l'air de dizaines d'étincelles qui disparurent rapidement dans la nuit. Tout comme le reste des braises sur le sable.

— Nom d'un chien, murmura-t-elle, surprise et émerveillée par la puissance.

— Je t'en prie, répondit Stark, sans une once d'émotion.

Mais elle aperçut une subtile lueur de fierté dans son regard. Qui disparut en une seconde.

Puis il lui jeta une autre boule à la tête.

Et la poursuite reprit.

Chapitre 11

Leela

Un picotement chaud chatouilla les sens de Leela, lui faisant reprendre connaissance.

Des lèvres caressaient sa peau.

Son cou.

Son épaule.

Sa clavicule.

Un gémissement s'échappa de son esprit tandis que la chaleur parcourait son dos.

Quand est-ce que je me suis endormie ? se demanda-t-elle en remarquant ses sens revitalisés.

Elle se sentait rajeunie, vivante. *En feu.*

— Chut, murmura une voix profonde dans son oreille. Détends-toi.

Balthazar...

Oh, combien de fois avait-elle rêvé de l'avoir à nouveau dans son lit ! Hmm, et maintenant il était là, avec une cuisse posée sur la sienne et une lourde main sur son abdomen.

Elle avait perdu sa chemise.

Et son jean.

La nuit dernière, en embrassant B, se rappela-t-elle rêveusement.

Il était resté fidèle à sa promesse, prenant sa bouche jusqu'à ce qu'elle s'endorme.

Il y avait eu quelques légères caresses connaisseuses. Mais rien d'excessif. Juste une étreinte sensuelle remplie de souvenirs non exprimés et d'intentions malicieuses.

C'était exactement ce dont ils avaient tous les deux besoin.

Et pourtant, ce n'était pas encore assez.

Et c'était tout à fait le but.

— B...

Elle laissa échapper le surnom en un plaidoyer inattendu. Elle voulait le goûter, l'embrasser, le dévorer. Lui faire reconstituer chaque détail.

Elle réalisa que cette faiblesse provenait en partie du fait qu'elle était encore à peine réveillée, perdue dans cet instant agréable où les fantasmes prospèrent. Elle voulait retomber dans un rêve. Assouvir les désirs de son âme. Se délecter du toucher habile de Balthazar.

— Tu as volé mes souvenirs, Lee, lui chuchota-t-il. Je veux les récupérer.

— Nous pouvons les recréer.

— Nous allons faire plus que ça, jura-t-il, sa main marquant sa peau.

L'assurance et le charisme créaient une combinaison enivrante qui était propre à Balthazar. Elle se perdit dans son aura, son toucher, son *existence*, et le laissa l'entraîner plus profondément dans ce jeu dangereux.

Prendre ses souvenirs avait été plus douloureux qu'elle ne l'avait imaginé.

Mais c'était aussi ce qu'il y avait eu de mieux à faire.

Elle avait promis de protéger Stas, s'était engagée dans

un lien de fidélité qui ne pouvait être rompu et avait fait passer le destin avant ses désirs personnels.

Cela ne faisait pas d'elle une mauvaise personne. Au contraire, plutôt une martyre.

Balthazar répondit à ses pensées par un léger grognement, l'Ancien d'Hydria n'essayant même pas d'accorder une seconde d'intimité à son esprit.

Elle supposait qu'il considérait ça comme un dû, vu ce qu'elle avait fait à sa mémoire.

Ou peut-être qu'il ne pouvait pas l'arrêter.

Lire les esprits devait être accablant.

Et utile, songea-t-elle.

Surtout au lit.

Les lèvres de l'Hydraien effleurèrent son cou et sa langue fit une pause pour suivre ses veines.

— Je n'ai pas besoin d'accéder à tes pensées pour comprendre tes désirs, Lee. C'est ton corps qui me dit ce que je dois savoir.

Elle eut un frisson lorsque sa main parcourut son abdomen jusqu'à sa hanche, son pouce caressant doucement l'os avant de trouver la zone de plaisir à côté. Elle entrouvrit les lèvres et laissa échapper un soupir de satisfaction, son sang s'échauffant sous l'effet des prouesses sensuelles de Balthazar.

Il portait toujours son caleçon noir, mais rien d'autre. Elle se mit à saliver à l'idée d'explorer son beau physique et de lui montrer ce qu'elle pouvait faire avec sa langue.

Cependant, sa bouche redescendait déjà vers sa clavicule. La léchant, la mordillant, la taquinant. Tellement séduisant et délicieusement parfait.

Il évita les zones que la plupart des hommes auraient choisies, préférant le chemin entre ses seins exposés et sur le côté pour caresser sa cage thoracique.

Ses mamelons se durcirent en réponse, le séduisant effleurement allumant un feu au plus profond d'elle-même.

Elle passa ses doigts dans ses cheveux, non pas pour le guider, mais pour le tenir. Son autre main s'agrippa à la couette tandis qu'il poursuivait sa trajectoire tortueuse vers le bas, jusqu'à ce que son pouce se pose sur sa hanche.

— Lire les pensées, c'est mon oxygène, murmura-t-il contre sa peau. Pour moi, c'est aussi naturel que de respirer. Et tu as raison : je ne peux pas l'arrêter.

Son nez frôla son bas-ventre et ses lèvres effleurèrent à peine le haut de son string en dentelle. C'était tout ce qu'elle portait, se trouvant presque entièrement nue sous lui. Cependant, Balthazar n'était pas le genre d'homme à se laisser convaincre d'agir par un peu de nudité. Il allait faire durer cela aussi longtemps qu'il le souhaitait, ce qu'il prouva par son regard.

Une vive détermination brillait dans ses profondeurs chocolatées tourbillonnantes.

Il la ferait attendre aussi longtemps qu'il le faudrait pour faire valoir son argument.

Et elle apprécierait chaque minute de cette chute vicieuse vers une folie béate.

Tu vas devoir faire des efforts pour ça, B, pensa-t-elle en le regardant.

— Je ne voudrais pas qu'il en soit autrement, ma chérie, murmura-t-il, ses paumes glissant vers le bas pour saisir ses cuisses et la forcer à les écarter pour lui.

Mais il n'alla pas chercher le sommet entre elles.

Non, il se mit à genoux et l'observa plutôt. Chaudement. Intensément. Cruellement.

Elle ne remua que pour laisser tomber son bras après avoir lâché ses cheveux.

S'il voulait admirer la vue, elle ne l'en empêcherait pas.

L'assurance était un trait qu'ils partageaient. Elle savait que ses courbes étaient faites pour séduire, tout comme son abdomen plat ne faisait qu'accentuer le sablier de sa silhouette.

Elle était faite pour baiser.

Tout comme Balthazar.

Plus d'un mètre quatre-vingts de muscles fermes, une peau bronzée et un visage fait pour être adoré. Un vrai dieu avec des yeux diaboliques, des fossettes sexy et une mâchoire taillée dans la pierre.

C'était le genre d'homme sur lequel on se retournait partout où il allait. Il pouvait tenter n'importe qui de le rejoindre dans son lit.

Mais ce qui était si naturellement beau chez lui, c'était qu'il n'utilisait jamais ces atouts pour convaincre quelqu'un de rompre une croyance ou un vœu. Il respectait tout le monde autour de lui, s'assurait que toutes les parties concernées étaient satisfaites. Parce qu'en fait, il *prenait soin* des gens.

C'était le trait de caractère que Leela avait le plus admiré chez lui au cours de ses siècles d'observation.

Il pourrait très bien utiliser son apparence et ses pouvoirs à des fins odieuses, mais cela ne lui traversait jamais l'esprit.

Balthazar aimait *vivre*. Et il voulait partager cette joie avec le monde entier.

Ses lèvres se retroussèrent tandis qu'il lisait les pensées de Leela, qui réalisa qu'elle venait d'admettre qu'elle l'observait depuis bien plus que quelques mois.

Mais quelle importance maintenant ? Elle ne pouvait pas défaire la rune sans l'aide de Vera et son amie lui avait clairement fait comprendre qu'elle ne voulait pas empêcher Balthazar d'accéder à son esprit.

Alors, pourquoi ne pas tout lui montrer ?

Il savait déjà pour le Brésil et pour ce qu'elle avait fait. Elle n'avait vraiment rien d'autre à cacher.

Et elle n'avait pas vraiment envie de se cacher de lui.

Elle soupçonnait que c'était une chose qu'il savait, c'était pour cela qu'il n'essayait même pas de rester en dehors de ses pensées. Bien sûr, il venait de dire qu'il ne pouvait pas le faire même s'il le voulait.

Les pensées étaient son oxygène.

Il continua à l'étudier, le bout de ses doigts effleurant les côtés de ses jambes alors qu'il était toujours à genoux entre ses cuisses écartées.

— Je suis conscient que toutes les pensées ne sont pas faites pour être entendues, lui dit-il doucement. C'est pourquoi je suis le porteur de nombreux secrets. Pour certains, je n'ai jamais cherché à les connaître. D'autres ont été utiles pour comprendre les intentions tout en étant résolument embarrassants. Mais ils me font garder les pieds sur terre d'une certaine façon. Ils me rendent reconnaissant pour cette vie et les belles expériences du monde.

— Tu n'as jamais été du genre à utiliser tes dons à des fins nuisibles.

C'était une déclaration qui confirmait ce qu'elle avait dit dans son esprit en l'observant depuis des siècles.

Bon sang ! Pas des siècles. *Des millénaires.*

Elle connaissait son existence depuis aussi longtemps qu'elle pouvait s'en souvenir. Son égal sensuel. Enfin, c'est ce que beaucoup penseraient.

Mais elle le dépassait en âge et en expérience, sans qu'elle puisse dire de combien de décennies ou de siècles. Peut-être même de millénaires.

Le temps n'avait pas d'importance pour son espèce. Ils vivaient éternellement, comptaient leurs anniversaires en décennies ou parfois en siècles, et même en millénaires pour certains.

Osiris avait plus de dix mille ans. Un ancien.

L'âge de Vera rivalisait avec celui d'Osiris, à quelques siècles près.

Leela était plus proche de celui de Balthazar, mais tout de même plus âgée.

— J'admire ton expérience, dit Balthazar dont les lèvres se retroussèrent à nouveau pour révéler ces fossettes envoûtantes. Cela porte ce défi à un autre niveau.

— Tu ne peux pas me surprendre.

Un mensonge. Il l'avait certainement surprise au Brésil.

Et la lueur dans ses yeux bruns lui dit qu'il le savait aussi.

Probablement grâce à ses pensées.

Ou peut-être parce que son assurance lui disait que cela ne pouvait pas être vrai.

Les doigts de Balthazar continuèrent à parcourir l'extérieur de sa cuisse, du genou à la hanche et inversement. Doux, tendres, délicieux. Une caresse faite pour apprendre ses réactions et son corps.

Elle comprenait l'intention, car elle avait pratiqué la même chose aussi bien sur les hommes que les femmes.

Mais elle n'était pas habituée à en être l'objet.

Ce changement lui convenait à merveille. Elle appréciait particulièrement la façon dont il s'arrêtait à son genou pour plonger doucement et caresser la zone tendre de ses articulations. Peu de gens réalisaient à quel point celle-ci pouvait être sensible, mais il savait l'exploiter, effleurant sa peau et lui donnant la chair de poule.

L'envie de fermer ses cuisses pour provoquer une friction augmentait avec chaque caresse, ce qu'elle soupçonnait d'être l'objectif.

Il la touchait très légèrement, le but étant clairement

d'inspirer le désir et de faire en sorte que son besoin devienne un brasier ardent.

Elle ne se débattit pas, choisissant plutôt de se délecter de ses attentions et de laisser son corps réagir en conséquence.

Ses pouces étaient magiques, ses doigts une bénédiction, sa chaleur une addiction.

Elle ferma les yeux et fondit sous lui.

Perdue dans les sensations.

Dans son existence enchanteresse.

Dans son toucher expert.

De haut en bas, autour, en tournant, en frôlant, en taquinant. Seulement du bout des doigts. Une pression subtile. Des caresses légères, chaudes.

Il atteignit à nouveau ses hanches, cette fois en longeant son string, puis en redescendant à l'intérieur de ses cuisses pour revenir à l'espace tendre derrière son genou.

La chaleur envahit sa peau lorsqu'il se pencha pour déposer un baiser sur sa hanche, puis sa bouche se mit à suivre le mouvement de ses doigts. Sa langue longea la dentelle entre ses cuisses, d'une beauté déconcertante dans sa perfection.

— Je peux sentir ton besoin, Lee, chuchota-t-il. C'est un arôme dans l'air qui me dit que c'est exactement ce que tu veux : être adorée par un homme qui sait comment satisfaire une femme.

Ses dents effleurèrent l'intérieur de sa cuisse, frôlant son artère fémorale et la mordillant suffisamment pour attirer l'attention sur cette région de son corps.

— Ta chair de poule et tes frissons sont plus forts que tes pensées. Ils me disent où aller, comment t'embrasser, où te toucher...

Il s'interrompit afin de poursuivre son tourment

érotique, sa bouche déclenchant le plaisir jusque dans l'âme de Leela.

Un vrai talent.

Une patience admirable.

Une séduction étonnante.

Leela ne serait plus jamais la même et cela ne la dérangeait pas le moins du monde.

— C'est pourquoi je n'ai pas besoin de ton esprit, ma belle.

Ses mots ressemblaient à une sombre promesse contre l'intérieur de sa cuisse.

— Ton corps est un livre ouvert et me donne chaque détail intime.

Elle serra encore la couette à côté d'elle, surtout pour ne pas se toucher. Jouer le jeu de Balthazar intensifierait son plaisir à elle. Et cela impliquait de ne pas céder à l'impulsion de caresser sa propre chair jusqu'au bout.

— Ton rougissement est magnifique, la complimenta-t-il. Une délicieuse nuance de rose. Ça me donne envie de déplacer cette dentelle sur le côté et de voir comme tu brilles joliment.

Elle déglutit, ses mots constituaient un aphrodisiaque pour sa psyché.

— Si belle, ajouta-t-il, ses lèvres près de son genou. Tes jambes sont d'une longueur parfaite pour tant de positions intrigantes. Et tes formes athlétiques me disent que tu peux les pratiquer avec la grâce d'une danseuse.

Il appuya sur ses cuisses, la forçant à les écarter encore plus pour lui.

— Hmm... Et ta flexibilité ajoute encore plus d'idées à la liste, Lee.

— Je peux aussi voler, lui dit-elle dans un ronronnement torride qu'elle ne prit pas la peine de masquer. Une chose que tes anciens partenaires ne pouvaient pas faire, j'en suis sûre.

Il fit une pause, l'excitation rendant ses iris bruns scintillants.

— Tu peux baiser sous ta forme éthérée ?

— Oui.

— Bien, répondit-il, son ton s'approfondissant avec une intention sexuelle. On explorera ça aussi.

— On va être occupés pendant des décennies si tu continues d'allonger ta liste, le prévint-elle.

— Je ne vais pas m'en plaindre, petite beauté.

Il souleva sa jambe pour lécher l'arrière de sa cuisse, provoquant des picotements qui remontèrent jusqu'à son centre déjà palpitant.

— Je vais goûter chaque parcelle de ton corps, te baiser dans tous les sens, te faire crier mon nom en boucle. Mais seulement après t'avoir fait ramper.

— Quelques léchouilles ne me feront pas supplier.

— Je sais, murmura-t-il, un sourire soulignant son ton feutré. C'est juste une initiation à la façon dont je préfère réveiller une femme dans mon lit.

— Mon lit, rectifia-t-elle.

— Vraiment ? demanda-t-il. Parce que j'ai l'impression qu'on sait tous les deux que je pourrais facilement te posséder dedans.

— Une promesse que tu devras tenir.

— Oui, approuva-t-il en mordillant tendrement sa cuisse. Après t'avoir fait ramper.

Il lâcha sa jambe pour passer à l'autre, sa bouche encore plus chaude contre sa peau humide.

Il excitait les sens de Leela, la narguait d'une manière qui l'obligeait à se concentrer uniquement sur lui. Nulle part ailleurs. Personne d'autre. Seulement Balthazar et sa belle langue.

Bon sang, elle le voulait entre ses cuisses !

Qu'il lèche sa fente.

Son clitoris.

Son vagin.

Tout.

Elle avait expérimenté cela trop peu de fois au Brésil et en voulait tellement plus maintenant.

Ces mois de séparation ressemblaient à un sinistre jeu de satisfaction différée. Sans le savoir, il l'avait excitée en couchant avec d'autres et en la rendant folle dans ses rêves.

Elle avait voulu se joindre à eux.

Pour explorer.

Pour se faire plaisir.

Pour *jouer*.

Chaque fois, elle mourait d'envie de se volatiliser entre eux et de prendre le contrôle, de lui donner un spectacle qu'il ne serait pas près d'oublier. Mais elle s'était forcée à l'observer de loin et maintenant qu'elle était sous lui, il n'y avait pas d'autre endroit où elle aurait préféré...

Un bourdonnement traversa ses sens, lui faisant écarquiller les yeux.

Non. Ce n'est pas possible...

Elle se redressa, son attention se portant sur l'horloge. Ils s'étaient couchés vers six ou sept heures du soir. Ils avaient fait un tour de cadran, confirmant qu'elle avait bien dormi douze heures.

Ce qui signifiait qu'ils n'étaient à Melbourne que depuis quinze ou seize heures tout au plus.

Et ça aurait dû prendre plus d'une semaine aux Séraphins pour les trouver.

— Quelque chose ne va pas, dit-elle en attrapant les épaules de Balthazar.

Il se redressa lui aussi, toujours à genoux entre ses cuisses.

— Nous devons partir, annonça-t-elle.

La sensation alarmante augmentait, lui indiquant que les Séraphins avaient déjà presque franchi ses barrières. Ce qui impliquait que ses premières protections ne fonctionnaient pas comme prévu.

Peut-être qu'elle s'était trop précipitée pour les faire.

Mais elle en doutait.

Non, quelque chose n'allait vraiment pas. Ils n'avaient même pas le temps de chercher leurs vêtements. À ce rythme, les Séraphins en chasse seraient là dans quelques secondes, pas quelques minutes.

Elle passa ses bras autour des épaules de Balthazar, invoqua ses ailes et les fit se volatiliser de la pièce une demi-seconde plus tard.

Les mains de Balthazar trouvèrent les hanches de la jeune femme en plein vol, leurs cuisses collées les unes aux autres alors qu'ils se préparaient tous les deux à l'atterrissage.

Incertaine de l'endroit précis où elle devait aller, l'instinct de Leela s'était déclenché trop vite pour qu'elle puisse comprendre ce qui l'entourait au moment où leurs pieds touchèrent le sol. Elle cligna deux fois des yeux, s'attendant à voir les rues familières de San Francisco, où elle s'enfuyait habituellement.

Mais le paysage urbain était complètement différent des collines de la ville californienne.

Et les panneaux n'étaient certainement pas en anglais.

— Tokyo, l'informa Balthazar, les sourcils froncés par les lumières de la ville.

Il y avait quelques heures de retard sur Melbourne et il faisait encore nuit ici, ce qui était une bonne chose, compte tenu de leur nudité.

— Où est ton appartement ?

— Je n'en ai pas ici, admit-elle d'une voix à peine audible.

Tokyo n'était pas un endroit où elle avait prévu d'aller, et pourtant, se tenir dans cette ville lui semblait... familier. *Trop* familier. Comme si elle et Balthazar étaient déjà venus à cet endroit auparavant. Mais elle ne put en trouver aucun souvenir dans son esprit. Pas même un soupçon.

Alors pourquoi ai-je cette étrange impression de déjà-vu ? se demanda-t-elle.

— On ne peut pas rester ici, dit Balthazar, interrompant le fil de ses pensées. Allons au sud. On a une maison à Okinawa, au bord de l'eau.

Un souvenir taraudait l'esprit de Leela, mais elle n'arrivait pas à le définir.

Fronçant les sourcils, elle suivit la trace dans sa mémoire avant que Balthazar ne puisse fournir les directions pour les emmener dans le sud du Japon... juste devant le seuil d'une maison qu'elle n'avait jamais vue auparavant.

Qu'elle reconnut pourtant comme si c'était la sienne.

Celle d'un Ancien.

Luc, précisément.

Mais comment est-ce que je le sais ?

Et pourquoi ai-je l'impression d'être déjà venue ici ?

CHAPITRE 12

BALTHAZAR

LES QUESTIONS DÉFILAIENT DANS L'ESPRIT DE LEELA TANDIS qu'elle jetait un œil au jardin et à la porte, chaque pensée rivalisant avec ses propres interrogations à lui.

Parce qu'elle n'aurait pas dû connaître l'existence de cet endroit.

Très peu d'Hydraiens connaissaient cette maison et même Balthazar ne la fréquentait pas souvent. La propriété de cinq chambres appartenait techniquement à Luc, mais comme pour tout ce qui concernait les Anciens, ils la partageaient pour des raisons telles que celle-ci.

Peut-être qu'à un moment donné, Leela avait suivi Luc ? Jacque téléportait le roi d'Hydria ici quand il avait besoin de réfléchir, ce qui arrivait beaucoup plus fréquemment depuis la mort d'Aidan.

Peut-être était-ce pour cela que Leela était au courant ?

Mais les blocages aux limites de son esprit suggéraient que ce n'était pas une explication aussi simple. Balthazar voulait les pousser pour voir s'il pouvait les écarter du chemin. Cependant, c'était leur sécurité qui importait le plus en ce moment.

— Leela, dit-il d'une voix basse et douce pour tenter de l'arracher à la confusion de ses pensées. Peux-tu créer des protections ici ?

Elles n'avaient pas fonctionné comme prévu à Melbourne, un autre problème à résoudre, mais Balthazar était déterminé à prendre les choses étape par étape : les barrières défensives d'abord.

Puis des vêtements ou peut-être de la nourriture.

Suivi d'une discussion sur leur emplacement actuel et les prochaines étapes.

Je... je...

La voix mentale de Leela se tut. Elle n'avait pas repris sa forme corporelle, ce qui la rendait invisible à ses sens. Il ne sentait pas non plus ses bras autour de son cou, mais il savait qu'ils y étaient parce que c'était la façon dont elle l'avait attrapé en quittant Melbourne.

Par contre, il pouvait entendre ses pensées.

— Leela, répéta-t-il.

Oui, répondit-elle. *Les protections. Oui.*

Un baiser de vent ébouriffa les cheveux de Balthazar et les pensées de Leela prirent de la distance, lui indiquant qu'elle venait de s'envoler pour travailler sur les protections.

Avec un hochement de tête, il se concentra sur le clavier électronique près de la porte. Il fallait un code d'accès pour entrer, une chose que Jay avait installée lui-même pour éviter d'avoir besoin d'une clé. Ils possédaient trop de propriétés à travers le monde pour pouvoir emporter toutes les clés quand ils se déplaçaient. Ce système leur permettait donc d'aller et venir à leur guise.

Cela contribuait également à l'entretien général.

Comme c'était l'une des maisons préférées de Luc pour s'évader, elle était régulièrement nettoyée et approvisionnée.

Ce qui signifiait qu'il y aurait de la nourriture dans le frigo et des draps frais sur les lits.

Balthazar tapa le code pour désarmer l'alarme et ouvrir la porte.

Il jeta un coup d'œil au portail situé au bout de l'allée, puis leva la tête vers le ciel, se demandant encore une fois comment Leela avait pu arriver ici.

Balthazar n'était venu qu'une seule fois au cours des dix dernières années et c'était uniquement pour voir les améliorations que Luc avait apportées à l'endroit − le roi d'Hydria ajoutait constamment de nouveaux gadgets à sa maison préférée. Et par principe, les femmes n'étaient pas invitées ici, Luc attachant trop de valeur à cette propriété pour que des amants occasionnels puissent la visiter.

Pourtant, Leela avait exactement su où se trouvait cette maison. Et ses pensées avaient confirmé qu'elle ne pouvait pas dire ni comment ni pourquoi.

Balthazar continua de réfléchir à cela tout en l'écoutant penser aux protections dans les airs. Elle était éloignée, mais certainement à moins d'un kilomètre de lui, ce qu'il savait puisqu'il pouvait toujours l'entendre.

Elle était en train de réfléchir à l'endroit où placer chaque protection, confirmant qu'aucune n'existait pour le moment.

Ce n'était pas vraiment une surprise, mais il se demanda si c'était possible puisqu'elle avait été capable de les emmener directement ici sans indications de sa part.

Il ferma la porte d'entrée qui se verrouilla aussitôt. Leela devrait soit sonner, soit se volatiliser à l'intérieur. Il supposa qu'elle utiliserait la seconde possibilité.

Balthazar traversa le vestibule donnant sur les deux étages, dépassa l'escalier en marbre blanc et le salon ouvert sur sa gauche pour se diriger directement vers la cuisine.

Qui avait été entièrement rénovée, comme il s'y attendait.

Un rapide coup d'œil dans le réfrigérateur recouvert de bois confirma qu'il avait été récemment approvisionné en nourriture, y compris quelques plats préparés qui allaient vraiment être utiles.

Les gens au service de Luc passaient généralement tous les trois jours, remplaçaient les provisions et emportaient la nourriture non consommée pour se nourrir.

Cela faisait partie de l'entretien permanent de leurs propriétés dans le monde entier. Le nettoyage et les réparations étaient organisés par une équipe d'Hydraiens spécialisés dans les lois internationales et la gestion financière. Ils étaient les seuls, à part les Anciens et une poignée de Gardiens, à connaître ces propriétés.

En fait, des Ichoriens comme Wakefield aussi, puisqu'il avait aidé à investir dans certaines.

Aidan les connaissait également.

Elles n'étaient pas exactement secrètes, juste des investissements faits pour prospérer et se développer. Mais beaucoup d'entre elles nécessitaient une attention constante, comme cette propriété à proximité de la plage. Il y avait aussi un jardin à l'arrière que Luc faisait entretenir méticuleusement.

Cette maison s'apparentait à la paix pour le très ancien Hydraien.

Du moins, c'était le cas avant la mort d'Aidan.

Balthazar soupira et referma le réfrigérateur avant de s'aventurer dans un autre salon vers l'arrière de la maison. Le repaire de Luc aurait tout le matériel nécessaire pour contacter ceux qui se trouvaient à Hydria.

Il poussa la double porte et s'arrêta pour admirer le mobilier. Il avait été changé depuis sa dernière visite. Fini les boiseries et les fauteuils surdimensionnés. Il y avait désormais un bureau en verre, un fauteuil et un mur de technologie.

— Eh bien, tu n'as pas chômé, murmura Balthazar en admirant l'écran tactile géant.

Il faisait plus de deux mètres de haut et occupait tout le mur à sa gauche. Derrière le bureau, le mur entièrement couvert de vitres teintées donnait sur le patio, la piscine et la plage.

En comparaison, les deux derniers murs paraissaient ennuyeux : complètement blancs. Luc s'en servait probablement pour se concentrer pendant qu'il fouillait dans ses milliers d'années de connaissances.

— Où as-tu mis les téléphones et l'argent ? se demanda Balthazar à voix haute, tout en cherchant les signes d'un coffre-fort.

Avant, il s'était trouvé derrière une vieille peinture à l'huile italienne. Mais maintenant, c'était un écran d'ordinateur.

Balthazar réfléchit un instant avant de s'approcher et d'appuyer sa paume au centre.

Il ne se passa rien.

Peu surprenant. Contrairement à Luc et Jay, Balthazar n'aimait pas vraiment la technologie sophistiquée.

Avec un soupir, il revint vers le bureau vide de Luc. Aucun tiroir, aucun stylo, aucun téléphone.

— Très bien.

Il sortit du bureau pour se diriger vers l'escalier arrière et le monta quatre à quatre pour vérifier les chambres. La plupart d'entre elles étaient identiques : une décoration minimale, des lits, des commodes remplies de vêtements et des salles de bains bien fournies.

Cependant, la porte de Luc était verrouillée, ce qui étonna Balthazar.

Son plus vieil ami n'avait jamais fermé sa porte à qui

que ce soit, mais cela semblait étrangement cohérent avec son comportement récent.

Il fallait vraiment qu'ils aient une discussion bientôt.

Ce qui nécessite un téléphone, pensa Balthazar en se dirigeant vers la troisième chambre qui appartenait à Jay.

Si Luc devait déplacer le coffre-fort quelque part, ce serait ici, car Jay était l'expert en préparatifs d'urgence.

Et bien sûr, il était logé au fond de son placard.

Balthazar sourit en tapant le code que son ami utilisait toujours — un invraisemblable numéro à sept chiffres que seuls les Anciens d'Hydria connaissaient.

Un sifflement accompagna le déverrouillage de la porte.

— Voilà, dit Balthazar en souriant lorsque le coffre-fort révéla un prolongement du placard qui occupait en fait une autre pièce.

Contrairement au coffre de Leela, celui-ci contenait des armes à feu, des couteaux et une myriade de faux passeports et de visas falsifiés. Il y avait aussi quelques tablettes chargées. Et bien entendu, toute une gamme de téléphones jetables.

Juste à côté de l'étagère d'argent liquide en différentes devises.

Tout ressemblait exactement à ce qu'il avait prévu de trouver dans le salon en bas, ce qui suggérait que Jay avait aidé Luc à déplacer tout cela ici.

Mais c'était étrange que Jay n'en ait pas parlé à Balthazar. Donc peut-être que Luc l'avait fait tout seul. Tout ce qu'il avait fait, c'était de cloisonner le dressing en insérant un mur renforcé protégé par un système d'accès high-tech. Ce genre de projet convenait bien à Luc.

Cependant, Balthazar s'interrogeait sur l'utilité de l'écran en bas.

Choisissant un téléphone, il envoya à Luc un message

dans une langue ancienne que son ami serait capable de lire – un message qui se traduisait approximativement par : *C'est B. Rappelle-moi à ce numéro.*

Il quitta le coffre-fort derrière lui, le refermant au passage, et emporta le téléphone dans la chambre qu'il utilisait habituellement lorsqu'il séjournait ici.

Le portable se mit à sonner aussitôt qu'il franchit le seuil.

— Luc, dit Balthazar en s'approchant du lit sur lequel il n'avait pas dormi depuis des années.

Ce n'était probablement plus le même meuble ou le même matelas. Mais ça lui allait.

— C'est bon d'entendre ta voix, répondit son plus vieil ami.

Balthazar sourit.

— J'ai pensé que tu pourrais te faire du souci.

— Moi ? Jamais.

Un mensonge, mais Balthazar l'ignora. Le roi d'Hydria s'était toujours inquiété pour son peuple. C'est ce qui faisait de lui un excellent leader.

— Quand as-tu transformé ta tanière en ordinateur ? demanda Balthazar, la question étant un bon moyen de communiquer sa position actuelle à Luc sans la donner ouvertement. Balthazar avait beau être sur un téléphone crypté, cela ne voulait pas dire qu'il pouvait parler franchement en toute sécurité.

Surtout depuis que leur génie de la technologie, Mateo, travaillait probablement pour Osiris.

À moins que ce ne soit que Vera depuis le début, songea Balthazar, se rappelant ses soupçons sur son comportement. La méfiance provenait probablement de ce qu'elle avait fait à son esprit.

Mais son intuition le trahissait rarement et là, elle lui

disait que Vera cachait quelque chose. Quelque chose d'important.

Et pas seulement les détails de sa collaboration avec Osiris.

— Mon écran habituel ne permettait d'ouvrir qu'un nombre limité de fenêtres de recherche à la fois. J'ai donc amélioré les choses en élargissant la taille pour englober le mur, mais ce n'est toujours pas suffisant pour suivre mon processus mental. C'est un projet en cours, expliqua Luc, semblant légèrement frustré.

Balthazar imaginait que son visage correspondrait à son ton s'il pouvait le voir, mais ce téléphone n'était pas doté de cette technologie. Les scanners faciaux étaient répandus dans le monde entier, ils ne pouvaient pas prendre le risque d'utiliser une plateforme dernier cri. En fait, Jay avait dû fournir des efforts pour se procurer ces vieux téléphones dans ce but.

— Tout va bien ? l'interrogea Luc, la curiosité allégeant son ton.

— Oui, répondit Balthazar. Juste les trucs habituels. On va rester ici quelques jours.

Il s'agissait d'une déclaration importante, puisqu'elle signifiait que cette maison n'était actuellement pas sûre pour Luc et qu'elle pourrait ne pas l'être dans un avenir proche.

Leela allait devoir lui en dire plus sur les protocoles séraphiques et ce qu'ils feraient s'ils découvraient cet endroit. Le surveilleraient-ils ? L'oublieraient-ils ? Le détruiraient-ils ?

— On a été trouvés rapidement, poursuivit Balthazar. Mais les sécurités en place nous ont donné un préavis suffisant.

— Il y a certaines contre-mesures autour de mon

ordinateur qui devraient aussi vous aider, répondit Luc en insistant sur *ordinateur* pour signifier *maison*.

— Excellent.

Balthazar savait déjà que Luc ferait installer une sorte de système de sécurité pour protéger son investissement immobilier. Toutes les propriétés qu'ils possédaient étaient dotées de protections similaires. Non seulement pour les maisons elles-mêmes, mais aussi pour les occupants qui s'y trouvaient potentiellement.

— Les choses progressent ici, lui dit Luc, conscient des nouvelles que Balthazar souhaiterait avoir. La Sentinelle retraitée dit qu'il faudra quatre ou cinq jours pour terminer l'examen.

La Sentinelle retraitée étant Gabriel Stark, traduisit Balthazar. Parce qu'il n'utiliserait pas ce terme pour décrire Tom ou Stas.

La seule autre « Sentinelle retraitée » à Hydria en ce moment était Blake et il n'était certainement pas impliqué. Pour autant que Balthazar sache, l'humain était encore en train de se remettre du cauchemar que John lui avait fait subir. Le PDG de la Fondation humanitaire pour les catastrophes, aujourd'hui décédé, était un sacré connard et avait soumis Blake à une forme de rééducation pour le punir de ne pas avoir respecté un ordre.

De la même manière que les Séraphins assujettissaient apparemment les leurs à la réformation lorsqu'ils montraient des signes de sentiments ou d'émotions.

— Ça irait plus vite s'il était aidé, ajouta Luc. Mais un de ses alliés est porté disparu.

Balthazar considéra sa déclaration pendant un moment, se demandant s'il voulait parler de Leela. Cependant, cela n'avait pas de sens. Luc n'aurait pas tenu compte de Leela dans l'équation, puisqu'elle avait une autre mission : distraire les Séraphins.

Ce qui signifiait qu'il faisait référence à ceux qui avaient le pouvoir d'aider Stark à renforcer les protections.

Ce n'est pas Osiris. Luc ne lui accorderait jamais un sauf-conduit pour Hydria. Alors, c'est Stas, Sethios, Caro ou...

— V ? demanda-t-il en n'utilisant que son initiale plutôt que son prénom.

Si Mateo écoutait et qu'il était une taupe, alors il savait déjà que la présence de Vera avait été remarquée. Il devait aussi être au courant de la tâche actuelle de Stark de fortifier les protections. Par conséquent, ils ne risquaient rien en mentionnant son initiale.

Sauf si les Séraphins écoutaient aussi. Auquel cas, ils pourraient éventuellement en déduire le sens.

Mais c'était un risque que Balthazar acceptait.

— Oui, confirma Luc. On ne l'a pas aperçue depuis l'Islande.

— Je vois, dit Balthazar qui aurait à en parler à Leela. Je rappellerai demain pour savoir si ça a changé.

— Des nouvelles toutes les douze heures, pas toutes les vingt-quatre, rétorqua Luc. Tu peux utiliser ma tanière si tu veux.

— Cela nécessite d'allumer ton écran.

— Alors, dis-lui *salut*.

Balthazar fronça les sourcils.

— Salut ?

— Exactement. Elle reconnaîtra ta voix et elle te répondra.

La frustration dans son ton fut remplacée par la fierté, ce qui suggérait une relation d'amour-haine avec son ordinateur.

— Sinon, comment vont les choses ? s'enquit Balthazar, hésitant, se demandant si son plus vieil ami allait se confier sur quelque chose d'utile.

— En sécurité, répondit-il. Certaines situations sont

encore en cours d'évaluation. Les autres progressent gentiment.

Balthazar supposa que Luc faisait référence à Mateo dans la première partie de sa déclaration et que « les autres », cela s'appliquait à Jay, Lizzie et Aidyn. C'était une supposition basée sur des millénaires passés avec Luc et sur le fonctionnement de son esprit.

— Prends soin de toi, mon vieil ami, murmura Luc dans une langue morte que très peu comprenaient.

— Comme toujours, répondit Balthazar dans la même langue. Fais en sorte de suivre tes propres conseils.

Luc eut un petit rire.

— Je vais bien.

— Vraiment ? demanda sérieusement Balthazar, toujours dans l'ancien dialecte.

Le silence s'installa entre eux.

Après plusieurs secondes, Luc dit :

— On en discutera bientôt.

Puis il mit fin à l'appel.

Balthazar pinça les lèvres sur le côté. Forcer Luc à s'ouvrir ne se terminait jamais bien. Son plus vieil ami avait besoin de choisir lui-même sa voie. Mais cela ne voulait pas dire que Balthazar ne pouvait pas le pousser un peu dans la bonne direction.

Avec un léger mouvement de tête, il éteignit le téléphone et le posa sur la commode. Il le détruirait plus tard. Pour l'instant, il avait besoin de vêtements pour lui et son Séraphin.

Il enfila un pantalon de survêtement gris et un tee-shirt blanc, puis s'empara d'un caleçon et d'un autre tee-shirt blanc pour Leela. Ce serait dommage de couvrir ses atouts, mais il les avait mémorisés.

Du moins jusqu'à ce que sa meilleure amie décide de les effacer à nouveau.

Rien que cette idée lui fit froncer les sourcils.

Comment cela fonctionnait-il ? Y avait-il un moment où Vera ne pouvait plus modifier les souvenirs parce qu'ils étaient trop ancrés dans la psyché de l'autre personne ?

Des questions qu'il devrait poser à Leela.

Ou peut-être directement au Séraphin qui altérait la mémoire.

En supposant qu'elle montre à nouveau le bout de son nez.

Où es-tu ? se demanda-t-il en redescendant. *Qu'est-ce que tu manigances vraiment ?*

Leela lui faisait peut-être confiance, mais pas Balthazar. Pas après ce qu'elle avait fait à sa tête ou son alliance manifeste avec Osiris.

Leela n'avait pas beaucoup pensé à Vera ou à ses intentions. Sa douce beauté était trop préoccupée par la course-poursuite et tout le reste pour questionner sa meilleure amie.

Pour l'instant, ses pensées étaient tournées vers les protections qu'elle venait de créer autour de la propriété. Il l'écouta considérer chaque détail, confirmant dans son esprit que tout était exact.

Ce qui amena Leela à remettre en question les protections de Melbourne et le fait qu'elle n'ait pas été prévenue de l'arrivée des Séraphins avant la dernière seconde.

Quelque chose ne va pas, se répétait-elle. *Ils n'auraient pas dû nous trouver si vite. Et mes protections auraient dû tenir.*

Balthazar la trouva debout dans le patio près de la piscine, le regard fixé sur le ciel encore sombre. La frustration se dégageait de sa posture et de son esprit.

Mais une pointe d'inquiétude soulignait tout cela.

Et s'il me trouvait ?

La sinistre question était murmurée dans le fond de ses pensées et la hantait.

Elle avait apparemment déjà trouvé une chemise blanche et, d'après la taille et la coupe du tissu, c'était l'une des siennes. Ce qui suggérait qu'elle s'était volatilisée dans sa chambre pour la prendre pendant qu'il errait dans la maison.

Intéressant qu'elle soit tombée sur son placard, parmi les cinq disponibles à l'étage. Presque comme si elle savait exactement où chercher.

Ou peut-être ce choix était-il une coïncidence.

Cependant, étant donné qu'elle les avait envoyés ici sans instructions, il se doutait que ce n'en était pas une. Il y avait quelque chose d'autre en jeu. Quelque chose qu'aucun d'eux ne comprenait vraiment.

Il déposa le tee-shirt et le caleçon sur la table à manger et ouvrit les portes vitrées coulissantes à l'arrière pour la rejoindre sur le patio. Elle ne le regardait pas, son attention toujours portée sur la lune basse. Ce serait bientôt le matin.

Mais il ne se souciait pas de ça.

Pas avec la vision qu'il avait devant lui.

Leela ressemblait à une déesse avec ses cheveux dorés passés sur une épaule et ses longues jambes galbées dénudées. La chemise, qui était définitivement à lui, puisqu'il reconnaissait la marque, flirtait avec ses cuisses, lui donnant un charme sexy qui parlait directement à son âme.

Elle est parfaite, pensa-t-il en se plaçant derrière elle.

Ce n'était pas seulement sa beauté, mais *elle*, la femme. Littéralement son alter ego à bien des égards.

Son seul défaut avait été sa décision d'altérer ses souvenirs, mais entendre les justifications dans son esprit avait calmé sa colère. Elle avait sacrifié leur lien pour un destin supérieur. Du moins, c'est ainsi qu'elle voyait les choses.

C'était une erreur. Elle n'aurait pas dû le faire.

Mais elle n'avait aucun moyen de savoir comment Balthazar réagirait à son objectif. Il l'aurait aidée si elle lui en avait donné la chance.

C'était ce qui le dérangeait le plus : elle ne lui avait pas fait assez confiance pour permettre à Balthazar de soutenir sa quête.

Il allait maintenant lui prouver qu'il était digne de foi.

Et, avec le temps, il espérait restaurer sa foi en elle aussi.

Il passa ses bras autour de sa taille et pressa ses lèvres sur sa gorge. Elle soupira, détendit son corps, mais son esprit continuait de s'emballer.

Comment nous ont-ils trouvés ?

Sait-il, lui, que c'est moi qu'ils traquent ?

Est-ce que ça marche au moins ?

Comment nous ont-ils trouvés si vite ?

Les questions se succédaient en un tourbillon et les réponses étaient toutes de nature alambiquée. Parce qu'elle ne savait pas et que ça la perturbait encore plus.

— Que feront-ils quand ils nous trouveront ici ? demanda-t-il finalement, ajoutant sa propre question au mélange. Vont-ils détruire la maison de Luc ?

Elle secoua simplement la tête.

Je ne sais pas... répétait-elle dans son esprit. *Ils n'auraient même pas dû nous trouver si vite.*

— Peut-être qu'ils connaissaient ton appartement, suggéra-t-il.

— C'est impossible. Seule Vera était au courant.

Il posa son menton sur son épaule, ses bras enserrant toujours sa taille.

— Ça fait longtemps que tu la connais ?

— Toute ma vie, chuchota-t-elle. C'est ma Jay, B. Elle ne me trahirait jamais, tout comme il ne te trahirait jamais non plus.

— Pourtant, elle travaille avec Osiris, lui fit-il remarquer. Jay ne ferait jamais ça.

— Il le ferait si on lui donnait une bonne motivation, souligna Leela. Si Vera travaille vraiment avec Osiris, elle a une raison de le faire. Ou peut-être qu'il la contraint. Quoi qu'il en soit, je sais que ce n'est pas contre nous.

Elle se retourna dans ses bras et posa ses mains sur ses épaules.

— Vera ne donnerait jamais ma position aux traqueurs.

Son esprit réaffirma ses déclarations, disant à Balthazar d'un air résolu combien elle croyait fermement en l'innocence de son amie. Leur amitié était ancienne et fondée sur la confiance.

Comme celle de Balthazar et Jay.

Et si c'était de Jay qu'ils parlaient, il ressentirait la même chose. Il serait aussi catégorique quant à l'innocence de Jay.

— Très bien, murmura Balthazar, décidant de respecter les affirmations de Leela.

Il était encore en partie méfiant, mais il réservait son jugement pour l'instant.

— Est-il possible qu'un autre Séraphin connaisse ton appartement ? Les traqueurs t'ont-ils déjà suivie là-bas ?

Leela secoua la tête. Puis elle haussa les épaules. Et secoua de nouveau la tête.

— Je ne sais pas. Ils ne sont pas supposés être au courant. Mais ils n'auraient pas dû nous trouver si vite non plus, dit-elle en se mordant la lèvre et en reportant son attention vers le ciel.

— Je me demande encore si je n'ai pas commis une

erreur en créant les protections extérieures. Mais je ne crois pas que ce soit le cas.

— Que penses-tu de celles que tu as faites ici ?

Ses iris turquoise s'enflammèrent.

— Elles sont parfaites. Je les ai vérifiées trois fois.

— Alors, nous pouvons nous détendre un peu et voir si elles tiennent, murmura-t-il.

Balthazar avait plusieurs idées pour aider Leela à se relaxer convenablement. Notamment en lui donnant quelque chose sur lequel se concentrer pour calmer son esprit.

Parce que pour l'instant, ses pensées étaient trop chaotiques pour formuler des réponses intéressantes. Tout ce dont elle avait besoin, c'était un peu de tendresse et un moyen de relâcher ses nerfs. Ensuite, tout s'arrangerait.

Elle allait formuler une protestation, mais il la fit taire en pressant un doigt sur sa bouche tandis que son autre bras se resserrait autour de sa taille.

— Les protections nous ont prévenus à temps, n'est-ce pas ? demanda-t-il doucement. Tu nous as volatilisés vers un nouvel endroit. Maintenant, nous sommes ici, en sécurité. Et nous pouvons continuer ce que nous avons commencé.

Ce qui, à l'origine, n'avait été qu'un jeu destiné à la taquiner jusqu'à ce qu'elle le supplie de la baiser.

Mais son état mental exigeait maintenant quelque chose d'un peu différent.

Une pause, en quelque sorte.

Soulignée par la sensualité.

Pour l'aider à retrouver sa confiance et sa concentration.

Et Balthazar était l'homme parfait pour cette tâche.

— Volatilise-nous jusqu'à ma chambre, Lee, lui dit-il,

la demande n'étant qu'un test pour confirmer ce qu'il soupçonnait : elle savait déjà où aller.

Sa beauté ne le déçut pas, ses bras entourant son cou alors qu'elle les emmenait à l'étage.

Ne me demande pas comment je sais que c'est ta chambre. Je le sais, c'est tout, pensa-t-elle en le regardant, sa voix mentale épuisée.

Ce qui prouvait une fois de plus à quel point elle avait besoin d'un exutoire pour toute la confusion et la frustration qui faisaient rage dans son esprit.

— La seule chose que je te demande maintenant, c'est ce string en dentelle, Lee, répondit-il. Enlève-le et donne-le-moi. Ensuite, monte sur ce lit et écarte les jambes. Le reste peut attendre.

CHAPITRE 13

LEELA

LEELA SAVAIT CE QUE FAISAIT BALTHAZAR : IL TENTAIT DE l'ancrer, d'apaiser son esprit, d'affûter son attention en la focalisant sur autre chose, de la distraire de ses pensées.

De la dévorer.

S'adonner au sexe pourrait être la pire décision qu'ils puissent prendre dans cette situation.

Ou cela pourrait s'avérer être la meilleure chose à faire.

Parce que Balthazar avait raison, ils étaient en sécurité. *Pour l'instant.*

Elle pouvait s'appesantir sur la rapidité avec laquelle les Séraphins les avaient trouvés et passer la journée à s'inquiéter de savoir quand ils réapparaîtraient. Ou elle pouvait laisser Balthazar lui offrir l'ultime forme de distraction et l'aider à calmer son esprit.

Cette dernière possibilité lui plaisait bien plus.

Surtout parce qu'elle savait qu'elle était plus efficace quand elle était calme et posée. Et en ce moment, elle n'était ni l'un ni l'autre.

Elle se sentait perturbée, perdue, désorientée. *Effrayée.*

C'est pour cette dernière raison qu'elle s'était

retournée dans ses bras. Elle souhaitait lui emprunter sa force. Et là, elle voulait se perdre dans son contact.

D'où le fait qu'elle les avait volatilisés à l'étage. Dans sa chambre. Remplie de souvenirs intangibles qu'elle ne pouvait définir. Parce que chaque recoin de la pièce lui était familier et pourtant totalement étranger.

— Arrête de penser, dit Balthazar, ses doigts soulevant son menton pour la forcer à croiser son regard chocolat. Enlève la dentelle pour moi, ma chérie. Je veux te goûter comme il se doit, Lee. Chaque centimètre carré. À l'intérieur et à l'extérieur.

Elle eut un frisson. Les paroles sensuelles de Balthazar, imprégnées d'un soupçon de domination, réveillaient son côté sulfureux.

Balthazar ne savait pas seulement comment toucher une femme, il savait aussi comment la caresser avec ses seuls mots. Les douces platitudes, les promesses coquines, les sombres intentions, les louanges sincères. Il les maîtrisait toutes.

C'est pourquoi il savait exactement comment lui parler à cet instant.

Une dose d'injonction, une dose de cajolerie. Et cent pour cent de conviction.

— Tout de suite, Leela, ajouta-t-il d'une voix sévère.

Elle voulait le défier, qu'il se donne un peu de mal. Mais elle reconnaissait aussi le talent de son toucher, le fait qu'il le faisait pour elle plus que pour lui-même.

Et ce fut la principale raison pour laquelle elle obéit.

Il la relâcha pendant qu'elle s'exécutait, ses yeux parcourant sa poitrine et s'abaissant jusqu'à ses jambes lorsqu'elle se saisit délicatement de la dentelle qui habillait ses hanches. Son expression ne changea pas, la chaleur dans son regard restait douce.

Pas comme ça, pensa-t-elle à son intention, décidant d'ôter la dentelle plus théâtralement.

C'était facile à faire.

Elle lui tourna le dos, puis se pencha lentement pour faire glisser le sous-vêtement le long de ses cuisses, sur ses genoux, sur ses mollets, jusqu'à ses chevilles. Sa chemise remontait à chaque mouvement, donnant à Balthazar un aperçu alléchant de ses fesses quand la dentelle arriva à ses mollets. Et elle resta partiellement exposée pendant qu'elle finissait de retirer le vêtement.

C'était une démonstration de patience, un spectacle digne d'une reine de l'effeuillage, et quand elle lui jeta un œil par-dessus son épaule, elle sut qu'elle avait réussi. La douce chaleur dans le regard de Balthazar avait cédé la place à la ferveur.

Tenant l'étoffe dans la main, elle se releva lentement, laissant doucement retomber la chemise pour couvrir ses atouts. Puis elle se tourna et lui tendit la dentelle.

Il sourit, faisant ressortir de façon coquine ses fossettes. Puis elles disparurent lorsqu'il baissa la tête pour saisir la dentelle... avec ses dents.

Le cœur de Leela fit un bond. La chaleur entre eux devenait plus ardente de seconde en seconde.

Les iris de Balthazar contenaient une promesse pleine de péchés qui lui fit serrer les cuisses, le feu intérieur la brûlant jusqu'à l'âme.

Elle en voulait plus.

Beaucoup, beaucoup plus.

Et là, il lui offrait un aperçu de ses prouesses. Un avant-goût, une distraction. Un moyen de s'ancrer et de se sentir à nouveau normale.

Elle n'allait pas refuser cela. Non, elle avait l'intention d'en profiter pleinement, de voir ce qu'il lui réservait et de lui laisser les commandes pendant qu'elle calmait son esprit.

Ses pieds nus bruissèrent sur le tapis tandis qu'elle reculait vers le lit, son regard soutenant celui de Balthazar à chaque pas. C'était une danse intime remplie d'une familiarité qu'elle ne comprenait pas. Parce qu'elle n'avait pas besoin de regarder pour savoir où était exactement le matelas.

Oui, elle l'avait déjà vu.

Mais cela allait bien plus loin qu'une compréhension visuelle de la disposition de la chambre. C'était un mouvement machinal que son corps connaissait par cœur malgré les pièces manquantes de sa mémoire.

Le regard avide de Balthazar lui disait de ne pas s'en soucier, de se concentrer sur le présent, de s'adonner à ce désir mutuel et à rien d'autre.

Cela l'aida à calmer son pouls qui s'agitait et lui donna un point sur lequel fixer son attention pour lui permettre de *respirer*.

Oui. J'en veux encore, pensa-t-elle en se glissant sur le lit. *Plus d'intensité. Plus de chaleur. Plus de Balthazar.*

Il n'avait pas retiré la dentelle de sa bouche, ses yeux bruns s'assombrissant à chaque seconde jusqu'à ce que les orbes lui rappellent le café noir.

Elle voulait le boire.

Un café arrosé par la douceur de la langue de B.

Épicé par la saveur de son toucher enivrant.

Elle se positionna au milieu du lit, ses cheveux s'étalant en éventail autour d'elle sur les oreillers. C'était une pose séduisante qu'elle connaissait bien, qu'elle souligna en remontant ses genoux et en écartant ses cuisses dans une invitation criante.

Balthazar continua à soutenir son regard au lieu d'errer vers le trophée qui l'attendait. Il n'était pas le genre d'homme à se précipiter, ce qui rendait la chose encore plus séduisante. Parce qu'il maîtrisait la façon de prolonger l'instant, comme il le faisait en ce moment, la regardant simplement avec sa culotte dans sa bouche.

Elle savait qu'il la goûtait grâce à la dentelle.

Sa langue caressait doucement la partie serrée entre ses dents, se préparant au repas à venir.

Bon sang ! Cette pensée la fit presque jouir.

Il était la passion incarnée. Un dieu au lit. *Sur le point de revendiquer sa déesse*, songea-t-elle. Parce qu'il n'était pas le seul à être doué à ce jeu.

Elle effleura ses flancs du bout de ses doigts, les faisant glisser lentement jusqu'à ses seins, puis vers les boutons de la chemise qui les recouvrait.

Il ne lui avait pas demandé de l'enlever.

Mais il n'avait pas dit qu'elle ne le pouvait pas non plus.

Elle défit le bouton du haut d'un geste habile, attirant le regard de Balthazar sur sa poitrine. Puis le deuxième et le troisième pendant qu'il la regardait. Aucun commentaire. Aucun mouvement, à part le léger déplacement de son attention. L'un comme l'autre, ils respiraient à peine.

Le quatrième bouton se détacha du tissu.

Suivi par le cinquième.

Les pans de la chemise s'écartaient au fur et à mesure, révélant sa peau crémeuse tout en cachant toujours les parties sensuelles à son regard.

Du moins, jusqu'à ce qu'elle atteigne le dernier bouton.

Celui-ci, du fait de ses cuisses écartées, lui permit de voir chaque parcelle de son excitation.

Il admira alors la vue, ses narines se dilatant devant cette vision. Par instinct, elle savait ce qu'il voudrait ensuite et accéda à son désir en faisant glisser ses doigts dans l'humidité de ses plis, traçant les lignes qu'elle espérait qu'il lécherait.

Elle était absolument prête pour lui et elle le lui montra par quelques douces caresses. Un gémissement s'échappa de ses lèvres, une autre invitation soulignée par le *besoin* qu'elle lui permit de voir également dans ses yeux.

Il contemplait son corps tout à fait prêt, ses iris scintillant dans le clair de lune qui filtrait par les fenêtres. Il ressemblait à un incube avec ses épais cheveux bruns parfaitement ébouriffés et son pantalon de survêtement gris tombant bas sur ses hanches musclées. Elle voulait explorer chaque parcelle de son torse sculpté avec sa langue.

Mais elle savait que ce n'était pas au menu pour le moment.

Pas avec la façon dont il étudiait son corps et regardait ses doigts caresser son excitation.

Il leva doucement sa main vers ses lèvres, s'empara de la dentelle et la retira lentement de sa bouche. Un aperçu de sa langue. La contraction de sa mâchoire. Ces lèvres pleines et masculines destinées à caresser la chair d'une femme.

Ohhhh... À cette seule vision, Leela étendit ses jambes et la chaleur s'accrut dans son bas-ventre. Parce que, bon sang, c'était sexy !

C'était un geste si simple, mais il avait quelque chose d'indéniablement érotique. Comme s'il ne réfrénait aucun de ses instincts les plus bas pour laisser apparaître le mâle féroce qui se cachait sous le masque. Juste pour un instant.

Elle se sentait... *possédée.*

Pourtant, elle ne pouvait en définir ni la raison ni la manière.

Seulement le fait qu'elle aimait ça et qu'elle voulait vraiment qu'il la possède dans tous les sens.

Il plia sa dentelle en un triangle parfait et la posa sur la table de nuit. Puis ses yeux la parcoururent une fois de plus, examinant l'écartement de la chemise, ses seins partiellement exposés, son ventre plat, jusqu'au sommet entre ses cuisses.

— C'est donc ce à quoi ressemble vraiment un ange, murmura-t-il d'un air songeur en posant un genou sur le lit à côté d'elle. D'une certaine façon, tu surpasses toutes mes attentes.

Il s'agenouilla alors complètement sur le matelas.

Elle laissa son regard parcourir sa longue silhouette musclée de ses cuisses jusqu'à l'impressionnant renflement, puis le long des vallées de ses abdominaux jusqu'à ses pectoraux puissants.

La perfection masculine, pensa-t-elle avec un soupir. *Tu pourrais aussi être un ange.*

Mais il était trop sensuel pour ça. Plutôt un ange déchu. Un démon tentateur. *Mon incube.*

Les lèvres de Balthazar se retroussèrent.

— Est-ce que ça fait de toi ma succube ?

Oui.

Elle passa un doigt sur sa peau lisse et porta sa main vers la bouche de Balthazar.

— Tu me trouves désirable, B ? Ça t'inquiète que je puisse corrompre ton âme ?

Il attrapa son poignet, puis la porta à ses lèvres.

— Tu ne peux pas me corrompre, ma chérie, murmura-t-il avant de passer sa langue sur le bout de ses doigts. Pour ce qui est de te trouver désirable ? Hmm, oui, sans aucun doute.

Balthazar prit son index entre ses lèvres et l'aspira profondément dans sa bouche.

Un frisson parcourut la colonne vertébrale de Leela,

DES LIENS DANGEREUX

provoquant une contraction des muscles de son estomac à ce contact purement séduisant.

Hmm, susurra-t-elle, aimant le fait qu'elle soit déjà chaude, grâce à son habileté et sa patience.

Cet homme savait ce qu'étaient les préliminaires.

Il avait conscience de l'ascendant des mots sur une femme.

Et il comprenait parfaitement le concept de satisfaction retardée.

Elle adorait cela.

Elle en voulait encore.

Elle désirait que la langue de Balthazar explore d'autres parties de son corps.

Mais elle savait qu'il prendrait son temps, qu'il savourerait le mouvement, retarderait l'inévitable, mémoriserait chaque recoin de sa chair.

Ce qu'il fit après avoir sucé chacun de ses doigts.

Il commença par son poignet, le mordillant en appliquant juste assez de pression pour la rendre folle. Puis il remonta vers son coude, emportant avec lui la manche de la chemise avant de toucher des zones érogènes que très peu d'hommes connaissaient.

Il effleura le tissu le long de son biceps jusqu'à son épaule avant de se blottir contre son cou et de glisser l'une de ses cuisses entre ses jambes.

Il enfonça ses doigts dans ses cheveux, son contact à la fois autoritaire et rassurant, tandis que sa bouche capturait la sienne dans un baiser tout en langue.

Dévorant.

Exigeant.

Enflammant son sang.

C'était enivrant, spectaculaire et absolument parfait. Elle faillit jouir par ce seul baiser, son corps étant si prêt sans avoir été vraiment touché.

195

Ses dents frôlèrent sa lèvre inférieure et sa main quitta ses cheveux pour se poser sur sa joue.

— Tu es plus que désirable, Lee, dit-il contre sa bouche. Tu es une déesse destinée à mettre à genoux tous les hommes qui t'entourent.

— Et pourtant tu veux me faire ramper, répondit-elle, hors d'haleine.

— Oui, et tu le feras, chuchota-t-il. Mais pas tout de suite. Aujourd'hui, je vais te vénérer, te faire crier mon nom et te faire jouir sur ma langue jusqu'à ce que tu sois pleinement satisfaite.

Sa main glissa jusqu'à sa chemise, écartant le tissu pour révéler l'un de ses seins.

— Attrape la tête de lit, bébé. Je ne veux pas que tu t'envoles en cours de route.

Elle sourit.

— Les meilleurs orgasmes me font prendre ma forme éthérée.

La bouche de Balthazar imita la sienne.

— Alors, à partir de là, je veillerai à ce qu'on mette la barre plus haut.

Il mordilla sa lèvre inférieure, puis embrassa sa mâchoire avant de descendre vers sa gorge.

Plus de léchage et de douces morsures. Jamais brusques, mais suffisamment pour laisser une marque subtile, montrant qu'il revendiquait cette partie de sa peau.

Il parcourut le chemin de son sternum à son nombril, puis sur le côté et remonta le long de sa cage thoracique, en la caressant méticuleusement avec sa langue. Ses mamelons étaient si durs qu'ils en étaient presque douloureux, les pointes tendues réclamant sa bouche avec tant d'ardeur que la chair de poule recouvrait ses seins.

Son nez en effleura le dessous charnu, son

ronronnement réchauffant sa peau et prolongeant le moment jusqu'à la douleur.

Elle gémit et ses doigts s'enroulèrent autour des barreaux de la tête de lit, comme il l'avait demandé. Mais s'il ne la léchait pas convenablement bientôt, elle l'attraperait par les cheveux et le dirigerait de manière appropriée.

— Touche-moi et je repars à zéro, chuchota-t-il, les jambes de Leela se tendant sous l'effet de la promesse contenue dans sa voix.

Il était toujours à califourchon sur sa cuisse, son genou proche de l'endroit où elle désirait le plus, mais sans le toucher.

Il la narguait encore.

Une autre façon de faire durer le moment.

Elle l'aimait et le détestait à la fois pour cela.

Ce qui était exactement le but.

Elle avait déjà joué à ce jeu, mais jamais de cette façon. Jamais avec quelqu'un d'aussi adroit. Quasiment son égal. Ou peut-être son égal. Elle n'en était plus tout à fait certaine, car à l'évidence, cet homme savait comment satisfaire ses désirs dans tous les domaines.

Parce que c'était exactement le genre de tourment dont elle avait besoin pour s'assurer qu'elle se concentrait sur lui et sur rien d'autre.

Seulement Balthazar.

Ses mains. Sa langue. Ses doigts habiles.

Il écarta le tissu de son autre sein, exposant ainsi entièrement sa poitrine, et fit glisser son nez sur sa cage thoracique. De douces caresses, délibérées, enivrantes. *Irrésistibles.*

Le besoin faisait quasiment vibrer le corps de Leela, son cœur irradiant un désir et une envie que seul Balthazar pouvait satisfaire.

Il essayait de lui faire perdre le goût des autres hommes.

Ou de la maîtriser complètement.

Elle n'en était pas sûre, mais elle allait certainement lui rendre la pareille plus tard.

Balthazar sourit contre sa peau en entendant cette promesse.

— Je m'en réjouis, lui dit-il doucement, ses dents effleurant sa poitrine. On verra lequel d'entre nous pourra jouir le plus fort et le plus longtemps.

Sa langue frôla son téton, arrachant un cri de sa gorge.

— Et lequel d'entre nous sera le plus bruyant, ajouta-t-il.

Puis il prit son pic raidi dans sa bouche et l'aspira si fort qu'elle faillit jouir.

Mais il n'y avait pas assez de friction.

Sa jambe touchait à peine l'intérieur de ses cuisses, offrant une provocation sans fin.

Elle voulait le tuer.

Elle voulait le baiser.

Elle voulait l'attraper, enlever ce pantalon de survêtement et libérer sa bite dure comme le roc. Parce qu'elle savait qu'elle était là. Elle en avait vu les contours plus tôt.

Mais là, elle voulait s'asseoir dessus.

Le repousser sur le dos, chevaucher ses hanches et le loger profondément en elle.

Elle imaginait cela parfaitement, se souvenant de ce qu'il avait ressenti, de la puissance de ses poussées, de la manière parfaite dont ils *s'ajustaient* l'un à l'autre.

Sa bouche passa à l'autre sein, une sensation d'urgence croissante palpitant entre eux parce qu'il pouvait entendre ses pensées, sentir son désir, percevoir le besoin intrinsèque qui bouillonnait dans son bas-ventre.

Tout cela à cause de lui.

De ses provocations.

Et de ces mois d'absence.

Oh, comme il lui avait manqué !

Cela ressemblait à un désir qu'elle ne devait pas assouvir, mais qu'elle ne pouvait pas arrêter. Parce qu'il la comprenait comme personne d'autre avant lui. *Mon véritable alter ego*, décida-t-elle. Au moins au lit. Peut-être en dehors aussi. Et dans la vie elle-même.

Ses ongles se plantèrent dans les barreaux métalliques, provoquant une douleur intense dans ses bras. Mais elle l'ignora en faveur de sa langue sur sa chair.

Puis il entama sa descente, les caresses débouchant sur l'acte final.

C'est ce que tant d'hommes n'avaient pas compris. Il ne s'agissait pas seulement du clitoris, mais aussi de toutes les autres parties du corps de la femme. La bouche et la langue pouvaient susciter tant de plaisir si l'on y consacrait le temps nécessaire.

Et Balthazar savait assurément cela.

Ses lèvres l'adoraient, comme il l'avait promis, en poussant chaque soupçon de satisfaction sensuelle avant de glisser progressivement vers la fente entre ses cuisses.

C'était parfaitement exécuté, avec la seule intention de ce moment précis... où sa langue caressait *enfin* sa peau humide. Profondément. Méticuleusement. La pénétrant avant d'atteindre ce point sensible qui l'enverrait au septième ciel.

L'anticipation contracta son ventre, ses cuisses se tendirent pour contenir la félicité qui s'épanouissait en elle.

Et puis il prit son clitoris entre ses lèvres et le suça si profondément qu'elle ne put résister à la chute.

Elle tombait, tombait, tombait.

En tourbillonnant.

En succombant.

Se noyant dans l'oubli de sensations écrasantes.

Elle n'essaya pas de respirer, ne tenta pas de refaire surface. Elle lui permit de l'emmener plus profondément, sachant que l'extase pure l'attendait au fond.

Il glissa ses doigts à l'intérieur d'elle, attisant cet endroit que peu d'hommes parvenaient à trouver correctement, la faisant jaillir des profondeurs des vagues vers les cieux.

C'était une montée en puissance à laquelle elle ne voulait jamais mettre fin, qui s'intensifiait seconde après seconde jusqu'à ce que sa vision se perde dans le noir. Sa gorge était enrouée à force de crier, son esprit complètement vide en dehors de l'euphorie qui secouait son corps rassasié.

Mais il n'en avait pas encore fini.

Il continuait à lécher et mordiller, en provoquant de plus en plus d'effets.

Elle perdit toute sensation dans ses mains à force de s'accrocher à la tête de lit en serrant les poings si fort.

Sa respiration erratique faisait souffrir ses poumons.

Sa gorge protestait à chaque cri.

Mais son corps se délectait de la langue de Balthazar, de son toucher, de ses ronronnements de satisfaction alors qu'elle jouissait sur son visage.

Il ne s'arrêta pas et elle ne le lui demanda pas, même quand cela faisait mal.

Parce que c'était aussi trop bon. Des mois. Elle avait passé des *mois* sans cela. Non pas qu'elle ait ressenti le besoin d'être fidèle, mais personne d'autre n'avait vraiment fait le poids après le Brésil. Elle n'avait pas voulu perdre son temps. Et elle avait de loin préféré le regarder avec d'autres – le plaisir qu'elle s'accordait après lui suffisant largement.

Pourtant, son toucher lui disait maintenant que c'était un mensonge.

Parce que rien n'était comparable à l'hédonisme de Balthazar.

L'avoir désormais dans son esprit rendait le tout encore plus puissant.

Il pouvait entendre son approbation, savait exactement ce qu'elle désirait et lui faisait découvrir tant de choses qu'elle n'avait jamais réalisé vouloir.

Les heures passèrent.

Les orgasmes s'enchaînèrent.

Sa langue et sa bouche étaient de nouveau partout. Il ne laissa aucune parcelle de son corps intacte. C'était une alternance parfaite de ravissement et de révérence.

Prouvant la supériorité de B au lit.

Au moins par rapport aux autres.

Mais la prochaine fois, ce serait à elle de lui en mettre plein la vue.

— J'ai hâte que ça arrive, lui murmura-t-il à l'oreille en l'attirant contre lui.

Elle avait commencé à somnoler, son corps épuisé par les assauts de sa bouche.

Il la prit dans ses bras, la menant doucement vers un rêve.

Ou peut-être une réalité.

Avec Balthazar, c'était difficile à dire. Parce qu'il était son fantasme ultime.

Un secret bien gardé.

Une vie qu'elle pourrait vraiment adorer.

Un avenir... qui n'était pas censé être le sien.

Chapitre 14

Issac

— Elle va bientôt trouver comment lui prendre son épée, dit Sethios en se matérialisant sur la plage à côté d'Issac. Et j'ai hâte de voir ce qu'elle va lui faire avec.

— Hmm, acquiesça Issac qui se réjouissait également de cette perspective.

Gabriel avait tourmenté Aya toute la nuit. D'abord avec sa méthode d'apprentissage des protections, une chose pour laquelle il avait pris la suite de Caro, puisqu'il était plus spécialisé dans le domaine, et maintenant avec ses techniques de combat dans le ciel.

Même si elles fonctionnaient certainement, elles avaient également rendu Aya furieuse au point que son esprit semblait concentré sur une seule tâche : trucider son frère aîné.

Sethios et Caro avaient assisté à une partie de la leçon, si on pouvait l'appeler ainsi, pour en apprendre davantage sur les protections et les autres moyens défensifs d'utiliser l'énergie éthérée. Pendant ce temps, resté sur la plage en contrebas, Issac observait le tout à travers les yeux d'Aya et écoutait ses commentaires intérieurs.

Je vais le tuer...

C'était tout ce qu'elle avait à la bouche.

Gabriel avait passé la dernière heure à entraîner Aya à perfectionner sa visée.

Ou en tout cas, c'était ce qu'Issac en avait déduit. Grâce à son épée, Gabriel avait continué à lui lancer de l'énergie éthérée qu'elle attrapait maintenant avec ses mains pour la lui renvoyer.

Son frère ripostait en augmentant sa vitesse et sa puissance, poussant Aya dans ses retranchements physiques et mentaux.

Elle était clairement épuisée.

Alors que Gabriel semblait juste faire un jogging.

Sethios et Issac observaient encore le duo dans le ciel alors que le soleil s'apprêtait à se lever sur Hydria. Ils ne parlaient pas et seul le roulement des vagues se faisait entendre en dehors des incessants jurons d'Aya dans l'esprit d'Issac.

Elle se montrait certainement créative.

Et colorée.

Il était sur le point de suggérer qu'elle descende faire une pause quand le visage de Tristan articulant « *père* » se mit à flasher devant ses yeux.

La capacité d'Issac à manipuler la vision lui donnait en fait accès à des milliers d'images mentales, à la fois dans son esprit, quelque chose qu'il avait appris à contrôler depuis des années, mais aussi dans celui de ceux qui comptaient le plus pour lui et qui restaient toujours relativement proches de ses pensées.

Cela incluait sa progéniture.

Luc et Amelia.

Et, bien sûr, Aya.

Cela permettait à ces personnes d'attirer facilement son

attention, généralement de la même manière que celle utilisée par Tristan à l'instant.

Il répondit en s'immisçant dans la vision de Tristan et en représentant une image de lui-même haussant un sourcil inquisiteur. C'était sa façon à lui de dire : *oui ?*

Tristan imagina alors Issac se dirigeant vers les arbres voisins pour rejoindre Tristan et Mateo.

Hmm, pensa Issac en prévenant Aya. *Apparemment, ma progéniture souhaite avoir une conversation privée.*

Du moins, il supposait que c'était la raison pour laquelle Tristan l'avait contacté mentalement plutôt que de l'appeler pour qu'il se joigne à eux. Peut-être voulait-il que Sethios n'entende pas ce qu'ils avaient à dire.

Un fait étrange.

Mais Issac pouvait accepter cette idée pour Tristan. Ils étaient meilleurs amis, après tout. Et c'était le moins qu'il puisse faire après avoir temporairement mis en doute sa loyauté.

Essaye de ne pas tuer Gabriel pendant mon absence, mon amour. Ça m'ennuierait de rater le spectacle.

Je ne promets rien, lui répondit-elle dans un sifflement.

— Je vais préparer quelque chose à manger pour Aya, dit-il à Sethios. Elle aura faim quand elle aura fini.

La capacité de Tristan à capter les sons lui permit d'entendre cette déclaration. Mais au cas où il n'aurait pas reçu le message, Issac lui montra en vision la maison de Balthazar. Ce n'était pas trop loin de la plage.

L'image s'effaça pour montrer Tristan hochant la tête.

— Continue à prendre soin de ma fille et je te laisserai vivre, dit Sethios.

Issac faillit sourire.

— On sait tous les deux qu'Aya me tuerait de ses propres mains si je lui faisais du mal.

— Je te rendrais la vie juste pour te buter à nouveau.

— Noté, murmura Issac, loin d'être intimidé.

Sethios était sadique et connu pour ses penchants meurtriers. Beaucoup le craignaient, mais Issac ne faisait que respecter son pouvoir.

Il était aussi reconnaissant à l'ancien immortel de se soucier d'Aya. Cela ne faisait qu'ajouter à sa sécurité personnelle, une mesure qu'Issac prenait très au sérieux.

C'était aussi la principale raison pour laquelle il ne craignait pas de la quitter maintenant pour aller parler avec sa progéniture. Sethios ne laisserait personne lui faire du mal.

Évidemment, elle pouvait aussi prendre soin d'elle-même. Mais cela n'empêchait pas Issac de s'inquiéter. D'autant plus que c'était la plage où elle était morte il y a quelques semaines.

Un événement dont il ne voulait plus jamais être témoin.

Jamais.

Des pancakes, ma chérie ? demanda-t-il en se mettant à longer la plage. *Puisqu'on est toujours chez Balthazar, il me semble...*

En entendant le hurlement d'Aya, il tourna sur ses talons pour la voir tomber du ciel en une spirale qui fit bondir son cœur dans sa poitrine.

— Aya ! cria-t-il en courant vers elle.

Mais elle disparut dans le souffle suivant et réapparut sur ses pieds à côté de lui.

Avec son aile droite couverte de flammes.

— Bon Dieu !

Issac voulut tendre la main vers elle, mais Caro se matérialisa derrière Aya, levant déjà les siennes pour apaiser les plumes brûlantes.

— C'était un peu trop, Gabriel, dit Caro avec une absence notable d'émotion.

Son fils descendit du ciel, les mains sur les hanches, l'expression ennuyée. Aucune excuse. Juste une lueur dans ses yeux vert clair qui suggérait une légère déception, un changement subtil de ses traits habituellement stoïques.

Quelque chose avait changé chez Gabriel.

Quelque chose en relation avec Clara.

Mais aucun des deux n'en parlait.

Et pour l'instant, Issac ne s'en souciait pas assez pour poser la question. Il était concentré sur Aya.

Est-ce que ça va, ma chérie ?

Il garda la question entre eux, conscient qu'elle ne voudrait pas exprimer de faiblesse à voix haute.

Je vais le tuer, dit-elle à Issac pour la millième fois. *Je vais lui cramer les plumes et le poignarder en plein cœur avec sa putain d'épée !*

Issac réprima de nouveau un sourire, amusé par le fait qu'elle avait prouvé qu'il n'avait pas besoin de s'inquiéter.

Un fantasme vivant.

Et il pouvait le voir clairement dans son esprit. Il prit son visage dans sa main et fit glisser son pouce sur sa pommette.

— Des pancakes ? demanda-t-il, les ramenant à la discussion sur la nourriture.

C'était presque le matin, ce qui rendait le petit-déjeuner américain approprié. Et, comme il l'avait dit, le fait de loger dans la maison de Balthazar signifiait qu'ils avaient accès à une myriade de gadgets sophistiqués et d'ingrédients de la meilleure qualité.

Aya étendit son aile, le pouvoir de sa mère ayant déjà guéri les plumes et éteint les flammes.

— Ouais, répondit-elle, ses jolis yeux rencontrant les siens.

Mais je suppose que Tristan veut d'abord te parler en tête-à-tête, alors vas-y pendant que je donne une leçon à mon frère.

En le tuant ? présuma Issac.

Oui.

— C'est une bonne idée de faire une pause, dit Caro, inconsciente de la conversation qui se déroulait entre Issac et Aya. On peut se reposer et reprendre ça dans quelques heures.

Gabriel pouffa, ce qui n'était pas son genre.

— Oui. Je suis sûr que Leek et Kital seront plus qu'heureux de laisser Stas prendre une pause pendant un combat, dit-il, sarcastique.

Aya lui lança un regard noir, puis se volatilisa dans le ciel et lui envoya une autre boule éthérée à la figure.

Caro poussa un soupir et secoua la tête.

— Têtue. Comme son père.

— Et sa mère, murmura Sethios en souriant. Elle est aussi tenace. Et déterminée.

Il leva les yeux pour la voir se jeter sur Gabriel.

Celui-ci esquivait et feintait avec une aisance fluide, son épée réapparaissant pour créer plus d'énergie à lancer sur Aya. Son frère n'hésitait clairement pas à lui faire du mal, ce qui dérangeait Issac.

Mais il pouvait admettre que c'était nécessaire.

Même s'il n'aimait pas les méthodes de Gabriel, il pouvait reconnaître qu'elles étaient utiles. Très peu d'autres personnes, lui compris, seraient prêtes à tester les limites d'Aya de cette manière. Les guerriers séraphins ne seraient pas tendres avec elle, ce qui signifiait qu'elle avait besoin de cette sorte d'instruction pour survivre.

De plus, cela valait mieux que l'entraînement d'Osiris.

— On a bien fait les choses, mon ange, dit doucement Sethios, en posant sa main sur la nuque de Caro. Elle est parfaite.

En effet, songea Issac, se retirant pour leur laisser un moment d'intimité.

Il n'avait pas fait trois pas que Sethios l'appela :

— Wakefield, les pancakes, ça m'a l'air bien. Compte sur nous.

— Sethios, le réprimanda Caro.

— Quoi ?

— Les pancakes sont pour Stas, pas pour nous.

— Je suis sûr qu'il allait aussi en préparer pour nous, mon ange, répondit Sethios en levant son regard vert sur Issac. N'est-ce pas, mon *gendre* ?

Issac frémit en entendant ce mot, mais n'y accorda pas plus d'attention. Ce qu'il partageait avec Aya dépassait de loin le lien matrimonial. Et penser à Sethios comme beau-père semblait... *inapproprié*.

Mais il supposa qu'il pouvait préparer un petit-déjeuner pour l'infâme sadique.

— Des pancakes pour quatre, répondit Issac. Excellent.

— N'est-ce pas ? répondit Sethios avec un sourire, puis il reporta son attention sur Caro. Tu vois, mon ange ? Je peux être un bon beau-père.

Elle soupira juste et secoua encore la tête.

— Tu préfères que je continue à songer à le tuer ? proposa Sethios. Parce que ça me va très bien.

— Menteur, l'accusa-t-elle. Tu l'aimes bien.

Sethios poussa un grognement.

— J'ai admis qu'il était utile.

— Et que tu *l'aimes bien*.

Avec un sourire narquois, Issac reprit son chemin, les laissant à leur discussion.

Tes parents parlent de moi comme si je n'étais pas à côté d'eux, dit-il à Aya. *Ils se sont aussi invités pour le petit-déjeuner.*

Du moment que Stark ne l'est pas, grogna Aya, sa voix mentale portant toujours la trace de son épuisement.

Il regarda les étoiles et vit les éclats opale dans le ciel

encore sombre. Une lueur rouge suivit, indiquant que son frère la poursuivait.

Je ne vais pas inviter Gabriel. Mais je ne peux pas contrôler ton père.

Tout comme celui-ci n'avait aucun contrôle sur Issac.

Respecter les aînés était une chose naturelle pour Issac, mais il ne voulait pas qu'on lui dise quoi faire et comment s'occuper d'Aya. Heureusement, Sethios ne semblait pas très enclin à prescrire des règles dans leur relation. Il s'était plutôt montré compréhensif, vu les circonstances.

Appelle-moi si tu as besoin, Aya.

Toujours, lui souffla-t-elle.

Toujours, lui fit-il écho, leur version de l'échange de vœux.

Mais pas ceux d'un mariage.

Ces derniers donnaient l'impression d'être insuffisants vis-à-vis de leur véritable lien.

Il laissa Aya avec sa famille et reprit le chemin de la plage vers les rues pavées qui remontaient la colline où se trouvait la villa de Balthazar. Il était le plus proche voisin de Jayson, leurs maisons étant de taille modeste, avec deux ou trois chambres, des séjours, de belles cuisines et des piscines privées à l'arrière.

Elles n'étaient pas aussi vastes que les propriétés habituelles d'Issac, mais elles correspondaient parfaitement au style d'Hydria.

Sa sœur et Tom voulaient en faire construire une à proximité et étaient actuellement hébergés dans une maison destinée aux Novices hydraiens. Il y en avait deux ou trois prévues à cet effet, généralement utilisées pour abriter ceux qui ne s'étaient pas encore transformés.

Les Novices étaient rares, cela dit. Issac avait été stupéfait lorsqu'il avait découvert Aya, mais elle ne comptait pas vraiment du fait de ses liens avec les Séraphins.

Cependant, la dernière recrue d'Hydria, Eliza, remplissait les conditions. Même si, aux dernières nouvelles, ses pouvoirs étaient encore inconnus.

Et elle était désormais véritablement hydraienne, puisqu'elle avait été tuée sur la plage avec Aidan et les autres. Or, contrairement à eux, elle s'était réveillée immortelle et bien vivante quelques heures plus tard.

Elle était la première Novice à fouler les côtes d'Hydria depuis plus d'un siècle, à cause des Ichoriens qui faisaient massacrer leurs propres enfants.

Les assassins nizares.

Et leur leader résidait temporairement à Hydria, dans un coin inhabité de l'île.

Issac doutait que les Hydraiens soient ravis de ce rebondissement, car Ezekiel avait passé la majeure partie du dernier millénaire à traquer et tuer des Novices.

Cependant, Luc leur avait accordé un sauf-conduit temporaire, déclarant que les visions de Skye étaient cruciales pour leur survie. Certains Hydraiens contestaient cette décision, ce qui occupait le roi d'Hydria pour le moment.

Heureusement, Jay était d'accord avec lui, ce qui permit de calmer certaines inquiétudes sur l'île.

Mais le changement de dynamique avait été ressenti par tous.

Quelque chose d'important allait se produire et tout le monde le savait.

Hélas, Issac avait ses propres problèmes qui l'attendaient sous la forme de deux progénitures, dont l'une les trahissait probablement auprès d'Osiris.

Il trouva Tristan et Mateo dans le séjour de Balthazar où ils s'étaient introduits.

Issac ferma la porte derrière lui et se dirigea vers la cuisine.

— On peut discuter de ce que vous voulez pendant que je cuisine.

Parce qu'Aya avait besoin de se nourrir et, apparemment, ses « beaux-parents » aussi.

Ces derniers logeaient dans la chambre d'amis de Jayson, mais n'avaient pas beaucoup dormi. Tout comme Aya et Issac. Tout le monde était trop préoccupé par les préparatifs contre une éventuelle invasion.

Tristan et Mateo s'installèrent sur les tabourets du comptoir central de la cuisine tandis qu'Issac se mettait à sortir les ingrédients des placards et du réfrigérateur de Balthazar. Cela lui servait de distraction. Sinon, Issac aurait pu être enclin à exiger que Mateo explique ses actions. Et il n'avait pas encore assez de preuves pour accuser tout à fait sa progéniture.

Le duo resta silencieux, regardant Issac disposer tout ce dont il avait besoin sur le comptoir à côté de la cuisinière à six brûleurs de Balthazar. Il y avait aussi une plaque de cuisson au milieu, probablement créée dans le seul but de faire cuire les pancakes. C'était d'ailleurs l'un des rares points sur lesquels Issac était d'accord avec Balthazar : les pancakes étaient bien supérieurs aux gaufres.

— Tu voulais nous parler, dit doucement Tristan, ce qui fit froncer les sourcils d'Issac. Alors je te suggère de commencer, mon pote.

Quoi ?

Issac se retourna, déconcerté.

— Ce n'est pas moi qui...

Mateo se racla la gorge pour interrompre Issac.

— La première fois qu'Osiris m'a approché, c'était environ un an après que tu m'as créé.

À ce moment-là, les sourcils d'Issac remontèrent

jusqu'à la racine de ses cheveux. Il ne s'attendait pas à une confession. Son regard se porta sur Tristan, notant son expression résignée.

— Il sait qu'on est après lui, dit Tristan en énonçant l'évidence. Mais il a demandé une chance de s'expliquer.

De s'expliquer ? Ça doit être une plaisanterie, pensa Issac, son envie de pancakes s'évanouissant.

— Et pourquoi devrais-je te donner cette chance ? demanda Issac, tournant à nouveau son attention vers Mateo. Tu nous as trahis. Tu m'as trahi *moi* ! Putain, Aidan est mort à cause de toi ! Et tu as l'audace de l'admettre avec autant de désinvolture ? J'ai juste envie de t'égorger, là.

La colère d'Issac augmentait à chaque seconde qui passait, toute la rage qu'il avait refoulée s'échappant dans un souffle.

Parce que maintenant il n'était plus possible d'espérer que Mateo soit innocent.

Il venait d'admettre sa culpabilité.

Et avec une putain de nonchalance en plus !

Quel culot il avait de parler comme s'il valait la peine qu'on lui permette de s'expliquer !

Issac ? chuchota Aya.

Mateo fait ses aveux, répondit-il, ne pouvant retenir la colère dans sa voix mentale. *Il est venu ici pour s'expliquer.*

Ce qui n'allait pas arriver.

— Pourquoi est-ce que j'aurais quelque chose à foutre de tes explications ?

Mateo tressaillit. Et à raison. Il avait fourni des informations clés à Jonathan qui avaient permis à celui-ci d'attaquer l'île.

— *Aya* est morte. *À cause de toi.* C'est un putain de miracle qu'elle soit revenue. Je ne...

— À cause de Jonathan, intervint Mateo. Les

informations que j'ai envoyées étaient destinées à Osiris, mais Jonathan les a utilisées pour se venger. Je ne pouvais pas prévoir ça.

— Tu n'aurais jamais dû les informer pour commencer, répliqua Issac, furieux. J'avais *confiance* en toi, ma propre progéniture, et tu...

— Je t'ai protégé ! cria-t-il.

La mâchoire de Tristan se contracta, son expression ne laissant rien paraître d'autre.

— Osiris a toujours été au courant de tes liens avec Luc, de la façon dont Aidan et toi rencontriez secrètement les Hydraiens, de tes relations qui n'ont jamais changé. Il craignait que les progrès technologiques ne rendent tes connexions évidentes. Il m'a ordonné de m'assurer que ça n'arriverait pas.

Issac le regarda ébahi.

— Maintenant, tu vois pourquoi j'ai accepté de le laisser s'expliquer devant toi, marmonna Tristan.

— La communication sur le mariage était censée faire le point sur Elizabeth, poursuivit Mateo en ignorant le commentaire de Tristan. Osiris et Jonathan avaient une alliance principalement fondée sur la recherche. Elizabeth était la première création réussie du laboratoire et Osiris voulait des nouvelles, mais il m'a demandé de les transmettre par l'intermédiaire de Jonathan, car elles lui importaient aussi. Je n'avais aucune idée qu'il... qu'il...

Il s'interrompit et ravala sa salive.

Issac serra les poings, le massacre de la plage se rejouant devant ses yeux.

Cela ne venait pas de l'esprit de Mateo, mais du sien.

Le cadavre d'Aya.

Le dernier souffle d'Aidan.

Les cris.

Le chagrin d'Issac.

La douleur d'avoir perdu Aya...

Son regard s'embruma, le souvenir étant trop frais, trop nouveau, trop *réel*.

— Osiris m'a contraint à ne rien te dire, poursuivit Mateo dans un murmure. Mais je l'ai aidé de mon plein gré. Je... je vous protégeais tous. *Nous* tous. C'est comme ça que je le justifiais. Et pendant des dizaines d'années, ça n'était que ça. Jusqu'à ce que Jonathan...

— Tu as piégé Clara, chuchota Issac.

— C'était Osiris, rectifia Mateo. Mais oui, je l'ai aidé. Parce qu'il m'a dit que c'était un test pour Stas. Un moyen de lui apprendre ses dons.

Il déglutit à nouveau, le visage pâle.

— Il n'a levé ma contrainte que la nuit dernière. Sinon, je me serais dénoncé plus tôt.

Les avant-bras d'Issac commençaient à lui faire mal à force de serrer les poings si fort. Il était partagé entre lui en mettre un dans la figure et l'étrangler.

Mais son côté logique voulait aussi plus de réponses.

Tout ce qui pourrait l'aider à comprendre les décisions de Mateo.

Il était toujours sa progéniture. Il faisait partie de la famille.

Sauf que la trahison... la trahison détruisait tout. Même la filiation.

Pourtant, il voulait comprendre ce qu'Osiris savait et pourquoi il décidait maintenant de lever la contrainte.

— Commence par le commencement, dit-il. Et n'omets aucun détail.

CHAPITRE 15

LEELA

HMM, LE BONHEUR. LA FÉLICITÉ. MAGNIFIQUE.

Leela passa ses doigts dans l'eau chaude du bain que Balthazar lui avait fait couler, se laissant aller aux senteurs de menthe et de sels relaxants.

Elle était là depuis au moins une heure pendant qu'il s'occupait du dîner en bas.

C'était une expérience qu'elle pourrait certainement répéter souvent.

Dommage que la menace persistante des traqueurs séraphins planait sur eux. Mais les attentions de Balthazar avaient suffisamment apaisé son esprit pour qu'elle vive et profite de l'instant présent, un cadeau qu'elle devrait lui rendre à un moment ou à un autre.

Peut-être qu'elle ramperait devant lui après tout.

Il l'avait mérité.

Et elle regrettait vraiment d'avoir effacé ses souvenirs.

Bien sûr, cela ne la dérangeait pas d'avoir à les recréer.

Un sourire apparut sur ses lèvres en songeant à toutes les reconstitutions sensuelles auxquelles ils pourraient se livrer lors de cette course-poursuite autour du globe. Elles se déroulèrent dans son esprit, certaines basées sur ce qui s'était passé au Brésil, d'autres créées à partir de ses propres fantasmes.

Elles paraissaient toutes si réelles.

Si séduisantes et fraîches.

Il était presque difficile de démêler la réalité de la fiction, son esprit ayant imaginé plusieurs situations intimes complexes qui semblaient certainement factuelles.

Peut-être que dans une autre vie, elle avait fait ces choses avec lui.

Qui pouvait le savoir ?

Elle s'enfonça sous l'eau et relâcha l'air de ses poumons, satisfaite et vivante. Puis elle se volatilisa sur le tapis à côté de la baignoire et attrapa une serviette. Sa peau fripée suggérait qu'elle était restée dans le bain trop longtemps.

Les odeurs qui lui arrivaient d'en bas commençaient à faire gronder son estomac. Cela faisait une journée qu'elle n'avait pas mangé. Peut-être plus. Difficile à dire avec les changements de fuseaux horaires.

Elle se sécha, puis trouva les vêtements que Balthazar lui avait laissés : une autre chemise et un caleçon. Il lui avait aussi déniché une brosse et quelques articles de toilette. Après s'être brossé les dents et s'être habillée, elle se volatilisa dans le séjour au lieu de prendre les escaliers.

— ... tout avoué à Issac, disait une voix grave dans la cuisine.

Luc, reconnut Leela.

— Il a aidé Osiris pendant des décennies, poursuivit-il. Il dit qu'il s'assurait que la technologie ne révélait pas nos liens avec les mauvaises personnes et qu'Osiris l'a poussé à le faire.

Leela apparut dans la salle à manger et trouva

Balthazar torse nu près des fourneaux. Il la regarda, puis revint au haut-parleur sur le mur.

— À quoi l'a-t-il obligé d'autre ? demanda Balthazar, son ton et son expression ne laissant rien transparaître.

— Pas grand-chose. Selon Mateo, Osiris demandait occasionnellement des nouvelles, mais ce n'était pas souvent. Et Mateo ne lui donnait jamais d'informations sans qu'il ne les réclame. Il dit qu'il ne lui a jamais parlé ni de Stas ni de sa relation avec Issac.

— Il partageait donc les détails avec John à la place, grommela Balthazar.

— Pas exactement, répondit Luc. Mateo a dit que John demandait des nouvelles de Lizzie au nom d'Osiris. Leur relation de travail n'était pas un secret pour Mateo. Il savait qu'Osiris avait sous-traité ses expériences de laboratoire à John, alors il a trouvé ça normal. C'est pour ça qu'il les a prévenus qu'elle était sur le point d'épouser Jay.

Balthazar resta un instant silencieux, les sourcils froncés.

— Tu y crois ?

— Il a fourni la preuve grâce à l'original de l'enregistrement qu'il a envoyé à John, déclara Luc. Bien sûr, il a pu le trafiquer, comme il l'a fait pour Clara. D'ailleurs, il dit que c'était l'idée d'Osiris et un moyen de tester Stas, ce que Sethios a déjà confirmé : une leçon orchestrée par son père.

— Et l'explosion de la FHC ?

— C'était John. Mateo ne l'a pas prévenu, mais John devait s'attendre à des représailles, ou peut-être qu'il avait inclus une sécurité sur le piratage de Mateo. Il n'en est pas certain, mais il jure qu'il ne lui a pas donné cette information.

Balthazar considéra cela pendant un moment.

— C'est plausible, je suppose. Et si les enregistrements que Mateo a d'abord fournis étaient tous faux, on n'a aucun moyen de le savoir vraiment.

— Il a dit qu'Osiris confirmerait tout ce qu'il a avoué et que celui-ci voulait la mort de Jonathan pour ce qu'il avait fait. Il n'avait pas approuvé l'attaque d'Hydria. En fait, si on en croit Mateo, on dirait qu'il nous a laissés tuer John.

— As-tu essayé d'avoir la confirmation d'Osiris ?

Le ton de Balthazar dénotait un certain malaise, probablement parce que l'idée de demander à Osiris de confirmer quoi que ce soit lui paraissait extravagante. Il avait été l'ennemi numéro un pendant... des millénaires. Pas seulement pour les Séraphins, mais aussi pour les Hydraiens.

— Pas encore.

Luc s'éclaircit la gorge et le son se répercuta dans la cuisine.

— Malheureusement, il semble qu'il soit le seul à pouvoir confirmer le tout, y compris la déclaration sous serment de Mateo selon laquelle il ne savait pas que John allait nous attaquer sur la plage.

— J'imagine que la question, c'est pourquoi maintenant. Qu'est-ce qu'Osiris a à gagner à nous dire la vérité ? se demanda Balthazar à voix haute.

Une excellente question que se posait également Leela. *Pourquoi se dénonce-t-il maintenant ?*

— Mateo savait déjà que nous étions après lui, répondit Luc à la question de Balthazar, plutôt qu'à la pensée de Leela. Il semble qu'il était au courant depuis le début. Alors Osiris lui a ôté sa muselière. Apparemment, il avait été contraint de ne rien dire. Une contrainte qu'Osiris a levée la nuit dernière.

—Je vois.

Balthazar jeta un œil à Leela, voulant peut-être connaître son avis sur les actes d'Osiris.

Ça lui ressemble bien, admit-elle.

Parce que contraindre Mateo à garder le secret correspondait tout à fait aux méthodes habituelles d'Osiris. Et il ne l'aurait pas libéré sans raison valable.

— J'ai demandé à Lacy de parler à Mateo, ajouta Luc, ce nom n'évoquant rien pour Leela. On verra si elle détecte des mensonges dans ses déclarations, mais elle est loin d'être aussi efficace que John.

— Son pouvoir est basé sur les sentiments plutôt que sur les propos, murmura Balthazar. Elle pourra peut-être capter quelque chose, mais je ne crois pas que ça fasse une différence. Tu pressens déjà que Mateo dit la vérité.

— Je ne vois pas en quoi ça l'aiderait de mentir, répondit Luc. Ce qui me donne envie de le croire.

— Et d'éventuellement contacter Osiris pour confirmation, insista Balthazar, son expression se durcissant.

— Je l'envisage sérieusement.

— Ne le fais pas tout seul.

La voix de Balthazar était empreinte d'une sévérité qui apparaissait plus fréquemment ces derniers temps.

Luc ne répondit pas.

— Luc, dit Balthazar dont le ton trahissait un avertissement. Tu...

— Il y a autre chose, intervint Luc en ignorant totalement le commentaire de Balthazar. Mateo a également confirmé que Vera travaillait avec Osiris, mais il a dit que c'était assez récent. Elle a commencé à les aider après la libération de Sethios.

Leela écarquilla les yeux. Balthazar avait déjà évoqué cette possibilité et elle l'avait ignorée. Vera avait fait tout ça pour une raison. Mais que cela soit confirmé...

— A-t-il dit pourquoi elle travaille avec Osiris ? demanda-t-elle, faisant ainsi connaître sa présence.

Si Balthazar ne voulait pas qu'elle entende cette conversation, il n'aurait pas mis le haut-parleur. Ou il aurait interrompu Luc quand elle avait fait son apparition. Quoi qu'il en soit, il voulait clairement qu'elle écoute.

Luc ne répondit pas, peut-être surpris d'entendre soudain sa voix.

— C'est bon, Luc. Je lui fais confiance, dit Balthazar.

Luc lâcha un grognement.

— On faisait aussi confiance à Vera et Mateo.

— Leela ne travaille pas pour Osiris. Je peux entendre ses pensées, Luc. Elle est avec nous. Elle a aussi juré fidélité à Stas, lui dit Balthazar. Elle est sûre.

— Juré fidélité ? répéta Luc, intrigué.

— Demande à Caro, suggéra Balthazar qui avait clairement vu ce lien dans l'esprit de Leela.

Caro avait été présente lorsque Leela s'était liée à Stas, ce qui signifiait qu'elle pouvait l'expliquer.

— Dis-nous-en plus sur Vera et ses allégeances. On doit savoir avant de devoir à nouveau décamper.

Luc se tut un moment avant de dire :

— D'après Mateo, c'est en rapport avec un souvenir qu'elle a vu dans l'esprit d'Osiris. Il ne connaît pas les détails, mais prétend qu'elle nous le dira à son retour.

— Et où est-elle maintenant ?

— Il ne sait pas.

— Plutôt pratique, murmura Balthazar, ce qui fit froncer les sourcils de Leela.

C'est une alliée, promit-elle.

Cette fois, il ne la regarda pas, mais se concentra sur le haut-parleur.

— A-t-il dit autre chose d'utile ?

— Non, j'ai juste demandé à ce que Clara soit libérée

de sa cellule, ce qui avait déjà été fait. Elle et Gabriel logent près d'Ezekiel et Skye, dans la partie la plus calme de l'île.

Ce qui signifiait qu'ils étaient plus proches des plages rocheuses. La plupart des Hydraiens vivaient près du port, mais certains s'étaient dispersés dans les collines. Et d'autres avaient préféré s'entourer de la végétation luxuriante de l'île. Au-delà, il y avait les plages avec plus de rochers que de sable, c'était la partie la plus *calme*. Du moins, d'après ce qu'elle avait observé en se volatilisant autour de l'île.

Balthazar hocha la tête, même si Luc ne pouvait le voir.

— C'est probablement mieux pour Clara. J'ai du mal à imaginer qu'elle veuille la compagnie d'autres personnes en ce moment.

— Oui et elle l'a fait savoir quand on l'a relâchée, dit Luc dont la voix semblait un peu plus fatiguée que d'habitude. Tout le monde est fébrile sur l'île. Je dois les préparer à l'inévitable.

Une attaque de Séraphins, traduisit Leela.

B hocha de nouveau la tête, cette fois à son intention en guise de confirmation.

— Je serai bientôt de retour pour vous aider, promit-il. Dès que nous saurons que le bébé est en sécurité.

Ce qui impliquait que les protections seraient en place.

Dans combien de temps ? lui demanda Leela.

Trois jours, articula-t-il en silence. *Peut-être plus.*

Hydria n'était pas si grande, mais les protections devaient être intenses pour la protéger. Donc le délai paraissait logique.

— Rappelle-moi dans quelques heures, dit Luc. J'ai besoin de ton avis sur la façon de traiter le cas de Mateo. Les autres veulent tous sa peau.

Le sourcil de Balthazar se haussa, quelque chose dans la voix de Luc attira son attention.

— Et toi ? Que veux-tu ?

Luc resta silencieux pendant un instant.

— Je veux que le vrai coupable paie pour le crime. Et cet homme est déjà mort.

Il prononça ses mots tout bas, presque inaudibles.

Puis la ligne fut coupée.

Balthazar fixa le haut-parleur un instant de plus, visiblement perdu dans ses pensées. Ensuite, il se concentra sur ses fourneaux et se mit à remuer la soupe qu'il avait préparée.

— On doit manger, dit-il à Leela. On est ici depuis presque autant de temps que ce que nous avons passé à Melbourne.

Elle ravala sa salive, son regard se levant automatiquement vers les protections. Elle avait quelque peu envie de les vérifier, juste pour être sûre. Mais elle savait qu'elles étaient correctes. Elle les avait déjà revues plusieurs fois.

Pourtant, elle n'arrivait pas à se débarrasser de l'impression qu'elles n'étaient pas suffisantes.

— Mange d'abord, dit Balthazar en attrapant un bol dans le placard et en le remplissant de ramens frais. Ensuite, tu pourras vérifier à nouveau.

Il se mit à ajouter des ingrédients à sa soupe, y compris un œuf dur et des légumes provenant d'une autre poêle. C'était un repas équilibré qui était certainement plus consistant qu'un simple bouillon et des nouilles.

Il posa le bol devant elle avec une cuillère appropriée avant de traverser la cuisine jusqu'au comptoir à côté du réfrigérateur. Elle écarquilla les yeux quand il rapporta un plateau de sushis fraîchement préparés.

— Comment... ?

Elle s'interrompit, incapable de finir sa phrase parce que son estomac exigeait qu'elle mange. *Maintenant.*

— Luc fait préparer la maison pour ses fréquentes visites, expliqua Balthazar. Comme je ne sais pas ce que tes Séraphins feront quand ils trouveront cet endroit, j'ai pensé qu'on pourrait tout aussi bien profiter des aliments frais.

Elle hocha la tête. Elle n'était pas sûre de ce qu'ils feraient non plus. Probablement, ils l'ignoreraient et passeraient à autre chose, mais cela dépendait vraiment de ce que les Devins avaient vu concernant cette maison et de toutes les directives du Conseil supérieur des Séraphins.

Il lui servit un verre d'eau pour accompagner le repas, puis prépara son propre bol pendant qu'elle commençait à manger. Il portait toujours ce pantalon de survêtement gris. Elle espérait vraiment que les Séraphins ne les interrompraient pas, parce qu'elle avait d'autres projets pour ce pantalon.

Le séduisant regard chocolat de Balthazar lui souriait d'un air complice lorsqu'il se tourna vers elle. Mais elle n'avait pas honte le moins du monde. Il avait probablement aussi entendu tous ses fantasmes à l'étage.

— Oui, confirma-t-il, sans prendre la peine de faire semblant. J'ai hâte de les recréer plus tard.

Un sourire s'afficha sur les lèvres de Leela.

— Pareil.

Il finit de préparer son propre bol, s'installa sur la chaise à côté d'elle et se mit à manger dans un silence confortable. De temps en temps, il attrapait les baguettes du plateau de sushis pour en donner un à Leela avant d'en prendre un pour lui-même. C'était un bonheur sympathique, aidé par sa capacité à lire chacun de ses désirs.

Peut-être que l'avoir dans sa tête n'était pas une si mauvaise chose.

Il lui adressa un clin d'œil en entendant sa pensée, puis lui vola un peu d'eau puisqu'il ne s'était pas servi de verre. Elle se leva pour régler le problème et sentit son regard sur elle alors qu'elle se déplaçait dans la cuisine.

Il lui donna un autre sushi à son retour, accepta le verre qu'elle lui offrait et, reconnaissant, en but une gorgée.

Leur jeu silencieux se poursuivit jusqu'à ce qu'ils aient fini, puis Balthazar commença à débarrasser la table.

—Je devrais le faire, lui fit-elle remarquer.

— Tu peux aller revérifier les protections, maintenant que tu te sens mieux. Je vais faire la vaisselle.

—Je sais qu'elles sont bonnes.

— Prouve-le, la défia-t-il.

Mais elle savait qu'il s'agissait de le prouver à elle-même plutôt qu'à lui.

Elle se mordilla la lèvre pendant une seconde, puis se volatilisa dans les nuages pour contrôler son travail. Le soleil couchant rendait aisé le repérage de la lueur éthérée, ce qui lui permit de passer en revue toutes les protections en quelques minutes. Elles étaient toutes impeccables.

Alors pourquoi suis-je quand même inquiète ? se demanda-t-elle, tandis qu'elle revenait à la cuisine, incapable de se débarrasser de cette incertitude. Balthazar avait quasiment fini la vaisselle et avait versé les restes de soupe dans un récipient près du réfrigérateur. C'était probablement trop chaud pour être mis au frais.

— C'est Vera qui t'inquiète ? demanda-t-il sur le ton de la conversation. Le fait qu'elle travaille avec Osiris sans rien dire. Et puis, après lui avoir confié ton sang, les traqueurs nous ont trouvés plus vite que prévu. Ce n'est peut-être pas lié, mais nos esprits ne conçoivent pas de soupçons sans raison.

—Je lui fais confiance, souligna Leela.

Cependant, elle ne pouvait pas contester son

raisonnement. Cela faisait paraître Vera plutôt suspecte. Mais...

— Elle est ma famille, B. Elle... elle est comme une sœur pour moi. Celle que j'aurais voulue, en tout cas. Au lieu de ça, nous avons Melanythos en commun.

Leela eut un frisson en prononçant le nom redouté. *Mel* pour les intimes. Elle tenait beaucoup de sa lignée maternelle qui se trouvait être aussi celle de Vera. Avec Leela, c'était la lignée paternelle qu'elle partageait.

— En fait, on appartient à la même famille sans être du même sang, poursuivit Leela en recentrant la conversation sur Vera, et non sur leur horrible demi-sœur. Elle ne fait jamais rien sans raison. Ce qu'elle a vu dans le passé d'Osiris a dû la convaincre de l'aider. Je suis sûre qu'elle l'expliquera quand elle le pourra.

— Alors où est-elle ?

— Aucune idée. Elle disparaît tout le temps, dit-elle sans pouvoir réprimer la frustration dans sa voix. Je la connais depuis toujours, B. Fais-moi confiance, s'il te plaît. Elle est des nôtres. Je sais qu'elle l'est. Elle ne nous trahirait jamais, même si elle a l'air de l'avoir fait ou de pouvoir le faire. Elle garde notre intérêt à l'esprit. Toujours.

— Peut-être comme Mateo, murmura B en plissant les yeux alors qu'il étendait le torchon pour le faire sécher. Il est jeune et impressionnable, mais je ne le vois pas nous trahir sans bonnes intentions. Et ce que Luc a dit implique que Mateo a fait ces choses pour nous protéger. Ce qui pourrait être un autre mensonge, peut-être inventé par Osiris cette fois, mais c'est difficile à savoir.

— Est-ce que, euh... Lacy... pourra dire si c'est la vérité ? demanda Leela. Je suppose qu'elle est une sorte de détecteur de mensonges.

— En quelque sorte, répondit Balthazar. Mais si Mateo

a été contraint de croire cette vérité, alors elle pourrait ne pas être en mesure d'aider.

— A-t-elle pu lire Clara ?

— On ne lui a pas demandé, dit Balthazar, son expression s'assombrissant. On a pris les aveux de Clara pour argent comptant et on a cru à sa duplicité sans la vérifier.

Leela se doutait que Balthazar se reprocherait cet oubli pendant un bon moment.

— Je n'ai pas pu sentir sa frustration, poursuivit-il, les sourcils froncés. J'aurais dû creuser davantage. Et ses pensées étaient trop superficielles. J'aurais dû reconnaître que quelque chose clochait. Mais j'étais trop en colère pour évaluer la situation correctement. Et j'étais plus concentré sur Luc afin de le maintenir calme.

Il se passa la main dans les cheveux et appuya sa hanche contre le comptoir pour lui faire face.

— Je ne veux pas refaire la même erreur avec Mateo, lui confia-t-il. On sait qu'il est coupable. Mais je veux croire qu'il l'a fait pour de bonnes raisons. Au moins dans son propre esprit.

— Selon Luc, il semble qu'il n'essayait pas de faire de mal à qui que ce soit.

— Pourtant, des gens bien sont morts à cause de lui.

— Pas directement, dit-elle tout bas. Il ne pouvait pas savoir que l'information serait utilisée de façon répugnante. Luc a dit qu'apparemment, Mateo ne faisait que donner des renseignements généraux. Il n'a pas fourni de tuyaux et n'a pas aidé les Sentinelles à préparer une attaque.

— Non, mais il nous a menti et a fait en sorte que Clara soit piégée.

— Parce qu'Osiris le lui a demandé.

— Je ne suis pas sûr que ça l'excuse.

Le ventre de Balthazar se contracta lorsqu'il s'écarta du comptoir.

— La trahison détruit la confiance. C'est difficile de la retrouver après ça.

Il y avait autre chose dans ces paroles.

Une déclaration qui allait au-delà de Mateo et qui s'appliquait directement à elle.

Parce qu'elle l'avait aussi trahi dans une certaine mesure en altérant ses souvenirs. Pourtant, il avait déclaré à Luc qu'il lui faisait confiance.

— Comme je l'ai dit, parfois les choses sont faites avec les bonnes intentions en tête. Ça ne veut pas dire qu'elles sont correctes. Ça signifie simplement que le raisonnement derrière les actes n'est ni odieux ni cruel.

Le calme de sa voix la frappa en plein cœur.

— Je devais protéger Stas.

— À mes dépens. À nos dépens. Aux dépens d'un avenir qui ne sera peut-être jamais le même.

Il secoua la tête, sa déception étant palpable tandis qu'il s'approchait d'elle.

— Tu aurais pu essayer de me faire confiance. Mais tu as choisi pour nous deux sans même tenter de te confier à moi.

— Balthazar...

— Chut, murmura-t-il en posant légèrement son doigt sur ses lèvres. Je ne dis pas que je ne te fais pas confiance, Lee. Je dis juste qu'il faut du temps pour se remettre d'une trahison. Il peut s'agir d'un chemin difficile à parcourir. Mais ça n'est pas impossible.

Il se pencha en avant pour presser doucement sa bouche contre la sienne.

Une excuse était tapie dans les pensées de Leela, son cœur cognant inconfortablement dans sa poitrine.

Parce qu'il avait raison.

Elle aurait pu essayer de lui parler.

Au lieu de cela, elle avait préféré souffrir toute seule et disparaître de l'esprit de Balthazar. C'était son fardeau à elle, pas à lui.

Pourtant, il était désormais au courant.

Et elle pouvait sentir la déception qui irradiait de lui en vagues de regrets punitifs.

— Je ne compte pas vraiment te punir, Lee, murmura-t-il. Je comprends pourquoi tu as fait ça. Mais maintenant, on doit tous les deux vivre avec les conséquences de cette décision.

— Je ne voulais pas te faire de mal.

— Je sais.

— Je... Tu n'étais pas censé savoir.

— C'est presque pire, dit-il tout bas, sa paume caressant sa joue. Ces souvenirs étaient faits pour qu'on en profite ensemble, pas juste pour toi seule.

Il l'embrassa de nouveau, plus intensément cette fois, sa langue ouvrant le chemin. Ce n'était pas un pardon. Ce n'étaient pas non plus des excuses. Juste quelque chose entre les deux. Une sensation intangible. Une nouvelle voie à suivre, créée par un désir mutuel et une envie d'en savoir plus.

L'âme de Leela se réjouissait, répandant une chaleur étrange dans ses veines et lui rappelant quelque chose d'important. Une chose dont elle aurait dû se souvenir. Un moment du passé. Une connexion impossible qu'elle ne comprenait pas.

Cela passa en un éclair, le souvenir disparaissant dans les profondeurs et la laissant pourchasser le fantôme d'une sensation.

Qu'est-ce que c'était ? s'étonna-t-elle, le souffle coupé.

Les alarmes retentissaient dans sa tête et la chair de

poule se répandit sur ses bras et ses jambes. Cela semblait si réel. Si improbable. Si...

Ses yeux s'écarquillèrent soudain.

Des alarmes.

De vraies alarmes.

Mais pas celles de ses protections. La maison s'animait autour d'eux, émettant un avertissement qu'elle ne comprenait pas.

— Leela. On doit y aller !

L'urgence dans la voix de Balthazar suggérait qu'il se répétait, mais elle ne l'avait pas entendu la première fois. Ses mains n'étaient plus sur son visage, mais sur ses hanches.

— *Leela.*

Des balles furent tirées à l'extérieur depuis une sorte de mécanisme défensif lié à la maison.

Elle n'eut pas le temps de demander d'où ça venait parce qu'elle pouvait maintenant sentir les Séraphins dehors. Non pas grâce à ses protections, mais grâce à son instinct de conservation.

Elle s'était déjà trouvée dans cette position auparavant.

Mais elle ne pouvait pas dire quand.

Une étrange prise de conscience qu'elle ignora pour jeter ses bras autour du cou de Balthazar et les volatiliser au premier endroit qui lui venait à l'esprit, une porte au hasard en...

Elle fronça les sourcils en reprenant sa forme corporelle.

En Italie, supposa-t-elle en examinant le canal derrière elle et la longue embarcation qui le longeait. L'architecture gothique avec les touches d'influence byzantine et les célèbres voies navigables confirmèrent rapidement leur emplacement. *Venise.*

Mais elle n'avait pas d'appartement ici.

Étrange.

Cependant, en levant les yeux pour croiser le regard de Balthazar, elle se rendit compte que ce n'était peut-être pas aussi étrange que cela.

Une chose qu'il prouva en passant la main autour d'elle.

Pour taper le code de la porte derrière elle.

CHAPITRE 16

BALTHAZAR

CET ENDROIT SEMBLAIT PRESQUE APPROPRIÉ, PUISQUE c'était la maison principale de Jay hors de l'île. Comme toutes celles des Anciens, elle était équipée d'une sécurité renforcée, d'un code à la porte et d'un nombre suffisant de chambres pour que chaque homme ait son espace quand il en avait besoin.

Balthazar fit entrer Leela dans le vestibule à deux étages, puis verrouilla la porte derrière lui. Un tapis oriental décorait le sol en marbre, les menant au salon dont les fenêtres s'ouvraient sur la terrasse donnant sur le canal.

Je suis déjà venue ici, murmura-t-elle pour elle-même. *Mais quand ?*

Il suivit son regard jusqu'à un tableau sur le mur entre les immenses fenêtres.

Ses pas bruissèrent sur le sol tandis qu'elle s'avançait avec la grâce d'une danseuse, son attention absorbée par la peinture. Était-ce l'endroit qu'elle avait reconnu ? Ou était-ce cette résidence ?

Jay avait rénové la maison pour qu'elle soit dotée du confort moderne en matière de plomberie et d'électricité, mais il avait préservé l'atmosphère de l'époque où il l'avait achetée, plusieurs siècles auparavant. C'était l'une de ces résidences qui étaient transmises de génération en génération.

L'équipe s'occupant des propriétés d'Hydria procédait à toutes les formalités administratives et juridiques. Balthazar comprenait en grande partie ce qu'ils faisaient, mais pas tout, car cela variait fréquemment selon les pays et les époques.

— Tu viens souvent dans cette maison ? demanda Leela, sa voix légèrement lointaine tandis que son esprit continuait à tourner autour d'un souvenir qu'elle n'arrivait pas vraiment à saisir.

L'ai-je déjà suivi ici ? Non. Peut-être. Je suis venue ici. Mais quand ?

— Plus souvent que les autres, mais pas assez pour que ce soit notable, répondit-il. C'est la maison de Jay.

— Oui, murmura-t-elle.

Je sais. Mais comment le sais-je ?

Elle se dirigea vers la salle à manger et l'immense cuisine qui se trouvait derrière.

Des fours en pierre. Des pizzas.

Elle jeta un œil à la table prévue pour huit personnes.

Pepperoni et saucisse italienne.

Leela déambula vers une porte et l'ouvrit pour confirmer ce qu'elle savait déjà.

Une cave à vin.

Elle se mit à penser à des noms de vignobles, au fait qu'elle avait choisi un vin rouge, l'un des préférés de Balthazar.

Il fronça les sourcils, ne comprenant pas comment elle pouvait savoir tout cela. C'était comme si leurs esprits avaient en quelque sorte fusionné, partageant des souvenirs qui étaient à lui, pas à elle.

Mais comme elle continua son exploration, guidant Balthazar vers l'escalier du fond, jusqu'au deuxième puis au troisième étage, il finit par se demander s'il ne s'agissait pas de *leurs* souvenirs. Elle connaissait chaque pièce, les identifiait avant de les voir. Et elle l'emmena directement dans l'espace qu'il considérait comme le sien. Vers le lit dans lequel elle était sûre d'avoir dormi.

— Impossible, lui dit-il. On ne fait pas venir de femmes ici.

Ce n'était pas tant une règle qu'une courtoisie. Balthazar n'aurait jamais amené Leela dans cette pièce, même si c'était pour une semaine de plaisir et de sexe.

Lizzie serait désormais l'exception pour Jay.

Tout comme Jenika l'avait été pour Alik.

Mais Balthazar et Luc n'avaient jamais enfreint la règle.

Pourtant, un recoin de son esprit reconnut ce moment : *Leela riant, ses cheveux flottant librement, ce sourire aguicheur sur les lèvres. Tellement de vie. Tellement d'amour.*

Elle se retourna pour lui faire face, comme si elle avait les mêmes pensées, sauf que les siennes étaient à propos de lui : *son regard chocolat, souriant avec malice, ses fossettes séduisantes, ses mains défaisant sa cravate.*

Seulement, il n'en portait pas.

Juste un pantalon de survêtement gris.

Mais les doigts de Balthazar effleurèrent tout de même son cou, envoûtés par la description qu'elle faisait dans ses pensées.

Il a enlevé sa cravate. Noire. Et l'a accrochée...

Elle se dirigea vers sa garde-robe, la trouvant exactement à l'endroit dont elle se souvenait, contre le mur. Ses doigts glissèrent sur la soie avant de jeter un coup d'œil à la chemise noire qu'il lui associait généralement. *Il portait cette...*

— Qu'est-ce que c'est ce souvenir ? demanda-t-il.

— C'est un fantasme, chuchota-t-elle. Mais ça semble... ça semble si réel...

L'angle parfait du soleil de midi fit étinceler ses yeux turquoise lorsqu'elle se tourna vers lui.

Leela s'approcha des fenêtres et ses doigts agiles s'emparèrent des poignées pour les ouvrir en grand. L'hiver à Venise était généralement doux et ce jour-là ne faisait pas exception. Mais l'air frais de l'après-midi effleura à peine la peau trop chaude de Balthazar. Son esprit était perdu dans les souvenirs de Leela, ses mouvements dans la pièce étaient troublants et pourtant d'une beauté hypnotique.

Elle sortit sur la terrasse, ses pensées confirmant chaque détail.

Puis elle se retourna et marqua une pause, sa silhouette dans la lumière du jour étant presque trop belle. Ses cheveux blonds tombaient en vagues légèrement humides sur ses épaules, où la chemise blanche enserrait ses courbes féminines.

La perfection.

Mais dans une autre vie, elle portait une robe d'été blanche qui caressait sa silhouette en sablier et faisait ressortir ses mamelons en bouton de rose.

Il l'imagina à peine quelques secondes, puis secoua la tête, perplexe.

— Qu'est-ce que tu es en train de me faire ?

— Je ne sais pas, dit-elle doucement en se mordant la lèvre. Je ne comprends rien à tout ça. Juste que... que j'ai... *que nous avons...*

— Oui, répondit-il en s'avançant vers elle, la plante de ses pieds nus sentant à peine le tapis moelleux.

Posant sa main sur la nuque de Leela pour l'attirer à lui, il répéta :

— *Oui.*

Il ne pouvait rien dire d'autre.

Parce qu'il n'y avait rien à ajouter.

Il devait savoir si c'était vrai. Si c'était normal. Si c'était *réel*. Parce qu'il se sentait perdu dans un rêve qui ne devrait pas exister. Un fantasme qui n'était pas le sien.

Et pourtant, c'était en train d'arriver.

À lui.

À *eux.*

— Embrasse-moi, souffla-t-elle, les mots provoquant un souvenir étrange qu'il ne pouvait pas entièrement saisir. Prends-moi, B. Fais-moi planer.

Elle récitait quelque chose qui venait de son esprit et qu'aucun d'eux ne comprenait.

Cependant, il était impatient de s'exécuter.

Je dois savoir, pensa-t-il, son autre main allant chercher la hanche de Leela tandis que celle sur sa nuque l'attira dans un baiser.

La chaleur grésillait entre eux, déchaînant une frénésie qui ne l'avait jamais touché auparavant, qu'il n'avait même jamais perçue.

Qui es-tu pour moi ? se demanda-t-il, son bras passant autour de la taille de Leela et l'attirant tout contre lui.

Consume-moi.

La supplication bourdonnait dans l'esprit de Leela.

Il accéda à sa demande, sa langue séparant ses lèvres et s'introduisant en elle pour danser intimement avec la sienne. C'était si familier. Si vrai. *Un rêve truffé de fantasmes.*

Balthazar luttait pour reprendre son souffle, ne sachant plus comment s'arrêter, où aller, dans quel sens ils se trouvaient.

Mais il tomba ensuite sur le matelas, Leela sous lui.

Ses mains étaient sur sa peau, ses seins, sa chemise en

lambeaux sur le sol. *Un souvenir ou une réalité ?* Il n'était pas sûr. Mais il lui fallait le *ressentir*.

— Balthazar, gémit Leela, son corps se cambrant contre le sien.

Réel, décida-t-il.

Le corps chaud de Leela sous le sien invitait au péché.

Il retira sa bouche de la sienne et trouva la chemise qu'il venait de lui arracher. Sauf qu'elle passait du blanc au noir. *Réalité et souvenir. Vie et fantasme. L'instant présent et un rêve.*

Elle planta ses ongles dans ses épaules, attirant son attention sur elle.

Ses cheveux blonds étaient étalés sur les draps en satin noir. Un ange. *Son* ange. Perdu dans les affres de la passion, mais pas tout à fait.

Parce qu'elle portait toujours son caleçon.

Et il avait encore un pantalon.

Ce rêve exigeait plus.

— Tu portais une robe, chuchota-t-il. Blanche et fine. De la soie destinée à tenter le diable en personne.

Elle avait été magnifique ce soir-là, marchant dans les rues de Venise, riante, séduisante, provoquant hommes et femmes dans son sillage.

Une déesse éblouissante.

Sa déesse.

Il avait porté un costume noir pour contraster avec la blancheur de sa robe.

Un jeu de sensualité et de grâce.

Ensemble, ils étaient des dieux errant dans les rues... Il y a combien de temps ? Était-ce réel ? Un rêve ?

Les lèvres de Leela effleurèrent les siennes, l'attirant à nouveau dans un baiser, son esprit se fondant dans le bonheur de leur étreinte.

Bon sang, ses seins sont parfaits !

Fermes et juste à la bonne taille.

Il se fraya un chemin en l'embrassant depuis son cou jusqu'à son téton, le prenant dans sa bouche comme il l'avait fait cette nuit-là. Elle eut un gémissement et glissa ses doigts dans ses cheveux pour le maintenir en place et le guider de la manière qui lui convenait le mieux.

Non pas qu'il en ait besoin.

Il savait ce qu'elle désirait. Tout comme elle connaissait tous ses besoins.

Mais comment ? s'étonna-t-il. *On a fait ça au Brésil ?*

— Encore, le supplia-t-elle, son esprit complètement perdu dans le rêve qu'ils avaient créé ici.

Ou un fantasme qu'elle avait peut-être conçu.

Quoi qu'il en soit, cela aspirait Balthazar vers les profondeurs, le noyant dans des souvenirs sensoriels et le forçant à descendre le long de son ventre jusqu'au caleçon à ses hanches.

— Tu ne portais pas de culotte cette nuit-là, ma beauté.

Il revoyait parfaitement la façon dont l'excitation de Leela avait scintillé librement pour qu'il la lèche lorsqu'il avait soulevé sa robe.

Là, il ôta le caleçon. Il avait besoin de la voir, de se rappeler cette nuit.

Ses cuisses s'écartèrent pour lui, sa chair rose tout aussi magnifique que...

Qu'elle l'était tout à l'heure, songea-t-il. *Pas cette nuit-là. Ça n'est pas arrivé.*

Sauf que ce lit... ses cheveux... ses cuisses écartées ainsi... il en avait fait l'expérience.

Il y a bien longtemps.

Dans une autre vie.

Elle s'assit, tendant ses mains vers son survêtement. Mais dans son esprit, elle pensait au pantalon de son costume. Noir pour s'harmoniser avec sa chemise et sa cravate. La même couleur que son caleçon en dessous.

Elle tira sur le tissu, exposant Balthazar à son regard affamé.

Il ne pouvait pas l'arrêter.

Il n'essaya même pas.

C'était trop naturel pour qu'il demande de cesser cette folie.

Ils devaient tous les deux savoir. Ils devaient *recréer* ce qu'il y avait entre eux.

Il s'assit, adossé à la tête de lit, conscient de ce qui venait alors qu'elle se mettait à cheval sur ses cuisses.

Ils avaient fait l'amour comme ça. Pour se détendre. Pour commencer leur long week-end de baise.

Des heures. Des jours. Parfois des semaines.

Sa tête palpitait sous l'assaut de souvenirs qui n'étaient pas les siens. De pensées qui ne pouvaient pas être réelles.

Puis il était en elle.

Profonde. Humide. *Étroite.*

Merde, c'était mieux qu'un fantasme ! Leurs corps s'accordaient dans une harmonie qui ne devrait pas être réelle, évoluant sensuellement dans une passion béate.

Elle dicta le rythme, mais il répondit à chaque poussée avec ses hanches qui quittaient le lit pour s'enfoncer plus profondément en elle.

Elle criait son nom, une bénédiction dans l'air, alors qu'il se redressait pour qu'elle puisse enrouler ses jambes autour du bas de son dos.

Une position intime.

Leurs poitrines pressées l'une contre l'autre.

Les bras de Leela autour de son cou.

Ses lèvres goûtant les siennes.

Une main sur sa hanche et l'autre dans ses cheveux.

Des halètements. Des pulsions déchaînées. Une chaleur torride.

C'est toujours comme ça. Une union parfaite. Intense. Frénétique. Folle. Les pensées de Leela rivalisaient avec les siennes, elle seule avait une connaissance complète de ce qui s'était passé au Brésil pour faire la comparaison avec cette expérience-ci.

Et cela rendait le tout encore plus puissant.

Parce qu'il pouvait l'entendre comparer, notant la justesse des deux unions et la sombre passion qui soulignait celle-ci.

Il saisit à nouveau sa nuque et l'embrassa comme si sa vie en dépendait, tandis que les cuisses de Leela s'agitaient autour des siennes. Son autre main se posa dans le bas de son dos pour l'encourager à continuer, prenant le contrôle de son rythme et ajoutant quelques déviations de son cru.

Puis il la fit pivoter sur le lit, la plaquant contre le matelas, et la pénétra de nouveau. Elle poussa un cri, un son qu'il avait déjà entendu auparavant.

Tellement de fois.

À répétition.

Oui, juste de cette façon.

Il tendit sa main vers sa gorge, la retenant sous lui tandis qu'il lui donnait tout ce qu'il avait, la guidant vers un oubli que seul son corps pouvait lui offrir.

Ils le savaient tous les deux, ils avaient compris que cet accouplement surpassait tous les autres, leurs âmes se réjouissant de la reconnexion du destin.

Il se mit à trembler, ses veines palpitant sous l'effet du brasier de leur passion, tandis qu'il la baisait jusqu'à l'euphorie qu'il pouvait goûter sur sa langue.

Elle pleurait en gémissant son nom, les larmes coulant sur ses joues – hier et aujourd'hui.

— Balthazar...

Pas B.

Mais son nom complet.

Encore et encore.

Il maintint sa cadence punitive, se délectant de la façon dont son canal étroit enserrait sa queue.

Puis il fit une pause pour regarder son éblouissante déesse, épuisée dans les draps, ses cheveux dorés formant une auréole autour de sa tête.

Cette seule vision le fit basculer et son abdomen se contracta tandis que son orgasme tonnait dans tout son être.

— *Leela*, gronda-t-il.

Autour de lui, le monde s'était désaxé, alors que la réalité et le fantasme se combinaient.

Il n'était jamais venu ici avant.

Et pourtant, cela s'était passé.

En elle. Comme ça. L'entendre crier, la sentir palpiter, la regarder perdre le contrôle sous lui.

Il attrapa l'oreiller à côté de Leela et agrippa les plumes tandis qu'il donnait une dernière poussée, son plaisir si intense qu'il pouvait à peine respirer.

Comme la fois d'avant.

Et toutes les autres...

— Je ne comprends pas ce qui se passe, murmura-t-il contre son oreille, ses doigts caressant sa hanche tandis que son autre main se posait sur l'oreiller à côté de sa tête. On a déjà fait ça avant.

— Incontestablement, convint-elle dans un râle.

Il parvint à se retirer juste assez pour croiser son regard.

— Quand ?

— Je ne sais pas, admit-elle.

— Moi non plus.

Son regard se posa sur sa bouche avant de revenir sur ses yeux pétillants.

— Mais je veux recommencer.

— Oui, répondit-elle. Absolument.

Encore l'écho d'un rêve.

Un autre fantasme à répéter.

Une autre vie... oubliée.

Mais son âme s'en souvenait. Cette source de vie battait au fond de lui, le poussant à continuer. À explorer. À revivre ces moments.

Alors il embrassa Leela.

Et leur fantasme se répéta.

CHAPITRE 17

BALTHAZAR

Leela ne se donna pas la peine de créer des protections. Comme elles n'avaient pas fonctionné au Japon, elle supposa donc que ce serait la même chose ici.

Balthazar n'insista pas sur la question.

Cette propriété était dotée d'un système de sécurité identique à celui de chez Luc. S'il avait détecté les Séraphins là-bas, ça marcherait aussi ici.

Cela dit, il n'était pas sûr de savoir *comment* cela avait fonctionné contre eux. C'étaient des êtres éthérés. Peut-être qu'ils avaient repris leur état corporel à l'extérieur et que c'était ce qui avait déclenché les alarmes ? Si c'était le cas, les Séraphins ne reproduiraient pas la même erreur, ce qui rendait Leela et Balthazar un peu plus vulnérables ici.

Leela, quant à elle, se demandait si c'étaient ses protections qu'ils traquaient, et non son sang.

Raison de plus pour ne pas en créer.

Ils étaient assez proches d'Hydria pour que Balthazar se sente en sécurité. S'ils avaient besoin de se volatiliser, ils pourraient s'y rendre en quelques secondes. Ils feraient ensuite face aux conséquences.

Les dernières nouvelles de Luc, qu'il venait de recevoir, disaient qu'ils étaient dans les temps et qu'ils avaient besoin de deux jours de plus, peut-être moins.

Vera était toujours introuvable.

Et Luc n'avait pas encore décidé ce qu'il allait faire de Mateo.

Étant donné que cinq heures seulement s'étaient écoulées depuis leur dernière conversation, Balthazar n'était pas surpris.

Il avait brièvement envisagé de parler à Luc de l'étrange fusion mentale qui s'était produite entre lui et Leela, mais avait finalement décidé que le roi d'Hydria avait assez de soucis pour l'instant. Balthazar et Leela se débrouilleraient seuls.

Après l'avoir emmenée dîner.

C'était un risque, mais s'entourer d'humains pourrait constituer un meilleur système d'alarme que celui de la maison. Selon Leela, les Séraphins préféraient rester cachés. C'est pour cela qu'ils protégeaient leurs îles en les rendant invisibles à l'œil des mortels.

Ce qui signifiait qu'ils seraient moins enclins à attaquer Leela et Balthazar en public.

Bien sûr, ils ne savaient peut-être même pas encore où les trouver. Apparemment, il leur fallait douze à treize heures pour débarquer et ils n'étaient à Venise que depuis moins de six heures.

Cela leur donnait suffisamment de temps pour explorer cette fusion mentale et distinguer la réalité de la fiction. S'ils avaient vraiment marché dans ces rues ensemble autrefois, alors d'autres souvenirs pourraient faire surface. Et ils pourraient suivre ces fils pour obtenir plus d'informations.

Il soupçonnait Vera d'avoir quelque chose à voir avec cela. Elle avait manipulé ses souvenirs du Brésil, mais qui pouvait dire que c'était la première fois ? Peut-être l'avait-elle aussi fait à Leela.

Alors pourquoi s'en souvenaient-ils maintenant ? Parce qu'il pouvait se connecter à l'esprit de Leela grâce à la rune de Vera ? Ou s'agissait-il d'un tout autre cauchemar, destiné à leur faire croire qu'ils avaient déjà été ensemble auparavant alors qu'en réalité, ça n'était jamais arrivé ?

Quel serait le but d'une telle manipulation ?

Pour détourner leur attention, peut-être ?

Il n'en était pas sûr, mais il avait l'intention de le découvrir.

Tout autant que Leela.

Il pouvait entendre la détermination dans ses pensées tandis qu'elle finissait d'enfiler la robe qu'il avait fait livrer pour elle. Elle n'était pas blanche comme celle du souvenir, mais c'était un ensemble bleu marine à manches longues qui flirtait avec ses mollets. Une paire de bottes noires lui arrivant au genou complétait sa tenue.

Pas de culotte.

Pas de soutien-gorge.

Parce qu'ils savaient tous les deux qu'elle ne les mettrait pas de toute façon.

Tout comme il ne portait rien sous son pantalon noir. Il l'avait assorti à une chemise blanc cassé qu'il n'avait pas boutonnée autour du cou et avait l'intention d'y ajouter une veste de sport sombre.

Il était un peu plus de huit heures à Venise, le moment idéal pour aller dîner.

Ils n'avaient fait aucune réservation, puisque le but de cette aventure était de voir où leur esprit les mènerait.

Il attendait Leela au pied de l'escalier arrière, les talons de ses bottes claquant doucement contre le bois lorsqu'elle descendit.

Il eut un sourire quand elle apparut. La robe moulante

mettait en valeur ses seins fermes et offrait à Balthazar une vue alléchante sur ses tétons. C'était encore assez décent pour qu'ils puissent s'aventurer dehors, mais suffisamment impudique pour le distraire, lui et tous ceux qui la regarderaient ce soir.

Une vraie déesse, s'émerveilla-t-il, une impression de déjà-vu fondant à nouveau sur lui. Parce qu'il avait déjà pensé cela d'elle d'innombrables fois, et pas seulement aujourd'hui.

Pas seulement hier.

Pas seulement au Brésil.

Mais *avant*.

La question était : *quand ?*

Les pensées de Leela calquèrent les siennes lorsqu'elle reconnut la chaleur dans son regard. Elle l'avait déjà vue. *Il y a très longtemps*, murmura-t-elle pour elle-même.

Il lui tendit une main qu'elle accepta, lui envoyant une autre onde de choc de familiarité. Il ne fit aucun commentaire, car elle sentit la même électricité pulser dans ses veines, provoquant un souvenir qu'elle ne pouvait pas entièrement saisir.

Balthazar porta la main de Leela à ses lèvres, déposa un baiser sur ses doigts, puis glissa son bras sous le sien pour la guider à travers la maison vers la porte d'entrée.

Ils n'iraient pas loin.

Cependant, cela pourrait aussi être une bonne chose. Il ne voulait pas compromettre une autre maison des Anciens au profit des Séraphins.

Cependant, s'ils voyaient Leela et Balthazar ensemble, ils réaliseraient qu'ils n'étaient pas Jay et Lizzie. Ce qui pourrait ruiner la course-poursuite.

Heureusement, ils avaient au moins sept heures devant eux, ce qui leur laissait le temps de décider de la marche à suivre.

— Tu les sentiras s'ils arrivent plus tôt, n'est-ce pas ? demanda Balthazar avant d'ouvrir la porte d'entrée.

— Je devrais, répondit-elle. Mais franchement, je n'en suis plus certaine. Tu as prévenu Luc ?

— Je lui ai dit qu'on avait encore dû déménager plus tôt que prévu et que son système de sécurité nous avait sauvés. Mais cet endroit est un peu différent. On est beaucoup plus proches des humains ici, avec tous les mortels qui vivent tout autour de nous. La maison du Japon était beaucoup plus isolée.

Elle hocha la tête.

— Ils auront plus de mal à nous traquer à Venise. Sauf que c'est pareil qu'à Melbourne.

— C'est vrai.

Il s'adossa contre la porte, face à elle.

— Est-ce qu'on devrait rester ici ? Je ne veux pas risquer la vie de Jay, de Lizzie et de la petite LJ.

Il souhaitait désespérément comprendre ce qui se passait entre lui et Leela, mais pas aux dépens de son meilleur ami.

— Ça ne fait que quelques heures et je ne savais même pas où on allait quand on s'est volatilisés. C'est impossible qu'ils nous aient suivis. Je ne crois vraiment pas qu'ils nous trouveront si rapidement. Mais au cas où ça arriverait, ils essayeront de nous capturer quand nous serons loin des humains.

— Ils ne vont pas se rendre compte que c'est une fausse piste et se volatiliser vers Hydria ?

— Ils s'en rendront compte et exigeront des réponses à ce sujet. De ma part. Ce qui veut dire qu'ils se concentreront d'abord sur mon interrogatoire. Ensuite, ils continueront à chercher Lizzie et son enfant.

Il considéra cela un instant. Cela signifiait que, si les Séraphins les attrapaient, ils auraient le temps de prévenir les autres. Et cela pourrait encore retarder l'inévitable, car les guerriers et traqueurs séraphins pourchasseraient Leela afin d'obtenir des réponses avant de poursuivre leur mission.

— Peuvent-ils t'empêcher de te volatiliser ? se demanda-t-il à voix haute, envisageant la possibilité de prolonger cette poursuite d'un jour ou deux, s'ils étaient pris.

— Seulement s'ils sont capables de me neutraliser temporairement, répondit-elle. En me tirant une balle dans la tête, par exemple.

Il fronça les sourcils. Bon, cette possibilité tombait donc à l'eau.

— Nous devrions rester ici.

Balthazar n'allait pas prendre le risque qu'elle reçoive encore une balle dans la tête. Et pas seulement parce qu'elle était son moyen de s'échapper, mais aussi parce qu'il se souciait de son bien-être.

— Non, on devrait sortir, répliqua-t-elle. Et découvrir ce qui se passe entre nous. Nous amuser un peu. Je les sentirai approcher et on se volatilisera hors de Venise.

— Tes protections ont échoué au Japon et on ne les a repérés qu'à cause des alarmes de Luc.

— C'est vrai, dit-elle en se mordillant la lèvre. Mais je ne veux pas rester cachée ici. J'ai... j'ai besoin de comprendre ça. De suivre la piste de mon esprit. C'est... Il y a quelque chose, B. Et je déteste ne pas pouvoir le définir.

— C'est comme si on t'avait embrouillé la tête, hein ? demanda-t-il.

— Oui.

— Et tu détestes ça, hein ?

— Bien sûr que oui, dit-elle, l'air frustré. Je me sens violée.

— Hmm.

Il haussa un sourcil, attendant qu'elle réalise ce qu'elle venait d'admettre.

Il ne lui fallut pas longtemps. Elle écarquilla alors les yeux.

— Merde. OK, je sais. Oui, j'aurais dû au moins essayer de te parler. Ce n'était pas bien. Je… j'ai fait passer Stas en premier. Je n'aurais pas dû demander à Vera de supprimer tes souvenirs. Mais je ne m'attendais pas à ce que ça nous mène à tout ça.

— Tu ne t'attendais pas à ce que je le découvre.

— Exactement.

— Donc celui ou celle qui nous a fait ça s'attendait à la même chose, fit-il remarquer. Pourtant, on peut désormais sentir ça, quelle que soit cette chose, et c'est très frustrant.

La mâchoire de Leela se contracta.

— Oui. Ça l'est. Tu veux que je rampe maintenant ? Que je te supplie de me pardonner ?

Un sourire s'afficha sur les lèvres de Balthazar.

— Peut-être après dîner.

Il voulait la nourrir après la journée qu'ils venaient de passer. Prendre soin d'une partenaire faisait partie des choses qu'il préférait. Et il voulait vraiment prendre soin de Leela.

Elle souffla un peu et secoua la tête tristement.

— Je suis désolée, B. Je suis désolée, je…

Il l'attira dans un baiser, faisant taire les excuses qu'il entendait encore résonner dans son esprit. Elle continuait à les exprimer en pensées, ce qui provoqua la crispation de sa main autour de sa nuque.

Il n'avait jamais été question de garder rancune ou de se venger, ni même de la faire ramper. Il avait simplement cherché un moyen d'aller de l'avant, un chemin leur permettant de naviguer vers un avenir mutuellement bénéfique.

Parce qu'il n'y avait aucun doute dans son esprit que Leela et lui étaient destinés l'un à l'autre. Ils se ressemblaient trop pour qu'il en soit autrement.

Sa langue glissa le long de sa lèvre inférieure, l'humidifiant avant qu'il ne la saisisse entre ses dents. Elle eut un sursaut quand il la mordit, laissant sa marque à la vue de tous.

Au moins jusqu'à ce qu'elle guérisse.

Cela ne prendrait qu'un instant, puisqu'il ne l'avait pas fait saigner. Mais cela ajoutait à son regard une lueur sexuelle qu'elle porterait une bonne partie de la soirée.

Parce qu'elle voudrait lui faire la même chose.

Il éloigna cependant sa bouche avant qu'elle ait le temps de le faire.

Le désir sombre donna à ses iris une nuance bleue de sirène, intensifiant d'autant plus ses traits et la rendant tout à fait exquise dans cette jolie robe.

— Hmm, je t'emmènerais bien là-haut pour assouvir cette envie, mais il y a d'autres parties de toi qui ont besoin d'être nourries d'abord, douce beauté, chuchota-t-il.

— Peut-être que je passerai plutôt un moment avec notre serveur. Pour me calmer.

— Seulement si je peux regarder, répondit-il, son bras glissant autour de sa taille tandis qu'il portait son autre main à son menton. Si tu as besoin d'un hors-d'œuvre, je t'invite à passer sous notre table pour un avant-goût. À moins que ce soit le fait de satisfaire les autres qui te convient le mieux.

— Ça te plairait que je baise un autre homme devant toi ?

— Tout ce qui pourrait combler tes fantasmes me plairait, ma chérie, murmura-t-il avec sincérité. Tant que nous sommes d'accord sur le fait que c'est chez moi que tu finiras. Parce qu'on sait tous les deux que tu as besoin de ma façon de faire l'amour pour vraiment te satisfaire.

— Et toi ? De quoi as-tu besoin, B ?

Il fixa son regard, sa main passant de son menton à sa joue et s'abaissant pour effleurer son cou.

— En ce moment ? demanda-t-il, sa voix s'adoucissant tandis qu'il considérait sérieusement la question. Tout ce dont j'ai besoin, c'est toi.

Et il était aussi sincère.

Il n'avait pas besoin d'impliquer un groupe tout le temps.

Parfois, c'était agréable de jouer en tête-à-tête.

Surtout avec une partenaire aussi douée que Leela.

— Alors, je suppose que tu vas devoir m'offrir ce hors-d'œuvre, chuchota-t-elle, ses doigts remontant le long des boutons de sa chemise. Emmène-moi dîner, B, s'il te plaît. Je suis fatiguée de me cacher. Je veux voir si nous pouvons déclencher d'autres souvenirs en nous promenant. Et je te promets qu'on se volatilisera à la première alerte.

Lui aussi voulait voir si quelque chose ferait naître d'autres souvenirs. Et il n'y avait qu'un seul moyen de le découvrir : en explorant.

Par bonheur, Leela avait largement prouvé sa capacité à se volatiliser rapidement.

Quand elle n'est pas distraite, songea-t-il en contemplant son expression suppliante.

— Je vais rester très vigilante, dit-elle. Je peux ressentir les présences éthérées. Je dois juste rester attentive. Ce n'était pas le cas au Japon, parce que je comptais sur les protections. Je ne commettrai plus cette erreur, B. Je te promets que je peux nous protéger.

C'était la deuxième fois en une minute qu'elle utilisait l'expression « *je te promets* ».

Il ne put s'empêcher d'y répondre.

— Je te fais confiance, lui dit-il, prononçant les mots comme un cadeau qui avait plus de valeur que ce qu'ils montraient.

Parce qu'il lui disait en fait qu'il acceptait ses excuses.

Ce qu'elle comprendrait, puisqu'il lui avait expliqué tout à l'heure qu'il fallait du temps pour se remettre d'une trahison, que la confiance ne revenait pas toujours naturellement ensuite.

Parfois, il n'y avait pas de retour possible après une promesse brisée.

Mais Leela et lui étaient en voie de guérison, chaque pas les orientant dans la bonne direction, chaque confession solidifiant le lien qui les unissait.

Chaque baiser apportant une chance de vivre quelque chose de *plus*.

Les lèvres de Balthazar effleurèrent les siennes, une promesse de péché s'enflammant entre eux.

— Montre-moi le chemin, ma beauté. Ce soir, tu peux faire de moi ce que tu veux.

CHAPITRE 18

STAS

LES MAINS D'ISSAC FAISAIENT DES MIRACLES. EN MASSANT ses épaules tendues, ses pouces avaient trouvé des points de pression dont Stas ne soupçonnait même pas l'existence.

Je suis censée être immortelle. Pourquoi j'ai mal ? se demanda-t-elle.

Peut-être parce que tu ne t'es pas reposée suffisamment, suggéra Issac. *Notre corps guérit vite, mais ça ne veut pas dire que nous ne ressentons pas la douleur.*

Elle soupira, sachant qu'il avait raison.

Elle avait interrompu son entraînement juste le temps d'entendre les explications de Mateo et de consoler Issac à propos de son impossible décision – une décision qu'il n'avait pas encore prise.

Il ne pouvait plus faire confiance à Mateo, mais il était quand même sa progéniture. Fallait-il l'exiler ? Le tuer ? Lui laisser une chance de se racheter ?

Telles étaient les questions qui assaillaient l'esprit d'Issac, leur lien mental rendant ses pensées transparentes pour Stas. Elle ne pouvait l'aider qu'en lui donnant sa propre opinion.

Osiris les tenait tous dans ses griffes d'une manière ou d'une autre. Or, Mateo avait clairement fait savoir qu'il avait surveillé la technologie de son plein gré. Même s'il l'avait fait pour assurer leur sécurité.

Ce qui rajoutait une note étrange à toute cette histoire.

Parce que ça impliquait qu'Osiris avait tenté de protéger les liens d'Issac et d'Aidan avec les Hydraiens en gardant le secret.

— Pourquoi créer un Conclave avec des règles régissant les interactions entre Hydraiens et Ichoriens, juste pour permettre à certains de ses sujets de les enfreindre, tout en les aidant à le faire, de surcroît ? avait demandé Issac à Luc plus tôt.

Le roi d'Hydria n'avait pas répondu, ses yeux émeraude prenant cette lueur lointaine qu'ils avaient lorsqu'il avait recours à son omniscience.

Cependant, Sethios était arrivé à ce moment de la conversation et avait ajouté son grain de sel.

— Mon père explore toutes les possibilités qui lui sont offertes. Il a cultivé son pouvoir pendant plusieurs millénaires pour une raison. S'il a senti que votre alliance était forte, il tenterait de l'utiliser plutôt que de la détruire.

— Pourtant, il a dicté ces règles et puni des Ichoriens qui avaient cherché de telles associations, avait fait remarquer Issac.

Ce qui avait poussé Stas à marmonner :

— Il a dépecé Sierra avant de forcer son créateur à la brûler vive, juste parce qu'il savait qu'Owen était en ville sans signaler sa présence à Osiris.

— Ce comportement démontrait un manque de loyauté envers la cause, avait répondu Sethios. Mon père ne prend pas ça à la légère.

— Pourtant, on a passé les trois derniers siècles à

garder cette alliance secrète, dit Issac, puis il avait froncé les sourcils. À moins que...

— À moins qu'Aidan ne lui en ait déjà parlé, avait terminé Luc pour lui, son expression ne laissant rien transparaître. En tant que chef de la lignée, il aurait été de son devoir de le faire. Et il n'a jamais promis d'arrêter de me voir. En fait, il y a longtemps, il a dit à Osiris qu'il ne choisirait pas les intrigues politiques aux dépens de son propre fils.

Tout le monde s'était tu après cela.

Puis Luc était parti, disant qu'il souhaitait parler à Mateo en privé.

C'était il y a trois heures.

Personne ne savait ce qu'il allait faire. D'habitude, il consultait les autres, surtout les Anciens, mais ni Jay ni Alik n'avaient reçu de nouvelles de lui depuis qu'il avait emmené Mateo chez lui. Pas en cellule, comme il l'avait fait avec Clara. Mais dans sa propre maison.

Soucieux, Issac continuait cependant à masser les épaules de Stas plutôt que d'exprimer ses inquiétudes à voix haute. Il faisait confiance à Luc pour rester juste. Et il n'était de toute façon pas encore prêt à prendre sa propre décision.

Elle pouvait clairement percevoir toutes ces pensées parce qu'à aucun moment, il ne cherchait à l'esquiver. Sa conscience restait en permanence accessible à travers leur lien, lui permettant d'entendre chaque mot.

Cela la fit presque sourire, car leur relation n'avait pas toujours été ainsi. Auparavant, il avait adoré garder ses secrets.

Elle soupira et s'adossa contre lui, appréciant leur proximité et le répit momentané qu'il lui procurait.

Leurs moments de solitude paraissaient rares, mais il l'avait retenue chez Balthazar quelques minutes de plus.

Puis il s'était mis à faire des merveilles sur ses épaules et, en fait, elle avait déjà oublié ce qu'elle devait faire ensuite.

Bon, pas vraiment.

Sa mère et Stark travaillaient à nouveau sur les protections maintenant que la nuit était tombée. Et Stas avait prévu de les rejoindre.

Sauf que... songea-t-elle en bâillant. *Sauf que je suis probablement trop épuisée pour être utile.*

Elle n'avait pas assez de connaissances sur les protections ou l'énergie éthérée pour vraiment les aider. Il s'agissait plutôt d'un exercice dont elle ne se souviendrait pas vraiment, vu son état présent.

Elle n'avait pas dormi depuis plus de vingt-quatre heures, ayant passé tout son temps à étudier. Elle se sentait très en retard dans son apprentissage, mais sa mère lui avait assuré que c'était normal : la plupart des Séraphins ne pouvaient vraiment commencer leurs leçons qu'après avoir trouvé leurs ailes.

Tu es magnifique, murmura Issac dans son esprit. *Mais c'est bien de se reposer un peu.*

On ne sait pas quand les Séraphins vont attaquer. Je dois être prête.

Tu ne le seras pas si tu es épuisée, mon amour, lui chuchota-t-il, son nez glissant de son cou jusqu'à son oreille.

— Viens au lit avec moi, Aya. Je peux envoyer à Caro une image où tu es en train de dormir. Elle comprendra.

— Oui, sauf que les immortels n'ont pas besoin de dormir.

Son corps n'était absolument pas d'accord avec cette assertion. Pourtant, cela devrait être vrai. Le fait d'être immortelle impliquait qu'elle pouvait survivre sans nourriture ni sommeil. En théorie, en tout cas.

— Tu as raison, mon amour. Ça n'est pas nécessaire. Mais ce que j'ai en tête n'a rien à voir avec ça. Et je pense que ta mère n'appréciera guère les images de ce que j'ai l'intention de te faire. Alors, je vais plutôt lui en envoyer une de toi en train de dormir.

Les mains d'Issac glissèrent de ses épaules à ses bras et il l'attira de nouveau contre son torse.

— Viens au lit avec moi, Aya, répéta-t-il.

Ses mains se posèrent sur les hanches de Stas et il se mit à les faire marcher à reculons hors du salon.

— Je vais satisfaire tous tes besoins et tu te sentiras tellement mieux après. Je te le promets.

— Issac...

— Tu dois faire une pause, lui dit-il sur un ton légèrement sévère.

Juste assez pour qu'elle sache que ce n'était pas une demande, mais une exigence.

— Tes parents en ont pris une. Gabriel aussi. Mais pas toi. Il serait temps que tu écoutes les douleurs de ton corps et que tu me laisses prendre soin de toi.

— J'ai pris une pause, argumenta-t-elle sans conviction. Ça fait quelques heures que je n'ai pas volé.

Les lèvres d'Issac effleurèrent sa jugulaire.

— L'épuisement ne vient pas toujours du corps, Aya. Parfois, il vient aussi de l'esprit.

Hmm, susurra-t-elle, lisant entre les lignes de sa déclaration.

Ce n'était pas seulement pour elle, mais aussi pour lui. Parce qu'il avait besoin de son soutien émotionnel, ce qu'il ne voulait admettre qu'à mots couverts. Elle n'était pas mentalement épuisée, mais Issac l'était sans nul doute. Il avait passé l'après-midi et la soirée à penser à Mateo et à ce que sa confession impliquait.

Sa progéniture avait indirectement aidé à tuer la figure paternelle d'Issac. Aidan n'était pas seulement son créateur, mais aussi celui qui l'avait plus ou moins adopté quand il était jeune et qui l'avait en fait élevé comme son propre fils. Il avait été amoureux de la mère d'Issac, avait créé Amelia avec elle et ensemble, ils avaient formé une vraie famille.

Alors que Mateo était sa responsabilité.

Sa progéniture.

Celui qu'il avait transformé en Ichorien.

Et ses actes avaient coûté à Issac la vie de son père.

Il avait raison.

Elle ne pouvait pas continuer à s'entraîner pour le moment. Son âme sœur avait besoin d'elle et c'était sa façon subtile de la supplier de rester, sous prétexte de vouloir prendre soin d'elle. Parce que ça l'aiderait à se sentir mieux.

Et honnêtement, cela lui ferait du bien aussi.

Elle se retourna dans ses bras et il la fit reculer contre le mur du couloir, son regard saphir brûlant d'une passion paisible.

— Astasiya...

— Embrasse-moi, Issac, dit-elle, la contrainte enhardissant sa demande.

Les iris d'Issac s'assombrirent et prirent une teinte bleu nuit, indiquant à Stas qu'elle avait trouvé les mots justes, que c'était exactement ce dont il avait besoin. Ses lèvres frémissaient d'impatience et une intention fougueuse fourmillait sur sa langue.

Seulement, il ne l'embrassa pas sur la bouche.

Il se dirigea plutôt vers sa gorge, ses lèvres entrouvertes se refermant sur son cou, ce qui enflamma le sang de Stas.

Tu n'as pas dit où t'embrasser, mon amour, murmura-t-il dans son esprit, ses incisives perçant sa chair.

Elle laissa échapper un petit cri lorsqu'il la mordit profondément, sa gorge se mouvant à mesure qu'il aspirait son essence pour l'avaler.

En réponse, l'euphorie parcourut les veines de Stas, attisant en elle un feu intense qui en demandait plus.

Les mains d'Issac restèrent sur ses hanches, la maintenant contre le mur tandis qu'il pressait son entrejambe contre elle. Ils portaient tous les deux un jean, ce qui augmentait l'anticipation et retardait l'inévitable connexion.

Parce qu'Issac Wakefield ne se précipitait jamais.

Non, il dévorait.

Doucement, méticuleusement. *Avec détermination.*

Et ce soir ne ferait pas exception.

Les cuisses de Stas se resserrèrent quand il libéra lentement son cou pour l'embrasser jusqu'à l'oreille.

—Je te veux nue sur ce lit, Aya. Tu as trente secondes.

Elle ne prit pas la peine de demander ce qu'elle aurait en retour pour obéir. Elle se volatilisa dans la chambre et passa son chemisier par-dessus sa tête sans le déboutonner. Ses doigts se posèrent sur la bretelle de son soutien-gorge et elle se mordit la lèvre inférieure tandis qu'elle réfléchissait à ses options.

Il avait dit nue.

Mais la défiance était souvent récompensée.

Elle conserva son soutien-gorge et se concentra plutôt sur son jean, ôta ensuite ses chaussettes et se glissa sur le lit qu'ils revendiquaient provisoirement comme le leur.

En l'absence de Balthazar, c'était comme s'ils gardaient la maison pour lui.

Stas se détendit sur les oreillers, le regard fixé sur la porte.

Puis elle se mit à compter.

Lorsque les trente secondes furent écoulées, elle fronça les sourcils.

Les trente secondes devinrent une minute.

Puis deux.

Issac ?

Pas de réponse.

Elle était en train de se redresser lorsque la porte s'ouvrit sur son démon tenant un verre de vin rouge.

Les sourcils froncés, elle retomba sur ses coudes.

Tu es allé te servir un verre ?

Il ne répondit pas, entra et referma la porte derrière lui. Le verrou provoqua un claquement qui se répercuta le long de sa colonne vertébrale.

— Tu n'es pas nue, Aya, dit-il nonchalamment, son séduisant regard contemplant la dentelle noire qui agrémentait son corps.

— C'est beaucoup plus amusant quand tu enlèves mes vêtements, lui dit-elle.

— Hmm, gronda-t-il vaguement en se dirigeant vers la table de nuit à côté d'elle.

Il posa le verre de vin, ses yeux parcourant toujours son corps.

Elle adorait qu'il la regarde de cette façon. Elle se sentait puissante à ce moment-là, comme si elle pouvait le convaincre de faire n'importe quoi sans même un effort.

Mais elle savait aussi qu'il appréciait le contrôle. Il y renonçait rarement au lit et son expression lui disait que ce n'était pas ce soir qu'il allait le faire.

C'est ainsi qu'il trouvait son équilibre émotionnel, qu'il acceptait ses propres sentiments et donnait à son esprit un moment de répit face à la décision qu'il devait inévitablement prendre.

—J'ai envoyé une note visuelle à Caro et j'ai verrouillé toutes les portes de la maison. On ne devrait pas être dérangés pendant un moment.

— C'est là que tu me dis que personne ne m'entendra crier ? le railla-t-elle.

— Oh, l'île entière va t'entendre crier, mon amour. Si je fais bien mon travail.

— Mes parents pourraient ne pas apprécier.

Une chose qu'elle n'aurait jamais imaginé dire.

— Tes parents n'occupent pas mes pensées en ce moment, mon amour. Pas quand tu me défies en portant cette dentelle furieusement sexy.

Le soupçon de menace dans sa voix la fit frissonner. Cela voulait dire qu'il était sur le point de reprendre le contrôle et de la mettre à genoux.

— Je ne suis pas désolée.

— Je sais que tu ne l'es pas, murmura-t-il en se penchant pour saisir son téton à travers le tissu fin de son soutien-gorge. *Avec ses dents.*

Elle se cambra sur le lit, mais, de sa main posée sur son ventre, il la repoussa aussitôt sur le matelas et, de l'autre, il appuya sur son épaule pour la plaquer contre les oreillers.

— Issac, souffla-t-elle, le mélange de plaisir et de douleur faisant se contracter tous ses membres.

Elle attrapa la couette, ses ongles s'enfonçant dans le coton doux tandis que la langue d'Issac caressait son pic meurtri.

— Accroche-toi à la tête de lit, ordonna-t-il en se redressant une fois de plus.

Elle ravala sa salive, mais s'exécuta, ses mains se posant sur le bois froid.

— Ne change pas de position tant que je ne te le demande pas.

La chair de poule parcourut ses bras. Il serait si facile de désobéir et de voir ce qu'il ferait, mais elle savait qu'il avait besoin de cela pour retrouver son équilibre. D'ailleurs, elle tirerait avantage de son humeur actuelle, ce que l'éclat sournois de son regard lui confirma.

Si elle voulait que ce soit lent et sensuel, il s'y plierait immédiatement.

Mais elle se retrouvait plus souvent à désirer ce côté d'Issac. Le fait qu'il la domine. Son côté mâle alpha qui la possédait comme personne d'autre ne pouvait le faire.

Ensuite, il la masserait à nouveau, la baignerait, la chérirait.

Cependant, pour l'instant, il recherchait la passion.

Et il allait la provoquer chez elle par tous les moyens nécessaires.

Retroussant les lèvres, son démon endossait le rôle qu'il était destiné à jouer dans leur vie : celui du péché incarné.

— Excellent, dit-il, la sensualité caressant chaque syllabe. Tu es prête.

Ce n'était pas une question, mais une affirmation.

Pourtant, elle se sentit obligée de répondre :

— Je le suis.

— Alors, commençons.

Chapitre 19

Issac

Les lèvres d'Aya s'entrouvrirent, son souffle évoquant un baiser de promesses. Il pouvait lire en elle sans parler, comprendre ses besoins sans toucher son esprit.

Elle était sienne.

Et elle lui faisait implicitement confiance, tout comme lui.

Elle était son autre moitié. Son cœur. Sa source de quiétude et de satisfaction après une journée pourrie. Et s'il faisait cela en partie pour elle, c'était aussi beaucoup pour lui.

Ce qu'elle savait, bien entendu.

Parce qu'elle le connaissait mieux que quiconque.

Leur lien allait bien au-delà du sang, il unissait leurs âmes, entremêlait leurs esprits pour l'éternité, ce qui lui permettait de garder cette femme pour le reste de sa très longue vie.

C'était un cadeau qu'il ne méritait pas, mais qu'il s'était juré de chérir. Ce qu'il avait l'intention de faire tout de suite.

Les mains d'Aya restaient plaquées contre le bois sombre de la tête de lit, lui offrant la vision exquise de son corps.

Elle avait gardé sa culotte et son soutien-gorge, sachant très bien que cela le rendrait fou. Parce qu'il adorait son fétichisme pour la lingerie assortie. C'était presque innocent et pourtant extrêmement sexy. Son penchant pour la dentelle et la soie lui était propre et elle s'y adonnait déjà avant qu'il ne la rencontre. Mais c'était une particularité qu'il appréciait chez elle, depuis la toute première fois qu'il l'avait caressée dans ce string noir au Conclave.

Bon sang ! Elle avait été éblouissante dans cette robe scandaleusement courte.

Rien que d'y repenser, un sourire apparut sur les lèvres d'Issac.

Elle avait eu besoin de son aide pour l'enlever.

Puis, en vrai gentleman, il s'était retourné pendant qu'elle se déshabillait.

Mais là, le gentleman en lui avait disparu.

— Hmm, gronda-t-il en faisant glisser un doigt de sa clavicule jusqu'à son nombril en passant par le centre de sa poitrine. J'ai vraiment soif, Astasiya. Il me faut du sang.

Un mensonge, évidemment.

L'essence des autres lui était désormais inutile pour survivre. Son lien avec Aya le transformait peu à peu en Séraphin, le guérissant ainsi de ses anciens besoins ichoriens.

Cependant, cela ne voulait pas dire qu'il avait cessé d'en apprécier la saveur.

La société séraphique reposait sur le sang qui agissait comme un vaisseau de pouvoir et qui créait les liens entre eux. Il était donc naturel qu'il prenne toujours autant de plaisir à mordre Aya et, d'après les narines dilatées de cette dernière, il n'était pas le seul à l'apprécier non plus.

— Ouvre ta bouche, mon amour, murmura-t-il.

Elle s'exécuta joliment, écartant ses lèvres pleines pour lui permettre de faire ce qu'il voulait.

Il prit le verre de vin et en but une gorgée avant de se pencher pour le lui faire goûter. C'était un rouge sec d'Argentine qui aurait besoin d'être un peu plus doux.

Sa langue servit à Aya le breuvage, lui permettant de se familiariser avec le goût. Ce ne fut pas le vin qui la fit gémir, mais plutôt la sensualité érotique de ce partage.

Issac l'embrassa, prolongeant le moment tout en tenant le verre avec précaution à côté de sa tête sur l'oreiller.

— Tu vas l'adoucir pour moi, Aya, lui dit-il d'une voix basse et feutrée, remplie de sombres promesses.

Il fit légèrement glisser son nez sur sa pommette, adorant la façon dont son rougissement suivait son contact. Si décadent et si beau.

Sa bouche effleura sa gorge, s'arrêtant pour embrasser l'endroit où il l'avait mordue dans le hall avant de redescendre vers son épaule.

Il prit la bretelle de son soutien-gorge entre ses dents, l'emportant avec lui jusqu'au coude, le long de la courbe athlétique de son bras. Seule la partie la plus charnue de son sein fut exposée, la dentelle s'étant accrochée à son téton raidi.

Issac pouvait le voir facilement à travers le tissu vaporeux qui ne faisait que masquer la couleur rosée pour lui donner une teinte légèrement plus sombre.

— Tu aurais dû enlever ça, mon amour. J'aurais pu aller un peu plus vite.

— Je préfère prolonger le moment, répondit-elle. Tout comme toi.

— En effet, convint-il, raffolant du fait qu'elle savait exactement comment se prêter à son jeu.

Elle représentait pour lui une énigme inédite. Parce qu'elle connaissait ses préférences, mais faisait également en sorte que chaque étreinte donne l'impression d'être nouvelle.

C'était enivrant, addictif. Et tellement excitant.

Il aimait qu'elle puisse suivre son rythme tout en rendant fraîche chaque rencontre.

Ou peut-être que c'était juste son interprétation.

Il ne se lasserait jamais d'elle. En fait, il avait l'impression que l'éternité ne serait jamais suffisante.

Ses lèvres effleurèrent le haut de sa poitrine jusqu'à l'étoffe qui recouvrait son téton. Il la prit entre ses dents et la tira vers le bas pour exposer son sein entièrement.

Mais plutôt que d'assouvir son plaisir, il se rendit à la bretelle opposée et recommença le processus. Quand ses courbes furent entièrement exhibées, la chair de poule se répandit sur toute sa poitrine, dessinant autour de ses jolis pics de minuscules pointes serrées.

— Stupéfiant, s'émerveilla-t-il en prenant une autre gorgée de vin.

Il ne s'attarda pas sur ses seins, portant plutôt son attention sur la dentelle entre ses cuisses.

Ce serait plus difficile à enlever.

Cependant, il n'était pas du genre à reculer devant un défi.

Il se fraya un chemin en embrassant son ventre plat jusqu'au rebord de la culotte couvrant son monticule épilé. Puis il plongea la tête entre ses jambes pour goûter sa douceur à travers le tissu, le parfum faisant ressurgir le prédateur en lui.

— Hmm...

Elle avait un goût absolument divin. Il l'associa à une autre gorgée de vin et gémit.

— Oui. C'est ce dont le vin avait besoin.

Plus que de son sang.

Ou peut-être... un mélange des deux.

Sa bouche quitta sa douce chaleur pour descendre le long de sa cuisse jusqu'à son artère favorite. Les jambes d'Aya se tendirent quand il embrassa son pouls palpitant.

Elle savait ce qu'il désirait.

Et la rougeur de son visage et de ses seins indiqua à Issac qu'elle approuvait largement.

Mais avant qu'il ne puisse mordre, il fallait enlever cette dentelle.

Son regard glissa jusqu'au sien tandis qu'il se redressait lentement, le vin toujours en main. Tout ce temps, il était resté debout, penché au-dessus de son corps séduisant et appuyant sa main libre sur le matelas pour se maintenir en équilibre.

Il posa le verre pour se concentrer à nouveau sur cette culotte, perdant peu à peu patience.

Ça avait été une foutue longue journée.

Et il voulait boire à satiété. L'entendre crier. La baiser jusqu'à n'en plus pouvoir et oublier tous leurs soucis le temps d'un instant éblouissant.

Décidé, il attrapa sa culotte par les fines lanières sur ses hanches et l'arracha de sa peau.

Elle laissa échapper un cri stupéfié et fronça aussitôt les sourcils.

Tu vas devoir me racheter de nouveaux sous-vêtements, monsieur Wakefield.

Je t'achèterai une collection complète de lingerie, répondit-il en passant sa chemise par-dessus sa tête.

Le regard d'Aya se porta aussitôt sur le physique d'Issac, comme à chaque fois. Il n'avait pas nagé aussi régulièrement ces derniers temps, sa routine étant complètement perturbée par les événements. Mais la façon dont elle le regardait lui disait que cela ne faisait aucune différence.

Les avantages de l'immortalité, supposa-t-il.

Ce qui signifiait qu'elle était à jamais figée dans son corps actuel, ce dont il remerciait le destin chaque jour.

Parce qu'elle redonnait un nouveau sens à la beauté, avec ses superbes cheveux blonds, ses yeux verts étincelants, son menton d'elfe, ses seins parfaits, sa taille fine et ses longues jambes désirables.

Chaque partie d'elle était parfaite, comme si la destinée l'avait juste faite pour lui.

Et la façon dont Aya le regardait lui disait qu'elle ressentait précisément la même chose pour lui.

Il fit sauter le bouton de son jean, soupirant de soulagement en faisant glisser la fermeture éclair. Elle rendait sa bite si dure, *toujours si dure*, que ça faisait mal de respirer.

La satisfaction retardée avait ses avantages.

Mais parfois, il voulait juste se trouver à l'intérieur de sa femme et prolonger le plaisir à l'infini.

— Tu as toujours l'intention d'adoucir ton vin ? se moqua Aya avec un regard complice.

— Peut-être après t'avoir baisée, dit-il en enlevant son jean et son caleçon.

Aya parcourut son corps jusqu'à la partie de lui qui la désirait le plus.

— Ça me va.

Les lèvres d'Issac se retroussèrent.

— Vraiment ? demanda-t-il en posant son genou sur le lit pour se mettre à ramper vers elle.

— Oui, murmura-t-elle, l'approbation illuminant ses iris.

Il fit une pause près de ses cuisses, sa bouche le suppliant de la goûter d'abord.

Issac soutint son regard tandis qu'il baissait la tête pour passer sa langue le long de ses plis. Les mains de Stas se crispèrent sur le bois, son désir de s'emparer de lui devenant manifeste dans la tension de ses bras.

Il intensifia la provocation en appliquant plus de pression et en glissant sa langue à l'intérieur d'elle.

Merde, murmura-t-elle, la pensée probablement destinée à elle-même plutôt qu'à lui. *Merde, merde, merde...*

C'est ça, ma chérie, la taquina-t-il en faisant remonter sa main pour caresser son clitoris.

Un gémissement s'échappa de ses lèvres, ses pupilles se dilatèrent alors qu'elle luttait pour maintenir le contact visuel avec lui.

Il lui donna un autre coup de langue, pour tester sa détermination.

Elle ne bougea pas, son regard toujours fixé sur le sien alors que sa respiration se faisait laborieuse. Il prit son clitoris dans sa bouche pour une longue et langoureuse succion. Elle essaya de se soulever sous lui, mais les mains d'Issac sur ses hanches la maintinrent allongée, ses coudes plaquant ses cuisses contre le matelas, et il la força à subir son assaut sensuel plus longtemps.

Les jurons dans les pensées d'Aya devinrent plus colorés, son nom s'ajoutant à cet éventail.

Elle se mit à battre des cils, sa capacité à soutenir son regard faiblissant chaque seconde qui passait.

Issac... Je... je vais...

Il retira sa bouche, lui arrachant un nouveau juron à la fois à voix haute et dans son esprit.

— Enfoiré !

— Je me ferai pardonner, mon amour, promit-il en l'embrassant depuis son ventre jusqu'à ses seins.

Il glissa sa main sous elle pour dégrafer le soutien-gorge, puis finit de l'enlever tout en suçant profondément l'un de ses tétons.

Elle lâcha un cri en réponse, ses jambes s'enroulant autour de son torse pour tenter de l'attirer plus haut. Il capta son regard une fois de plus, lui demandant en silence d'être patiente alors qu'il passait à son autre sein.

Aya avait gardé ses mains contre la tête de lit pendant tout ce temps, son obéissance le faisant bander encore plus fort. Parce qu'elle avait le pouvoir de le dominer aisément avec quelques ordres bien sentis. Pourtant, elle avait choisi de se soumettre, de s'en remettre à lui, de le laisser diriger.

Et c'était un beau cadeau qu'il ne tiendrait jamais pour acquis.

Sa langue continua son chemin vers le haut, la mordillant au passage, puis s'arrêta sur son cou pour lécher doucement le sang qui avait coulé de la blessure avant qu'elle ne se referme naturellement.

Sa saveur alla droit à son entrejambe, le préparant d'autant plus pour elle qu'il glissa sa tige dans sa chaleur accueillante.

— Toujours si parfaite, Aya, chuchota-t-il avec révérence contre son oreille alors qu'il la pénétrait lentement. Si belle, si séduisante, si chaude et si *étroite*.

Il poussa jusqu'à l'intérieur, arrachant un halètement à ses lèvres.

— Je ne me lasserai jamais de ça, la sensation procurée par le fait d'être en toi.

— Laisse-moi te toucher, le supplia-t-elle. S'il te plaît.

Il se redressa sur ses coudes de part et d'autre de sa tête, puis tendit la main pour saisir son poignet et placer la paume d'Aya sur sa joue. Le contact lui donna un frisson et la fit quasiment tourner de l'œil. Il sourit, adorant l'effet qu'il avait sur elle.

— Tu peux bouger maintenant, Aya, lui dit-il doucement. Tant que tu me laisses te vénérer.

Elle enroula ses jambes plus étroitement autour de sa taille et passa son autre main derrière sa nuque pour l'attirer dans un baiser.

Et leurs corps se mirent à danser.

Ce n'était pas un rythme doux, mais ils se mouvaient rarement tendrement l'un avec l'autre. Il y avait toujours cette chaleur intense et passionnée entre eux et, à l'instant, ce n'était pas différent.

Il poussa plus profondément.

Elle souleva ses hanches pour le rencontrer.

Ses mollets se resserrèrent contre les fesses d'Issac.

Ses ongles s'enfoncèrent dans sa nuque.

Et la main sur son visage glissa dans ses cheveux pour le maintenir contre elle.

Leurs langues étaient langoureuses, leur baiser empreint de sensualité et de grâce tandis que leurs hanches s'épousaient. L'excitation d'Aya parcourait chaque parcelle du corps d'Issac, le saisissant avec une passion qui faisait se contracter son entrejambe.

Il roula sur le dos, l'entraînant avec lui, en la désirant plus, en ayant besoin d'*elle*.

Elle se redressa et il suivit le mouvement, ses bras s'enroulant autour d'elle tandis qu'il dévorait sa bouche. Elle glissa ses jambes derrière lui et s'assit sur ses genoux pour poursuivre leur étreinte.

Leurs corps étaient pressés l'un contre l'autre.

Ses seins contre son torse.

Son excitation contre la sienne.

Ses bras autour de son cou.

Ses doigts dans ses cheveux.

Sa langue dans sa bouche.

Merde, il était fichu, mais il voulait qu'elle jouisse. Il

avait promis de prendre soin d'elle, pas seulement ce soir, mais pour l'éternité, et il le pensait vraiment.

Il la sentit vaciller, son corps ayant besoin de son contact pour la faire basculer, et peut-être aussi de ses mots.

— Tu vas jouir pour moi, Aya, murmura-t-il, sa main glissant entre eux pour trouver l'endroit qui la ferait chavirer. Tu vas jouir pour moi *tout de suite*.

Il poussa jusqu'à l'endroit qui enverrait Aya au septième ciel tout en appuyant sur son clitoris.

— *Issac*, dit-elle, à bout de souffle, son emprise sur lui se resserrant alors que son corps se mettait à vibrer.

Ses lèvres trouvèrent le cou d'Aya, son instinct lui demandant de la marquer à nouveau.

Elle cria quand il la mordit, les endorphines de sa morsure triplant l'extase qu'elle ressentait en elle et provoquant un autre orgasme avant même que le premier ne soit terminé. Il espérait qu'il garderait ces endorphines à tout jamais, que ce n'était pas juste un attribut ichorien. Mais si elles finissaient par disparaître, il trouverait d'autres moyens exquis de mordre son Aya.

Parce que, *bon sang*, il aimait la réaction provoquée par sa bouche.

Son fourreau étroit le comprimait au point d'en être presque douloureux, le forçant à la suivre dans l'oubli. Il n'avait plus le choix. Non pas qu'il en ait voulu un.

Il la poursuivit, désireux de voler à ses côtés, rêvant du jour où ses propres ailes pousseraient.

Mais pour l'instant, il se contenterait de ces moments de félicité partagés, de ces baisers ravageurs entre leurs âmes, de cette mystérieuse euphorie qui les rendait accros.

Le cœur d'Issac martelait dans sa poitrine tandis qu'il explosait, la revendiquant de l'intérieur, et qu'elle griffait son dos en retour, son propre plaisir continuant de se dénouer.

Il captura à nouveau sa bouche, l'embrassant à travers leur union et lui promettant plus dans un murmure contre sa langue.

Elle gémit, ses muscles se relâchèrent lentement alors qu'il la faisait doucement redescendre.

Ses cheveux blonds s'étalèrent sur l'oreiller lorsqu'il l'allongea, sa queue toujours profondément en elle. Il se tenait au-dessus d'elle, leurs corps se déplaçant dans des mouvements lents et subtils pour apaiser les derniers tremblements de leur plaisir.

Puis son front rencontra le sien, ses lèvres se recourbèrent en un sourire épuisé mais satisfait.

— Comment te sens-tu, Aya ?

— Vivante, chuchota-t-elle.

— Moi aussi.

Il l'embrassa encore, sa langue caressant paresseusement la sienne en attendant que leurs corps récupèrent.

Cela ne prendrait pas longtemps, leurs âmes immortelles se régénérant et reconstituant leurs réserves rapidement.

Aya fit glisser ses doigts de haut en bas le long de sa colonne vertébrale, son bonheur réchauffant leur lien.

Tu avais raison, s'émerveilla-t-elle. *J'avais vraiment besoin d'une pause.*

Il eut un gloussement et ses lèvres quittèrent les siennes pour se frayer un chemin jusqu'à son oreille.

— C'est bon pour le corps et...

Une vision du séjour de Balthazar l'interrompit et lui fit froncer les sourcils. Il avait verrouillé les portes, ce qui impliquait que celui ou celle qui se trouvait dans la maison s'était volatilisé ici par inadvertance ou avait délibérément ignoré le signal évident de *ne pas entrer*.

— Qu'est-ce qu'il y a ? demanda-t-elle.

— Quelqu'un est ici, grommela-t-il en se glissant hors d'elle. Je m'en occupe. Reste là.

Il ouvrit un tiroir pour attraper un pantalon de flanelle qu'il enfila sans prendre la peine d'y ajouter une chemise.

— Ça ne sera pas long.

Quelle ironie !

Parce qu'au moment où il entra dans le couloir, il sut que ça n'allait pas être rapide.

Vera se tenait debout, adossée au mur, ses ailes de couleur marine étirées autour d'elle.

— Il faut qu'on parle.

Il haussa un sourcil.

— Qui est avec toi ? demanda-t-il, parce que c'était la vision de cette personne qu'il voyait dans son esprit, et non celle de Vera.

Osiris fit son apparition, le visage impassible.

— Donc, te contraindre à voir une image fonctionne. C'est bon à savoir.

Issac fronça les sourcils, n'appréciant pas du tout ce nouveau développement.

Aya, tu vas vouloir retrouver tes vêtements.

Je suis en train de le faire, lui dit-elle.

— Pourquoi êtes-vous ici ? demanda-t-il.

— J'ai seulement suivi Vera pour des nouvelles qu'elle vient de fournir. Est-ce que Stas a réfléchi à son entraînement ?

— Non, répondit Aya en entrant dans le couloir derrière Issac.

Elle avait passé un short de nuit et un débardeur.

— Je travaille toujours avec Stark et ma mère. Et ça ne fait que quelques jours.

— Vraiment ?

Osiris considéra cela pendant un instant, puis haussa les épaules. Il jeta alors un regard à Vera.

— Eh bien, reprit-il, à la prochaine fois, donc.

Il disparut dans un souffle, les laissant tous les trois dans le couloir.

— Tu lui fournis des informations maintenant ? demanda Aya, l'air aussi incrédule qu'Issac.

— Il y a pas mal de choses que vous ne savez pas, dit Vera, visiblement fatiguée.

— Oui, j'en suis sûre, répondit Stas. Et ta disparition après l'Islande n'a pas arrangé les choses.

Vera pinça les lèvres sur le côté.

— Je suivais le fil d'un souvenir que j'ai trouvé dans l'esprit de Patreel.

— Patreel ? répéta Aya.

— L'un des traqueurs séraphins qui poursuivent Leela et Balthazar. J'ai modifié ses souvenirs de ce qui s'est passé en Islande et, en le faisant, j'ai... j'ai trouvé quelque chose.

Vera se massa la nuque, sa posture et son visage montrant un embarras qu'Issac ne lui avait jamais vu manifester.

Il ne la connaissait pas bien, mais elle semblait épuisée et peut-être un peu accablée.

— Qu'est-ce que tu as trouvé ? demanda-t-il tout haut.

Les ailes de Vera disparurent lorsqu'elle reprit sa forme corporelle, ses iris passant du bleu vert à l'argent.

Elle cligna des yeux une première fois. Puis une seconde. Pourtant, son regard restait perdu dans le vague, comme si elle ne parvenait pas à revenir à sa réalité actuelle.

— Au Brésil, ce n'était pas la première fois que Balthazar et Leela se rencontraient, murmura-t-elle, plus pour elle-même que pour eux. Ils... ils se connaissent depuis très longtemps.

Elle se racla la gorge et croisa le regard de l'ancien Ichorien.

— Issac, ils se connaissent depuis plus de trois mille ans.

Chapitre 20

Leela

L'arôme savoureux de l'ail embaumait l'air de la nuit, laissant dans son sillage une faim palpable.

Hmm... Le paradis.

Des ingrédients frais, une touche méditerranéenne et un petit restaurant italien hors des sentiers battus.

Leela sirotait son vin blanc, appréciant la façon dont le moelleux se mariait avec le plat de tomates qu'elle avait choisi. Le goût était exactement comme elle l'avait prévu.

Non.

Exactement comme elle s'en *souvenait*.

Même chose pour l'ambiance.

Seuls les gens étaient tous différents.

Balthazar demanda nonchalamment au serveur l'histoire du lieu, ce qui les amena à rencontrer le propriétaire en personne.

C'était un homme de taille et d'âge moyens, avec de beaux yeux bruns et un charmant accent. Lorsqu'il se rendit compte que Leela et Balthazar parlaient italien, il leur raconta avec plaisir l'histoire de son arrière-arrière-grand-père qui avait ouvert le restaurant.

Ce qui signifiait que Balthazar et Leela avaient pu visiter l'établissement à n'importe quel moment au cours des cent ou deux cents dernières années.

À l'évidence, ils n'étaient pas venus récemment, étant donné que le propriétaire actuel ne leur rappelait rien. Et à part le fait d'être clairement attiré par B et Leela, il n'avait montré à aucun moment qu'il les reconnaissait.

Balthazar le remercia chaleureusement pour les détails.

Du coup, il vérifiait toutes les dix minutes que tout allait bien.

Comme il était adorable, cela ne les dérangeait pas. Et la nourriture était vraiment divine.

— C'est définitivement une recette familiale, décida-t-elle à voix haute. Parce que j'ai déjà mangé ça.

Certains pourraient penser qu'un plat italien avait toujours le même goût, mais Leela savait bien que non. Chaque famille avait sa propre recette, jusqu'au détail des épices.

Et ce plat ne pourrait jamais être reproduit.

Pas exactement, en tout cas.

Ses papilles gustatives confirmaient tout cela. Elle l'avait déjà goûté, dans ce même restaurant.

Avec Balthazar.

— La dernière fois, je t'ai fait manger, dit-il doucement. On était assis l'un à côté de l'autre et je t'ai nourrie parce que ta main était occupée ailleurs.

— Tu t'en souviens ?

— Je n'ai que des flashes, dit-il en relevant son regard brun vers le sien. Comme quand tu m'as avalé pour le dessert.

Elle plissa les yeux.

— Comment puis-je savoir que tu ne dis pas ça juste pour avoir ma bouche sur toi ?

— Parce que j'aurai toujours envie de ces belles lèvres,

Lee, murmura-t-il. Et je n'ai pas besoin d'inventer des histoires pour te séduire.

— C'est vrai, tu n'as pas de stratégie de drague, n'est-ce pas ? dit-elle en repensant au Brésil et à la façon dont il avait dit cela juste avant de l'embrasser comme un fou sur cette plage.

Il s'était servi d'une bonne dose de contrôle et de tendresse pour la faire tomber à la renverse. C'était impressionnant et incroyablement suave.

— Qu'est-ce que j'ai fait d'autre au Brésil ? demanda-t-il avec un sourire dans la voix.

— Je croyais que tu savais tout, murmura-t-elle en se rappelant ce qu'il avait dit.

Quand était-ce ? Il y a quelques jours ? Quelques semaines ? Le temps passait étrangement entre eux. Quoi qu'il en soit, il avait dit à un moment donné qu'il savait tout.

Mais là, les yeux de Balthazar lui indiquaient que ce n'était pas le cas.

Pas du tout.

Son humeur coquine disparut derrière un froncement de sourcils.

— Je me souviens de ta main qui caressait ma queue pendant que je te faisais manger ces pâtes. C'est plus un souvenir sensoriel qu'une image vive, mais c'est absolument arrivé. Pourtant, je ne me souviens de rien à propos du Brésil.

— Peut-être parce que nous sommes ici et non là-bas, suggéra Leela.

Il considéra cela un instant.

— Peut-être.

Son ton laissait entendre qu'il n'en croyait rien.

Elle prit une autre bouchée pendant qu'il continuait à réfléchir.

Après avoir fini d'avaler, elle tendit le bras pour lui voler l'une de ses penne. Il avait commandé un plat avec une sauce au vin. L'admiration fit tourbillonner ses iris tandis qu'il l'observait. Puis il l'imita en prenant quelques-unes de ses pâtes aussi.

C'était chaleureusement intime.

Comme cette nuit-là.

Et toutes les autres, murmura son âme. Elle essaya de poursuivre les souvenirs, de les définir, de déterminer s'ils étaient réels ou s'il s'agissait d'un sortilège destiné à la distraire de quelque chose d'évident.

— Mes réminiscences du Brésil sont plutôt insipides, dit Balthazar, interrompant sa rêverie. Elles n'ont pas d'importance réelle. J'entends par là qu'il n'y a rien de notable qui me ferait penser à ça. Ce n'était qu'une expérience de plus que je n'envisagerais probablement jamais de renouveler puisque rien de tout cela ne m'interpelle.

Ses paroles la frappèrent en plein cœur, lui faisant aussitôt perdre l'appétit.

Parce que ce week-end-là... avait été l'un des plus mémorables de sa vie.

Et il venait juste de dire qu'il avait été *insipide*.

Ce qui n'était pas sa faute. Elle avait demandé à Vera de supprimer ses souvenirs. Elle en connaissait les conséquences et avait accepté d'en payer le prix.

Mais l'entendre parler de leur lien profond comme si cela n'avait aucune importance remettait vraiment la douleur en perspective.

Ce week-end ne signifiait rien pour lui. Il n'y avait plus jamais repensé par la suite et n'y penserait probablement plus jamais, alors qu'elle avait passé ces derniers mois à se remémorer leur connexion intime.

Il tendit la main par-dessus la table pour prendre le

contrôle de sa fourchette, ses doigts puissants la faisant tourner autour de quelques pâtes avant de l'approcher de la bouche de Leela.

— On créera de nouveaux souvenirs, Lee, lui promit-il. Maintenant, ouvre cette jolie bouche et avale. Je veux savoir tout ce que tu peux avaler.

S'il s'était souvenu du Brésil, il l'aurait déjà su.

Il plissa les yeux.

— Arrête de te punir et avale.

— On pourrait presque dire que c'est une punition adaptée au crime, répondit-elle, insufflant un double sens à ses mots.

Il sourit.

— Une fois que tu auras rampé, ça pourrait être une idée, dit-il en pressant la fourchette sur ses lèvres. Ouvre la bouche, bébé.

Elle s'exécuta, uniquement parce qu'elle voulait obéir. Et elle appréciait aussi ce qu'il essayait de faire : la distraire avec des sous-entendus sexuels et des pensées plus légères.

Mais ça n'effaçait pas la culpabilité qui la consumait de l'intérieur pour ce qu'elle avait fait.

Peut-être pas de la culpabilité, mais de la tristesse.

Elle aurait souhaité qu'il se souvienne, qu'il comprenne la beauté de ce week-end. Tout comme elle aurait voulu se rappeler ce qui s'était passé à Venise, quel que soit le souvenir qu'ils poursuivaient.

— C'est là où ça devient intéressant, murmura Balthazar en préparant une autre bouchée pour elle. Le temps que nous avons passé ensemble ici me donne une profonde impression de complicité et de familiarité. Pourtant, je ne perçois rien à propos du Brésil. Nous savons que Vera a emporté ces souvenirs-là. Mais celui qui a effacé la mémoire de notre séjour à Venise n'a pas été aussi minutieux.

Elle fronça les sourcils en mâchant les pâtes qu'il venait de glisser dans sa bouche.

— Ça donne l'impression d'un travail trop différent pour que ce soit la même personne, poursuivit-il. Donc, soit quelqu'un d'autre a trafiqué mes souvenirs d'ici, soit c'est quelqu'un qui tisse un sortilège très puissant entre nous dans un intérêt mystérieux.

Leela avala sa nourriture alors qu'il prenait une bouchée de son plat pour lui-même.

— Je ne connais pas de pouvoir pouvant tramer un tel sortilège. Une sorte de Cupidon, peut-être ? Mais c'est ma lignée, la fertilité, et aucun de nous n'a de pouvoir qui faciliterait ce genre d'hallucination.

Il reposa sa fourchette et prit une gorgée de vin.

— Alors c'est probablement quelqu'un d'autre que Vera qui a altéré nos souvenirs.

Elle savoura une bonne gorgée d'alcool tout en considérant cette possibilité.

— Il y a toute une lignée de manipulateurs de mémoire, mais à part la mère de Vera, c'est elle la meilleure.

— Ce qui ne fait que confirmer ma théorie, car la personne qui a fait ça n'était pas Vera.

— Parce que tu ne te souviens de rien du Brésil, mais tu grappilles des bribes de souvenirs ici, dit-elle, répétant ce qu'il avait déjà dit. Pourquoi maintenant ? Pourquoi ici ? Pourquoi pas avant ?

Elle le suivait depuis des mois et n'avait pas relevé le moindre soupçon d'intimité autre que le temps passé avec lui au Brésil.

Le regard de Balthazar se porta sur son bras.

— Ta rune m'a permis d'accéder à ton esprit. Peut-être que ça a eu un effet secondaire inattendu et que ça a déverrouillé une sorte de porte vers le passé.

Il s'assit plus confortablement sur son siège, son verre de vin à la main.

— Encore un autre marqueur qui suggérerait l'innocence de Vera.

— Elle est innocente, souligna Leela. Je te l'ai déjà dit.

Il hocha la tête et fit tournoyer le contenu de son verre tout en regardant Leela.

— Tout à l'heure, tu as parlé d'une demi-sœur. Elle et Vera ont la même mère ?

— Mel, marmonna Leela.

Elle ne se souvenait pas si elle lui avait parlé de la lignée à voix haute ou non, mais elle y avait probablement au moins pensé.

— Elle peut manipuler la mémoire, oui.

— Aurait-elle une raison de s'amuser avec nos esprits ? demanda-t-il sur le ton de la conversation.

— Je suppose que cela dépendrait de ce qui s'est passé dans ces souvenirs, dit lentement Leela, n'appréciant pas du tout cette idée.

Si Mel avait eu une raison d'altérer leur mémoire, c'était parce que Leela et Balthazar avaient enfreint une règle quelconque. Ou que le Conseil supérieur des Séraphins l'avait exigé.

Sauf qu'ils auraient plutôt envoyé Vera pour cela, pas Mel. C'était Vera qui succéderait à sa mère, du fait de son pouvoir bien plus extraordinaire que la médiocre compréhension de leur lignée par Mel.

Leela continua de réfléchir en finissant son vin.

C'est alors que le propriétaire revint demander si elle avait besoin d'autre chose. Elle refusa poliment, ce qui les amena à discuter des desserts.

Balthazar commanda un tiramisu à partager et deux expressos pour l'après-dîner.

Ils savourèrent leur dessert dans un silence confortable,

considérant tous les deux ce dont ils avaient discuté tandis que Balthazar tenait la fourchette. Elle aimait plutôt bien qu'il la fasse manger. Et la lueur dans son regard chocolat disait qu'il adorait cela aussi.

— Qu'avons-nous fait après le dîner ? demanda doucement Leela.

Elle soutint son regard tandis qu'il lui offrait la dernière bouchée.

— Après t'avoir avalé comme dessert, précisa-t-elle avant de prendre le morceau sur la fourchette entre ses dents.

— Hmm, susurra-t-il en passant son pouce le long de sa lèvre inférieure.

Il attrapa une miette restée là, porta son doigt à sa bouche pour le lécher, puis déposa la fourchette.

— On est allés se promener.

— Et ? l'encouragea-t-elle, son pouls s'accélérant.

— Et je pense qu'on doit refaire cette promenade pour découvrir ce qui s'est passé ensuite. Balthazar lui fit un clin d'œil avant d'accrocher le regard du propriétaire. Ce qui n'était pas un exploit, dans la mesure où l'homme les regardait sans cesse.

Tous trois échangèrent des politesses, et Leela et Balthazar firent leurs compliments sur le chef et l'ambiance du dîner. Ils étaient restés assez tard, mais le propriétaire ne semblait pas s'en formaliser.

Balthazar s'occupa de l'addition, promettant de revenir, puis il prit Leela par le bras et la guida le long du passage désert entre les bâtiments colorés.

— J'adore le fait qu'il n'y ait aucune voiture dans cette ville, admit Leela en inspirant l'air et en soufflant avec insouciance. Les bateaux sont beaucoup plus romantiques.

— Tu devrais peut-être acheter une maison ici, suggéra Balthazar.

— Je pourrais.

Elle avait déjà envisagé l'idée, mais avait acheté l'appartement de Melbourne à la place. Peut-être que ce serait son prochain investissement.

— Où possèdes-tu des propriétés ?

— À Hydria, répondit-il avec un demi-sourire, exhibant ses fossettes sexy. Les Anciens ont des maisons un peu partout, mais aucune ne m'appartient vraiment. Je les ai aidés à investir dans chacune d'elles, mais c'est juste parce qu'à Hydria, on partage tout notre argent.

— Il n'y a pas un endroit que tu considères comme le tien, tout comme Venise appartient à Jay ?

N'avait-il pas mentionné Stockholm auparavant ?

Il haussa une épaule.

— J'ai toujours préféré les activités de groupe aux solitaires. Du coup, à part ma maison d'Hydria, je n'en possède pas vraiment d'autres. Et oui, il y a un endroit où j'aime aller à Stockholm.

La lueur narquoise dans son regard disait qu'il avait entendu la pensée de Leela.

— Mais il ne m'appartient pas. Il est à Wakefield.

— Ça ne le dérange pas que tu restes chez lui ?

— Si, répondit-il, absolument amusé. C'est bien pour ça que j'y vais.

Elle rit et secoua la tête.

— Je me demande ce qu'il fait chez toi en ce moment, songea-t-elle. Vu votre rivalité flagrante.

— Oh, il est certainement en train de baiser Stas, répondit-il sans hésiter. Si Sethios ne l'a toujours pas émasculé, j'entends.

Leela rit encore plus fort.

— Comme si Sethios pouvait dire quoi que ce soit. Lui et Caro jouent avec des couteaux.

— Wakefield fait plutôt dans la domination subtile, dit

Balthazar pensivement. Les couteaux sont probablement hors limite pour lui.

— Tu as clairement pensé à tout ça.

— Souvent, avoua-t-il sans une once de remords. Mais je respecte ses préférences et...

Il s'interrompit, levant les yeux vers la nuit.

— Et j'aime le voir heureux.

Des mots doux, prononcés avec une touche d'adoration.

— Tu l'aimes.

— Comme un frère, murmura-t-il. On a nos différences, mais on est une famille.

— Pareil pour Vera et moi.

Leela n'avait pas vraiment d'autre personne. Les Séraphins n'étaient pas du genre à s'intéresser à leur famille. Ils pensaient que l'amour et les liens familiaux étaient des faiblesses, une perte de temps, des frivolités faites pour les mortels, pas pour des êtres supérieurs.

— Je n'ai pas parlé à mes parents depuis plus de mille ans. Et je ne discute jamais avec Mel.

— C'est la même chose pour beaucoup d'Hydraiens, puisque nos pères ont toujours essayé de nous tuer. Nous avons donc créé nos propres familles entre nous.

— C'est sans doute mieux, dit Leela en se blottissant contre lui tandis qu'il glissait son bras dans le bas de son dos. J'ai aussi choisi ma famille.

— Vera.

— Vera, confirma-t-elle. Gabriel, aussi. Même s'il est plutôt un grand frère grincheux. Et avec Ezekiel, c'est les ennuis assurés. Mais on forme tous une sorte de famille. Liés par une cause.

Il répondit par un grognement approbateur et ralentit ses pas lorsqu'ils atteignirent un croisement. L'un des chemins menait aux canaux et à la maison de

Jay. L'autre les emmenait vers un autre quartier de la ville.

Balthazar choisit cette dernière direction.

Elle le laissa faire sans demander pourquoi. Il suivait maintenant un souvenir qui titillait les limites de ses pensées. *Un sourire, un contact chaud, des rires dans l'air.*

Son cœur se réchauffa rien qu'en y pensant.

—Je devrais vraiment investir dans cette ville, songea-t-elle à voix haute. Elle est magnifique.

Et paisible, bien qu'elle soit très peuplée. Elle aimait l'atmosphère générale, l'eau, les bâtiments magnifiquement colorés.

Un soupir s'échappa de ses lèvres, ses yeux se fermant presque dans un bonheur exquis.

— Tu veux que je te porte, mon cœur ? chuchota Balthazar à son oreille.

Un sourire s'afficha sur le visage de Leela.

—Je peux toujours flotter à côté de toi.

— Sous ta forme angélique ?

— Hmm, ronronna-t-elle, submergée par le romantisme d'une promenade dans Venise en compagnie d'un homme divin.

L'impression était si naturelle et parfaite.

— Si mémorable, lui fit-il écho en prenant un autre tournant.

Elle marchait avec lui, sans faire attention du tout, jusqu'à ce qu'il la pousse contre le mur d'un bâtiment. Elle cligna des yeux et croisa son regard.

Une impression de déjà-vu s'abattit sur ses sens et lui coupa le souffle.

On a fait l'amour ici. Contre ce mur.

Il ne lui répondit que par un baiser.

Doux et sensuel.

Méthodique et lent.

Séduisant et provocant.

Le tout enveloppé dans une étreinte rehaussée par l'habileté de sa langue.

Il explora et cartographia sa bouche comme si c'était leur première fois, mémorisant chaque réaction. Elle gémit, adorant l'attention qu'il portait aux détails.

Ses mains furent sur ses hanches, puis sur ses flancs, ses pouces glissant sur le dessous de ses seins dépourvus de soutien-gorge. *Ohhhh.* Le contact chaud et aguicheur raidit ses tétons, les transformant en phares de désir.

Il jouait de son corps à la perfection.

Et elle brûlait d'envie de lui rendre la pareille, ses mains survolant son torse pour s'enrouler autour de son cou. Elle l'inclina pour un baiser plus profond, lui démontrant sa propre adresse alors qu'il prolongeait la caresse subtile le long de ses côtes.

Les gens pouvaient les voir ici.

Ce qui était tout à fait le but.

Ils s'étaient aussi attiré un public la dernière fois.

Pourquoi ne pas récidiver ?

Un subtil picotement contre son cou la tira de ce moment et son cœur fit un bond.

Les Séraphins !

Elle retira sa bouche de celle de Balthazar, ses yeux cherchant la source de la magie qui effleurait ses sens.

Patreel.

Merde !

Sans réfléchir, elle réagit en enroulant ses bras autour du cou de Balthazar et en les volatilisant hors de Venise. Le paysage familier se transforma et céda la place à une autre ville. Là, les bâtisses étaient plus basses. Des textures blanches, des toits en dôme, des montagnes.

Elle fronça les sourcils, ne reconnaissant pas cet

endroit. Et pourtant, comme avec les autres, elle avait l'impression de le connaître.

C'est aussi la maison d'un Ancien ? se demanda-t-elle, jetant un œil aux arbres proches qui ajoutaient de l'intimité aux bâtiments situés derrière.

Dans la rue, quelques taches de couleur attirèrent son attention, mais l'architecture ici n'était définitivement plus dans le style gothique italien.

Et ce n'était pas un endroit qu'elle aurait choisi pour se volatiliser.

— Balthazar ? demanda-t-elle en regardant ses yeux écarquillés. Où sommes-nous ?

— En Bulgarie, chuchota-t-il. J'ai grandi près d'ici. Pas dans l'un des bâtiments actuels. Mais... près d'ici.

Il contempla le bâtiment en face d'eux avant de regarder autour de lui, des souvenirs assombrissant son regard. Ils n'étaient pas mauvais, juste... anciens.

— Vous avez une autre propriété près d'ici ?

— Non.

Elle fronça les sourcils.

— Alors pourquoi nous ai-je... ?

Elle s'interrompit lorsque le picotement frappa de nouveau ses sens. Son regard s'envola pour en chercher l'origine et Patreel réapparut sous sa forme séraphique, ses ailes dorées battant sans bruit tandis que ses longs cheveux blancs flottaient dans une brise céleste.

— Impossible, souffla-t-elle.

Il n'aurait pas dû pouvoir la suivre si rapidement.

Sauf si... sauf s'il a absorbé plus de mon sang, ce qui lui permet de...

Elle écarquilla les yeux, incapable de terminer sa pensée.

Tu dois t'enfuir, dit-elle à Balthazar en le libérant. *Pars maintenant !*

Elle ne lui laissa pas l'occasion d'argumenter, se volatilisant vers Patreel, une sphère d'énergie éthérée se formant sur sa main.

Les Séraphins ne se battaient pas avec des armes standards. Ils utilisaient l'énergie.

Et elle avait quelque peu appris à se défendre au fil des ans.

— Leela ! cria Balthazar.

Il me traque trop facilement, B ! Tu dois par...

Un filet d'énergie s'envola dans les airs, manquant de peu son aile gauche alors qu'elle s'élevait dans le ciel. Patreel la suivit, lui permettant de libérer la sphère qu'elle avait créée.

Il l'esquiva, l'énergie s'évaporant après avoir manqué sa cible.

— Leela, dit-il sur un ton dénué d'émotions. Allons...

Elle lui jeta une autre de ses créations, celle-ci plus tranchante et en forme de lame.

Il plongea pour l'éviter et ses iris brun doré émirent quelque chose qui ressemblait beaucoup à de l'émotion. Elle cligna des yeux, certaine d'avoir tout imaginé. Mais les lèvres de Patreel retombaient sur les côtés.

Les Séraphins ne ressentent rien.

Alors pourquoi me regarde-t-il d'un air renfrogné ?

Il remonta dans le ciel pour revenir à son niveau, les mains devant lui.

— Je veux juste parler.

— C'est pour ça que tu m'as jeté un filet ?

— En fait, oui. Je ne veux pas me battre. J'ai juste essayé de te maîtriser assez longtemps pour que tu entendes ce que j'ai à dire.

Il parlait franchement, comme tous les Séraphins.

Cependant, sa voix contenait une note d'exaspération.

Une chose qui n'avait rien à faire chez un Séraphin.

— Vera m'a envoyé pour vous parler, poursuivit-il. À tous les deux.

Vera l'a envoyé ? Comment ? Quand ? Et qu'entend-il par... ?

— Tous les deux ?

Il hocha la tête.

— Toi et l'abomination.

— Balthazar, rectifia-t-elle aussitôt.

Le terme « *abomination* » ne lui avait jamais plu.

— Oui. Balthazar. Celui à qui tu es liée.

— Liée ? répéta-t-elle, commençant à avoir l'impression de n'être qu'un perroquet.

Il la regarda en clignant des yeux, un comportement un peu plus séraphique dans sa confusion évidente.

— Vera a dit que tu voudrais qu'il participe à cette conversation.

Leela se redressa, relâchant l'énergie éthérée qui parcourait ses bras. Était-ce un piège ?

Elle ne sentait personne d'autre.

Mais cela ne voulait pas dire qu'ils n'allaient pas apparaître dans les prochaines secondes.

Elle plissa les yeux.

— Pourquoi devrais-je te croire ?

— Parce que c'est grâce à moi qu'ils ne t'ont pas encore trouvée, répondit-il sans hésiter. J'ai immédiatement reconnu ton sang sur le tissu, puisque je suis chargé de te surveiller depuis ta première réformation. Mais Vera m'a convaincu de ne rien dire. Et maintenant, je dois t'expliquer pourquoi j'ai accepté.

CHAPITRE 21

LEELA

— Ré-réformation ? bégaya Leela.

Ma première réformation ? Qu'est-ce... qu'est-ce qu'il entend par... par « première » ?

Ses ailes défaillirent dans son dos, la faisant chuter de quelques mètres avant que Patreel ne la rattrape par le coude. Elle se dégagea rapidement de son emprise, toutes sortes de faussetés brûlant ses sens à son contact.

— Ta réformation a requis la purification de ta mémoire, dit-il d'une voix aussi douce qu'une plume. C'est pour ça que tu ne te souviens pas du processus.

Elle ravala sa salive, son cœur battant à cent à l'heure.

— C'est... c'est impossible.

Elle se souviendrait d'avoir subi la réformation.

Plus d'une fois.

C'est ce que « première » implique, non ?

Plus... d'une... fois...

Le monde se mit à tournoyer autour d'elle. Elle ignora cela et tenta de suivre les filaments de mémoire, cherchant désespérément la véracité de ses paroles.

Mais rien ne lui vint à l'esprit.

Je... je ne...

Des taches noires apparurent sur les traits angéliques de Patreel, sa peau pâle s'assombrissant.

Ça n'est... Ça ne peut pas être vrai.

Il est chargé de me surveiller depuis ma première réformation...

La déclaration de Patreel résonnait dans son esprit.

Première réformation. Première réformation. Première réformation.

Non. Non. NON.

C'était une ruse. Un moyen de la neutraliser, de la faire chanceler, de permettre sa capture. De la piéger !

Non. Non. Non !

Elle ne voulait pas le croire. Elle ne le laisserait pas la capturer si facilement. Parce que cela mènerait à sa véritable *première réformation.*

Des plumes volèrent autour d'elle.

Ils arrivent. Les guerriers séraphins arrivent. Je dois me battre. Pour... pour...

Tout s'assombrit pendant un battement de paupière trop long, l'air sifflant dans ses oreilles, ses ailes luttant pour trouver de la force.

C'est trop tard. Ils sont là ! Je suis piégée !

De puissants muscles l'attrapèrent, s'enveloppèrent autour d'elle, l'étouffèrent. Détruisant sa vie, sa raison d'être.

Me submergeant dans... dans... le néant.

Elle se débattit, donnant des coups de griffes dans l'air, ses poumons brûlant alors qu'elle essayait de crier sans trouver l'oxygène. Une nuit obscure. Une bande noire d'énergie intense. La forçant à descendre plus profondément. L'attrapant et calmant sa respiration.

Il n'y a pas d'oxygène.

Je ne peux pas respirer.

Je vais mourir ici.

Seule.

Dans une cage de verre.

Une larme coula le long de sa joue, mais elle ne la sentit pas. Il n'y avait rien d'autre ici que le grondement d'une machine et ces rigoureuses bandes d'acier.

Son nom fut murmuré dans cet abîme. Un grondement triste résonnant dans son sillage.

C'est la mort, songea-t-elle. *Non, c'est pire que la mort.*

Elle cligna des yeux dans la nuit sans étoiles et fronça les sourcils.

Pourquoi est-ce que je cède à ça ?

Elle devrait se battre, crier. *Se volatiliser.*

Mais cela nécessitait de l'air.

La vie.

La respiration.

Respire, se dit-elle. *Respire !*

Leela n'abandonnait pas. Elle ne laissait pas les autres lui dicter sa vie. Elle était indépendante. Aux commandes. *En vie.*

Je n'accepte pas cette fatalité.

Plus du tout.

La réformation.

L'isolement.

Non à ces conneries !

Les lèvres de Leela s'entrouvrirent sur un refus, mais un afflux d'air chaud s'engouffra dans sa gorge et s'insinua jusqu'à ses poumons endoloris. L'intrusion inattendue la fit s'étouffer en toussant.

Cela brûlait !

Elle eut un sursaut, sa poitrine hurlant d'agonie alors que l'oxygène revitalisait ses sens. Chaque partie de son corps tremblait et des picotements parcouraient tous ses membres.

Des sensations.

Oh, les magnifiques sensations...

Une dalle de béton dure heurta son dos, la surface la faisant presque pleurer. Parce qu'elle pouvait la sentir, la comprendre.

Je suis en vie. Je suis libre.

Mais elle était toujours dans le noir.

Cependant, une caresse chaude contre sa joue la poussa à se pencher vers le contact tant désiré.

Encore, supplia-t-elle. *Faites-moi ressentir plus de choses.*

La chaleur glissa le long de sa mâchoire jusqu'à son cou, le doux effleurement d'un doigt la détendant intérieurement et l'aidant à respirer. Chaque inspiration atténuait la douleur en elle, lui permettant de se sentir ancrée et plus consciente.

Des lèvres effleurèrent les siennes, dans un baiser qui lui alla droit au cœur.

— Tu es en sécurité, Lee, lui promit une voix profonde. Je suis là.

Elle frissonna, cette voix était une drogue dont elle n'avait pas conscience d'avoir envie.

— Respire, poursuivit-il, ses lèvres maintenant près de son oreille. C'est ça, Lee. Reviens-moi, douce beauté.

Si cela faisait partie de la réformation, si c'était un sinistre leurre, elle crierait.

— Ce n'est pas ça, ma chérie, promit-il. On est toujours en Bulgarie.

Elle fronça les sourcils. *Vraiment ?*

— Tu es tombée, lui dit-il, sa bouche passant de son oreille à ses lèvres.

Un autre baiser. Si tendre, si parfait. Si *Balthazar*.

—Je t'ai rattrapée.

Elle essayait de comprendre comment c'était possible.

Les Séraphins ne tombaient pas vraiment.

À moins d'être assommés par quelque chose.

Ses yeux s'ouvrirent en un éclair.

Patreel ! Ils sont là !

— Chut, murmura Balthazar en la soulevant du béton pour la tenir dans ses bras. Tu es en sécurité, Lee. Continue de respirer avec moi, d'accord ?

Avait-il perdu la tête ?

Ils sont là ! On doit se volatiliser !

Mais elle ne parvenait pas à trouver ses ailes.

Son énergie éthérée avait... avait... *disparu.*

Son cœur se mit à battre la chamade, son corps tremblait à nouveau tandis qu'elle luttait pour retrouver ses...

Balthazar l'embrassa, sa bouche se refermant sur la sienne, tenant son visage entre ses mains. Elle l'attrapa, essayant de le repousser, de lui dire que ce n'était pas le moment, mais sa prise était trop forte.

— Tu es en sécurité, répéta-t-il une fois de plus. Je suis là, Lee. Tout va bien.

Rien de tout cela ne semblait sûr ou réel.

Une manœuvre de la réformation, ce doit être ça.

— Touche-moi, Lee, dit-il. Sens mes cheveux. La barbe sur ma mâchoire. Mes épaules. Je suis absolument réel. Et nous sommes bien là, en Bulgarie. Assis sur un trottoir, à moins d'un kilomètre de l'endroit où je suis né.

Elle déglutit, son pouls battant toujours à toute vitesse.

Je ne comprends pas. Cette... réformation...

— Tu as fait une crise de panique, chuchota-t-il, ses mains retenant toujours son visage en otage. Et tu n'es pas à l'abri d'en refaire une. Regarde-moi dans les yeux et essaye de respirer avec moi, d'accord ?

Leela tremblait toujours, incertaine. Tout ceci pouvait être un horrible tour.

Mais... mais au cas où ça n'en serait pas un...

Elle releva son regard vers le sien, s'autorisant à

plonger dans les tourbillons chocolatés de ses magnifiques iris. Il était vraiment une œuvre d'art.

Si beau...

Elle leva la main vers sa joue pour passer son pouce sur sa mâchoire massive et ciselée.

La perfection.

— Inspire, Lee.

Elle obéit au doux commandement de sa bouche séduisante. Son pouce passa sur sa lèvre inférieure.

— C'est bien, la félicita-t-il. Maintenant, expire.

Le souffle s'échappa lentement, les battements de son cœur revenant progressivement à la normale, apaisant le martèlement dans ses oreilles.

— Très bien, poursuivit-il en l'incitant doucement à respirer davantage.

Chaque fois qu'elle s'exécutait, il lui donnait un baiser. Soit sur les lèvres, soit sur la joue, ou sur le pouce, puis sur le poignet.

Elle se sentait si jeune et vulnérable. Si brisée. Mais la façon dont il la regardait, avec cette lueur d'appréciation dans ses yeux magnifiques, la rendait vivante et féminine.

— Tu es la plus belle femme que j'aie jamais rencontrée, lui dit-il.

Ce n'était pas du baratin.

Parce que Balthazar ne mentait jamais.

Il ne disait que la vérité. C'était un côté de lui qui le rendait si charmant. On pouvait toujours se fier à ses paroles. Il ne réprimait rien, ne se cachait pas et ne séduisait jamais qui que ce soit avec de fausses platitudes.

Ce qui signifiait qu'il trouvait vraiment qu'elle était la plus belle femme qu'il ait jamais rencontrée.

En temps normal, elle aurait juste souri et rétorqué que c'était sa génétique séraphique.

Mais le moment était trop tendre pour être gâché par des propos désinvoltes.

Elle avait besoin de sa chaleur, de son toucher, de sa nature apaisante. Alors, elle s'y abandonna, lui permettant de calmer complètement la nervosité qui la consumait.

Il écarta les cheveux de son visage et porta son autre main vers son cou.

— Tu es tombée du ciel après avoir repris ta forme corporelle, lui dit-il doucement. Parce que tu as eu une crise de panique. Je t'ai rattrapée avec l'aide de Patreel.

Les épaules de Leela se raidirent en entendant ce nom.

Ils sont...

— Chut, murmura encore Balthazar, son doigt passant à nouveau sur sa mâchoire. Nous sommes en sécurité, Lee. Patreel veut juste nous parler. Et il est vraiment seul.

Néanmoins, il ne pouvait pas en être certain, puisqu'il ne pouvait voir les Séraphins.

Elle essaya d'arracher son regard au sien, de chercher dans la nuit s'il y en avait d'autres, mais les doigts de Balthazar attrapèrent son menton et la forcèrent à rester concentrée sur lui.

— Nous sommes en sécurité, Lee, répéta-t-il pour la millième fois.

— Arrête de me dire ça. Si Patreel est ici, on ne peut pas être en sécurité.

— Si j'avais voulu te ramener en réformation, je l'aurais déjà fait, dit une voix sombre qui s'insinua dans sa quiétude.

Elle se figea aussitôt.

Mais dans le souffle suivant, le contact de Balthazar la réchauffa, ses bras l'encerclant de façon protectrice tandis qu'il pressait à nouveau ses lèvres contre son oreille.

— Je suis là, Lee. Je te tiens. Fais-moi confiance.

Ça pourrait être un piège.

— Ça ne l'est pas, répondit-il. Patreel veut nous dire la vérité sur ces souvenirs. Il a dessiné une rune sur son bras pour me donner un accès temporaire à son esprit. Tout comme je peux lire le tien. Il dit la vérité.

Elle eut un sursaut et écarquilla les yeux.

Tu peux lire ses pensées ?

Il hocha la tête.

— Il te suit depuis plus de trois mille ans. Depuis notre première rencontre. Ici, en Bulgarie.

Quoi ? s'exclama-t-elle en clignant des yeux. *Je... je ne...*

— Patreel, dis-lui, la coupa Balthazar sans la quitter des yeux. Répète ce que tu m'as raconté.

— Tu n'avais que cinq cents ans lorsque ta mère t'a envoyée parmi les humains pour perfectionner tes pouvoirs de fertilité. Elle t'a fait venir ici. En Bulgarie. Dans la maison close où Balthazar est né. C'est comme ça que vous vous êtes rencontrés.

Elle tenta de le regarder, mais Balthazar la tenait toujours par le menton. Elle déglutit, son cœur recommençant à battre un peu plus vite.

— Il avait une petite vingtaine d'années. Vous avez... forniqué.

Le terme fit pouffer Balthazar, mais il n'interrompit pas Patreel.

— Ta mère a également envoyé Melanythos pour te surveiller, car elle connaissait l'impact que les mortels pouvaient avoir sur tes capacités, poursuivit-il. Elle ne voulait pas risquer de compromettre ta rencontre avec Dian pour procréer.

De la glace coula dans les veines de Leela.

Dian.

Séraphin de la Mort et de la Destruction.

La procréation.

Un violent frisson parcourut son échine, mais elle avait trop froid pour le sentir vraiment.

Réformation. Réformation. Réformation.

— Leela, dit Balthazar en interrompant Patreel.

Il parlait toujours, mais ses mots ressemblaient à un bourdonnement dans ses oreilles. Elle ne pouvait pas les entendre, ne *voulait* pas les entendre.

— Je te tiens. Je suis juste ici.

Balthazar caressa à nouveau sa joue, son pouce glissant sur sa pommette.

Des plumes, qu'elle sentait si *puériles*.

Seule.

Gelée.

La réformation.

Fragile...

Les lèvres de Balthazar effleurèrent les siennes, la ramenant à l'instant présent, donnant à son esprit un répit temporaire du baiser glacial de son passé.

Ou était-ce son présent ?

Dian hantait son passé, son présent et son avenir.

Les Devins avaient prédit un enfant. Il ne restait qu'à savoir *quand*.

— C'est déjà arrivé, chuchota Balthazar. C'est ce que Patreel essaye de te dire.

Elle cligna des yeux.

— Qu-Quoi ?

— Tu as repoussé Dian, lui dit-il. Tu as désavoué le Conseil.

— Pour lui, ajouta Patreel avant qu'elle ne puisse parler. Tu as mordu Balthazar pour déclencher le lien, souillant ainsi ta lignée. Dian a ordonné ta réformation. C'est moi qui t'ai traquée pour t'emmener.

Le cœur de Leela s'arrêta de battre.

— Non...

— Ils ont modifié tes souvenirs et supprimé Balthazar de ton esprit, continua Patreel comme si elle n'avait pas nié ce qu'il venait de dire. C'était une suggestion de Dian. Il a déclaré au Conseil que c'était le seul moyen d'assurer le succès de ta réformation. Mais ça n'a pas réussi. Tu es retournée vers Balthazar plusieurs fois depuis, tu as subi deux autres cycles de réformation, on t'a modifié d'innombrables souvenirs et pourtant, tu le retrouves tout le temps.

Sa vision se brouilla tandis que la véracité de ses propos vibrait dans son âme.

Balthazar la serrait toujours dans ses bras, ses yeux contenant un soupçon de compréhension, comme si sa conscience ressentait le même basculement des connaissances, cette réverbération de la vérité leur indiquant que ce n'était pas un mensonge, mais bien réel.

Tous leurs moments.

L'impression viscérale de déjà-vu.

— Pour la première fois, tu as fait altérer sa mémoire de ton plein gré, ce qui semblait prometteur. Au moins aux yeux du Conseil, poursuivit Patreel. Mais quand j'ai trouvé ton sang sur ce tissu, j'ai su que c'était plus profond que ça. Cependant, Vera m'a arrêté avant que je puisse agir.

— Comment ? demanda Balthazar, la question traversant également l'esprit de Leela. Qu'a-t-elle fait pour ça ?

— Elle m'a dit la vérité sur la réformation, répondit Patreel. L'histoire de son origine. La façon dont elle a été créée. Et... et cette vérité a remis en question tout ce que je sais. Y compris ceci. Y compris tout ce que j'ai fait. J'ai traqué Leela tant de fois. Et si je l'attrape maintenant, elle subira une nouvelle réformation. Mais qu'est-ce que ça va changer ? Elle a prouvé qu'elle était absolument brisée.

— Elle ne l'est pas, rétorqua Balthazar, ulcéré. Si

quelque chose est brisé en elle, c'est le résultat de cette torture que vous appelez *réformation*. Il n'y a rien de mauvais dans les émotions. Elles nous rendent supérieurs, et non inférieurs.

Patreel ne répondit pas.

Il ne voyait probablement pas l'intérêt de discuter des émotions. Il considérerait cela comme une discussion frivole indigne de son temps.

— Elle revient toujours vers toi, dit Patreel d'un air songeur. Pourtant, tes souvenirs ont été aussi altérés.

Par Mel, pensa Leela en fronçant les sourcils.

— Et Vera ne le savait pas ?

— Très peu sont au courant, répondit Patreel. Comme pour toutes missions de réformation. Seuls les membres clés du Conseil connaissent les détails. Le reste de la population n'en a aucune idée. C'est comme ça qu'ils assimilent à nouveau les Séraphins dans la société. Sinon, ils deviendraient des parias.

— Et ils effacent les souvenirs de leurs proches, dit Balthazar.

— Du peu que je sais, oui, admit Patreel. Leela est mon cas principal. Mais je ne suis pas le seul traqueur.

Non. Il y en avait une armée entière.

Sont-ils tous affectés à des cas comme le mien ? se demanda-t-elle. *Est-ce pour cela que les Devins suggèrent souvent la procréation dans cette lignée ?*

— Ont-ils modifié les souvenirs de Vera ? demanda Balthazar. À propos de Leela, je veux dire.

— Sa mère en a manipulé certains, oui. Juste assez pour lui cacher la réformation de Leela.

— Pourtant, elle l'a découverte grâce à toi, répondit Balthazar.

— Elle est tombée dessus en essayant de falsifier mes souvenirs des Bahamas, confirma Patreel. Quand elle s'est servie de l'échantillon de ton sang, il s'est heurté aussitôt à ma mémoire sensorielle et mon esprit a rejeté sa manipulation.

— Alors, elle t'a envoyé vers moi, chuchota Leela.

— Pas tout à fait. Elle m'a d'abord emmené voir Osiris, pour me montrer la vérité sur la réformation. Pour me prouver que tout ce qu'on m'a dit sur son but et son origine était un mensonge.

Balthazar relâcha le menton de Leela et jeta un coup d'œil à Patreel. Il se tenait à côté d'eux sous sa forme corporelle, portant un jean et un pull. L'image de l'innocence angélique. Si l'on ignorait l'antique lueur de connaissance dans son regard.

— Qu'est-ce qu'il t'a dit ? demanda-t-elle à voix basse.

— C'est Osiris qui a créé la réformation.

La mâchoire de Patreel se crispa.

— Et c'est pour cette raison que le Conseil l'a banni. Non pas parce qu'il l'a créée, mais pour lui ôter la possibilité de la contrôler. Parce qu'ils voulaient ce pouvoir pour eux-mêmes. Pour *nous* contrôler en supprimant les émotions et les sensations de notre monde, nous forçant ainsi à rentrer dans le rang.

— Ils ont fait de vous de puissantes marionnettes, répondit Balthazar.

— En fait, oui. Ainsi, seule une poignée de Séraphins reste aux commandes.

Les iris dorés de Patreel s'assombrirent.

— Et Dian en fait partie.

CHAPITRE 22

VERA

— Leela a rencontré Balthazar en Bulgarie, dans la maison close où il a grandi.

Vera faisait les cent pas dans le séjour de Balthazar pendant que Stas, Issac et Luc l'écoutaient.

Au départ, elle avait eu l'intention d'avertir Gabriel, mais Osiris l'avait surprise en entrant et lui avait suggéré d'aller plutôt voir Stas et Issac. Elle était trop épuisée pour remettre en question ses directives.

Puis Issac avait insisté pour que Luc se joigne à eux pour cette leçon d'histoire.

Elle s'était attendue à ce que le roi d'Hydria exige que tous les Anciens soient présents, mais il s'était simplement assis et lui avait fait signe de commencer à parler.

Ce qu'elle avait fait.

Elle leur avait d'abord parlé de Patreel et du fait qu'il avait été assigné à Leela lors de sa première réformation, chose qu'elle avait découverte en échouant à manipuler sa mémoire.

Elle avait poursuivi en racontant la façon dont elle

l'avait neutralisé pour l'amener à Osiris. Ce qui avait conduit Luc à demander pourquoi.

— Laissez-moi d'abord vous parler de Balthazar et Leela. Ensuite, je vous expliquerai tout ce que vous voulez savoir sur Osiris, avait-elle dit. En tout cas, tout ce que je peux raconter.

Luc avait accepté d'un signe de tête.

Et c'est ainsi que son histoire avait commencé dans la maison close.

Elle ne connaissait pas tous les détails de ce qui s'était passé, mais elle en savait assez pour raconter les événements dans leur ensemble.

— Leela a été envoyée là-bas pour perfectionner ses dons de fertilité, expliqua-t-elle. C'était censé la rendre plus forte et l'aider à entrer dans son propre cycle. Les Devins avaient prédit une procréation entre Leela et Dian.

Vera eut du mal à déglutir : ce n'était pas un nom qu'elle aimait mentionner dans une conversation. L'aura intimidante du Séraphin meurtrier était bien connue de son peuple.

— Il représente la lignée de la Mort et de la Destruction, ajouta-t-elle. Ses pouvoirs sont essentiellement opposés à ceux d'Osiris. Quand Osiris ressuscite, Dian ôte la vie.

— Même celle des Séraphins ? demanda Stas.

— Pour autant que je sache, cette théorie n'a jamais été testée. Mais ça ne veut pas dire que ça n'a jamais été fait.

Cette pensée l'effrayait encore plus.

— Il est aussi âgé qu'Osiris. Il siège au Conseil supérieur des Séraphins. Et il n'a aucune progéniture dans sa lignée. Parce que Leela l'a rejeté.

Non. C'était pire que ça.

— Elle a aussi souillé sa propre lignée, poursuivit Vera. Ce qui a été vu comme un rejet encore plus large, pas seulement de Dian, mais de tout le Conseil. Elle a défié un ordre direct et a bravé les convenances.

Luc la regardait fixement.

— Comment a-t-elle souillé sa lignée exactement ?

— Leela a mordu Balthazar.

Vera leur laissa un instant pour digérer l'information parce que, dans son cas, elle avait été clairement stupéfiée.

— Elle s'est liée à lui, traduisit Luc. Quand ?

— Elle s'est partiellement liée, rectifia-t-elle. Il ne l'a jamais mordue.

S'il l'avait fait, la réformation aurait été bien pire.

Ou peut-être qu'il aurait fourni une ancre mentale à Leela.

C'était difficile à dire et Vera ne voulait pas se perdre en conjectures, étant donné que le mal était déjà fait.

— Et cela s'est produit quelque temps après qu'il a quitté la maison close et peu avant qu'il ne fasse ta connaissance.

— Comment sais-tu à quel moment on s'est rencontrés ?

La question n'était pas suspicieuse, elle montrait plutôt de la curiosité.

— Parce que ton esprit a été légèrement altéré à la suite de tout ça, lui dit-elle.

Et maintenant qu'elle savait quoi chercher, elle pouvait confirmer la véracité des affirmations de Patreel.

Non pas qu'elle ait vraiment douté de lui.

L'histoire sonnait trop vraie pour ne pas l'être.

— Ma demi-sœur, Melanythos, s'est immiscée dans ta tête, poursuivit-elle, le regard fixé sur Luc. Elle a noué une liaison compliquée avec Balthazar pour enfoncer ses griffes mentales au plus profond de son esprit et altérer tous ses souvenirs de Leela. Y compris sur leur lien partiel.

Tout ça pendant que Leela subissait la réformation.

— Melanythos ? répéta Luc avec un regard acéré. Tu veux dire *Nythos* ?

— C'est le nom qu'elle a pris pour séduire Balthazar, oui, répondit-elle. Elle a hérité ses facultés d'altération de la mémoire du côté maternel de la famille. Ce qui signifie que nous avons la même mère. Et elle tient son charme de la lignée paternelle de Leela, puisqu'elles ont toutes deux le même père.

Pas dans la lignée de la Fertilité, mais dans une autre.

— Leur père est Adonis. Et c'est à raison que son nom est devenu populaire dans les mythes humains. C'est le Séraphin de la Beauté et du Désir.

Leela attribuait souvent sa sensualité au côté maternel de la famille. Mais Vera n'en croyait rien. C'était un mélange enivrant de ces deux lignées qui la rendait irrésistible pour tous ceux qui se trouvaient sur son chemin.

Y compris Dian.

— Patreel a dit que Dian a exigé de Leela qu'elle se rappelle la décision du Conseil concernant la procréation programmée. Mais ce souvenir devait être tissé de manière à ce que la date de cet événement ne soit pas encore déterminée. Il a affirmé que ce serait un bon moyen de tester sa réformation. Lorsqu'elle irait le voir pendant un cycle de fertilité pour accomplir l'édit, elle serait considérée comme guérie.

Mais elle avait plutôt été terrifiée par lui et ce qu'il représentait.

— Elle a subi trois réformations et un grand nombre de ses souvenirs ont été modifiés au cours des trois derniers millénaires. Comme Balthazar.

Rien que d'y penser, Vera avait envie de tuer toutes les personnes impliquées dans ce destin brutal.

Melanythos et Dian en tête de cette liste.

Parce que la réformation et l'altération de la mémoire

avaient été l'idée de Dian. Et sa demi-sœur les avait volontiers permises.

Sans parler de l'implication de la mère de Vera.

— Le Conseil a également fait modifier certains de mes souvenirs. Par ma propre mère. Et je ne l'ai jamais remarqué parce que je n'ai pas l'habitude de farfouiller dans la tête de ma meilleure amie.

Elle n'avait pas non plus noté les modifications chez Balthazar, car elle s'était concentrée sur le Brésil et avait altéré ses souvenirs de manière à ce qu'il se souvienne subtilement de Leela.

Vera avait pensé aider sa meilleure amie, parce qu'il était clair que Leela et Balthazar étaient faits l'un pour l'autre.

Ironiquement, si Vera avait creusé un peu plus, elle aurait découvert à quel point elle avait vu juste à propos de leur destin.

Et elle n'avait aperçu cela dans l'esprit de Patreel que grâce à son lien avec le sang de Leela. Si elle n'avait pas suivi ce fil, elle n'aurait rien su du tout.

— Le Conseil a imposé le tout dans le but de réformer Leela, poursuivit-elle. Ce qui m'amène à Osiris.

C'était la partie de l'histoire qu'elle avait pu utiliser pour recruter Patreel dans leur camp.

C'était aussi la raison pour laquelle elle s'était alliée à Osiris ces derniers temps.

Parce qu'elle connaissait désormais la vérité sur son exil.

— Mon peuple a été amené à croire qu'Osiris a été banni pour avoir tué un Séraphin, commença-t-elle en allant droit au but. Et c'est vrai. Dans une certaine mesure. Il a créé une forme de renaissance qui a entièrement effacé l'esprit d'un Séraphin et l'a aidé à retrouver une raison d'être appropriée. Ce qui signifie qu'il a reprogrammé son cerveau pour le rendre pragmatique et éliminer toute émotion.

Il lui avait expliqué cela en partie, affirmant que l'être en question n'avait pas été choisi par lui-même, mais par les membres du Conseil.

Adriel.

Ce qui était la raison pour laquelle Vera avait voulu retrouver Gabriel à Hydria, et non Stas et Issac. Mais elle irait le voir ensuite puisqu'Osiris avait suggéré qu'elle commence par ici.

— La réformation, traduisit Luc, son pouvoir d'omniscience faisant briller son regard émeraude.

Il résolvait des énigmes plus vite que n'importe qui d'autre. Ce qui, supposait-elle, rendait presque soulageant le fait qu'il soit là, car il éliminait toutes les suppositions de son explication.

— Oui, Osiris a créé la réformation, lui confirma-t-elle. Sous la supervision du Conseil supérieur des Séraphins ou, en tout cas, de ceux qui étaient au pouvoir à l'époque.

C'était une distinction importante sur laquelle elle reviendrait plus tard.

— Le Conseil a alors récompensé ses efforts en l'exilant.

Luc la considéra un instant.

— Il ne peut y avoir que deux raisons à ça. Soit il a pratiqué ce procédé sur quelqu'un sans leur accord, soit ils ont décidé que c'était un outil trop puissant pour être laissé entre ses mains.

— Ce sont eux qui lui ont fourni la victime de sa première et unique réformation, pour répondre à ta question, dit-elle.

— Ils l'ont banni pour le pouvoir. Et maintenant, ils

utilisent cet outil pour maintenir tous les Séraphins dans le droit chemin.

Il plongea dans un silence contemplatif.

Elle jeta un coup d'œil à Stas et Issac pour voir s'ils avaient des questions, mais ils regardaient tous les deux Luc.

Vera se concentra à nouveau sur lui alors qu'il hochait la tête comme s'il approuvait.

— C'est une tactique brillante, en fait. Les Séraphins ne sont pas censés ressentir quoi que ce soit – du moins, c'est la norme prescrite par votre Conseil, dit-il d'un air songeur. Cependant, ceux qui éprouvent des émotions seraient également enclins à craindre la réformation. Ainsi, la procédure sert de mécanisme de coercition pour garantir que tous se comportent comme le Conseil le souhaite.

— Ils utilisent la réformation pour contrôler les Séraphins, ajouta Issac.

— Précisément, murmura Luc. De la même façon qu'Osiris a créé le Conclave pour gérer ses Ichoriens. Il a toujours utilisé la peur comme élément motivateur.

— Le Conclave est en fait une réplique du Conseil, leur dit Vera. En tout cas dans sa conception. Il a créé sa propre version, mais elle est fortement inspirée par le Conseil supérieur des Séraphins. Sauf qu'il invite tous les Ichoriens à y assister, pas seulement les plus haut placés.

Au Conseil, le siège était généralement occupé par le Séraphin originel ou le premier de sa lignée.

Mais pas toujours.

Gabriel était un excellent exemple : il pouvait potentiellement renverser Adriel en tant que chef de la lignée, grâce à son pouvoir, et non à son âge.

Luc acquiesça à nouveau, suggérant qu'il connaissait déjà l'information au sujet du Conclave, ou du moins qu'il s'en doutait.

— Du coup, combien de membres de votre Conseil sont au courant ? demanda-t-il.

— Selon Osiris, cinq Séraphins connaissent la vérité. Et seul l'un d'eux siège encore au Conseil : Dian. C'est pourquoi il a pu orchestrer les paramètres de la réformation de Leela.

Une information qui fit à nouveau bouillir son sang.

Il méritait un sort pire que la mort pour ce qu'il avait fait subir à Leela.

— Soumettre Leela à la réformation et à un effacement de sa mémoire, en plus d'avoir les souvenirs de Balthazar effacés par sa propre demi-sœur, me semble certainement un peu *revanchard*, commenta Issac. Et aux dernières nouvelles, le désir de vengeance est souvent caractérisé comme un état émotionnel.

— Ce qui suggère que les cinq personnes qui contrôlent désormais la réformation n'embrassent pas complètement la mode de vie séraphique, insensible et stoïque, répondit Luc. Ils imposent plutôt ces exigences aux masses pour les rendre plus faciles à dominer. Je ne peux pas croire que la population séraphique et le Conseil actuel soient trop ravis par cette information.

— Patreel ne l'était certainement pas, admit Vera. D'ailleurs, il est en route pour rencontrer Leela et Balthazar et leur dire toute la vérité. Ou il est peut-être déjà avec eux. Je ne suis pas sûre.

Elle était épuisée par les jours ou semaines passés. Les Séraphins n'avaient peut-être pas besoin de dormir, mais cela n'empêchait pas son espèce de ressentir la fatigue.

Tant sur le plan mental que physique.

— Tu as dit qu'un seul d'entre eux était actuellement au Conseil. Que font les quatre autres ? demanda Luc.

— Ils se reposent, comme le font la plupart des anciens. Dian est le seul à être actuellement éveillé et à connaître la vérité. Mais Osiris a émis l'hypothèse que les autres étaient peut-être en fait réveillés, bien que tout le monde pense qu'ils dorment.

Même si Vera n'aimait pas vraiment Osiris, elle le croyait.

Peut-être parce qu'il lui avait permis d'être témoin du souvenir de son exil sans interférence.

Ou, plus probablement, parce qu'elle avait passé le dernier millénaire à remettre en question les édits du Conseil et les destins prescrits par les Devins. Tout cela semblait un peu trop commode.

— Quoi qu'il en soit, il est clair qu'une certaine corruption gangrène le Conseil des Séraphins. Et la vérité sur la réformation a pu s'étendre au-delà des cinq premiers membres. Mais la plupart d'entre eux croient vraiment qu'Osiris est malfaisant, ce qui ne serait pas le cas s'ils connaissaient l'histoire.

— D'autres personnes ont dû être témoins de son bannissement ou, tout au moins, en avoir eu connaissance, dit Issac, prononçant les mots lentement, les sourcils froncés. Ont-ils altéré la mémoire de tout le monde ?

Vera secoua la tête.

— D'après ce que j'ai vu dans l'esprit d'Osiris, le Conseil supérieur des Séraphins originel était beaucoup plus restreint. Et il existait bien avant la plupart d'entre nous. L'expansion s'est faite au fur et à mesure que de nouvelles lignées ont été formées.

Le mystère restait entier sur la façon dont elles étaient nées. Elles étaient juste apparues, les énergies éthérées se combinant pour créer des entités corporelles qui étaient devenues des Séraphins.

Elle l'expliqua rapidement à voix haute puisque Luc demanda aussitôt ce qu'elle entendait par « formées ». Il absorba l'information avec un hochement de tête, puis revint à la partie politique de la discussion.

— Comment les Séraphins pensent-ils que la réformation est arrivée ?

— On a tous été amenés à croire qu'il s'agissait d'un outil créé par une intelligence supérieure, expliqua Vera. La présentation actuelle est de nature assez scientifique. Mais seuls ceux qui l'ont vécue savent tout ce que ça implique. Cependant, ils n'en comprennent pas totalement les mécanismes.

— Ou leur mémoire est altérée de façon à l'oublier, murmura Stas. Comme dans le cas de Leela, apparemment. Mais ma mère se souvient de certains épisodes de son expérience.

— L'a-t-elle décrite ? demanda Luc.

Stas secoua la tête.

— Pas vraiment. Mais ça l'intéresse de parler à Blake. Clara a mentionné sa présence dans les cachots et ma mère a demandé ce qu'il avait fait. Issac lui a expliqué qu'on ne peut pas encore lui faire confiance à cause de ce que John lui a fait. Elle a dit que le processus de réhabilitation ressemblait à la réformation.

Luc se frotta la mâchoire, les yeux brillants.

— Compte tenu de l'alliance entre Osiris et John, et des expériences menées à la FHC en général, il ne serait pas exagéré de penser qu'ils ont créé une sorte de réformation pour garder les Sentinelles dans le rang. Ou pour leur faire un lavage de cerveau.

— Je vais suggérer à Mateo d'y jeter un œil, mais...

Issac laissa sa phrase en suspens.

— Je vais lui parler, répondit Luc. Pour voir ce qu'il sait.

— Ou demande à Osiris, proposa Vera. Ses méthodes

ne sont peut-être pas acceptables, mais ses intentions sont en grande partie conformes aux nôtres ici.

Stas eut un petit rire.

— Va expliquer ça à mes parents.

— J'en ai l'intention. Et à Gabriel aussi.

En supposant qu'il lui resterait assez d'énergie après cette conversation.

L'expression de Luc lui disait que ce ne serait peut-être pas le cas, car il avait clairement d'autres questions à lui poser. Au moins, il conserverait toutes les réponses. Peut-être pourrait-elle lui demander d'informer les autres.

— Qui sont les quatre autres Séraphins connaissant la vérité sur la réformation ? l'interrogea-t-il.

Ces détails n'intéresseraient vraiment personne, dans la mesure où les noms qu'elle s'apprêtait à donner ne révéleraient rien.

Mais Luc s'en souviendrait.

Et peut-être parcourrait-il le catalogue de son cerveau pour trouver de potentiels liens.

C'est pourquoi elle lui répondit en détail, lui indiquant le nom de chaque membre de l'ancien Conseil et de leur lignée.

Dian, l'unique Séraphin de la Mort et de la Destruction, qu'il connaissait déjà.

Cassia, le Séraphin originel de la Destinée. Elle était la première Devineresse.

Pakhet, le Séraphin originel de la Chasse. Les facultés des traqueurs provenaient de sa lignée.

Veles, le Séraphin originel des Éléments. Plusieurs lignées avaient été formées d'après la sienne, représentant chaque élément individuellement. Cependant, elle avait conservé la capacité de les contrôler tous.

Marduk, le Séraphin originel du Jugement, qui se distinguait de celui de la Justice, Silvia, membre du Conseil actuel. Les pouvoirs de cette dernière concernaient l'équilibre, alors que ceux de Marduk étaient tous liés à la punition et à la réprimande.

— Ce sont certains des plus anciens de notre espèce, conclut Vera. Tout comme Osiris.

— Existait-il d'autres Séraphins à ce moment de l'histoire ? demanda Luc.

— Quelques-uns. C'était l'aube de notre création. Ou du moins, c'est à ce moment-là qu'Osiris a commencé à travailler sur la réformation. Cassia avait prédit qu'il y aurait un moment où elle serait nécessaire. Il a passé des millénaires à perfectionner le processus.

D'après ce que Vera savait, Osiris avait bien plus de dix mille ans. Tout comme ceux de son époque.

Mais les lignées de Séraphin avaient continué à croître bien après son exil. C'était comme si elles s'étaient développées à partir des racines originelles de la vie, créant des arbres massifs avec de nombreuses branches. Certaines s'étaient entrelacées, tandis que d'autres avaient poussé dans des directions opposées.

Il en résultait une forêt de puissance dont certains des arbres étaient beaucoup plus grands et plus robustes que les autres.

— Et une fois qu'il a perfectionné le processus, ils l'ont banni, dit Luc.

— Oui. Et ils se servent de lui comme exemple de ce que les Séraphins ne doivent pas faire.

— Astucieux, poursuivit Luc, l'air impressionné, probablement parce qu'il comprenait cette stratégie. Ça fait de lui un scélérat et offre un autre mécanisme de contrôle sur toute la population.

Elle acquiesça.

— L'histoire que l'on nous raconte dit que la réformation n'a pas fonctionné sur lui, ce qui est l'une des nombreuses raisons pour lesquelles il est connu sous le nom d'Empoisonné parmi les nôtres. C'est aussi parce que l'on considère qu'il a pollué le sang des humains en créant les Ichoriens et les Hydraiens.

— Et pour nous stigmatiser, ils nous appellent des abominations.

Vera hocha de nouveau la tête.

— Oui, parce qu'une partie de la punition d'Osiris lui interdisait de perpétuer sa lignée. Les Séraphins voient les Hydraiens et les Ichoriens comme un non-respect flagrant d'un édit du Conseil.

— Mon père et moi sommes des descendants directs de la lignée, lui fit remarquer Stas. Pourtant, le Conseil veut me rencontrer.

— Parce que les Devins ont prophétisé que tu détruirais Osiris et ses créations. Ou du moins, c'est l'interprétation du Conseil, répondit Vera. Que ce soit vrai ou non, ça reste à voir.

— Je ne détruirai personne, jura Stas.

Ne fais pas de promesses que tu ne pourras pas tenir, ma petite, songea Vera. Mais c'était une autre discussion. Elle n'avait pas l'énergie pour débattre de son destin ce soir.

— Ils ont interdit à Osiris de procréer pour s'assurer que personne d'autre ne pourrait prendre le contrôle de la réformation, dit Luc pensivement. Ou j'imagine que c'était la raison, en tout cas. Pourtant, la prophétie veut que Stas détruise ses créations. Penses-tu que les Devins faisaient en fait référence à la *réformation* ? Et que Stas est destinée à l'anéantir ?

Vera n'avait jamais envisagé cela.

Et d'après leur silence, les autres non plus.

— Mes parents ont dit qu'ils pensaient que les Devins essayaient en fait de travailler contre le Conseil qui les a clairement asservis.

Stas parlait lentement, comme si la moitié de son esprit était encore stupéfiée par la suggestion de Luc.

Vera nota que Stas ne niait pas cette possibilité. Contrairement à la façon dont elle avait réagi à son commentaire sur le fait de détruire les créations d'Osiris.

Ce qui signifiait que cette voie lui semblait peut-être plus acceptable.

Est-ce que ça pouvait être la vraie signification de la prophétie, alors ? Ou était-ce juste la surprise qui la faisait réfléchir ?

Issac étira son bras sur le dossier du canapé derrière Stas, lui offrant du réconfort comme le ferait un compagnon.

— Il est tout à fait possible que les Devins voient en Aya une sorte de salut qui détruira le mécanisme retenant actuellement les Séraphins en otage.

— *Une puissance inconnue émerge. Elle possédera la force et la volonté de nous détruire tous, à moins que certaines mesures ne soient mises en place pour freiner ses inclinations.*

Luc récita mot pour mot la prophétie originale de Skye sans sourciller.

— Sait-on si elle est identique à celle que les Devins ont livrée au Conseil ?

Vera secoua la tête.

— Seul le Conseil entend les prophéties.

Luc se pencha en avant pour poser ses avant-bras sur ses cuisses écartées.

— Par le biais d'enregistrements ? Ou en personne ?

— Des échos, confirma Vera. Cela ressemble à un enregistrement, mais pas tout à fait. Ils sont captés par des scribes séraphins qui les rejouent pour le Conseil sous forme visuelle.

— Ce qui signifie qu'ils pourraient être manipulés, fit remarquer Luc.

— Oui, convint Vera. Mais les Séraphins ne songeraient jamais à ça. Ils sont trop pragmatiques.

— Parce que leur Conseil leur fait préférer la raison à l'émotion, conclut Luc en se détendant dans son fauteuil. Ils ont perfectionné l'art d'une belle dictature exercée sur des moutons obéissants.

— Nous n'obéissons pas tous.

Cela n'avait sans doute pas été naturel, ni pour elle ni pour Leela, Gabriel et Caro, mais ils étaient tous là désormais. Et ils pouvaient enrôler davantage de Séraphins dans leur camp avec une bonne stratégie.

Ce qui l'amena au point suivant.

— J'ai vu les souvenirs d'Osiris. Je ne connais pas toutes ses intentions en dehors de ce qu'il m'a dit, mais il entend montrer la vérité aux Séraphins. Ce qui était pour moi une raison suffisante pour accepter de lui parler. Tout ce qu'il a fait pour Lizzie et Jayson, c'était sa façon à lui de nous prouver qu'il était une source d'informations acceptable.

Stas pouffa de rire.

— Ouais. Sauf qu'il a probablement omis de rappeler qu'il a kidnappé ma meilleure amie afin de l'utiliser comme incubateur pour son propre enfant.

— Pour lui, c'était un recours pratique, puisqu'il a vu Lizzie comme un vaisseau devant donner naissance à un être puissant dont il pourrait se servir dans sa lutte contre les Séraphins.

Vera leva la main pour faire taire Stas avant qu'elle ne puisse répliquer.

— Je ne dis pas que je suis d'accord avec lui. Loin de là. Mais c'est son explication. Il est fidèle aux usages séraphiques dans le sens où il manque d'émotion. Que ses actes soient bons ou mauvais n'a aucune importance pour lui. Il considère seulement le succès comme une motivation positive.

— Tu as donc commencé à travailler pour lui dès que tu as aperçu ses souvenirs, dit Luc, empêchant Stas de répondre à Vera.

— Je suis retournée le voir après avoir libéré Sethios et lui ai demandé s'il pouvait me montrer le souvenir complet. Je n'ai jamais accepté de travailler *pour* lui, seulement *avec* lui, pour assurer la sécurité de tout le monde. C'est là que j'ai appris que Mateo l'aidait aussi, du moins en partie, dit-elle en croisant le regard de Luc. Je suppose qu'il est en cellule ?

La question avait deux objectifs.

D'abord, pour savoir ce qu'il avait fait de Mateo.

Ensuite, pour découvrir ce qu'il avait l'intention de lui faire à elle. Parce que s'il songeait à l'emprisonner, il se rendrait vite compte de l'impossibilité de l'attraper dans ses filets.

— Il est chez moi, dans la chambre d'amis.

Cette réponse la surprit.

— Pourtant, tu as emprisonné Clara sans remords ?

Le commentaire glissa de sa bouche avant qu'elle ne puisse penser à le réprimer. Principalement parce qu'elle était stupéfiée par son admission.

— La défense de Clara était au mieux superficielle. Et je me rends compte maintenant que ça aurait dû nous alerter, mais à l'époque, je n'étais pas en état d'évaluer ça correctement.

Luc n'était pas sur la défensive, juste direct et factuel. Tel un Séraphin.

— Le cas de Mateo est distinct et en cours d'examen.

— Tu en discuteras avec moi avant de décider de ce que tu feras de lui, intervint Issac, son ton indiquant clairement qu'il ne s'agissait pas d'une requête, mais d'une injonction.

Luc lui jeta un coup d'œil et acquiesça avant de se concentrer à nouveau sur Vera.

— Je veux en savoir plus sur ta sœur et le bordel qu'elle a créé dans la tête de B. Il ne va pas être content.

— J'imagine que non, convint Vera avec un soupir.

Elle avait passé tout ce temps à faire les cent pas, alors que les autres étaient assis.

Plutôt que de continuer à user le parquet de Balthazar, elle prit le seul autre fauteuil de la pièce.

— Ce serait peut-être plus facile si je dénouais les souvenirs dans ton esprit pour te montrer ce qui s'est réellement passé, dit-elle, se résignant au fait de ne pas dormir de sitôt.

Par contre, cela l'aiderait à regagner la confiance de Luc et des autres.

Ce qui était vraiment nécessaire après tout ce qui s'était passé avec Osiris.

Ses intentions avaient été bonnes. Et elle ne s'excuserait pas.

Mais elle leur démontrerait sa loyauté.

— Ferme les yeux, lui dit-elle. Ça fera moins mal.

Enfin, pour lui.

Pour elle, ça ferait un mal de chien.

Parce que c'était renforcé par la trahison.

Melanythos avait détruit la vie de Leela, lui avait brisé le cœur et avait bousillé un lien qui n'aurait jamais dû être touché.

Et ce souvenir dans la tête de Luc n'était que la partie émergée de l'iceberg.

CHAPITRE 23

BALTHAZAR

BALTHAZAR ÉCOUTAIT PATREEL EXPLIQUER CE QU'IL AVAIT appris sur la corruption du Conseil.

C'est Osiris qui a créé la réformation. Cet aveu résonnait dans ses pensées, surtout parce que Leela ne cessait de le répéter.

Patreel leur donna les noms des membres du Conseil originel, leur dit qu'ils avaient chargé Osiris de développer un protocole permettant de ramener l'âme d'un Séraphin à son état stoïque, et la façon dont ils l'avaient vilipendé ensuite.

Tout cela pour obtenir le pouvoir.

Tout ce qu'on a dit aux Séraphins était en fait fondé sur un mensonge. Du moins en ce qui concernait Osiris. Dès lors, Patreel se demandait sur quoi d'autre ils avaient menti.

Balthazar avait toujours accès à ses pensées, ce qui lui permettait d'entendre le chaos psychique de cet homme.

On est censés ne rien ressentir. Pourtant, je... je me sens... excessivement chaud.

Bourdonnant d'énergie.

Violent.

Comme si j'avais envie de... de frapper Dian.

Pourquoi ? Qu'est-ce que c'est ? De la colère ?

Vont-ils me soumettre à la réformation ? C'est ça le but de tout ça ? Craindre le mécanisme ? Se retourner les uns contre les autres au premier signe d'émotion ?

Qui suis-je ?

Que va-t-il m'arriver maintenant ?

Les choses que j'ai faites...

C'est... c'est accablant.

Arrêtez ça !

Comment fait-on pour que ça s'arrête ?

Balthazar envoya une lueur apaisante dans l'esprit de Patreel, le réconfortant suffisamment pour qu'il continue de parler tout en maintenant une façade paisible.

L'assistance émotionnelle ne lui était pas fournie comme une faveur ; elle était destinée à faire en sorte qu'il reste calme, parce que Leela avait besoin de sérénité à cet instant.

L'esprit de celle-ci vacillait sous l'afflux d'informations et la sombre panique persistait dans ses pensées. Mais elle s'était suffisamment détendue pour digérer le tout sans retomber en flèche.

Il gardait ses bras autour d'elle, sa main tenant délicatement sa nuque pour lui montrer son soutien physique alors qu'elle reposait sa tête contre son épaule.

Elle ne semblait pas se rendre compte qu'elle était assise sur ses genoux sur le trottoir, toute son attention étant portée sur Patreel et ce qu'il disait.

Heureusement, étant donné l'heure tardive, peu de gens étaient dehors.

Non pas que cela dérange Balthazar d'être vu avec une belle femme dans ses bras.

Mais il se doutait que ça pourrait gêner Leela.

Sa crise de panique avait été le signe d'une faiblesse qu'elle n'avait pas conscience d'avoir jusqu'à ce soir.

Parce que son passé avait été criblé de faux souvenirs.

Comme le mien, pensa-t-il.

Elle l'avait mordu, avait partiellement établi un lien.

Et il n'avait pas même un vague souvenir de cela.

Pourtant, c'est arrivé ici, en Bulgarie. À quelques rues de là.

L'esprit de Patreel avait fourni certains détails, mais Balthazar voulait en savoir plus.

Il avait besoin de recouvrer la mémoire.

Il voulait savoir ce qui s'était passé entre lui et Leela, pourquoi elle l'avait mordu. Parce qu'il refusait de croire le compte-rendu mental du traqueur sur ces événements.

Elle l'a mordu pour déshonorer sa lignée, pensait Patreel.

Si c'était vrai, pourquoi retrouvait-elle toujours Balthazar ? À cause du lien ? Ou y avait-il quelque chose de plus ?

Balthazar avait été témoin de l'intensité de la relation entre Issac et Stas. Ce n'était pas seulement dû au fait qu'Issac l'avait mordue en premier. Ils étaient faits l'un pour l'autre. Tous ceux qui les avaient vus ensemble le savaient.

Qu'est-ce que cela signifiait pour Leela et Balthazar ?

Il comprenait le lien du sang. Une fois qu'il était pleinement établi, quand les deux êtres s'étaient mordus l'un l'autre, ils restaient ensemble pour l'éternité.

Absolument fidèles.

C'était la raison pour laquelle Stark avait été agacé par Issac. Il l'avait prévenu de ne pas achever le lien avec Stas à cause de la clause de fidélité qui en découlait.

C'était automatique et très réel.

Cependant, Issac ne s'en était pas du tout soucié.

Stas était tout pour lui.

Balthazar avait entendu ses vœux dans les pensées de l'Ichorien peu après avoir rencontré Stas.

Leela avait-elle mordu Balthazar, sachant très bien qu'il ne lui rendrait jamais la pareille ? Était-ce le but ? Avaient-ils passé un accord selon lequel il s'agirait toujours d'un lien partiel ?

Ou avait-il envisagé à un moment de s'engager dans la monogamie ?

S'il y avait une femme au monde qui pourrait lui donner une raison de désirer un tel état... ce serait elle.

Elle lui convenait.

Elle le comprenait.

La passion entre eux était indéniable, probablement l'une des plus puissantes de son existence.

Une connexion s'était aussi développée entre eux. À cause du lien ? Ou d'autre chose ?

Il avait besoin de comprendre. D'en voir plus. De *se souvenir*.

Patreel s'était tu, ayant fini d'expliquer l'implication d'Osiris dans la réformation. Il observait maintenant Leela avec un air triste que son esprit avait du mal à saisir.

Cet homme âgé de plusieurs milliers d'années ne s'était jamais permis de ressentir quoi que ce soit.

Mais tout ce qu'il connaissait s'était effondré en apprenant la vérité sur Osiris.

Il ne savait plus à qui faire confiance, quoi penser, comment *sentir*.

Leela était dans le même état, le nom de *Dian* tournoyant dans ses pensées. Son côté enfantin était terrifié, probablement parce qu'il se souvenait quelque peu de la réformation.

Mais à chaque seconde qui passait, son côté puissant refaisait surface.

Un esprit combatif qui interpellait Balthazar à tous niveaux.

La fureur incarnée.

Elle voulait repeindre la salle du Conseil avec le sang de ceux qui lui avaient porté atteinte. Elle voulait crier la vérité pour que tout le monde l'entende. Et elle voulait se souvenir de sa vie.

C'est Melanythos qui a fait ça. Elle a volé mes souvenirs. Elle a aussi trifouillé l'esprit de Balthazar.

Son désir de meurtre se noyait dans le besoin de connaître la vérité. Ses iris turquoise croisèrent le regard de Balthazar, le feu s'épanouissant au fond de ses pupilles.

C'était en partie pour échapper à l'agonie qui la transperçait de l'intérieur. Pourtant, cela créait aussi une sorte d'antidote, le fait de savoir constituant désormais le baume dont ils avaient tous deux besoin pour apaiser la douleur.

— Nous devons visiter la maison close, lui dit-il.

Elle n'existait plus. Mais peut-être que le fait de revenir sur les lieux susciterait quelque chose entre eux, comme à Venise.

— Je sais.

Elle enroula ses bras autour de son cou et les volatilisa sans un mot de plus.

Patreel pouvait la traquer et la suivit donc.

Les pieds de Balthazar atterrirent sur le pavé alors que Leela les guidait vers une rue vide. Elle s'était également mise debout, les bras toujours autour de lui. Il ne pouvait pas la voir sous cette forme, mais il sentait sa présence dans son esprit.

Dommage que le lien partiel ne lui donnait pas accès à sa vision éthérée.

Stas lui avait parlé des ailes violettes de Leela.

Quelle nuance ont-elles ? se demanda-t-il. Violet ? Lavande ? Y a-t-il d'autres teintes qui s'accordent avec ses yeux turquoise ?

Elle revint lentement à son état corporel, ses magnifiques iris fixés sur lui. Mais le souvenir de leur passé restait un mystère pour leurs deux esprits. Peut-être que trop de temps s'était écoulé ou que trop de choses avaient changé.

— Je t'ai traquée jusqu'ici il y a plus de trois mille ans, dit doucement Patreel, les sourcils froncés par l'évocation de ce jour-là. On ne m'avait pas encore donné ton sang. Et on ne se connaissait pas du tout. Mais c'était ma mission. Et je l'ai accomplie.

— Clairement, répondit-elle, impassible.

— Si tu as absorbé son sang, alors tu es aussi partiellement lié ? demanda Balthazar, étrangement agacé par l'idée.

Le fait de partager ne l'avait jamais dérangé, mais songer que Patreel puisse être connecté à Leela si intimement...

Non. Ça ne me plaît pas.

En fait, ce qui l'irritait, c'était d'imaginer Patreel et Leela ensemble.

Chose tout aussi étrange parce que regarder un autre couple baiser l'avait toujours excité.

Tout comme il aimait se joindre à des groupes de deux ou plus.

Cependant, Patreel... n'était pas digne de Leela.

Très peu de gens seraient dignes d'elle.

— Le lien nécessite une morsure. Donc non, nous ne sommes pas liés.

Patreel avait l'air dégoûté par cette possibilité. Que ce soit l'idée de se lier à Leela ou celle de la mordre, Balthazar n'en était pas sûr. Mais cela l'agaça juste assez pour lui retirer un peu de son énergie apaisante.

L'assistance émotionnelle se méritait.

Et Patreel n'avait certainement rien fait pour obtenir quoi que ce soit de la part de Balthazar. Au contraire, il devrait plutôt aggraver les turbulences émotionnelles du Séraphin, au lieu de les calmer.

Cependant, il garda un cordon lâche entre eux, juste pour s'assurer qu'il ne déraillerait pas complètement.

Il y avait encore des questions qui nécessitaient des réponses.

— Parle-nous de ce jour-là, dit Balthazar sans détourner son regard de Leela.

Patreel apparut dans sa vision périphérique, reprenant un état corporel.

— Il n'y a pas grand-chose à dire. J'ai traqué Leela jusqu'ici et je l'ai ramenée directement à Dian.

Il s'éclaircit la voix.

— Dian a porté l'affaire devant le Conseil. Je ne sais pas qui était présent, parce que je n'étais pas impliqué dans la discussion. Mais Dian a confirmé sa réformation et m'a dit qu'on s'occuperait de toi. Je n'ai pas posé de questions.

Balthazar suivit ces déclarations dans l'esprit du Séraphin, à la recherche de la moindre trace de mensonge.

— Continue, dit-il lorsqu'il trouva le brin d'information persistant au premier plan des pensées de Patreel.

Il n'avait pas su ce qui s'était passé à ce moment-là. Mais il avait appris certains détails clés plus tard.

— Leela a passé un siècle en réformation.

Ce qu'il disait correspondait à ce qu'il avait en tête.

Balthazar fit glisser son pouce le long de la gorge de Leela, sa paume toujours enroulée autour de sa nuque comme lorsqu'ils étaient assis.

Mais cette fois, elle ne réagit pas à la nouvelle par la panique.

Non, son esprit combatif avait pris le dessus.

Elle voulait tuer.

— On m'a donné une fiole de son sang environ une semaine après sa condamnation. Le but était de me lier à elle au cas où elle s'enfuirait. Puis c'est devenu une mission de surveillance une fois qu'elle a terminé la réformation.

— Ce qui veut dire que tu m'as poursuivie, murmura Leela.

— On m'a ordonné de te *traquer*, oui. C'est pour ça que je suis au courant de la manipulation de mémoire. Dian m'a dit que Melanythos s'était occupée de vous deux. J'ai demandé pourquoi Balthazar n'a pas été tué. Dian a déclaré que c'était pour te protéger, car la rupture d'un lien du sang partiel aurait pu nuire à ton âme.

Leela eut un petit rire.

— Son ego était blessé et il voulait simplement qu'on souffre, Balthazar et moi.

Elle fit glisser son regard de Balthazar à Patreel.

— Je le crains depuis l'éternité. Parce qu'il voulait que je le craigne, que je craigne notre prophétie de procréation. Cela n'a pas été fait pour aider à la réformation. C'était fait pour me torturer.

Balthazar acquiesça. C'était absolument la réponse d'un homme qui n'appréciait pas le fait d'être rejeté. Il avait fait de la vie de Leela un enfer pendant des milliers d'années.

— C'est lui qui a ordonné cela, non ? insista Leela. Le fait que je ne me souvienne pas de l'avoir rejeté et que j'attende le jour redouté où les Devins m'appelleraient pour me reproduire avec lui ?

— Il a dit que ça faisait partie de la réformation, que tu serais considérée comme guérie lorsque tu irais finalement le voir de ton plein gré.

Le ton de Patreel était neutre, mais son esprit traitait

ces mots à travers un nouveau filtre auquel il ne s'était permis d'accéder que récemment.

Les émotions.

— Il n'a jamais été question de me guérir, cracha Leela. Il s'agissait de me torturer. C'est pour ça qu'il a laissé Balthazar vivre. Il savait que les souvenirs me hanteraient et il a probablement encore l'intention de me les enlever une nouvelle fois. Tu es juste là pour nous faire perdre du temps jusqu'à ce qu'il se montre. Sans doute, avec Melanythos.

Patreel fronça les sourcils, son pragmatisme examinant ces commentaires et les trouvant sinistrement plausibles.

Parce que cela ressemblerait bien au Conseil de se servir de lui comme une marionnette. Ils avaient en fait transformé toute la société séraphique en une production théâtrale où chacun jouait le rôle qu'ils leur avaient attribué.

Une chose facile à accomplir une fois que toute la population avait subi un lavage de cerveau, leur faisant croire que les émotions étaient une faiblesse qui devait être éliminée.

Aucune chance de mutinerie quand les citoyens ne pouvaient ressentir la colère ou la passion.

Juste un monde pragmatique dirigé par la raison.

Insipide et ennuyeux.

Ce n'était pas une vie. C'était une peine de prison améliorée pour une éternité de solitude et une existence dénuée de sens.

Les Séraphins n'avaient même pas de famille.

— Ce n'est pas un sùbterfuge, dit lentement Patreel. Vera a vérifié si mes souvenirs avaient été altérés et n'a rien trouvé. Je n'ai jamais su la vérité. Pas jusqu'à présent.

Leela l'examina, les lèvres pincées. Elle revint aux côtés de Balthazar et glissa son bras autour de sa taille pour le garder près d'elle. Elle évaluait si Patreel disait la vérité et se méfiait de cette situation.

Balthazar pensait la même chose. Dian ou Melanythos pouvaient apparaître à tout moment.

En supposant qu'ils avaient placé le traqueur sous surveillance.

Mais ils ne s'étaient peut-être pas encore rendu compte de ce que Patreel avait appris. Et dans ce cas, ils n'auraient probablement même pas envisagé de le suivre. La suspicion était une émotion, après tout. Il leur faudrait des preuves concrètes pour trouver une quelconque logique à faire suivre le traqueur séraphin. Jusque-là, ils n'avaient aucune raison de croire qu'il n'accomplirait pas son travail. Puisqu'il le faisait depuis des millénaires.

Les pensées de Leela rivalisaient avec l'évaluation de Balthazar, mais cela ne la calmait pas du tout.

Elle voulait en savoir plus sur leur histoire, sur la façon dont cela avait pu se produire et sur le moment où Melanythos s'était infiltrée dans la tête de Balthazar.

Il désirait la même information.

— Mes souvenirs d'enfance ici sont liés à des moments d'expérimentation légers, une fois que j'en ai eu l'âge. Je ne me souviens pas non plus du moment où je suis devenu immortel, à part le fait qu'un amant jaloux a été impliqué. Il m'a tué après une nuit au lit avec lui et sa femme. Et je me suis réveillé immortel.

Ce n'était pas une grande histoire.

Balthazar en avait voulu à cet homme, mais il avait été plus intrigué par son nouvel état et avait choisi de profiter de cette seconde chance de vivre plutôt que de se venger.

Bien sûr, ce ne fut pas la dernière fois qu'une personne blessée dans son orgueil l'avait tué pour ses frasques amoureuses. Heureusement, la capacité de Balthazar à contrôler les émotions lui avait permis de perfectionner l'art de jauger ses partenaires et de savoir ce à quoi il devait s'attendre de leur part.

Il ne couchait plus avec des gens agressifs.

Sauf si c'était vraiment nécessaire.

— Je n'ai pas un seul souvenir de Leela ici, poursuivit-il en fronçant les sourcils. Ce qui est étrange, parce que j'ai perçu des flashes à Venise. Et même au Japon.

— Ceux-là sont plus récents, répondit Patreel. Les souvenirs d'ici sont beaucoup trop anciens. Et d'après ce que j'ai compris, Melanythos a ensuite passé plusieurs années avec toi pour manipuler ta mémoire et y implanter un fil sur lequel elle pouvait tirer plus tard si nécessaire. Ça a été fait avec minutie.

— Plusieurs années ? répéta Balthazar.

— Oui, pendant que Leela était en réformation, dit Patreel en lançant un regard à celle-ci. Ton esprit a été altéré après celui de Balthazar, mais il l'a été tout aussi profondément.

— Clairement, dit-elle, pince-sans-rire.

Mais Balthazar ruminait encore le commentaire sur les « *plusieurs années* ».

— Tu veux dire que je *connais* Melanythos ?

Patreel le considéra un instant.

— Oui, je crois bien. À moins qu'elle n'ait aussi modifié les souvenirs que tu as d'elle, mais j'en doute. S'enraciner dans ton histoire lui donnerait un accès immédiat à ton esprit pour toute manipulation ultérieure, ce qui a été requis à plusieurs reprises depuis la première fois, comme je l'ai dit.

Les sourcils de Balthazar se froncèrent.

Il n'aimait pas que *n'importe qui* entre dans son esprit.

Et le fait de l'avoir connue, elle aussi ?

C'était le pompon !

Mais qui était-elle ? se demanda-t-il.

Il se répéta son nom et repensa à cette période de...

Ses sourcils se haussèrent soudain.

— Melanythos...

Le nom ondulait sur sa langue. Ce nom... si semblable à un autre...

— Nythos...

Non, impossible. Cela ne pouvait pas être ça...

Mais la chronologie...

Il ravala sa salive et son regard croisa celui de Leela.

— Décris-moi ta demi-sœur.

Mais il savait déjà que c'était elle. C'était obligé. Sinon, cela n'avait aucun sens.

— Euh... Cheveux auburn. Yeux noirs. Pâle. Un peu plus petite que moi. Plus plantureuse aussi. Et du point de vue de la sensualité, elle tient plus de notre père que moi...

Elle s'interrompit, son expression se durcissant lorsqu'elle vit dans les yeux de Balthazar qu'il réalisait quelque chose.

— Qu'est-ce qu'il y a ? Qu'est-ce qu'elle a fait ?

La mâchoire de Balthazar se crispa, un juron sur le bout de la langue.

Il l'avait vue mourir. Il avait porté son deuil. Il avait *tué* pour elle.

Et tout ça... n'avait été qu'une machination ? Pour manipuler son esprit et lui faire oublier Leela ?

Combien de choses étaient vraies ? L'avait-il baisée comme dans ses souvenirs ? Aidan et Luc avaient-ils vraiment couché avec elle aussi ?

Il serra les poings.

Il avait déjà été trompé auparavant, mais jamais comme ça. Jamais par quelqu'un qu'il avait *aimé*.

À moins que ces émotions n'aient jamais existé non plus.

Ou étaient-elles destinées à Leela ?

— Elle m'a abusé, lâcha-t-il, tentant de répondre à la question de Leela. Elle a même simulé sa propre mort. C'est elle qui nous a appris la différence entre Ichoriens et Hydraiens.

Et il réalisa que cela avait été accompli dans un but précis.

Un but qui le faisait maintenant rire jaune.

Parce que c'était vraiment une brillante mystification.

— Elle nous a appris à tuer les Ichoriens.

Probablement dans l'espoir que lui et Luc utiliseraient ces connaissances pour éliminer certaines *abominations* d'Osiris.

— Elle avait aussi parfaitement calculé son coup. Elle m'a *prouvé* la différence, une fois devenue ichorienne, en me mordant pendant le sexe et en rendant l'âme dans mes bras. Bien sûr, c'est peut-être juste un souvenir qu'elle a implanté puisqu'elle n'a pas pu en mourir. Et me mordre aurait créé un lien...

Il s'interrompit, jetant un coup d'œil à Leela.

— À moins que ça se soit passé avec toi et qu'elle ait juste remplacé ton visage par le sien...

Putain, cela lui donnait un mal de crâne rien que d'y penser.

Mais ça commençait à avoir du sens.

— On a rencontré les autres Hydraiens peu après, car Osiris avait entrepris de les récupérer parmi toutes ses créations ichoriennes.

Et Nythos – *Melanythos* – les avait armés, lui, Luc et Aidan, en leur apprenant la façon de tuer un Ichorien juste avant que cela n'arrive.

Peut-être parce que les Devins les avaient prévenus, elle ou Dian, de ce que prévoyait Osiris.

Quoi qu'il en soit, c'était magnifiquement exécuté.

Et cela aurait pu conduire à un massacre de masse.

Sauf qu'Aidan et Luc avaient été trop fins stratèges pour un plan si simpliste.

Est-ce que les Devins avaient prévu ça aussi ? Avaient-ils joué sur le long terme pendant tout ce temps ?

Il secoua la tête.

— Je dois appeler Luc et lui parler de ça.

— Vera est déjà à Hydria, dit Patreel. Elle y est allée quand je suis venu ici.

Ce n'était pas suffisant. Vera pourrait ne pas savoir comment lui donner ces détails. Et elle pourrait même ne pas lui parler.

— Je connais un endroit pas loin. Une auberge.

Ils auraient un téléphone qu'il pourrait utiliser. Et il avait un arrangement permanent avec la propriétaire.

Ce n'était pas l'une de ses descendantes directes, juste une femme dont il avait connu les ancêtres. Cela ne remontait pas non plus à ses jeunes années. Il avait rencontré cette famille quelques siècles auparavant et revenait régulièrement se recueillir sur leurs tombes quand il le pouvait.

— On n'est peut-être pas en sécurité ici, nota Leela.

— Alors c'est plutôt bien que tu aies des ailes, répondit-il, en faisant glisser son doigt le long de sa colonne vertébrale lorsqu'il relâcha ses épaules. Ça ne sera pas long.

L'incertitude tourbillonnait dans ses iris turquoise, mais l'urgence qu'elle lisait dans son expression la poussa à hocher la tête.

OK, songea-t-elle clairement à son intention.

Il se pencha pour effleurer ses lèvres avec les siennes.

— On n'a pas fini de parler du passé, ma beauté.

— Je sais.

— On va trouver une solution.

Parce qu'il était déterminé à retrouver ses souvenirs. Jusqu'au dernier.

Elle déglutit et inclina le menton en signe d'accord. Mais des murmures d'incertitude rongeaient son esprit, son inquiétude au sujet de la réformation recommençant à peser sur ses pensées.

— Je ne vais pas les laisser t'attraper cette fois-ci, lui jura Balthazar.

C'était une promesse dangereuse à faire, compte tenu de ce qu'ils avaient à affronter, mais il était décidé à mettre fin à ce jeu.

Les Séraphins avaient foutu en l'air son esprit.

Nythos avait détruit sa confiance.

Et la réformation de Leela lui avait brisé le cœur.

Plus jamais ça, promit-il. *Je ne les laisserai plus jamais te toucher.*

Il scella ce vœu silencieux par un autre baiser, ajoutant cette fois un coup de langue passionné contre la sienne.

Peu lui importait que Patreel regarde.

Peut-être qu'il apprendrait quelque chose.

Peut-être qu'il foutrait le camp.

Tout ce qui comptait, c'était Leela et leur connexion bourdonnante.

Et le passé qu'il brûlait d'envie de retrouver.

CHAPITRE 24

BALTHAZAR

LUC SAVAIT EXACTEMENT DE QUOI B VOULAIT PARLER. CE qu'il prouva en répondant au téléphone :

— Patreel t'a parlé de Nythos ?

À partir de là, leur discussion s'emballa et emprunta le long chemin des souvenirs.

Seulement, Vera avait apparemment restauré la mémoire de Luc, lui permettant de raconter à B sa version réaliste des événements.

La relation sensuelle entre Nythos et Balthazar avait été réelle.

Mais ce n'était pas le cas de l'échange de sang.

C'était le plan d'évasion de Nythos, une diversion lui donnant l'occasion de retourner chez les Séraphins.

Elle n'avait pas bu le sang d'Aidan.

Elle n'était pas morte et ressuscitée.

Et Balthazar ne l'avait pas tuée.

Sa mâchoire, qui s'était contractée plusieurs fois au cours de la conversation, lui faisait maintenant mal.

Luc lui expliqua que Leela et Nythos avaient Adonis pour père. Les deux femmes avaient hérité de son don de sensualité, permettant à Nythos de rivaliser avec la grâce de Leela au lit.

D'après ce que Luc supposait, Nythos avait probablement tiré les souvenirs que Balthazar avait de Leela, soit pour les recréer, soit pour les modifier afin de remplacer Leela par Nythos dans certaines interactions.

Donc, même s'il avait couché avec Nythos, ce n'était peut-être pas autant de fois qu'il s'en souvenait.

Ou peut-être autant de fois, mais l'action était toujours basée sur la relation qu'il avait avec Leela.

Dans tous les cas, Balthazar voulait tuer Nythos.

Et tous ceux qui étaient impliqués dans cet enfer mental.

— Comment va Leela ? demanda Luc après un silence de Balthazar.

Il jeta un coup d'œil à la femme en question. Elle était assise au milieu du salon de l'auberge avec un chien de chaque côté d'elle. Manifestement excités de la voir, ils l'avaient presque chahutée à son arrivée. Leela s'était précipitée par terre pour leur dire bonjour, ses préoccupations disparaissant sous le poids des pattes duveteuses et des langues baveuses.

Apparemment, ils lui offraient la thérapie émotionnelle dont elle avait besoin pour sortir le reste de son esprit des griffes de la panique précédente.

— Elle va bien, dit Balthazar en se rapprochant de la porte arrière de la maison.

Patreel avait choisi de rester dehors. Ou peut-être s'était-il volatilisé ailleurs. C'était en partie la raison pour laquelle Balthazar tenait Leela dans son champ de vision, au cas où ils auraient eu besoin de s'échapper rapidement.

Un sourire s'afficha sur les lèvres de celle-ci lorsque le chien au museau le plus court tenta de s'asseoir sur ses genoux. Le boxer adulte, peut-être croisé avec un

Staffordshire terrier, à cause de sa fourrure noir et blanc, devait peser une quinzaine de kilos. Ce n'était certainement pas un chien d'intérieur, mais il semblait bien décidé à réclamer Leela.

Balthazar comprenait ce désir.

Elle avait de belles jambes.

Et elle sentait aussi divinement bon.

— Pour l'instant, elle est assaillie par deux chiens affectueux, ajouta Balthazar.

— Dans la rue ? demanda Luc, perplexe.

— Dans une auberge. La famille Spriggs a adopté de jolis bâtards.

— Ah, répondit Luc en comprenant aussitôt où se trouvaient Balthazar et Leela.

Parce que tous les Anciens connaissaient les Spriggs. Ce n'était pas le vrai nom des propriétaires de l'auberge, mais le surnom de l'un de leurs ancêtres.

Le chien noir et fauve de l'autre côté de Leela s'allongea et posa une patte sur sa cuisse tout en fixant Leela avec de jolis iris caramel.

Des yeux de chiot, songea-t-il en tentant de réprimer un sourire, malgré la colère qui tonnait encore dans ses veines.

Peut-être qu'un peu d'amour de la part de ces peluches l'aiderait à se calmer, lui aussi.

— Je devrais y aller, dit-il à Luc. On ne va pas rester ici longtemps.

— Ça paraît sage. Recontacte la base dans six heures. Je te tiendrai au courant de tout ce qui se passe ici.

Luc raccrocha le téléphone avant que Balthazar ne puisse accepter l'horaire.

Les appels toutes les douze heures étaient plus faciles à gérer. Mais si Luc voulait discuter dans six heures, cela signifiait qu'ils étaient sur le point de terminer les protections.

Un poids tomba des épaules de Balthazar. Hydria lui manquait. Sa maison. Son *lit*.

Hmm, il avait hâte de voir Leela dans ce lit. Attachée. Mouillée. Le suppliant de la baiser.

Cela lui rappellerait-il plus de souvenirs, ou cela en créerait-il simplement de nouveaux ?

Un rire s'échappa de la bouche pulpeuse de Leela, le tirant de sa rêverie érotique. Le boxer essayait toujours de grimper sur ses genoux, au grand dam du chien aux oreilles tombantes qui utilisait sa cuisse comme oreiller pour son museau allongé.

Balthazar s'avança tranquillement vers eux, le téléphone encore en main. Le plaisir dansait dans les yeux de Leela et s'accordait à ses pensées, ce qui fit sourire Balthazar.

Le bonheur la rendait encore plus rayonnante. C'était une femme qui méritait de sourire, de rire, de profiter de la vie. Son existence avait été assombrie par d'interminables manipulations cruelles.

Et cette noirceur s'était également infiltrée en lui, raillant ses souvenirs et son esprit en supprimant cette délicieuse créature de ses pensées.

Qui seraient-ils aujourd'hui si le Conseil ne les avait pas séparés ?

Des compagnons liés ? À moitié liés ? Pas liés du tout ?

Est-ce que Leela l'avait mordu dans l'unique but de salir sa lignée ? Ou avaient-ils été amoureux ?

Elle eut un nouveau rire lorsque le berger allemand aux oreilles tombantes se redressa pour lui donner un coup de langue inattendu sur le menton.

Le sourire de Balthazar s'élargit en voyant et en entendant sa joie.

Sublime, s'émerveilla-t-il, presque hypnotisé par sa beauté.

Mais il voulait lui aussi l'embrasser.

Sur les lèvres.

Il s'approcha encore d'elle et se pencha pour réclamer sa bouche, lui disant avec sa langue qu'il ne lui en voulait pas pour tout ce qui s'était passé et qu'il ne désirait désormais que son bonheur.

Quand il se retira, elle s'accrocha à sa chemise comme si elle avait besoin de lui pour garder son équilibre. Son sourire avait disparu, remplacé par une expression de satisfaction mêlée à du désir.

— Qui sont tes nouveaux amis ? demanda-t-il doucement, sentant le museau de l'un d'eux contre sa joue.

Les halètements joyeux avaient cédé la place à des reniflements tandis que les deux chiens évaluaient le caractère et les intentions de Balthazar.

Les iris de Leela s'illuminèrent et ses lèvres se retroussèrent en un autre sourire époustouflant.

— Voici Bella, dit-elle, sa main caressant doucement le pelage velouté du boxer noir et blanc. Et ça, c'est Lola.

Son autre main se posa sur la tête de l'animal duveteux aux oreilles tombantes.

— Bella et Lola, répéta-t-il en s'accroupissant devant Leela et en se positionnant légèrement plus bas que les chiennes.

La position debout aurait été plus intimidante, puisque son mètre quatre-vingts dépassait largement leurs petits gabarits, même si elles étaient montées sur le canapé.

Lola lui jeta un regard marron clair dans lequel rayonnait l'incertitude. Mais Bella s'élança aussitôt sur lui, son museau plus court armé et prêt à revendiquer son visage par des coups de langue chahuteurs.

Il attrapa l'animal, qui était plus gros qu'il ne le pensait, en fait plus proche des quarante kilos de muscles, et le laissa se délecter de lui pendant un instant.

Lola était moins enthousiaste, mais lui donna un petit coup de museau pour l'autoriser à gratter la fourrure douce et duveteuse derrière ses oreilles.

— Ah, vous êtes là, toutes les deux ! s'exclama une voix féminine en bulgare. Arrêtez de sauter sur mes hôtes.

— C'est le genre d'agression que j'aime plutôt bien, répondit-il dans la même langue. Des coups de langue pleins d'amour et de dévotion.

Et oui, il y avait évidemment un sous-entendu, qu'il transmit par un regard à Leela. Mais elle était concentrée sur la créature poilue à ses côtés.

Cependant, elle l'avait entendu parce qu'elle avait traduit une partie de ce qu'il avait dit dans ses pensées, suggérant qu'elle parlait au moins un peu le bulgare, ou peut-être une autre langue slave proche.

— Monsieur B, le salua madame Spriggs, son sourire remontant jusqu'à ses yeux noirs. Votre chambre est prête. Mais les petits monstres restent ici.

— Je ne suis pas certain qu'ils laisseront Leela partir, songea-t-il à voix haute, alors que Lola donnait à sa déesse un gros baiser sur le nez.

Leela répondit en riant et en ébouriffant les oreilles de l'adorable chienne. Bella donna un coup de museau sur la main de Balthazar, lui demandant de la caresser davantage. Il accéda à sa demande tout en informant madame Spriggs qu'ils monteraient dans quelques minutes. Elle leur laissa la clé, en disant qu'elle était trop fatiguée pour rester debout et qu'ils devaient faire comme chez eux.

Balthazar la remercia une nouvelle fois, puis offrit à Leela sa version du paradis pelucheux.

— Tu as un animal de compagnie ? lui demanda-t-il après quelques minutes de câlins avec Bella et Lola.

Leela secoua la tête.

— Je ne reste jamais assez longtemps au même endroit pour en avoir un. Et toi ?

— Non. Mais quelques-uns des Hydraiens ont des chiens et des chats. Lara les aide à maintenir leur longévité. D'ailleurs, elle a un chat, Cabriole, qui a presque quarante ans maintenant.

Le félin tigré était connu sur l'île pour s'approprier tous les lits du quartier résidentiel, dont beaucoup n'étaient pas prévus pour lui. Mais tout le monde savait qu'il ne fallait pas la déplacer.

— Lara, la guérisseuse ? demanda Leela.

— Elle-même.

C'était une Hydraienne récente, mais très utile. Et Leela en savait quelque chose puisque c'était elle qui l'avait récemment guérie.

— Je n'étais pas sûre s'il y en avait une autre. Lara est un nom courant.

— Ces temps-ci, convint-il. Mais nous n'avons pas accueilli beaucoup d'Hydraiens récemment.

— C'est vrai.

Elle se pencha pour embrasser Lola entre les oreilles.

— Tu es un bon toutou, roucoula-t-elle.

Puis elle regarda Bella et dit :

— Et toi aussi !

Les deux chiennes buvaient ses paroles, mais elles finirent par rejoindre leurs lits respectifs dans le salon pour faire une sieste.

Balthazar considéra cela comme un signal et tenta d'éloigner Leela, même si elle semblait parfaitement satisfaite de les regarder.

— J'ai pris une chambre, lui dit-il tranquillement. Mais on ne va pas passer la nuit ici.

C'était trop risqué de rester dans le coin. Mais il avait

voulu dédommager madame Spriggs pour lui avoir permis d'utiliser son téléphone.

Malheureusement, c'était aussi pour cela qu'ils devaient partir : la ligne fixe pouvait être mise sur écoute beaucoup trop facilement.

Et Patreel était toujours dehors, ce que Balthazar savait puisqu'il entendait encore ses pensées. Il avait volé autour de la maison sous sa forme éthérée, tout en méditant ce qu'il avait appris sur Osiris, les émotions et la réformation.

Leela jeta un dernier coup d'œil mélancolique aux chiennes avant de se lever discrètement et de croiser son regard. Son expression rêveuse devint plus ferme alors que la détermination prenait le pas dans ses pensées.

La séance de câlins lui avait rendu les idées claires et lui avait accordé un moment pour penser et digérer tout ce qu'ils avaient appris. Ce qui lui avait permis d'arriver à une conclusion.

— Je veux qu'on retrouve notre mémoire, dit-elle doucement, mais avec une conviction qui résonnait dans son esprit. Je sais que ça impliquera certainement de se rappeler aussi les horreurs de la réformation. Mais c'est un prix que je suis prête à payer pour me souvenir de toi.

D'un certain côté, il voulait s'opposer à cette décision, car il s'inquiétait de la façon dont l'esprit de Leela réagirait face aux traumatismes de son passé.

Mais il n'avait pas à choisir pour elle. Et il respecterait toujours cela, quel qu'en soit le prix.

— Très bien. Alors, on va avoir besoin de Vera, dit-il.

Parce qu'il voulait aussi récupérer leurs souvenirs. Leela ne retournerait pas dans le passé toute seule. Il serait à ses côtés à chaque étape.

— Ou tu pourrais la mordre, leur dit Patreel en apparaissant sous sa forme corporelle.

Les chiens se réveillèrent aussitôt, redressant leurs

oreilles pour déterminer l'origine de la voix. Lola repéra l'ange en premier, releva la tête, puis tout son corps, et se mit sur la défensive.

Balthazar savait depuis longtemps qu'il fallait écouter l'instinct des animaux. Ils interprétaient généralement les situations avec justesse et efficacité.

— Si j'ai appris quelque chose, c'est qu'un lien du sang représente la magie la plus puissante de toutes. Utilisez-le pour libérer vos esprits, suggéra Patreel, provoquant un grognement de la part de Lola.

Bella se mit également en état d'alerte, notant la position de l'ange à côté de Leela.

— Je pense qu'elles sont en train de me dire de partir, poursuivit Patreel. Je ferai ce que je peux pour dérouter les autres, mais je vous conseille de ne pas rester ici plus longtemps.

Là-dessus, il disparut, juste au moment où les chiennes s'avançaient vers lui.

Elles se figèrent toutes les deux, regardant autour d'elles, et Leela les apaisa rapidement.

Mais Balthazar restait immobile en réfléchissant à ce que Patreel venait de dire. Il avait parlé avec détachement, comme si sa suggestion ne changerait pas leur vie à tout jamais.

Ou tu pourrais la mordre.

Un lien du sang représente la magie la plus puissante de toutes. Utilisez-le pour libérer vos esprits.

C'était extrêmement percutant. Mais cela les lierait aussi pour l'éternité. Une chose que Leela avait clairement sue quand elle l'avait mordu la première fois.

Mais est-ce que Balthazar voulait cela ? Était-ce une chose qu'ils désiraient tous les deux ? Une relation monogame pour… l'éternité ?

Il était concevable que le lien du sang puisse leur montrer la vérité.

Un risque.

Un grand saut dans le vide.

Une décision potentiellement catastrophique.

Et si, en se liant, on découvrait qu'elle ne m'a mordu que pour se cacher de Dian ?

Balthazar fronça les sourcils. Ça ne semblait pas plausible. Leela n'était pas du genre intéressé. Elle n'aurait pas utilisé Balthazar pour se dissimuler ou masquer sa lignée. Elle se serait battue jusqu'au bout.

— B ? demanda Leela, son ton suggérant qu'elle l'avait appelé plus d'une fois.

Il cligna des yeux. L'aura de Leela irradiait l'inquiétude alors que son esprit confirmait qu'elle avait essayé de lui parler de ce que Patreel avait dit. L'incertitude résonnait dans ses pensées et des questions similaires traversaient son cerveau au sujet du risque d'un lien.

Nos souvenirs en valent-ils la peine ?

La monogamie forcée conduirait-elle à l'amertume ?

Sommes-nous même capables de ne rester qu'avec l'autre ?

Une partie plus douce de l'esprit de Leela murmura : *oui*.

Et Balthazar sentit une lueur de compréhension parcourir tout son être, rayonnant d'un endroit inaccessible au plus profond de lui.

Il se frotta le torse, ne sachant pas s'il appréciait la sensation ou s'il la détestait.

— B ? répéta Leela.

— Je veux retrouver mes souvenirs, dit-il, faisant écho à sa précédente déclaration. Mais on ne peut pas encore retourner à Hydria.

Ce qui voulait dire qu'ils devaient patienter pour parler à Vera. Parce que sa présence et son expertise étaient plus nécessaires là-bas qu'ici. Une fois que les protections d'Hydria seraient renforcées, ils pourraient y retourner. Il faisait toujours passer la sécurité des autres avant ses propres besoins.

— Nos souvenirs devront attendre, conclut-il.

— Pas tous, répondit Leela, ses doigts glissant le long de son bras jusqu'à sa main. Il y en a quelques-uns dans ma tête que je peux partager...

Elle ne finit pas sa phrase, mais le reste résonna entre eux.

Le Brésil.

Parce qu'elle possédait tous ces souvenirs.

Ou on pourrait les recréer, ajouta-t-elle dans un murmure mental qui n'était destiné qu'à lui.

Il enlaça ses doigts avec les siens, son autre bras entourant sa taille. Il avait déjà payé pour la chambre. Madame Spriggs noterait qu'il ne l'avait pas utilisée, mais elle ne poserait aucune question. Ce qui signifiait qu'ils n'avaient plus rien à explorer ici.

Et tout à découvrir au Brésil.

— Je veux tout savoir, Lee, chuchota-t-il, rapprochant ses lèvres de son oreille. Dans les moindres détails.

S'ils devaient se distraire, ils allaient le faire correctement.

— Volatilise-nous, ma beauté, dit-il en la serrant plus fort. Et montre-moi tout.

CHAPITRE 25

LEELA

LA LUNE SE REFLÉTAIT DANS LA MER, CRÉANT UNE LUEUR presque mystique tandis que les vagues roulaient sur le sable.

Leela entrelaça ses doigts avec ceux de Balthazar, lui racontant la façon dont il l'avait abordée sur cette plage. Ils avaient pris un verre ensemble, des cocktails fruités qu'il avait commandés, avant de se lancer dans une joute verbale pleine de sous-entendus.

— Tu étais très confiant, lui dit-elle en le conduisant à l'endroit où il l'avait embrassée. Je t'ai demandé si ta stratégie consistait à poser quelques questions innocentes, à feindre l'intérêt et à utiliser l'information ensuite pour décupler le charme.

— Et je t'ai dit que je n'en avais pas, répondit-il en la contournant pour la prendre par la hanche et interrompre leur marche en lui faisant face.

— Tu t'en souviens ?

Il secoua la tête, ses épais cheveux bruns retombant sur son front de manière élégante.

— Non, je ne m'en souviens pas. C'est juste ce que je répondrais.

Son autre main s'enroula autour de sa nuque, son pouce effleurant la veine de son cou.

— Je te dirais que je n'ai pas besoin de stratégie.

— Ah oui ? demanda-t-elle en répétant volontairement ce qu'elle avait répondu ce jour-là, curieuse de voir s'il réagirait de la même manière. Et pourquoi ça ?

La main sur sa hanche glissa jusqu'à ses fesses pour l'attirer à lui.

— Parce que je n'en ai pas besoin, ma chérie, murmura-t-il, répondant quasiment la même chose que ce jour-là.

L'air entendu dans le regard de Balthazar lui indiquait qu'il savait déjà ce qui allait suivre.

Et elle ne fut pas déçue : ses lèvres assaillirent les siennes avec une audace comparable à celle de ce jour-là, faisant jaillir de nouvelles étincelles de chaleur dans les veines de Leela.

Elle gémit contre lui, lui rendant sans aucun embarras son étreinte tandis que la langue de Balthazar prenait lentement le contrôle de sa bouche.

Sans précipitation.

Sans gourmandise.

Le baiser d'un homme patient s'assurant que sa partenaire en profitait aussi pleinement.

Il prit son temps pour mémoriser chacune de ses réactions, son pouce se posant contre son cou pour palper son pouls.

Elle fondit carrément contre lui, tout comme elle l'avait fait ce jour-là.

Puis elle lui raconta en pensée ce qui s'était passé ensuite : il l'avait emmenée de l'autre côté de la plage, où Luc avalait des shots à l'érable. Leela en avait pris un des mains d'une femme dont elle ne se rappelait plus le nom, ce qui n'était pas important, avant de demander à Balthazar de la retrouver plus tard.

Il avait répondu à sa requête en capturant son attention au bar de l'hôtel.

Tu m'as demandé si je voulais inviter l'autre homme à jouer avec nous et tu as commencé à me dévorer devant lui.

Balthazar sourit contre sa bouche.

— Comme ça ? l'interrogea-t-il avant d'approfondir leur baiser jusqu'à une folie brûlante qui la laissa étourdie entre ses bras.

Pas aussi intense que ça, admit-elle. *Mais ne t'avise pas d'arrêter.*

Bien sûr, il ne tint pas compte de l'avertissement, préférant se retirer juste assez pour lui adresser un sourire.

— Ensuite, que s'est-il passé ?

Elle avait presque envie de ne pas lui dire.

Sauf que lui raconter la mènerait exactement là où elle voulait en arriver.

— Nous sommes allés danser, chuchota-t-elle.

Cela avait été l'une des soirées les plus érotiques de son existence.

Peut-être même la plus érotique.

Et elle avait souvent rêvé de chaque détail depuis cette nuit-là.

— Montre-moi, Lee.

Les mots sonnaient comme une douce séduction dans l'air de la nuit, faisant remonter une vague d'excitation le long de sa colonne vertébrale.

Parce que c'était exactement ce qu'elle voulait : tout oublier. Le passé. L'avenir. Profiter simplement de quelques moments de bonheur dans le présent avec l'homme qui lui avait permis de ressentir des choses que personne d'autre n'avait réussi à lui faire connaître.

Un bref baiser de la vie.

Une expérience soulignée par la chaleur et la passion.

Une évasion dans l'obscurité de l'oubli.

Elle pressa ses lèvres au bord des siennes, puis attrapa la main sur ses fesses et virevolta hors de ses bras. Il permit cette dérobade fluide, son amusement projetant une chaleur palpable dans le sillage de Leela alors qu'elle le guidait vers l'un des bars extérieurs de l'hôtel.

Vers la piste de danse sur laquelle ils avaient joué il y a des mois.

Une nouvelle foule les accueillait cette fois et leur désir faisait l'effet d'un nuage enivrant qui réveillait des souvenirs brûlants et stimulait chacun de ses nerfs.

Il y a plus de gens ici ce soir, l'informa-t-elle. *Il fait aussi plus chaud.*

La dernière fois, c'était l'hiver dans cet hémisphère. Mais à cet instant, la chaleur de l'été caressait l'air, laissant derrière elle un doux baiser sur sa peau.

Elle regretta de porter une robe à manches longues sous ce climat. La noire qu'elle avait cette première nuit, plus courte, aurait été vraiment plus appropriée.

Leela lui décrivit longuement la tenue, ainsi que l'ensemble jean-chemise dont il était vêtu.

Balthazar passa son bras autour de sa taille, l'éloignant de la piste de danse et l'entraînant dans un coin plus sombre, sous un palmier. La musique n'était pas aussi forte, mais le rythme séduisant résonnait dans l'air, incitant le cœur de Leela à danser.

— Ne bouge pas, lui dit-il à l'oreille, son torse contre son dos.

Puis sa chaleur s'évanouit et sa main quitta la sienne.

Elle fronça les sourcils. *Quoi ?*

Un bruit retentit plus bas lorsqu'il déchira l'ourlet de sa robe jusqu'à sa hanche. Jetant un coup d'œil derrière elle,

elle le vit à genoux, portant son attention sur la couture opposée.

Un autre déchirement suivit.

Et l'air tropical caressa ses cuisses nues.

— C'est mieux ? demanda-t-il, toujours accroupi derrière elle.

Oui.

Le tissu dansait maintenant autour de ses mollets dénudés et se séparait de manière aguicheuse lorsqu'elle se trémoussait.

Elle avait abandonné ses bottes quelque part sur la plage, parce qu'elle voulait sentir le sable entre ses orteils. Tout comme Balthazar s'était débarrassé de sa veste de sport, ne gardant que son pantalon et sa chemise. Il avait retroussé ses manches jusqu'aux coudes, exposant ses avant-bras athlétiques.

Ils étaient tous deux prêts à danser.

Je portais des talons aiguilles ce soir-là, lui dit-elle. *Mais je peux aussi bien danser pieds nus.*

Du moins, en espérant qu'il n'y aurait rien de tranchant ou de glissant sur la piste de danse.

Balthazar attrapa ses hanches avant qu'elle ne puisse quitter le sable et pressa son corps contre le sien une fois qu'il fut debout.

— Dansons plutôt sur la plage, suggéra-t-il en retirant ses chaussures et ses chaussettes. À moins que tu ne puisses pas suivre le rythme dans le sable.

La raillerie alluma un incendie dans l'âme de Leela.

— Tu n'as aucune idée de ce que je peux faire, B.

— Alors, montre-moi, beauté. Fais de ton mieux.

Il lui mordilla le lobe de l'oreille. Pas brusquement, mais juste assez pour la taquiner.

Les lèvres de Leela se retroussèrent. Balthazar lui avait

dit exactement la même chose ce soir-là. Juste avant qu'elle ne le baise sur un tabouret de bar.

— Hmm, c'est ce qui vient après ? demanda-t-il, sa bouche toujours collée à son oreille. Où a-t-on baisé ?

— On a d'abord dansé.

Puis il l'avait fait jouir devant la foule.

— Ensuite, on est allés au bar abandonné là-bas. Plusieurs personnes nous ont regardés.

Cela avait été une sensation vraiment intense d'avoir tous ces regards envieux sur eux.

Le sexe et le désir avaient fait bourdonner l'air, appelant son âme de Séraphin.

Tout comme maintenant.

Sauf que cela semblait tellement plus intime qu'avant. Parce que Balthazar était dans sa tête, écoutant ses envies les plus profondes. Il pouvait anticiper chacun de ses mouvements, connaissait tous ses désirs et lisait son corps presque aussi bien que ses pensées.

— Tu aimes quand on t'observe.

Ce n'était pas une question. Ses mains se saisirent de ses hanches, la faisant tourner sur elle-même avant qu'elle ne puisse répondre.

Non pas qu'elle en ait besoin : il connaissait déjà la vérité.

L'exhibitionnisme lui avait toujours plu. Le voyeurisme aussi. Cela dépendait juste de la situation. Elle vivait l'instant présent, se laissant aller à l'atmosphère que l'univers avait créée pour cette minute précise.

Les lèvres de Balthazar effleurèrent les siennes, son regard contenant mille promesses pécheresses. Sans lui demander si elle était prête à danser, il se mit juste à se mouvoir.

Et elle suivit chacun de ses pas, chacun de ses tournoiements.

Les rythmes sensuels venant de la piste de danse résonnaient autour d'eux, la musique plus douce que lors de cette précédente nuit, mais tout aussi puissante.

Leurs mouvements correspondaient à l'intention de la chanson, le désir rendant l'air déjà chaud plus torride. Balthazar cambra Leela dans une position telle que la pointe de ses longs cheveux blonds effleura le sable. Puis il la redressa pour la faire tournoyer et la rattrapa adroitement par les hanches.

— Danser, murmura-t-il, ses lèvres effleurant les siennes, c'est le genre de préliminaires que je préfère.

Pressant ses hanches contre les siennes, le renflement impressionnant entra en contact avec le bas de son ventre. Puis ils s'envolèrent à nouveau sur la plage, leurs pieds les portant aussi habilement que ses ailes.

Elle lui raconta qu'il avait glissé sa main sous sa jupe la dernière fois, la caressant jusqu'à l'orgasme devant tout le monde. Mais plutôt que de répéter l'acte, il continua à danser avec elle, faisant durer le moment, prolongeant son attente et la laissant se demander ce qu'il ferait ensuite.

Elle avait partagé ce souvenir.

Recommencerait-il ?

Ou en créerait-il un nouveau ?

Son regard étincelait dans la nuit, les secrets dans sa tête lui donnant une lueur séduisante qu'elle voulait explorer. Mais il ne laissa rien paraître pendant qu'il la faisait tournoyer jusqu'à l'oubli, son corps ferme se pressant contre le sien avec une grâce érotique qui enflamma son sang.

Elle se prêta au jeu, se servant de certains de ses propres mouvements pour ajouter à la connexion : un déhanchement ; un frôlement contre son entrejambe ; un glissement de ses lèvres sur la peau lisse de son cou ou de sa main, selon la position dans laquelle elle se trouvait.

Des badauds avaient commencé à se rassembler autour d'eux, intrigués par ces divinités qui dansaient dans la nuit.

Balthazar la souleva pour l'envoyer dans les airs, la rattrapa avec aisance et renvoya ses cheveux vers le sable. Seulement, quand il la redressa, elle enroula ses cuisses autour de sa taille dans une prise qui exigeait du sexe.

Il la fit basculer en arrière une fois de plus, ses mains effleurant ses flancs, puis la ramena à lui pour presser sa poitrine contre son torse.

— Tu es une déesse, Lee, la complimenta-t-il. Absolument parfaite.

Sa jupe déchirée donnait au public une belle vue sur ses jambes et montrait clairement qu'elle ne portait rien d'autre sous sa robe.

La nudité ne l'avait jamais effrayée.

Le sexe en public l'excitait.

Et se trouver dans les bras de Balthazar... la complétait.

La bouche de l'Hydraien rencontra la sienne, sa langue plongea à l'intérieur pour livrer un duel contre la sienne devant le monde entier. Elle lui rendit son étreinte, ajoutant ses propres mouvements qui auraient mis un homme ordinaire à genoux.

Mais pas B.

Elle gémit lorsqu'il pressa son excitation contre la sienne, son pantalon formant une fine barrière qu'elle avait hâte de retirer.

— Alors, fais-le, dit-il contre sa bouche. Passe ta main et ouvre ma braguette, Lee.

Un frisson parcourut sa colonne vertébrale, provoquant une accumulation de chaleur en elle, la préparant à ce qui allait suivre. Ils pantelaient tous les deux, leur danse se faisant presque aussi exaltante que l'instant présent.

Il y avait tant de regards sur eux, tous curieux de voir ce qui allait se passer ensuite.

Et Balthazar venait d'accepter de leur offrir le spectacle ultime.

Elle glissa sa main entre eux, son pouce déboutonnant son pantalon avec dextérité avant de descendre la fermeture éclair le long de sa tige.

Le bout de ses doigts rencontra une peau lisse et chaude. Elle lui donna une caresse aguicheuse avant de le libérer complètement de son pantalon.

Les muscles de Balthazar se raidirent tandis qu'il continuait à la maintenir en l'air, ses cuisses entourant toujours ses hanches et la laissant entièrement exposée sous sa jupe.

Elle frotta son gland le long de ses plis lisses, le conduisant vers son vagin.

Puis il s'enfonça en elle, la remplissant entièrement et tirant de sa bouche un gémissement strident.

Une montée de désir enivrante s'ensuivit, la foule étant pleinement consciente de ce dont elle était témoin. Balthazar les ignorait, totalement concentré sur elle, mais Leela savait qu'il pouvait ressentir leur passion grâce à ses connexions émotionnelles avec les autres.

Tout comme elle pouvait percevoir leur intérêt.

D'une seule pensée, elle avait la capacité de tous les faire tomber à genoux dans une série d'orgasmes qui leur couperait le souffle. C'était l'un des dons de Leela, sa faculté à évoquer le plaisir sans toucher l'autre personne.

Elle avait utilisé ce talent sur Balthazar au Brésil, mais seulement après l'avoir fait jouir de façon habituelle.

Elle l'avait fait pour lui montrer qui elle était, un moyen de le lui apprendre sans avoir à dire quoi que ce soit.

Pourtant, tous les autres orgasmes entre eux avaient été naturels. Parce qu'il n'avait pas eu besoin de ses talents psychiques, tout comme elle n'avait pas eu besoin des siens.

Ensemble, ils étaient de la dynamite, sans nécessiter cette énergie mystique.

Et là, plutôt que de la baiser, il restait simplement connecté à elle, sa langue glissant sensuellement contre la sienne, la vénérant d'une manière que peu d'autres pouvaient comprendre.

Il prenait toujours son temps, agissant minutieusement jusqu'à la fin. Tant de retenue, de confiance. Un attrait prolongé.

Elle se perdait dans ses bras, dans le contact subtil le long de ses flancs, dans la façon dont son sexe palpitait en elle, dans les tendres coups de langue, dans le grondement d'approbation qui rayonnait entre eux.

Il n'y avait qu'eux sur cette plage.

Les spectateurs n'avaient plus d'importance, leur désir collectif ne faisant qu'ajouter à l'atmosphère, la rendant plus intense et se fondant dans l'environnement sensuel général.

Les mains de Balthazar glissèrent vers son dos, l'une se dirigeant vers ses fesses et l'autre allant s'enrouler autour de sa nuque. Puis il approfondit leur baiser, ses mouvements étaient toujours lents et mesurés, complets et concis, et si parfaits.

Cet homme dévorait et subjuguait ses partenaires par des contacts inattendus et des étreintes patientes. Il savait que le sexe n'était pas seulement une question de pouvoir, mais qu'il fallait aussi comprendre les besoins de l'autre. Il y ajoutait de l'émotion pour créer un mélange enivrant de tendresse et de sexualité qui lui coupait le souffle.

Parce qu'il savait qu'elle en avait besoin ce soir.

Il avait conscience qu'elle voulait qu'il lui fasse l'amour, pas qu'il la baise.

Et c'était exactement ce qu'il faisait avec son corps et son âme.

Ses genoux se plièrent et il la déposa sur la plage, sa force et sa puissance rayonnant autour d'eux alors qu'il exécutait le mouvement avec une grâce infinie. Sa jupe formait une couverture sous elle tandis qu'il s'installait entre ses cuisses, sa main glissant de sa nuque à sa joue.

Elle fixa ses yeux sombres et vit l'émotion qui s'en dégageait.

La connexion entre eux pulsait, la lune les peignant dans une étreinte romantique destinée aux cieux.

Les hanches de Balthazar commencèrent à se mouvoir lentement, faisant glisser son excitation épaisse à travers son fourreau étroit, la pénétrant profondément avant de ressortir et recommencer.

Elle se cambra contre lui, un doux cri de désir s'échappant de ses lèvres. Mais il n'accéléra pas son rythme, s'assurant plutôt qu'elle sentait chaque centimètre qu'il glissait en elle d'un mouvement mesuré.

Elle enroula ses jambes autour de sa taille et la serra alors qu'il la remplissait une fois de plus.

Il l'embrassa encore, cette fois avec détermination, sa langue la cajolant et l'incitant à s'abandonner à lui, à se concentrer uniquement sur lui, à ne faire qu'un avec lui.

Ce n'était pas difficile d'obéir, il disposait déjà de son corps. De toute son existence, elle ne s'était jamais sentie aussi bien, aussi à l'aise, aussi en phase avec un autre.

C'était Balthazar. *Son* Balthazar. Et il savait exactement ce dont elle avait besoin.

Son pouce effleura la pommette de Leela avant de glisser vers son cou et sa poitrine. Il fit rouler son téton raidi entre ses doigts, envoyant des vibrations dans tout son corps. Un toucher si simple et pourtant indéniablement érotique.

Elle soupira, ses hanches rejoignant les siennes, son corps se fondant dans le sable sous lui.

Il donna une brusque poussée, frappant ce point au plus profond d'elle et provoquant un son aigu dans sa gorge. Il l'avala d'un coup de langue avant de ramener Leela dans un état délirant de sombre sensualité.

Elle fit remonter ses ongles le long de son dos, le bout de ses doigts se délectant des muscles sous sa chemise et désirant caresser la peau soyeuse en dessous. Mais il y avait quelque chose d'indiscutablement excitant à baiser tout habillé.

Sur une plage publique.

Entourés de spectateurs.

C'était un moment parfait. Un souvenir encore meilleur que celui d'avant. Et elle en savourait pleinement la beauté.

— Tu es parfaite, murmura Balthazar, ces louanges allant droit au cœur de Leela. Tout en toi est parfait.

Son baiser devint fusion, la passion vibrant de toute sa force entre eux alors que le rythme de leurs hanches s'accélérait subtilement.

Certains spectateurs se joignirent à eux, l'électricité dans l'air s'intensifiant au fur et à mesure qu'ils s'adonnaient au spectacle hédoniste sur la plage. Leela gémit, leur sensualité exposée offrant à ses sens un aphrodisiaque.

Peut-être Balthazar leur avait-il donné un petit coup de pouce avec son pouvoir.

Ou peut-être était-ce l'énergie qu'ils irradiaient qui avait incité les autres à jouer.

Elle n'y pensa pas plus longtemps, cessant d'analyser comment cela s'était passé. Elle savoura juste le charme sexuel de la nuit.

— Plus fort, lui dit-elle.

Il accéda à sa demande, son corps exsudant la force et la grâce alors qu'il la pénétrait.

Les autres suivirent le mouvement, la chaleur devenant un envoûtement puissant.

Elle ne savait pas du tout combien de personnes les avaient rejoints sur la plage. Elle s'en fichait. Les odeurs et les sons roulaient avec les vagues, droguant ses sens et la noyant dans une mer d'ignorance béate, guidée par Balthazar.

Il la submergeait de sensations avec un contrôle inébranlable.

Et elle se pliait à ses moindres caprices, son corps étant son jouet et son plaisir.

Sa main quitta sa poitrine, glissant entre eux avec la claire intention de palper son clitoris.

Non pas qu'elle ait eu besoin de sa permission ou de sa douce persuasion.

Elle était déjà presque prête sans cela, ses cuisses se crispant sous l'assaut de l'oubli orgasmique qui les entourait et de la puissance de ses hanches contre les siennes.

Un profond tremblement s'intensifia en elle, se propageant dans tous ses membres pour atteindre ses terminaisons nerveuses, de petites décharges électrisantes faisant tressaillir son corps d'excitation.

— Je veux t'entendre crier mon nom, Lee, dit-il en effleurant sa lèvre inférieure avec ses dents. Je veux te voir jouir, encore et encore, et te sentir étreindre ma queue. Ensuite, je vais me vider en toi et recommencer. Toute la nuit. Ici, sur la plage. Ou dans une chambre. Où que tu veuilles aller. Mais je ne m'arrêterai qu'à l'instant où tu t'évanouiras sur ma bite.

Le cœur de Leela fit un bond, ses paroles lui offrant l'aphrodisiaque dont elle avait besoin.

— Balthazar...

Elle prononça son nom dans un doux plaidoyer, ses

poumons brûlant parce qu'elle avait oublié comment respirer.

Le monde s'était mis à se mouvoir autour d'elle, clignotant dans des nuances de noir et de blanc alors qu'un baiser ravageur se répercutait le long de sa colonne vertébrale jusqu'entre ses cuisses.

Son esprit se vida.

Sa vision cessa de fonctionner.

Et l'extase l'engloutit tout entière, la transformant en un être de sensations et d'émotions, et rien d'autre.

Elle la traversa, capturant chaque neurone et revigorant son esprit.

Juste pour l'envoyer atteindre les étoiles dans le ciel, dans un moment cataclysmique d'euphorie totale.

Son corps entier tremblait, jusqu'à son âme.

Chaud, intense, explosif. *La paix.*

Cela bouscula ses sens, oblitérant le monde pendant un bref instant, tandis que Balthazar continuait à la pénétrer, l'entraînant vers les sommets et prolongeant son orgasme jusqu'à l'impossible.

Mais avec lui, tout était possible.

Et il le prouva en la faisant chavirer dans un second orgasme presque aussi intense que le premier et en annihilant sa capacité à se concentrer sur autre chose que les sensations qu'il déchaînait en elle.

Il la remplissait si totalement, si parfaitement, si intensément.

Ce souvenir reléguait dans l'ombre ceux du Brésil, plaçant la barre encore plus haut et leur donnant un nouveau degré d'accomplissement à atteindre.

Ce que Balthazar s'efforcerait sûrement de faire.

Et elle accueillerait chaque défi qui suivrait.

La bouche de Balthazar recouvrit la sienne, sa langue exigeante l'attirant vers lui alors qu'il commençait à pulser en elle, sa semence laissant une marque ardente qu'elle garderait pour l'éternité.

Parce qu'il lui appartenait comme personne d'autre.

Son demi-compagnon.

Elle percevait maintenant le lien, cette puissante attraction qui l'attirait vers lui comme s'ils étaient arrimés l'un à l'autre par une corde éthérée. C'était une partie d'elle profondément ancrée qu'elle n'avait jamais explorée. Mais sachant désormais qu'elle existait, elle ne pouvait pas la laisser s'échapper.

Balthazar l'avait embrassée pendant tout son orgasme et son dernier gémissement vibra contre sa poitrine, l'intensité irradiant les moindres recoins de son être.

Le plaisir se répercuta autour d'eux, d'autres jouirent en même temps, comme s'ils étaient contraints de suivre Leela et Balthazar dans l'oubli érotique.

— Volatilise-nous, dit-il d'une voix profondément sensuelle à son oreille. Volatilise-nous dans une chambre pour qu'on puisse finir ça convenablement.

Seuls, interpréta-t-elle.

Il aimait jouer autour des autres, provoquer des orgies et se livrer à des rapports sexuels en groupe. Mais il ne voulait plus la partager ce soir. Elle pouvait le sentir dans la façon dont son corps recouvrait le sien et dans l'énergie protectrice qui irradiait de son esprit alors qu'il revendiquait l'âme de Leela.

Elle comprit parce qu'il était tout autant à elle.

Ils avaient partagé assez de choses avec le monde. Ils leur avaient fait cadeau du plaisir et de l'excitation.

Maintenant, ils allaient continuer cette danse en tête-à-tête.

Dans la chambre où il l'avait emmenée il y a des mois.

Ici même, au Brésil.

Chapitre 26

Balthazar

Leela... Ses lèvres et sa langue étaient des créations divines qui méritaient d'être vénérées. La façon dont elle caressait la verge de Balthazar en longs mouvements langoureux faisait se contracter ses abdominaux dans la sombre attente de sa libération.

Et ces yeux... *Bon sang !*

Il adorait l'étincelle de péché dans ses jolis iris. Elle le rendait fou et le sourire dans son regard disait qu'elle en avait aussi conscience.

Des tractions lentes et voluptueuses.

Une succion de toute beauté.

Un tour de langue talentueux.

Il gémit et ses mains attrapèrent les cheveux de Leela pendant qu'il s'abandonnait à son rythme et la laissait le mener à l'extase.

Ils avaient perdu leurs vêtements depuis des heures. Leurs sens se délectaient alors du contact de leurs peaux et leurs bouches exploraient chaque parcelle de l'autre.

Le temps s'était arrêté pour eux.

Leurs inquiétudes s'étaient envolées.

LEXI C. FOSS

Parce que seules comptaient l'intimité de leur connexion et la recherche de leur passé.

Balthazar ne se souvenait toujours pas du Brésil, mais il faisait confiance à Leela pour le guider, pour partager les moments qu'il brûlait d'envie de connaître.

Au même instant, elle lui montra ce qu'elle avait fait avec sa bouche à l'époque. Sauf qu'elle n'était pas en train de le mener à l'orgasme comme il savait désormais qu'elle pouvait le faire. Elle lui apportait plutôt du plaisir par ses seules aptitudes sensuelles.

Il expérimenterait les pouvoirs de son ange plus tard, pour en savoir plus sur la lignée familiale dont ils étaient issus. Sans doute le côté d'Adonis, un détail sur Leela qu'il avait appris de Patreel.

Ou peut-être que ses pouvoirs étaient un mélange des deux lignées.

— Leela, appela Balthazar alors que son gland s'enfonçait jusqu'au fond de sa gorge.

Elle réclamait son attention, sa bouche exigeant qu'il se concentre sur les soins prodigués par sa langue.

Cette femme se montrait à la hauteur de la déesse qu'elle était, le poussant à bout avec l'habileté d'un être supérieur. Il s'accrocha plus fort à ses cheveux et ses abdominaux se contractèrent tandis que les joues de Leela se resserraient autour de lui, exigeant qu'il jouisse fort en elle.

Il n'était pas du genre à décevoir une partenaire et n'allait certainement pas se retenir avec elle.

Leela enfonça ses ongles dans les cuisses de Balthazar et serra ses jambes avec un désir qu'il pouvait goûter dans l'air : elle était excitée par la fellation.

Et elle voulait qu'il explose dans sa jolie petite gorge.

— Avale, Lee, lui dit-il d'une voix rendue rauque par le sexe. Avale et tu seras récompensée.

Le défi et la volupté dansaient dans le regard de sa déesse, produisant l'effet d'un baiser érotique qui le fit basculer dans la décadence de l'oubli.

Sa bite palpitait dans sa bouche, l'orgasme parcourant ses veines comme la lave d'un volcan. C'était intense, étourdissant et tellement sexy.

La langue de Leela caressait le dessous de son sexe tandis que sa gorge se resserrait autour de son gland, avalant chaque goutte pendant qu'il s'épuisait en elle.

Elle avait perfectionné l'art de la fellation, mettant la barre si haut que personne d'autre ne pourrait l'atteindre du vivant de Balthazar.

Et il avait l'intention de lui rendre la pareille.

— Je vais te dévorer, jura-t-il dans un faible grognement d'approbation.

Elle répondit par une autre succion qui lui fit voir des étoiles, son pouvoir s'enflammant pour l'obliger à éjaculer une nouvelle fois.

Il lâcha un juron et sa tête retomba sur les oreillers dans un cri où se mêlaient plaisir et douleur. Il était trop tôt pour jouir encore et pourtant...

— Merde...

Elle l'avait obtenu par la force, mais le ravissement se répandit dans le corps de Balthazar, le laissant éreinté sous elle. Ses doigts accrochés à ses cheveux étaient tout ce qui le maintenait sain d'esprit face à cette débauche de couleurs sensuelles et au picotement des charbons ardents.

Son souffle s'arrêta et son cœur s'emballa alors qu'il luttait pour reprendre le contrôle de ses pensées.

La bouche de Leela faisait des miracles contre sa peau.

Suçant, mordillant, avalant.

Prolongeant l'intensité et le laissant inconscient sous elle.

Mais une petite lueur attira son attention et il s'y

accrocha, ses doigts se crispant lorsqu'il retira les lèvres de la jeune femme de son pénis pour les diriger vers sa bouche.

Elle eut un ronronnement approbateur, confirmant ce qu'il savait déjà : son Séraphin aimait les dominateurs au lit.

Il la fit basculer sur le dos et se plaça sur elle.

— Les mains au-dessus de la tête, exigea-t-il. Et ne bouge pas.

— C'est ce que je t'ai dit sur le tabouret, murmura-t-elle. Juste avant de te chevaucher.

Elle obéit à son ordre, leva les bras et reposa sa tête sur les oreillers.

— La cavalcade en valait la peine ? demanda-t-il, connaissant déjà la réponse.

Il avait aussi pris le contrôle à ce moment-là, dictant le rythme bien qu'elle se soit trouvée sur lui. Le souvenir fit murmurer une mélopée d'approbation dans la conscience de Leela, indiquant à Balthazar qu'il avait plus que comblé ses attentes, même sans avoir accès à ses pensées.

— Avec toi, ça en vaut toujours la peine, répondit-elle, les promesses provoquant le scintillement de ses iris turquoise.

— Hmm, gronda-t-il, parce que le sentiment était absolument réciproque.

Sa petite déesse créait un tout nouveau terrain de jeu, plein d'opportunités, lui offrant une fraîcheur et un défi sans pareil. Il n'y avait plus de limites, tout était possible et, rien que d'y penser, ses sens furent envahis par la chaleur de l'expectative.

Il pourrait la baiser comme il voulait.

La tester d'une manière impossible pour tant d'autres.

Et elle s'y adonnerait pleinement, en savourerait chaque instant.

Il ne faisait pas dans la douleur. Ni sang ni blessure physique. Mais parfois, le plaisir pouvait aussi faire mal. Comme elle venait de le démontrer avec sa bouche.

Celle de Balthazar se fraya un chemin jusqu'à ses seins et il les adora avec ses lèvres et ses mains en titillant les petits pics rosés. Le regard de Leela était fixé sur lui, des flammes bleues dansant sur le bord de ses iris alors qu'elle admirait la vue.

Il effleura son téton avec ses dents, testant sa réaction.

Les narines de Leela se dilatèrent et ses jambes se crispèrent autour de lui.

Alors, il mordit juste assez pour la pincer.

Elle gémit et son corps se tordit sous l'effet d'un besoin phénoménal.

Il répéta l'acte sur son autre sein, sa langue apaisant la douleur avant de redescendre le long de ses côtes jusqu'à sa hanche. Là, il fit glisser sa langue sur son bassin, donnant à Leela la chair de poule.

— J'aime la façon dont ton corps me parle, Lee.

Son nez effleura son bas-ventre tandis que ses lèvres s'approchaient de la peau lisse de son monticule.

— Tu t'épiles tout le temps ? demanda-t-il alors que le souvenir d'un pubis bien taillé narguait les vestiges de son esprit. Ou tu changes régulièrement d'habitude ?

— C'est selon mon humeur, murmura-t-elle dans un ronronnement guttural. Dernièrement, je préfère l'absence de poils. Mais je suis toujours la mode. Pourquoi ? Tu as une préférence ?

— Tout ce qui te met à l'aise, répondit-il avec sincérité.

Il ne s'épilait pas, mais se rasait périodiquement juste parce qu'il préférait ça.

— Le confort inspire la confiance en soi.

Et c'était sexy chez une femme.

Comme Leela le lui confirmait glorieusement avec son

sourire séducteur et son regard complice. Elle avait l'air d'une déesse dans ce lit, son charisme sensuel encourageant la perversion qui sommeillait en lui.

Tout en elle l'enchantait.

Son esprit.

Ses prouesses.

Ses longues jambes.

Sa peau parfaite, aussi pâle que la porcelaine et si douce.

Ses lèvres pulpeuses.

Cette langue pour laquelle il pourrait se damner.

Cette lueur aguicheuse dans ses iris.

Le doux parfum de son excitation.

Il voulait la dévorer, l'adorer. Recréer tous leurs souvenirs perdus, en concevoir de nouveaux. Explorer toutes les positions possibles et baiser aux quatre coins du monde, tout en provoquant des plaisirs érotiques dans leur sillage.

Une vie parfaite, une liaison torride, un voyage exotique autour du globe.

— J'attends ma récompense, dit-elle d'une voix rauque. J'ai avalé, non ?

— Ma beauté, murmura-t-il, amusé par sa tentative de le contrôler.

Ils savaient tous les deux qu'elle préférait qu'il la domine. Il ne s'agissait pas de perversion brutale ou sadique. Juste un soupçon de pouvoir et de force.

Ce qu'il lui offrit alors en posant ses mains sur ses cuisses pour la forcer à les écarter davantage.

Si souple et agile.

Il le savait déjà, mais cela l'intriguait encore plus. Parce que la liste des positions à essayer avec elle s'allongeait.

Cela leur prendrait un siècle.

Probablement plus.

Certains exercices nécessitaient d'autres participants. Mais la plupart de ses idées n'incluaient que Leela.

C'était nouveau pour lui. Il n'avait pas l'habitude de limiter ses expériences à une seule et unique personne.

Cependant, il aimait plutôt l'idée de garder Leela pour lui, pour le défi que cela représentait. Devenir son seul amant signifiait qu'il devait être assez bon pour cette déesse.

Cela impliquait qu'il la satisfasse sexuellement sans relâche pour maintenir son intérêt.

Aucune erreur, aucune paresse, aucune distraction.

Une situation stimulante destinée à tester les prouesses sensuelles de Balthazar.

Lui suffirait-il ?

Oui, absolument, décida-t-il en se penchant pour insérer sa langue entre ses plis lisses.

— Tu as le goût du sexe, Leela, dit-il doucement, appréciant la saveur de leurs excitations mélangées.

Décadente, délicieuse, parfaite.

Resserrant les cuisses sous ses paumes, Leela laissa échapper un soupir.

Il fit jouer sa langue, l'adorant comme un homme devrait le faire avec des caresses minutieuses et des pressions subtiles. C'était une danse qui exigeait de la patience et la faculté de lire les signaux du corps.

Un peu de tension et des titillations prolongées pouvaient pleinement satisfaire une femme. Et Leela était un chef-d'œuvre qui méritait ses efforts et son dévouement.

Elle se tortilla et gémit, ses doigts glissant dans ses cheveux pour le retenir là où elle en avait besoin. Il lui permit de le diriger juste assez longtemps pour la faire presque basculer, puis il se retira et recommença.

— Balthazar, dit-elle dans un grognement quand il récidiva.

— Fais-moi confiance, répondit-il contre sa chair humide.

Et il se chargea de lui soutirer une troisième fois du plaisir.

Le souffle frustré de Leela lorsqu'il s'arrêta de nouveau produisit un son magnifique qui indiqua à Balthazar qu'ils s'approchaient de leur destination.

Deux fois encore.

Il passa sa langue autour de son clitoris, massa son vagin avec ses doigts et sourit quand un juron haut en couleur s'échappa de sa bouche.

— Arrête de me titiller et baise-moi, exigea Leela.

— Bientôt, promit-il, sa verge ne s'étant pas encore remise de l'extase qu'elle lui avait arrachée avec sa jolie bouche.

Elle répéta son nom et la légère protestation de son ton fit sourire Balthazar.

L'esprit de Leela lui dit que la plupart de ses amants se précipitaient toujours vers la ligne d'arrivée. Mais ce n'était pas le cas de Balthazar. Et ce n'était pas ce qu'elle préférait non plus. Une chose qu'il savait grâce à son corps plus qu'à ses pensées.

Elle est vraiment mon alter ego, s'émerveilla-t-il.

Il l'écoutait analyser chacun de ses mouvements et comprit qu'elle appréciait la patience et la capacité de son amant à faire durer le plaisir.

Leela savait ce qui allait se passer.

Elle pouvait protester contre le procédé, mais elle en adorait la finalité.

Cette vérité se prélassait dans ses pensées pour qu'il l'entende. Cependant, c'était la chair de poule et les frissons qui lui indiquaient qu'il était désormais proche du point de non-retour.

Cette fois, elle allait jouir.

Furieusement.

Il passa alors sa langue le long de ses plis, se délectant de la douce saveur de l'hédonisme entre ses cuisses. Elle avait le goût d'heures de baise bien menées, son corps était un temple qui avait été convenablement vénéré par sa queue et qui en voulait absolument *plus*.

Ce qu'il lui offrit en enroulant ses doigts en elle, caressant cet endroit qui faisait fondre toutes les femmes. Leela n'était pas différente, sa bouche s'entrouvrit pour émettre un gémissement qui vibra jusqu'à son vagin. Il le sentit contre sa langue et la résonance lui fit pousser un grognement en retour.

Cela ne le dérangerait pas de répéter cet érotisme pendant des jours ou des années.

Peut-être même pour l'éternité, pensa-t-il en se rappelant leur demi-lien. *L'ai-je aimée toute ma vie sans le savoir ?*

Elle lui donnait certainement l'impression d'être parfaite entre ses mains, son plaisir lui offrant un aphrodisiaque qui prolongeait l'instant et le rendait presque prêt à recommencer.

Et encore.

Et encore.

Il n'avait jamais connu une telle grâce sensuelle avec un autre être.

Ce qui n'était pas tout à fait vrai. Il en avait déjà fait l'expérience, mais ne s'en souvenait pas. Et puis il y avait eu Nythos...

Combien de ses souvenirs concernaient vraiment Leela et lui ?

S'il la mordait maintenant, le découvrirait-il ? Commencerait-il à se souvenir ? Est-ce que cela démantèlerait tous les blocages mentaux de son esprit ?

Mais un lien du sang entraînait la fidélité. Il n'en désirerait jamais une autre.

Ses souvenirs en valaient-ils vraiment la peine ? Quelle importance, s'il avait Leela ?

Est-ce que je l'aime ?

Il avait l'impression que c'était possible. Elle était son égale dans tous les domaines. Comment ne pouvait-il pas aimer cela ? Mais seulement elle ? En aurait-il la force ?

— Balthazar, gémit-elle en resserrant sa prise sur ses cheveux pour qu'il la fasse basculer dans l'oubli. S'il te plaît...

Ses lèvres se retroussèrent contre sa chair.

— Tu serais prête à ramper devant moi en ce moment, n'est-ce pas ?

— Oui, admit-elle dans un souffle, son esprit se déchaînant à l'idée de devoir bouger.

Mais ses jambes se mirent à se mouvoir comme si elle souhaitait lui montrer qu'elle obéirait volontiers à toutes ses demandes.

Il appuya sa main sur son ventre, la retenant contre le lit.

— Je ne veux pas que tu te mettes à genoux, Lee. Je veux plutôt ton plaisir dans ma bouche.

Ce qu'il lui démontra en refermant ses lèvres autour de son clitoris.

Sa langue tournait autour du tendre bourgeon, ses doigts l'entraînaient vers l'oubli tandis qu'il relevait son regard pour soutenir le sien.

Des flaques turquoise le fixaient, la couleur de ses iris variant constamment. Parfois plutôt verts lorsqu'elle se perdait dans la passion. Parfois bleus. Ou un mélange des deux, comme c'était le cas à cet instant. Il se demanda ce que cela signifiait, si elle avait une couleur préférée ou si ce mélange changeant n'appartenait qu'à elle.

— Je te veux en moi, lui susurra Leela. Je veux que tu me sentes jouir autour de toi. S'il te plaît, B. J'ai besoin...

Il mordilla sa chair sensible, lui arrachant un cri qui détourna son attention assez longtemps pour permettre à Balthazar de s'installer entre ses cuisses. Puis il se glissa en elle d'une seule poussée qui la fit se cambrer contre lui dans un sifflement de douleur induite par le plaisir.

Et leurs corps entamèrent une danse frénétique.

Il ne se retenait plus, lui donnant tout ce qu'il avait avec le va-et-vient de ses hanches, s'assurant que le mouvement frictionnait son clitoris à chaque poussée.

Elle répondit par un gémissement, son vagin se resserrant autour de lui tandis qu'elle vacillait au bord de la falaise de l'anticipation et de l'orgasme. Ses ongles s'enfoncèrent dans sa nuque, son autre main posée dans son dos, alors que leurs bouches fusionnaient dans un baiser qui aurait éreinté une personne normale.

Tout en ardeur, en désir et en grâce érotique.

Balthazar lui attrapa la hanche, l'inclinant juste comme il fallait, et posa son autre main contre sa joue pendant que leurs langues se chuchotaient des secrets de leur passé commun.

C'était intense, sublime et enivrant. Il en oublia presque tout à ce moment-là : rien d'autre n'existait plus en dehors d'elle.

Le pouvoir de Leela bourdonnait à travers lui, cette énergie sensuelle tentant d'extraire son essence pour exiger qu'ils sombrent ensemble dans l'oubli. Unis. Leurs âmes se liant d'une manière à nulle autre pareille.

Leur baiser se ralentit, la tendresse se propageant entre eux lorsque les hanches de Balthazar suivirent le rythme de leurs bouches.

Ce n'était pas doux, mais juste consciencieux. Puissant et alangui. *Ils faisaient l'amour.*

Un tremblement parcourut sa colonne vertébrale, le

laissant éperdu face à elle. Pourtant, il se sentait *entier*. Submergé, ivre, *heureux*.

Les ongles de Leela égratignèrent son cuir chevelu pour l'attirer vers elle. Elle enroula alors ses jambes autour de sa taille et souleva le bas de son corps pour rencontrer le sien dans un lent roulement de hanches qui fit complètement frémir Balthazar.

L'orgasme approchait doucement, de façon si salutaire qu'il en oublia de respirer.

Lorsqu'ils se mirent à jouir en tandem, il s'accrocha à Leela comme à une bouée de sauvetage, sa bouche constituant sa seule source d'oxygène dans ce monde.

Un bonheur pur et parfait les traversa, les unissant physiquement dans une passion sans âge, au-delà du temps et de la vie.

Ébloui, il fut plongé dans un océan d'extase obscur qui secoua ses membres et son torse, drainant son essence dans le corps de Leela, dans la fente lisse entre ses cuisses, dans son âme même.

Sa langue caressa la sienne, l'empêchant de sombrer et le retenant dans la réalité. Ou peut-être était-ce l'inverse, car il pouvait ressentir la même chose dans l'esprit de Leela, ses pensées ayant perdu toute notion de l'existence.

Ils s'embrassèrent dans un nuage de passion, leurs corps reliés par le bas et se mouvant à un rythme graduel qui prolongeait cette démence.

Jusqu'à ce que le monde commence enfin à se recomposer autour d'eux.

Lentement, juste avec les images et les sons de la pièce, la sensation de leur baiser et d'être rassasiés de sexe.

Un rêve hédoniste.

De l'art érotique.

Une existence parfaite.

C'est une vie qui vaut la peine d'être vécue, s'émerveilla-t-il en ouvrant les yeux pour croiser le regard de Leela. *Et c'est une créature qui mérite d'être aimée.*

Il l'embrassa avec toute l'émotion qui montait en lui. La prise de conscience de ce qu'ils avaient manqué pendant tous ces millénaires s'épanouit alors dans son esprit.

C'était peut-être pour cela qu'il avait préféré le polyamour à la monogamie.

Parce que la seule femme avec laquelle il était censé être lui avait été volée il y a trois mille ans.

Mais il ne pouvait pas en être certain.

Alors il dévora plutôt sa bouche.

Et leur jeu recommença, leurs corps rattrapant le temps perdu tandis qu'ils se familiarisaient à nouveau l'un à l'autre de la manière la plus intime qui soit.

Par le sexe.

Par une passion animale.

Qui ne se souciait pas du reste.

Se contentant de vivre ce moment béat d'harmonie sensuelle.

Créant de nouveaux souvenirs destinés à durer toute une vie.

CHAPITRE 27

ISSAC

Astasiya avait passé une bonne partie de la nuit et de la matinée à travailler sur les défenses pendant qu'Issac l'observait à travers son esprit. La plupart des charmes éthérés étaient accomplis, il ne leur restait plus que l'extérieur.

Vera les avait aidés, après avoir restauré les souvenirs de Lucian, une tâche qui l'avait clairement épuisée. Cependant, Gabriel était arrivé peu après en disant :

— Tu me raconteras où tu étais pendant qu'on travaille.

Le Séraphin manipulateur de mémoire avait poussé un soupir exténué, mais l'avait ensuite suivi dans le ciel pour lui parler d'Osiris et de Patreel.

Lucian avait mis Alik et Jayson au courant pour Balthazar et Leela, et pour Osiris. Ainsi, Issac n'avait plus qu'à informer Tristan. Ce qu'il fit en surveillant Astasiya dans le ciel.

— Tu comptes faire quoi pour Mateo ? demanda doucement sa progéniture dans le séjour de Balthazar.

Issac venait de préparer du café pour Aya, mais il

s'en versa une tasse et une autre pour Tristan qu'il lui tendit avant de s'installer dans un fauteuil à côté du canapé.

— Lucian est en train de lui parler.

— Oui, mais après ça.

— Je ne sais pas, admit Issac. Il nous a trahis. Même si ses intentions...

— Allaient principalement dans notre sens, termina-t-il pour Issac. Oui.

Un silence songeur s'installa pendant qu'ils sirotaient leur café. Des milliers de mots non exprimés circulaient entre eux. Leur amitié, qui durait depuis deux siècles, leur permettait de se connaître vraiment, rendant ainsi tout échange de paroles inutile.

Tristan avait conscience de la bataille intérieure d'Issac sur la façon de réagir à cette situation, parce que Mateo faisait partie de leur famille. Et pas seulement par le sang, mais aussi par choix. Issac avait *choisi* Mateo.

Et il les avait quand même trahis.

Ce qui signifiait qu'Issac était en partie coupable d'avoir fait en sorte qu'il soit accueilli parmi eux.

Personne ne lui en voulait pour cela, ni Tristan, ni les autres, vraiment. Mais Issac se sentait responsable. Il serait chargé d'infliger le châtiment à sa progéniture.

Il restait à savoir ce que la sanction exigerait réellement.

Le fait que Lucian n'avait pas incarcéré Mateo était intéressant. Il sentait peut-être qu'Osiris l'avait contraint. Issac se demandait la même chose, mais Mateo avait été plutôt clair sur le fait qu'il s'était volontairement impliqué dans cette affaire.

Quels que soient ses motifs.

— Tu y crois ? demanda Issac à voix haute. Au fait qu'il ait collaboré avec Osiris pour nous protéger ?

Tristan prit une gorgée de café, son expression ne laissant rien paraître.

— Je pense que Mateo ne nous ferait jamais de mal. Soit il a été contraint, soit ses actes intentionnels nous ont aidés d'une manière ou d'une autre, justifiant ainsi son implication.

Issac approuva d'un signe de tête. Parce que cela résumait aussi ses pensées.

— Je ne crois pas qu'il était au courant pour Amelia, poursuivit Tristan. Qu'elle était détenue par Jonathan, j'entends. Je ne crois pas qu'il savait qu'elle était à la FHC tout ce temps.

Issac eut un frisson dans le dos.

— Tu le lui as demandé ?

— Non, répondit Tristan. Et toi ?

— Non plus.

Il aurait dû. Mais il s'était plus focalisé sur l'implication de Mateo dans la mort d'Aidan.

— Je vais le lui demander.

Ou il vérifierait auprès de Lucian qui s'était probablement déjà posé la question.

— Mateo a dit qu'il parlait surtout à Osiris et ne passait par Jonathan qu'occasionnellement. Donc je doute qu'il ait su pour Amelia.

— Et Osiris ? demanda Tristan.

La mâchoire d'Issac se crispa.

— Probablement, oui.

— Tu en as parlé à ta sœur ?

— Pas encore.

Il avait donné la priorité à Tristan, alors que Lucian l'avait donnée aux Anciens.

— Je devrais le faire, ajouta Issac.

Son accent anglais ressortait toujours plus lorsqu'il

parlait à son meilleur ami. Une habitude de leur longue histoire.

— Ou je pourrais le faire, proposa Tristan. Stas a besoin de toi en ce moment. Tu peux te concentrer sur elle et j'irai parler à Tom et Amelia.

Issac considéra cela un moment.

— Est-ce que tu serais en train de m'aider à donner la priorité à Aya ?

Le regard vert de Tristan ne laissait rien transparaître.

— C'est ta compagne, c'est donc ta principale responsabilité.

— C'est la seule raison ? demanda Issac avec un haussement de sourcils.

Son meilleur ami plissa les yeux.

— À quoi tu joues ?

— Je me demande juste si tu as changé d'avis, c'est tout.

Tristan eut un petit rire.

— Elle apprend à se rendre utile. Je peux respecter ça.

— Hmm, grogna Issac, amusé par la réponse. Je crois que tu l'aimes bien.

— Et je crois que tu es parti au pays des fées, mon pote, dit Tristan, son accent irlandais étincelant dans le choix de sa formulation.

Mais une lueur d'humour colorait ses traits et ses lèvres s'étaient légèrement retroussées sur les côtés.

Il avait notoirement désapprouvé la relation d'Aya avec Issac pour ce qu'elle avait représenté : la mort.

Mais désormais, Aya n'était plus une menace.

Au contraire, elle avait rendu Issac plus fort.

— Hmm, répéta Issac en posant son café. Elle sera là d'une seconde à l'autre. Alors, essaye d'être gentil.

— Je le suis toujours, dit Tristan en plaçant sa tasse à côté de celle d'Issac.

Il passa sa main dans ses cheveux noirs, faisant mine de se détendre dans le fauteuil plutôt que de s'élancer vers la porte.

Issac se contenta de secouer la tête, conscient du penchant de son meilleur ami pour l'espièglerie. Il avait de la chance qu'Aya ne l'ait pas encore remis à sa place. Elle était trop en colère contre son frère pour faire attention à Tristan, mais cela pouvait changer...

— Je ne t'ai jamais vu aussi heureux, dit tranquillement son meilleur ami, le tirant de sa rêverie. Elle est faite pour toi, Issac. Avant, j'étais inquiet, mais maintenant...

Il s'interrompit et s'éclaircit la voix.

— Je suis content que vous vous soyez trouvés.

Les yeux d'Issac s'écarquillèrent face à cet aveu.

— Tu essayes de me remonter le moral à propos de Mateo ?

C'était une question honnête, car son meilleur ami ne parlait *jamais* avec tendresse d'Aya ou de sa relation avec elle.

Tristan émit un grognement.

— Je n'ai pas le droit de dire des choses gentilles ?

— Bien sûr que si, mais ça ne t'arrive jamais.

— Ce n'est pas vrai, soutint Tristan. J'en dis tout le temps à Amelia.

Issac eut un rire moqueur.

— Ma sœur est un cas à part.

Tristan répondit simplement par un sourire.

Aya apparut au même instant, ses cheveux blonds flottant encore derrière elle tandis que ses ailes se repliaient dans son dos. Elle jeta un œil à Tristan et poussa un soupir, manifestement peu ravie de le trouver dans le salon, mais elle reprit tout de même sa forme corporelle pour qu'il sache qu'elle était arrivée.

Sinon, il aurait été incapable de la voir ou de l'entendre.

— Salut, Stas ! la salua un Tristan faussement joyeux. Comment s'est passé l'entraînement ce matin ? Bien ?

Issac leva les yeux au ciel devant l'affabilité forcée de son ami.

Perplexe, Aya le regardait, les sourcils froncés.

— Tout va bien ?

— Tout va bien, répondit Tristan. Absolument parfait. Et toi ?

Qu'est-ce qu'il a aujourd'hui ? demanda Aya.

Il essaye d'être gentil.

En fait, dis-lui d'arrêter. Ça me fait flipper.

Issac gloussa et secoua de nouveau la tête.

— Je viens de faire du café, c'est dans la cuisine. J'ai déjà ajouté une cuillerée de cassonade.

Cela détourna aussitôt l'attention d'Aya du comportement étrange de Tristan.

— Merci.

Elle se volatilisa dans un éventail de magnifiques teintes opale.

Sublime, lui murmura-t-il. *Absolument sublime.*

Tu essayes juste de me rassurer à propos des plumes roses.

Pas du tout, mon amour. Je ne fais jamais dans les fausses platitudes.

Sauf si c'est pour attirer une femme dans ton lit, lui lança-t-elle.

Je crois qu'on a déjà eu cette discussion, lui rappela-t-il. *Et ça s'est terminé par ton joli fard affiché dans toute la presse à scandale.*

Elle pouffa de rire et réapparut alors qu'elle prenait une gorgée de café.

Tu es un démon.

Je suis ton démon, répondit-il.

— Bon, dit Tristan en se levant de son fauteuil. Je crois qu'il est temps pour moi d'y aller.

Aya se mit à sourire, ses yeux verts scintillant de chaleur et d'humour alors qu'elle portait la tasse à sa bouche pour une nouvelle gorgée. Mais elle fronça les sourcils et sa main resta suspendue en l'air.

— Qu'est-ce qu'il y a ? demanda Issac.

Tristan, qui se dirigeait vers la porte, s'arrêta alors juste à côté de lui.

— Tu sais très bien ce qu'il y a, répondit-il. Tous ces bavardages mentaux vont déboucher sur une séance de roulage de pelle que je n'ai pas envie...

La voix de Tristan se perdit dans la pièce quand il vit qu'Issac était concentré sur Aya. Il réalisa que la question avait été adressée à sa bien-aimée, et non à lui.

Elle se tenait immobile, son attention dirigée vers le plafond.

Quelque chose arrive, murmura-t-elle avec un frisson visible même de l'autre côté de la pièce. *Quelque chose de puissant.*

Issac projeta son pouvoir sur toute l'île, cherchant dans les visions de chacun un indice de ce qu'elle pouvait détecter.

Lucian était en pleine discussion avec Jayson et Alik chez lui. Mateo était avec eux. La vision le fit hésiter et il se demanda de quoi ils pouvaient bien parler.

Mais le malaise d'Aya se propagea en lui, le ramenant à ce qu'il devait faire. Il chercha donc l'esprit d'Elizabeth.

Elle dort, confirma-t-il avant de passer à sa sœur et à Thomas.

Ce qui fut une énorme erreur qui l'horrifia et qu'il ne voulait plus jamais commettre. Il lâcha un grognement et secoua vigoureusement la tête pour se débarrasser de l'image de sa sœur sur le lit.

Merde, pensa-t-il, essayant de construire un mur mental entre lui et Thomas.

Mais un petit cri d'Aya le ramena aussitôt à elle et au couple qui venait d'apparaître au centre de la pièce.

— Skye a une vision, dit rapidement Sethios. Elle n'arrête pas de répéter : « ils savent », mais elle ne veut pas en dire plus. Du coup, on n'a aucune idée si elle parle des Devins, du Conseil, ou des guerriers séraphins. Est-ce que tu peux capter ce qu'elle voit ?

La question s'adressait à Issac. Cependant, ce dernier s'y était attelé avant même que Sethios ne finisse de parler. Et le visuel qui l'attendait le médusa.

La mort. La destruction. Le sang et la violence.

Recouvrant le sol d'Hydria.

Des yeux sans vie.

Des battements d'ailes, des épées et de l'énergie éthérée.

Un enfant qui hurle.

Une lumière brillante au milieu de tout cela.

L'expression furieuse d'Aya.

L'expression vide d'Aya.

Le cri d'agonie d'Aya.

Le regard vide d'Aya.

Il fronça les sourcils.

— Elle voit plusieurs destins en même temps, dit-il, traduisant l'image à voix haute. Aya est au centre de tout ça. Ici, à Hydria. Et elle est entourée par la mort.

— Évidemment, grommela-t-elle. Je suis destinée à tous nous tuer.

— Nous choisissons notre destin, dit sa mère qui apparut dans un tourbillon de plumes bleu clair avant de retrouver son corps. Gabriel et Vera essayent d'achever les protections extérieures, mais on n'a clairement plus beaucoup de temps.

— Les guerriers vont certainement arriver, convint

Issac, regardant toujours les images défiler dans l'esprit de Skye. Je crois qu'elle dit que le Conseil est au courant, mais ça pourrait aussi être une projection partagée par les Devins. C'est difficile à dire avec certitude, c'est le chaos complet.

Et cela lui donnait aussi un sacré mal de tête.

Il essaya de détecter un semblant d'ordre dans ces visions, mais elles paraissaient lui venir aléatoirement, décrivant des événements qui pourraient se produire dans quelques minutes ou dans quelques siècles.

Issac s'extirpa de la tête de Skye, incapable de supporter cela une minute de plus.

Puis il cligna des yeux en voyant Lucian dans l'embrasure de la porte.

Le temps lui avait apparemment échappé pendant qu'il parcourait les méandres de l'esprit de Skye.

— Il faut que B rentre à la maison, déclara Lucian. On a besoin de lui. C'est sur lui que repose le moral des Hydraiens.

Issac approuva d'un signe de tête.

Il avait raison. Tous les Anciens jouaient un certain rôle en tant que leaders de leur peuple. Lucian était le fin stratège. Jayson démontrait sa force par l'action. Alik s'occupait de ce à quoi personne d'autre n'avait le courage de s'attaquer.

Et Balthazar était le cœur d'Hydria.

Issac n'était peut-être pas toujours d'accord avec le liseur d'esprit, mais il pouvait reconnaître son rôle et son pouvoir sur cette île.

Balthazar était le ciment émotionnel qui soudait les Hydraiens, le chef qu'ils suivaient tous volontiers parce qu'ils lui faisaient implicitement confiance.

S'ils étaient sur le point d'être attaqués par une armée

de Séraphins, ils avaient besoin de l'Ancien pour évoquer l'espoir et l'amour.

Il leur fallait Balthazar.

— Quand il appellera, je lui dirai que le moment est venu, dit Lucian, lisant l'approbation d'Issac dans son hochement de tête et probablement aussi dans son expression. En attendant, il nous faut préparer l'île à une attaque comme on n'en a jamais connu.

Issac inclina la tête.

— Dis-moi ce dont tu as besoin et je veillerai à ce que ce soit fait.

CHAPITRE 28

BALTHAZAR

LEELA S'ÉTIRA ET LE MOUVEMENT MAGNIFIQUEMENT exécuté provoqua un frottement de ses courbes contre le torse et l'entrejambe de Balthazar.

Cette femme respirait le sexe.

Cela irradiait d'elle, exigeant qu'il la dévore jusqu'au bout, l'incitant à consommer chaque centimètre carré de ses formes parfaites et à se prosterner devant elle en signe d'adoration.

— Tu es une succube, dit-il, ses lèvres glissant le long de sa gorge tout en la ramenant vers lui pour presser son torse contre son dos. Et tu aspires toute l'énergie de mes veines.

— De ta bite, rectifia-t-elle.

Il sourit dans son cou, mordilla la douce chair et se demanda quel goût aurait son sang sur sa langue. C'était une envie étrange qu'il n'avait jamais eue avec une autre femme.

À cause du lien, réalisa-t-il.

Qu'est-ce qui l'avait poussée à le mordre ? Un accord entre eux ? Un désir d'être ensemble ? Depuis, elle avait encore été capable de séduire d'autres personnes, ce qui signifiait qu'ils n'étaient pas liés par la monogamie. Il lui avait même posé la question hier soir, curieux de savoir comment cela fonctionnait.

Elle lui avait expliqué que le lien partiel leur permettait de jouer librement avec d'autres. Ou peut-être était-ce son esprit sensuel qui l'exigeait. Elle n'en était pas tout à fait sûre.

Cela serait-il différent s'il la mordait ? Ou serait-ce toujours la même chose entre eux ?

Ils étaient tous deux des créatures passionnées.

Néanmoins, l'idée de la partager ne lui plaisait pas forcément. Il apprécierait probablement le spectacle sur le plan sexuel, surtout parce qu'il savait que personne d'autre ne pourrait la satisfaire mieux que lui.

Et si, par hasard, elle trouvait quelqu'un, alors cette personne serait digne d'adorer son corps parce que cela lui apporterait du plaisir.

Un homme ou une femme normale ne le pourrait pas.

Et ils étaient trop puissants ensemble pour inviter un tiers dans leur lit.

Alors combien de souvenirs de Nythos appartenaient vraiment à Leela ? Parce que Nythos avait pris plaisir à jouer avec d'autres. Ces souvenirs étaient-ils imprégnés de moments qu'il avait passés avec Leela ? L'avait-il regardée coucher avec d'autres ? Ou était-ce Nythos ?

Le seul moyen de le savoir vraiment était de la mordre.

Même là, ce n'était pas garanti. Patreel avait juste supposé que cela les aiderait à briser les chaînes entravant leurs esprits.

Comme Caro et Sethios.

Mais Caro avait passé moins de vingt ans en réformation, alors que Leela l'avait subie pendant un siècle.

Et s'ils la capturaient à nouveau ? Effaceraient-ils encore son esprit ? Détruiraient-ils ses propres souvenirs d'elle aussi ? Combien de temps s'écoulerait avant qu'ils ne se retrouvent ?

Est-ce à cause de mon passé avec elle que je n'ai jamais eu envie de rester fidèle à quelqu'un d'autre ?

Tant de questions. Si peu de réponses.

Mais les fesses de Leela se frottèrent contre son bas-ventre. Il fut alors distrait par les nouvelles expériences qu'ils venaient de partager dans ce lit et le souvenir frais de l'avoir prise par derrière quelques heures plus tôt.

Il l'avait gâtée de toutes les manières imaginables, puisqu'il n'existait aucune limite entre eux.

Parce que, comme lui, sa déesse aimait toutes les formes de sexe. Et ils savaient tous deux comment jouer au lit pendant des heures, des jours ou des semaines.

Il était tout aussi possible que sa propre sexualité ait été influencée par son lien avec Leela. Il avait pris conscience de cela à un moment au milieu de la nuit, lorsque Leela lui avait fait remarquer son insatiabilité.

— La plupart des hommes n'arrivent pas à suivre mon rythme, lui avait-elle confié avec un halètement lorsqu'il était entré par derrière pour la première fois. Mais avec toi, je dois aussi me donner du mal.

Après cela, elle avait gémi, puis s'était effondrée sur les oreillers quand il avait caressé son clitoris et l'avait fait basculer dans l'oubli.

Elle l'avait enserré si fort qu'il l'avait aussitôt suivie dans la félicité de l'orgasme.

Puis ils s'étaient douchés avant de recommencer.

Ce qui les avait conduits à faire une sieste alors que le soleil du Brésil se levait.

Balthazar aurait dû rappeler Luc, mais il n'avait pu

s'arrêter d'adorer sa sirène. Elle avait un goût incroyable et ses gémissements étaient totalement addictifs.

Leela se retourna dans ses bras, le vert de ses iris ayant chassé le bleu ce matin. Elle pressa ses lèvres contre les siennes, l'engageant dans un baiser paresseux tout en passant sa jambe autour de sa hanche.

Il la laissa faire et sa main trouva sa joue avant de glisser à nouveau dans ses cheveux soyeux.

Hmm, elle était comme l'ambroisie : douce, savoureuse et enivrante.

L'approbation bourdonnait dans l'esprit de Leela dont les pensées étaient remplies par un mélange d'émerveillement et de contentement.

— J'ai rêvé de ça tellement de fois, chuchota-t-elle contre sa bouche. Le fait de se réveiller au Brésil et que le temps passé ensemble ne s'arrêtait jamais.

— Qui dit que tu n'es pas encore en train de rêver ? la taquina-t-il doucement.

— Possible, convint-elle en passant sa langue sur la lèvre inférieure de Balthazar. Peut-être que tout ça n'est qu'un rêve.

— Agréable, j'espère, répondit-il, son sexe se pressant contre la chaleur lisse entre ses cuisses.

Son gland excité frôla sa chair sans la pénétrer, juste assez pour la titiller et la séduire.

Elle se cambra contre lui, ses beaux seins épousant parfaitement la surface de sa poitrine.

— Chaque rêve de toi est un rêve agréable, B.

Il sourit.

— Et la réalité se montre-t-elle à la hauteur des fantasmes ?

— La réalité est encore mieux, avoua-t-elle, ses lèvres retrouvant les siennes.

Leur étreinte se fit sensuelle, la chaleur d'une légère

émotion imprégnant chaque contact. Il n'aurait aucun mal à s'habituer au fait de se réveiller avec Leela tous les jours. Elle lui convenait si parfaitement et son corps était une divinité digne d'une prière éternelle. Mais cela allait au-delà de son apparence physique et de ses prouesses au lit.

C'était *elle*.

Son doux Séraphin.

Sa sirène aguicheuse.

Sa beauté pleine d'esprit.

Elle respirait la confiance et la sensualité, et avait de la vie une vision positive qui correspondait à sa propre conception.

Le bonheur rayonnait dans ses yeux, un bonheur qui interpellait Balthazar au plus profond de son âme.

À cet instant, ces superbes iris lui souriaient, ses lèvres se retroussant contre les siennes tandis qu'elle le poussait sur le dos pour chevaucher ses hanches. Leurs corps se connectèrent automatiquement, son pénis glissant dans son vagin chaud et humide.

Les ongles de Leela s'enfoncèrent dans ses pectoraux lorsqu'elle se mit à bouger, ses seins se balançant à chaque mouvement exquis de son bassin. Il se souleva pour aller à sa rencontre, suivant son rythme sans provocation.

C'était lent, mesuré.

Patient, séduisant, sensuel.

Il se redressa pour l'embrasser, puis enroula sa main autour de sa nuque pour l'entraîner sur lui et maintenir la connexion entre leurs torses et leurs hanches.

Elle le laissa faire, la petite déesse préférant qu'il la contrôle.

Alors il la mit sur le dos et la pénétra profondément, lui arrachant un doux gémissement.

— Plus fort, souffla-t-elle.

— Non.

Il voulait maintenir ce rythme tendre, pour l'obliger à faire ressortir la passion qui se cachait au fond de son âme.

Ensuite, il l'emmènerait prendre le petit-déjeuner quelque part.

Elle planta ses dents dans sa lèvre inférieure en signe de protestation.

Il attrapa ses poignets et tira ses bras au-dessus de sa tête pour les coincer sous l'une de ses mains. Puis il pinça son sein en guise de réprimande subtile, tordant le mamelon tout en continuant à la pénétrer lentement jusqu'au bout et à s'extraire de nouveau.

Elle émit un grognement qui le fit sourire.

Le pouvoir de Leela l'enveloppa, excitant son pouls et contractant ses testicules.

— Putain, Lee !

— C'est l'idée, dit-elle, ses chevilles s'accrochant derrière ses fessiers. Maintenant, bouge-toi.

Il gloussa, incapable de désobéir. Cette petite sirène exigeante s'avérait puissante à tous les coups.

Il céda donc à son ordre. Reprenant le contrôle par sa seule puissance, il lui montra ce que son corps pouvait faire et les mena tous deux à l'orgasme dans une série de gémissements qui finirent en halètements de plaisir.

Ensuite, il l'embrassa, longuement et vigoureusement, puis la porta jusqu'à la douche toute proche et poursuivit leur étreinte passionnée contre le mur de pierre.

Elle jouit une nouvelle fois, son corps tremblant sous l'assaut du ravissement, ses paupières tombant comme si elles s'apprêtaient à dormir. Mais il ne le lui permit pas, préférant la doucher, masser ses muscles et laver ses cheveux avant de s'occuper de lui-même. Enfin, il l'enveloppa dans un peignoir douillet et l'emmena dans la cuisine de leur suite.

Comme ils avaient juste atterri dans cette chambre sans

l'avoir réservée, le réfrigérateur était vide, ce qui ne leur laissait pas d'autre choix que de sortir pour manger.

Leela les fit se volatiliser dans un magasin pour trouver des vêtements. Il n'était pas encore ouvert, alors Balthazar laissa de l'argent sur le comptoir. Les propriétaires n'auraient aucune idée de ce qui s'était passé et il leur faudrait également changer cet argent dans la monnaie locale, mais ils en sortiraient tout de même gagnants.

Balthazar opta pour un jean, un tee-shirt ajusté, une paire de chaussettes et des bottes neuves.

Leela choisit une jolie robe d'été, des sandales qui enveloppaient ses mollets d'une manière plus adaptée à la Grèce antique qu'au Brésil actuel, et elle trouva une brosse pour ses cheveux.

Avec un sourire, elle lui dit qu'elle connaissait l'endroit idéal pour un brunch.

Buenos Aires.

Dans un petit bistrot qui servait une cuisine internationale.

Balthazar commanda des pancakes, la meilleure nourriture du petit-déjeuner. Leela l'imita et ils se prélassèrent dans le patio extérieur en attendant leur repas.

— Cet endroit est vraiment une petite Europe, songea Leela en jetant un coup d'œil à l'architecture colorée et à l'absence de gratte-ciel. Ça me rappelle Rome, mais aussi la Côte d'Azur, avec une pincée de Barcelone et Madrid sur le tout.

Cela fit sourire Balthazar.

— Je n'aurais pas choisi cet endroit pour des pancakes, mais on verra comment ils se débrouillent.

— Tu aurais plutôt choisi ta propre cuisine, où nous serions nus et où je serais badigeonnée de sirop sur le comptoir.

— C'est un fantasme ou ça s'est déjà produit ?

— Un fantasme inspiré par ce qui s'est passé au Brésil après m'avoir fait des pancakes un matin, répondit-elle, le regard pétillant d'intentions sournoises. Une chose qu'on pourra absolument faire une fois de retour à Hydria.

— Ah oui, d'ailleurs, il faut que j'appelle Luc.

Elle fit un signe de tête vers le restaurant.

— Je suis sûre que tu peux emprunter le téléphone de quelqu'un à l'intérieur.

Il sourit.

— Tu me demandes de séduire quelqu'un pour son téléphone ?

Elle l'observa un instant, puis regarda les serveurs à l'intérieur avant de contempler les divers clients.

— Hmm, seulement si j'ai le droit de choisir.

— Que se passe-t-il si j'y arrive ?

— Je te laisse décider s'il ou elle peut se joindre à nous pour le dessert.

Il savait déjà qu'il n'inviterait personne d'autre que Leela dans son lit.

— J'aimerais plutôt choisir la position pour le dessert.

Les lèvres de Leela se retroussèrent.

— Pas d'humeur pour un troisième ?

— Tu es la seule dont j'ai envie pour le dessert, ma beauté.

L'aveu coulait sur sa langue, une déclaration qu'il n'avait jamais faite à quiconque auparavant.

Le visage de Leela s'adoucit, ses yeux perdirent un peu de leur éclat coquin.

— Continue à dire ce genre de chose et tu n'auras pas besoin de gagner un pari pour choisir une position.

Il s'empara de sa main et la porta à ses lèvres.

— Mais c'est grâce à ça que nous nous épanouissons.

— Les paris sensuels.

— Les paris sensuels, confirma-t-il en soutenant son

regard et en retournant sa main pour déposer un baiser sur sa paume. As-tu choisi un client ? demanda-t-il contre sa peau.

— Non, chuchota-t-elle. Parce que le seul plat appétissant du menu, c'est toi.

Le fait qu'elle lui retournait son compliment de manière détournée le fit sourire.

— Hmm...

Ses lèvres s'entrouvrirent autour de son doigt et il l'aspira dans sa bouche pour le faire tourner avec sa langue. Les pupilles de Leela se dilatèrent et elle laissa échapper un soupir frémissant.

— Tu me donnes envie de passer directement à...

Elle s'interrompit, les sourcils froncés alors qu'un bourdonnement électrisait l'atmosphère autour d'eux.

— *Merde* !

Elle lui tendit la main, mais la vibration l'obligea à se rasseoir. Il fit un bond vers elle et l'attrapa par les épaules.

— Volatilise-toi.

— Je ne peux pas, gronda-t-elle, son esprit disant à Balthazar qu'une sorte de filet éthéré inhibait sa capacité à déployer ses ailes.

— Comment puis-je l'ôter ?

Ses mains parcoururent ses bras, ne sentant rien d'autre que sa peau douce.

— Comment puis-je te libérer ?

— Tu ne peux pas, dit une voix familière à sa gauche alors qu'une femme aux cheveux auburn et aux yeux d'ébène s'approchait.

Elle était un rêve incarné. Un souvenir qu'il évoquait autrefois dans un mélange de nostalgie et de mélancolie.

Il s'en était voulu pour sa mort.

Parce que c'était son sang qu'elle avait absorbé.

Pourtant, elle se tenait là, lui souriant comme s'ils

étaient des amants qui s'étaient perdus de vue depuis longtemps.

Il se redressa lentement et se plaça derrière Leela, lui tournant le dos pour faire face à la femme qui s'approchait.

— Balthazar, ronronna Nythos.

Sa voix était telle que dans ses souvenirs : pleine d'une sensualité sulfureuse dont il savait désormais qu'elle venait de la lignée de son père.

Comme Leela.

Sauf qu'il n'y avait aucune autre ressemblance entre les deux femmes.

L'une était un ange à la peau crémeuse, au regard intègre et ayant un esprit qu'il admirait de plus en plus à chaque seconde qui passait.

L'autre était une beauté fatale aux lèvres pulpeuses, au sourire sournois, et aux cheveux auburn qui donnaient l'impression d'un nuage menaçant autour de ses fines épaules.

— Cela fait quelques siècles, poursuivit-elle de cette voix grave qui incitait au sexe. Tu m'as manqué.

— Quelques siècles ? répéta-t-il en guettant chacun de ses mouvements.

Elle n'était plus qu'à quelques mètres d'eux et Leela était toujours incapable de bouger à cause du filet dans lequel sa demi-sœur l'avait piégée. Les mains de Balthazar pendaient de chaque côté de son corps, son dos touchant presque le siège de Leela. Il voulait pouvoir l'attraper si besoin était.

Ce qui était probable, étant donné la situation.

Cependant, ce filet invisible autour d'elle posait certainement un problème.

Elle n'avait pas mentionné une telle possibilité et ses pensées lui disaient qu'elle ne l'avait pas envisagée non plus.

Est-ce qu'ils s'en sont déjà servis sur moi ? se demandait-elle. *Est-ce que je peux m'en échapper ?*

Des souvenirs se glissèrent dans son esprit, lui apprenant qu'elle s'était déjà trouvée dans une situation similaire. Peut-être plus d'une fois.

Avec Balthazar à ses côtés.

Il suivait le fil de ses pensées sans quitter Nythos des yeux.

Une impression de déjà-vu le frappa en plein cœur lorsque Nythos balaya ses longs cheveux par-dessus son épaule avec un regard triomphant. Pas seulement au lit, mais aussi dans une situation identique.

Dans laquelle Leela était piégée par une magie qu'elle ne comprenait pas.

Parce qu'ils avaient effacé sa mémoire.

Il serra les poings, la chaleur assaillant ses veines.

L'esprit de Leela avait été si profondément violé par ses congénères qu'elle ne savait même pas comment se protéger convenablement. Elle avait essayé à sa manière en investissant dans des propriétés et en apprenant des runes défensives. Mais les Séraphins avaient une longueur d'avance en s'assurant qu'elle n'avait aucun souvenir de la façon dont ils l'avaient détruite.

Et pire, ils avaient fait la même chose à Balthazar.

Parce qu'ils s'étaient déjà trouvés dans cette situation, ce que Nythos prouva en roucoulant :

— En fait, je suppose que ça fait plutôt trois millénaires dans ton esprit, hmm ?

Elle pencha la tête sur le côté, l'évaluant d'une manière qui lui donna la chair de poule. C'était un regard intéressé, une chose qu'il avait toujours adoré voir sur le visage d'une femme.

Mais pas sur celui-là.

Il ne voulait rien avoir à faire avec cette garce.

— Tu m'as manqué, répéta-t-elle de cette voix aigre-douce.

— Je n'en dirais pas autant, répondit-il avec flegme.

Elle haussa les sourcils, une partie de cette lueur sulfureuse cédant la place à la stupéfaction.

— Quoi ?

— Tu m'as entendu. Je n'en dirais pas autant.

Il croisa les bras. Elle avait foutu le bordel dans sa tête. Il ne lui pardonnerait ni cela ni le vol de ses souvenirs. Et encore moins la douleur qui ruisselait en Leela à cet instant, la terreur abjecte d'être à nouveau prise et la réalisation de ce qui allait arriver.

Parce qu'une fois qu'elle avait pris conscience que ce filet lui semblait étrangement familier, confirmant ainsi que cela s'était déjà produit, son esprit était entré dans un tourbillon paniqué d'attentes terribles.

Ils vont encore faire en sorte que je l'oublie.

Notre histoire. Tout ce qu'on vient d'apprendre. Tout ce que nous avons traversé ensemble.

Il ne se souviendra plus de moi. Je vais perdre le peu de souvenirs que j'ai du Brésil. Et je ne pourrai pas aider à protéger Lizzie ou Aidyn.

J'ai abandonné tout le monde.

Je l'ai... je l'ai abandonné lui.

Il faillit se retourner pour l'attraper par le cou et la réconforter une fois de plus, mais il ne pouvait pas risquer d'être distrait.

Il nous faut un plan, pensa-t-il. Parce que Melanythos n'était probablement pas seule ici.

— D'habitude, tu es plutôt ébahi de me voir, dit-elle en faisant un pas en avant, ses traits portant toujours cet air déconcerté. Parfois, tu en es même heureux. Ça t'arrive même de m'embrasser, ce qui anéantit toujours la pauvre Leela.

Elle inclina de nouveau la tête.

— Qu'y a-t-il de différent cette fois ? Tu n'es même pas surpris de me voir.

Le commentaire sur le baiser tira Leela de ses pensées suffisamment longtemps pour qu'elle réagisse à l'idée douloureuse qu'il puisse embrasser une autre femme.

Et pas n'importe laquelle : sa demi-sœur !

La colère suivit rapidement, l'émotion semblant ancrer Leela dans le présent et l'aider à sortir de la spirale inquiétante de son esprit.

Ses pensées passèrent de l'échec à la fureur.

Elle voulait tuer sa demi-sœur, ce qui n'était pas possible puisqu'elle était un Séraphin, mais cela n'empêcha pas Leela de fantasmer à ce sujet.

Tant de mensonges.

Tant de supercheries.

Tout cela pour la contrôler et l'éloigner de celui à qui elle était liée.

Est-ce que Dian est dans le coin ? se demanda Balthazar. *Est-il en train de nous regarder pour s'assurer que sa sacro-sainte vendetta millénaire est accomplie ?*

Parce que le Séraphin était clairement obsédé par Leela et se nourrissait de sa souffrance.

Tout cela parce qu'elle lui avait refusé un enfant ?

Très peu séraphique, comme attitude.

Mais Balthazar soupçonnait que cela allait au-delà d'une simple vengeance. La poignée de Séraphins qui contrôlait tous les autres éprouvait sans aucun doute des émotions alors que leur société était censée reposer sur le stoïcisme.

Une dynamique infâme.

Dans laquelle Dian était fortement impliqué.

Et où la douce Leela tenait le rôle de la victime.

Peut-être qu'elle avait découvert assez tôt cette

dynamique, mais qu'elle avait choisi de vivre avec Balthazar plutôt que d'occuper des fonctions imposées par le Conseil ?

Nythos avait-elle pris sa place comme favorite ? Cette garce sadique ne paraissait certainement pas si stoïque que ça maintenant, alors qu'elle continuait à l'observer en plissant les yeux.

Si Stark était le modèle de l'insensibilité, du moins jusqu'à récemment, Nythos, elle, incarnait l'émotion dans tous ses états.

— Tu commences à te souvenir ? supposa Nythos comme il ne répondait pas immédiatement.

Elle fronça les sourcils.

— Non, c'est impossible. Sauf si tu... ?

Sauf si je l'ai mordue, termina Balthazar, conscient de ce qu'elle avait l'intention de dire.

Cette déclaration révélatrice indiquait que Patreel avait peut-être raison : si Balthazar achevait le lien, Leela et lui seraient probablement en mesure de démêler tout le reste.

S'avançant d'un autre pas, Nythos se trouvait désormais à portée de main.

— Ne me touche pas, dit Balthazar sur un ton meurtrier qu'il utilisait rarement.

Il n'allait certainement pas laisser cette femme entrer de nouveau dans sa tête.

Ces mots la firent simplement sourire.

— Mon chéri, je vais quand même te toucher, que tu le veuilles ou non.

Cette affirmation envoya une nouvelle vague de feu dans ses veines, exaspéré par le manque de complaisance de Nythos.

Balthazar tolérait beaucoup de choses dans la vie.

Mais imposer sa volonté à une personne non consentante n'en était pas une.

Nythos tendit le bras vers lui, l'obligeant à contourner Leela pour reculer d'un pas.

Enfuis-toi, B ! criait-elle mentalement. *Maintenant ! Il y en a d'autres qui...*

Un craquement dans l'air attira l'attention de Balthazar pendant une fraction de seconde quand deux Séraphins apparurent non loin. L'un d'entre eux leva la main vers les clients du restaurant qui regardaient bouche bée les événements se déroulant devant eux et les figea sur place. Littéralement.

— Tout ça ne va pas plaire à Dian, Melanythos, dit l'homme d'une voix dénuée d'émotion, très séraphique. Il va falloir s'occuper de ces mortels.

— J'effacerai leur mémoire, répondit-elle avec insolence. Une fois que j'en aurai fini avec Balthazar.

Celui-ci haussa les sourcils.

— Tu parais bien confiante au sujet d'une chose que je n'ai pas l'intention de permettre.

Elle sourit.

— Tu n'auras pas le choix, bébé.

Deux autres Séraphins apparurent, portant le combat à cinq contre deux.

Enfin, techniquement, cinq contre un, puisque Leela ne pouvait pas bouger.

Elle ne semblait pas pouvoir parler non plus, son corps étant paralysé par le filet jeté sur elle. Son esprit pleurait, la sensation lui rappelant la réformation, où elle irait pour mourir et oublier tout ce qui lui importait dans la vie.

Lui y compris.

Caro avait été capable de lutter grâce à Sethios, son esprit se rebellant à chaque instant.

Mais Leela n'avait établi que la moitié de leur lien.

Sans la morsure de Balthazar, elle serait perdue dans la

folie de la réformation. Et son propre esprit serait altéré en conséquence.

Peut-être même pire, puisque Nythos aurait également à effacer tout ce qu'il savait d'elle.

Est-ce que Vera lui dirait ensuite la vérité ?

Ou serait-elle la prochaine à être pourchassée ?

Nythos verrait toutes leurs connexions, elle apprendrait les véritables rapports de Stark et de Vera avec Osiris. Elle découvrirait aussi la vérité sur le passé de celui-ci.

Est-ce qu'elle réagirait comme Patreel ? Ou le savait-elle déjà ?

Tous les secrets qu'il avait en tête seraient mis en danger. Toutes les relations qu'il avait créées ou désirées seraient potentiellement anéanties. Et son lien avec Leela serait détruit une fois de plus.

Parce que ce qu'ils avaient n'était pas permanent. Pas encore.

Mais cela pourrait l'être.

Une morsure suffirait.

Un moyen de les protéger tous les deux, de sécuriser cette connexion, de s'assurer qu'ils se souviendraient l'un de l'autre.

Peut-être l'avait-elle mordu pour s'ancrer à une personne vers laquelle elle pourrait toujours revenir pour obtenir la vérité.

Peut-être l'avait-elle mordu parce qu'ils s'aimaient.

Peut-être l'avait-elle mordu parce qu'elle savait qu'il était fait pour elle.

Peut-être l'avait-elle mordu parce qu'il l'avait voulu.

Ou peut-être l'avait-elle mordu pour sauver sa peau.

Quelle que soit la raison, cela n'avait pas d'importance.

Parce que l'âme de Balthazar connaissait déjà la vérité. La motivation de Leela n'avait servi qu'à les réunir aujourd'hui, à ce moment précis, dans cette réalité actuelle.

Pour qu'il prenne une décision.

Soit pour consolider cette connexion et les lier pour l'éternité.

Soit pour l'abandonner à tout jamais.

Parce qu'il n'y aurait pas de retour possible cette fois, pas avec tout ce qu'ils savaient désormais. Une guerre se préparait. Il était temps de choisir son camp.

Alors Balthazar choisit Leela.

Sa vie avec elle.

Leur avenir, leur monde, une existence où ils ne feraient qu'un pour affronter son peuple avec toutes les forces d'Hydria derrière eux.

Il choisit le *destin*.

Ses lèvres se retroussèrent, ce qui fit hésiter Nythos. Pendant un bref instant, elle sembla soulagée, comme si elle s'était attendue à voir cette expression au moment où elle était apparue.

Mais le sourire de Balthazar ne lui était pas destiné.

Il était pour Leela.

— Il s'avère que j'ai le choix, dit-il à Nythos.

Il enroula sa main autour de la nuque de Leela et croisa son regard.

— Et voici ce que je *choisis*, ajouta-t-il.

Leela cligna des yeux, la seule partie de son corps qui semblait pouvoir bouger.

Tu seras lié à moi pour l'éternité, chuchota-t-elle, comprenant quel était son choix.

Je choisis cela. Je nous choisis. Je choisis notre lien.

Parce que c'était le seul moyen d'assurer leur avenir.

C'était aussi la seule chose qui paraissait *juste*.

Tu seras lié à moi pour l'éternité.

Elle répétait cela dans son esprit pour s'assurer qu'il l'entendait.

Elle lui disait qu'il ne pourrait peut-être plus jamais avoir d'intimité avec une autre âme, ce qui représentait un énorme sacrifice pour lui. Pour elle aussi, car elle aimait jouer tout autant que lui.

Mais ça n'avait pas d'importance qu'il soit lié à elle pour l'éternité parce que...

— Mon ange, je le suis déjà, répondit-il en se penchant pour enfoncer ses dents dans son cou.

Elle laissa échapper un petit cri et son esprit fut envahi par la surprise et l'exaltation.

La douce ambroisie de son sang se répandit sur la langue de Balthazar.

Et il l'avala.

CHAPITRE 29

LEELA

L'ÉLECTRICITÉ BOURDONNAIT DANS LES VEINES DE LEELA et son cœur battait la chamade.

Sa vision se brouilla comme si elle était perdue dans un rêve, la réalité s'enfonçant dans un océan de folie où le temps n'existait plus.

Elle pouvait entendre l'esprit de Balthazar, ses pensées, son assurance que c'était ce qu'il désirait, ce dont ils avaient besoin, ce qui les sauverait tous les deux.

Mais c'était plus profond que ça.

Il l'avait mordue pour les souvenirs. Parce que la sensation semblait naturelle. Parce qu'il réalisait qu'ils étaient destinés à être ensemble.

Ils constituaient les deux moitiés d'un même être.

Un couple destiné à régner ensemble, leur sensualité combinée représentant une menace pour toute l'humanité. Ou peut-être un cadeau.

Oh, on va bien s'amuser ! l'entendit-elle songer.

Ce qui les fit basculer dans un univers qui prouvait que sa pensée correspondait déjà à une vérité.

Ils avaient provoqué des tumultes sexuels dans le monde entier, comme hier soir sur la plage.

Ensemble, ils étaient de la dynamite, un duo destiné à séduire tous ceux qui croisaient leur chemin.

Mais ce n'étaient pas ces souvenirs que Leela recherchait. Elle voulait ceux qui expliquaient leur première rencontre, afin de comprendre pourquoi elle l'avait mordu, et confirmaient ce que son cœur savait déjà.

Je l'aime.

Pas au passé.

Car ses sentiments pour Balthazar n'avaient fait que s'approfondir au fil des millénaires, chaque rencontre définissant davantage le lien entre leurs âmes.

Une forte gifle la tira un instant de son terrain de jeu mental et elle vit l'expression furieuse de Mel debout devant elle. Ses lèvres remuaient, mais Leela n'entendait rien de ce qu'elle disait, préférant se replonger dans son esprit avec Balthazar pour guide.

Ils étaient désormais connectés, leurs psychés naviguant sur la même longueur d'onde et se mêlant d'une manière qui les liait pour l'éternité.

Elle regrettait qu'ils ne soient pas seuls pour vivre pleinement ce moment en privé. Toutefois, Mel connaissait déjà tous les souvenirs de Leela, alors un de plus ne ferait pas de mal.

Parce que Mel n'avait plus d'importance.

Seul Balthazar comptait.

Leur connexion.

Et cette existence chaleureuse où leurs âmes étaient unies par un lien irrévocable.

La réformation pouvait plonger Leela dans le néant, mais ce lien avec Balthazar resterait toujours présent. Même s'ils la forçaient à l'oublier, elle le retrouverait et se souviendrait à nouveau de lui.

Pas seulement grâce au lien, mais aussi au pouvoir qui existait entre eux.

Elle pouvait le sentir fouiller dans son esprit, démantelant les blocages avec sa faculté de liseur de pensées, détruisant les obstacles pour retrouver les souvenirs qu'il briguait.

Ou peut-être que c'était dans celui de Balthazar.

Elle ne pouvait pas le dire, leurs psychés étaient tellement entremêlées que tout semblait intimement lié.

La frustration de Balthazar devenait sienne.

Tout comme son besoin.

Et sa détermination.

Il voulait déverrouiller leurs souvenirs, défaire la manipulation de Nythos et les libérer tous les deux de ce sort atroce. Pour trouver un moyen d'empêcher les Séraphins de recommencer. Travailler ensemble pour échapper à leur cruauté.

Ils ont violé nos esprits et truqué notre destin, fulminait-il.

Une nouvelle gifle faillit lui faire perdre la connexion, mais Balthazar la ramena dans son cerveau à lui, leurs âmes fusionnant pour combattre un ennemi invisible à l'intérieur de leurs psychés.

Des blocages.

Des virages.

Des routes qui menaient à des spirales sans fin et à de faux murs.

Leela fut étourdie lorsqu'elle essaya de trouver la sortie, de comprendre le chemin à suivre, de distinguer la réalité de la fiction.

Sa gorge se soulevait.

Son cœur battait.

Ses poumons hurlaient.

Non, cria-t-elle.

Cela faisait mal. Mais c'était si libérateur de *ressentir* tout cela.

Le filet autour d'elle la brûlait. Elle sentait qu'il l'emprisonnait dans sa forme corporelle, empêchant toute énergie éthérée de s'échapper de son être.

Sans ailes.

Sans émotion.

Captive.

L'obscurité l'envahit, un lit froid et dur dans son dos, une existence dénuée de bruits, de fenêtres, *d'âmes* autour d'elle.

Une capsule.

Austère.

La réformation.

Tout son être se révoltait, suppliant quelqu'un de la libérer.

Mais elle était piégée, se noyant dans ce conteneur métallique froid, son âme ligotée à jamais... perdue pour toujours...

Sauf qu'une chaleur tiraillait son esprit. Une présence masculine familière la ramena à la vie, la forçant à respirer, à ressentir et se *remémorer* des choses.

C'était un souvenir.

Une épouvantable réalité, sinistre, cauchemardesque, qu'elle avait autrefois endurée.

Mais ce n'était pas ce qu'elle vivait maintenant.

Non, elle était toujours à Buenos Aires, piégée sous l'importun filet d'énergie d'une autre.

Elle voulait en trancher les fils, crier aux Séraphins qui les entouraient de la libérer, exiger un vrai procès.

On ne m'en a jamais accordé un, réalisa-t-elle, le souvenir de ce jour fatidique lui revenant en mémoire.

Elle et Balthazar étaient en train de se promener dans les bois, main dans la main, profitant de la journée. Il avait eu l'intention de la baiser contre un arbre. Ils avaient passé leur temps à jouer, à rire, à *vivre*.

Une larme s'échappa de son œil devant la beauté de leur existence.

Si insouciante et *heureuse*.

L'amour, pensa-t-elle en soupirant. *Nous étions amoureux.*

Et leurs âmes l'étaient encore aujourd'hui.

Cela faisait une éternité qu'ils se poursuivaient, essayant d'atteindre ce moment précis d'union entre leurs esprits, pour enfin ne plus faire qu'un.

Mais les Séraphins lui avaient tout volé.

Patreel était arrivé à ce moment-là, l'avait enlevée à Balthazar pour la conduire directement à Dian.

Son lien partiel l'avait rendu furieux – une chose qui s'était produite quelques jours auparavant en faisant l'amour. Balthazar ne l'avait pas mordue en retour, parce qu'ils se demandaient encore ce que tout cela signifiait. Elle l'avait fait parce que cela lui avait semblé naturel. Aucune autre raison qu'un moment de bonheur.

Leela avait appris l'importance de cette inclination après avoir été placée en détention.

— Tu as amorcé un lien illégal, avait rugi Dian. Avec une *abomination*.

Elle était restée figée, prise au piège par sa magie et déconcertée par ce qu'il disait. La notion de lien du sang n'avait alors aucun sens pour elle. Parce que personne ne lui avait expliqué cette possibilité.

Les Séraphins parlaient rarement des liens du sang ou de la manière dont ils étaient créés. Ils étaient anciens et prohibés, car les émotions suivaient toujours, ou étaient ce qui les conduisait à cet arrangement.

Et les Séraphins étaient censés ne rien ressentir.

Les liens du sang exigeaient également la monogamie, les âmes refusant de danser avec une autre, rendant ainsi toute reproduction impossible.

Dian aurait pu se servir d'elle malgré le lien partiel,

mais il avait choisi de ne pas le faire. Il avait préféré lui faire subir ces tourments, effacer les événements de son esprit lors de la réformation.

Mais il l'avait d'abord obligée à regarder Balthazar perdre la mémoire.

Ce souvenir serra son cœur et lui coupa le souffle.

Balthazar avait été forcé d'oublier grâce au remplacement de ses expériences par des visions de Melanythos.

Pour cela, il avait fallu qu'ils se rencontrent et que sa demi-sœur le séduise, un moment que Leela avait été contrainte d'observer.

Un sanglot se coinça dans sa gorge à cause de l'horrible souvenir : la douleur qui avait suivi, la souffrance absolue d'avoir son âme déchiquetée devant elle.

— Il vivra dans la débauche, ne trouvera jamais son véritable amour et se livrera à tous les autres, sauf à toi, avait dit Dian. Il aura toujours envie de contact, de sexe, de luxure et d'érotisme, tout ça à cause de ses rapports avec toi et de ta sensualité perfide. Ainsi, il souillera votre lien chaque jour un peu plus pour le reste de votre pathétique existence.

Leela n'avait pas pu répondre, son corps ayant été immobilisé par ce fichu filet.

Le même que celui qui la recouvrait maintenant.

Oh, il l'avait bien piégée.

Tant de fois au cours des millénaires.

Parce qu'elle revenait sans cesse à Balthazar, le retrouvant toujours, couchant avec lui, s'adonnant à un lien qu'aucun d'eux ne comprenait.

Juste pour être capturée et renvoyée à Dian.

Ses souvenirs chaque fois effacés.

Elle avait encore subi la réformation à deux reprises dans sa vie, à cause de Balthazar et de ses propres sentiments qui l'emportaient toujours sur l'altération de son esprit. Elle l'avait retrouvé trop rapidement, ce qui avait déclenché la deuxième session de réformation. La troisième, il y a seulement trois siècles, avait été causée par l'impatience de Dian face à son refus de se soumettre.

Il s'était attendu à ce qu'elle se prosterne devant lui et le supplie de copuler, de réaliser le souhait des Devins, d'être la mère de son futur enfant.

Dorénavant, cela n'arriverait jamais. L'âme de Balthazar était liée à la sienne et avait atteint l'immortalité. Dian ne pourrait jamais les séparer par la mort.

Le corps de Leela n'appartenait plus aux prédictions des Devins, mais à Balthazar, à elle-même et au destin de *choix* qu'ils partageaient.

Un craquement sec la ramena à la réalité, l'énergie éthérée grésillant dans l'air.

Gabe, songea-t-elle en apercevant ses plumes rouges.

Un éclair d'ailes bleu marine dansa près de lui, faisant exploser le cœur de Leela. *Vera.*

Ils étaient dans les airs, combattant les guerriers séraphins.

Est-ce un rêve ? se demanda-t-elle, clignant des yeux face aux éclairs magiques qui zébraient le ciel bleu vif. *Comment nous ont-ils trouvés ?*

Patreel, répondit Balthazar, la faisant sursauter. *Il est arrivé avec eux.*

Elle chercha l'origine de cette voix apaisante et trouva Balthazar à genoux devant elle, ses yeux bruns pleins de vie.

Leela tenta de tendre le bras vers lui, mais le filet la brûla et la retint contre la chaise.

Tu es dans ma tête, s'émerveilla-t-elle, adorant la façon dont sa voix sonnait en elle. Mais quelque chose semblait faire défaut. Comme s'il manquait encore une chose importante à leur lien.

Elle en chercha la cause, les souvenirs la fuyant et lui revenant dans un ordre obscur qu'elle ne parvenait pas complètement à organiser.

Balthazar enroula sa main autour de sa nuque, approcha ses lèvres des siennes et murmura :

— Mords-moi.

C'est réel ou c'est un souvenir ?

Elle n'aurait pas su le dire parce que cela lui rappelait la nuit où elle l'avait mordu pour la première fois. Ils étaient intimement enlacés et la bouche de Balthazar était devenue une obsession qu'elle adorait avec sa langue. Il se trouvait sur elle, la pénétrait lentement de son épais membre et la conduisait vers l'oubli.

Elle avait eu envie de le mordre et l'avait admis à voix haute.

Il lui avait alors donné la permission avec ces deux mots doux.

— Mords-moi, répétait-il maintenant, l'attirant à nouveau vers lui.

Était-elle en train de rêver ? Tout semblait si flou, l'air grésillant autour d'eux à cause de l'électricité statique provenant du combat au-dessus d'eux.

Vera et Gabe.

Melanythos.

Les guerriers séraphins.

La tête lui tournait et le vertige menaçait de l'engloutir tout entière.

Elle avait besoin de son ancre, de son Balthazar, de sa réalité. De son *choix*.

Il guida les lèvres de Leela vers son cou, le filet la retenant captive. Elle lutta pour les entrouvrir, pour obliger son visage à bouger.

Cela faisait mal.

Cela brûlait.

Le filet s'enfonçait dans sa peau comme des barbelés, entaillant les fibres de son être, mais Balthazar comptait davantage.

L'amour vaut ce sacrifice, songea-t-elle, ces mots faisant écho à une chose qu'elle avait dite à Dian il y a longtemps.

Il lui avait demandé de choisir ses souvenirs plutôt que la vie de Balthazar.

Elle avait sacrifié son esprit pour lui.

Leela s'efforça de saisir la scène dans son ensemble, de se rappeler comment elle en était arrivée là, mais les murs fabriqués dans sa tête lui bloquaient l'accès.

Elle se débattit contre eux, essayant de les démonter brique par brique.

Mais elle échoua.

Ils étaient trop nombreux et trop résistants.

Mords-moi, Leela, répéta Balthazar dans son esprit.

Elle suivit son désir, tentant d'en deviner le but, et sa propre logique en découvrit la raison une seconde plus tard.

Pour accélérer le lien, réalisa-t-elle.

Sa première morsure avait eu lieu plus de trois mille ans avant. Il y avait finalement répondu, scellant ainsi leur connexion, mais le temps avait détérioré celle qu'elle lui avait donnée.

Ces liens ne mouraient jamais.

Mais ils devaient être constamment renforcés par le partage de sang.

Parce que tout dans son monde tournait autour de l'essence séraphique : l'âme était reliée à sa forme corporelle par le *sang*.

Cette prise de conscience fit naître en elle un nouvel élan de détermination, l'incitant à lutter contre la douleur du filet pour finir d'ouvrir sa bouche. Les larmes lui piquaient les yeux, la sensation aiguë des filaments coupant sa peau étant presque suffisante pour l'envoyer en flèche vers les contrées de l'inconscience.

Je suis plus forte que ça, se dit-elle. *Je peux triompher de ça, d'eux, de ce destin.*

Je choisis ma propre voie.

Je choisis Balthazar.

Ses dents atteignirent la peau de Balthazar, le filet s'enfonçant maintenant dans ses gencives, la découpant de l'intérieur.

Vous...

Elle commença à serrer les mâchoires.

N'allez...

La peau se mit à céder sous son incision.

Pas...

Les doigts de Balthazar s'enfoncèrent dans son cou afin de lui prêter sa force.

Me...

La douleur déchirait sa bouche, son visage, son être tout entier, alors qu'elle brisait finalement sa peau et le filet autour de sa mâchoire.

Vaincre...

Le sang coula sur sa langue, faisant monter l'euphorie dans ses veines et chassant les douleurs aiguës autour de sa bouche.

À moi, pensa-t-elle en l'avalant avec un soupir. *Balthazar est à moi.*

CHAPITRE 30

ISSAC

Quelques minutes plus tôt

— BALTHAZAR AURAIT DÉJÀ DÛ APPELER, DIT LUCIAN, SES jambes le portant rapidement vers Issac sur la plage de sable noir. Il leur est arrivé quelque chose.

Issac jeta un coup d'œil au soleil couchant et au ciel où Aya volait avec Gabriel et Vera. L'effroi d'Aya avait continué à s'assombrir, son esprit faisant des allers-retours entre l'inquiétude et les préparatifs.

Elle n'arrêtait pas de dire : *Je ne suis pas prête.*

Aucun de nous ne l'est, lui répétait Issac.

Au moins, les protections étaient quasiment finies. Vera, Gabriel, Caro, Sethios et Aya avaient travaillé dessus toute la journée, s'assurant que les sorts défensifs extérieurs étaient en place.

Mais Aya avait l'impression que ce ne serait pas suffisant.

Issac lui donnait raison.

Quelque chose se préparait. Même lui pouvait sentir la

présence inquiétante qui s'amplifiait à chaque seconde qui passait.

Et maintenant, Balthazar était introuvable.

Issac relaya le message à Aya, lui disant que Balthazar n'avait pas suivi le protocole de communication.

Elle se volatilisa vers eux dans la seconde et atterrit aisément à côté d'Issac, ses ailes se repliant dans son dos alors qu'elle reprenait sa forme corporelle pour que Lucian puisse la voir.

— Les protections sont en place, mais elles seront insuffisantes, dit-elle sans détour, sachant que Lucian apprécierait cette franchise. Elles nous donneront juste un peu de temps pour mesurer l'ampleur de l'attaque et déterminer une stratégie.

Lucian hocha la tête.

— Je m'en chargerai une fois que j'aurai vu ce à quoi on a affaire.

— Les Séraphins ne meurent pas, insista Aya.

— Peut-être pas, mais on peut les neutraliser, répondit-il.

— Temporairement.

Lucian l'étudia un instant avant de reporter son attention sur Issac.

— La dernière fois que j'ai parlé à Balthazar, il était en Bulgarie. Je doute qu'il y soit encore, mais j'envoie Jacque pour voir s'il peut glaner des informations sur l'endroit où ils se sont volatilisés ensuite.

— Ils n'ont probablement pas laissé d'indices derrière eux, puisqu'ils essayent de se cacher, lui fit remarquer Issac.

— Je sais, mais c'est notre seule piste et on a besoin de lui, répondit Lucian.

— As-tu envisagé une évacuation ? demanda Sethios en apparaissant à côté d'eux, son habituelle arrogance ayant disparu de son ton et de son expression.

Il sentait la menace approcher, lui aussi. Et, comme les autres Séraphins, il doutait de leur capacité à gagner le prochain combat.

— Des procédures sont en place, mais on n'en aura pas besoin.

Le ton confiant de Lucian provoqua un froncement de sourcils chez Issac.

— Comment peux-tu en être aussi sûr ? demanda-t-il, curieux de découvrir ce que Lucian semblait savoir et que les autres ignoraient.

— Parce que je fais confiance aux procédés, répondit-il vaguement. Mais les protocoles sont en place si nos mesures de protection échouent.

Son attention se reporta sur Vera qui s'était matérialisée à côté de Sethios.

— Balthazar a manqué son appel. Quelque chose ne va pas.

Elle allait répondre quand une chose attira son attention dans le ciel.

Issac le sentit la seconde suivante, un subtil chatoiement d'énergie électrique se répandait sur sa peau. Les pensées d'Aya rivalisaient avec les siennes, mais c'est elle qui formula leur question commune à voix haute.

— Qu'est-ce que c'est ?

— C'est comme ça que les Séraphins frappent à la porte, répondit Vera, les yeux plissés.

Elle disparut à nouveau, laissant les autres la suivre du regard.

Issac essaya de voir ce qu'elle trouva là-haut, mais il ne pouvait s'accrocher à un quelconque esprit dans le ciel.

Ce qui signifiait que, comme Vera, celui qui « frappait à la porte » avait une rune qui lui en empêchait l'accès.

Sa faculté à manipuler la vision, toujours en cours de développement, semblait aléatoire quand il s'agissait des

Séraphins. Caro avait déjà expliqué que ses congénères étaient naturellement immunisés contre les dons hydraiens et ichoriens. Les runes étaient aussi utilisées pour bloquer les pouvoirs séraphiques. Par contre, elles devaient être constamment réécrites pour continuer à fonctionner.

Mais Issac se doutait que cela allait au-delà de simples runes et qu'il s'agissait aussi d'établir son pouvoir en tant que nouveau Séraphin, car Sethios lui restait inaccessible. Une bonne chose, en fait. Peut-être même un cadeau du destin afin de permettre aux deux hommes de survivre à leur première année en tant que « famille ».

Caro les rejoignit sur la plage, ses ailes bleues disparaissant alors qu'elle retrouvait son corps.

— Patreel est ici, dit-elle. Il parle à Gabriel et Vera.

— Le traqueur ? demanda Sethios.

Elle hocha la tête.

— Celui grâce à qui Vera a pu apprendre la vérité sur Balthazar et Leela.

— Qu'est-ce qu'il dit ? demanda Lucian, son sang-froid s'évanouissant légèrement.

Issac pouvait comprendre son inquiétude, étant donné tout ce que le roi d'Hydria venait d'endurer avec la perte d'Aidan. Cela les avait tous mis sur les nerfs, surtout Lucian.

— Je ne sais pas. Je n'étais pas assez près pour les entendre.

Caro releva son regard bleu vers le ciel.

— Mais l'absence d'énergie dans les nuages me dit qu'il est venu seul et qu'il n'est pas là pour se battre.

Ils gardèrent tous le silence en attendant le retour de Vera ou de Gabriel.

Aya eut un nouveau frisson, une seconde vague d'énergie sinistre semblant tourbillonner autour d'eux.

Je n'aime pas ça, dit-elle à Issac. *Quelque chose cloche.*

Je sais.

Il tenta encore de voir au-delà de l'île, mais rien n'attira son attention. Juste les esprits habituels.

Des visions du futur continuaient de tourbillonner dans les yeux de Skye, de nouveaux visuels remplaçaient rapidement les précédents après quelques secondes.

Du sang.

Aya.

Une lumière vive.

Aya.

Des plumes brisées.

Aya.

Un hurlement d'Elizabeth.

Aya.

Issac ravala sa salive. Les diverses expressions dans le regard d'Aya ne lui plaisaient pas. Elle passait de la rage meurtrière à la jubilation et à l'amour, pour revenir à la rage. Mais la pire était une expression vide, comme si elle ne se souciait plus du tout de la vie ou de son sens.

Il espérait que cette vision ne se réaliserait jamais.

Chassant les images obsédantes de son cerveau, il chercha dans le reste de l'île tout ce qui sortait de l'ordinaire. Il ne trouva rien d'autre que des esprits inébranlablement déterminés : les Hydraiens étaient prêts pour la bataille.

— Balthazar est à Buenos Aires.

La voix de Vera précéda son apparition, ses ailes de couleur marine disparaissant en un éclair.

— Melanythos les a trouvés. Avec plusieurs guerriers séraphins. Ils ont besoin de nous.

Gabriel se volatilisa jusqu'à eux, ses plumes rouges s'évanouissant alors qu'il reprenait son état corporel.

— C'est risqué, lui dit-il. Si on fait ça, ils découvriront notre allégeance.

— Ils l'apprendront dès que Melanythos tentera d'altérer leurs souvenirs à nouveau, intervint Lucian en croisant les bras. Balthazar et Leela valent bien plus que n'importe quel risque. Toutes nos ressources sont à votre disposition, tous les Hydraiens que vous jugerez utiles, tout ce qu'il vous faut. Nous avons besoin d'eux ici. Et maintenant.

— Vos ressources ne nous aideront pas, répondit Gabriel qui se concentra alors sur Vera. On y va. Sethios, Caro et Stas, vous restez ici pour protéger les frontières. Ça nous fera peut-être gagner trente minutes.

Vera hocha la tête.

— Apparemment, la sieste que j'avais prévue ne va pas avoir lieu.

Il la regarda en clignant des yeux.

— Tu es immortelle. Le sommeil n'est pas une nécessité.

Elle lâcha un long soupir.

— Juste quand je pensais que Clara exerçait une influence positive sur ta susceptibilité, il faut que tu dises quelque chose comme *ça*.

Elle secoua la tête.

Il l'examina un instant.

— Tu nous fais perdre du temps.

Là-dessus, il disparut et Vera marmonna un juron.

— Trente minutes, répéta-t-elle en regardant Sethios. Si on n'est pas de retour d'ici là, tu peux imaginer le pire.

Elle disparut avant que quiconque puisse répondre, les laissant tous fixer la place qu'elle venait d'occuper.

— L'échec n'est pas une option, dit Lucian pour rompre le silence. Je dois préparer les autres. Prévenez-moi de...

— Wakefield ! apostropha Ezekiel, apparaissant sur la plage dans un voile d'air noir. J'ai besoin que tu soulages

Skye. Elle crie toujours « ils arrivent ! » et je ne parviens pas à la calmer assez pour qu'elle me dise ce qu'on doit savoir.

Issac échangea un regard avec Lucian, puis avec Aya.

Mais ce dernier fut de courte durée, car ses orbes verts s'envolèrent dans le ciel l'instant d'après.

— Merde, souffla-t-elle alors qu'un craquement retentissait dans l'atmosphère.

Ses plumes opale apparurent la seconde suivante alors qu'elle s'élevait dans le ciel.

— Les trente minutes ont commencé, annonça Sethios qui s'élança à la poursuite de sa fille.

Pinçant ses lèvres, le visage de Caro s'assombrit.

— Oh purin !

CHAPITRE 31

BALTHAZAR

LES ANGES DANSAIENT DANS LE CIEL, FAISANT PLEUVOIR DES étincelles électriques sur les humains.

Un spectacle saisissant que Balthazar pouvait enfin *voir*.

Pourtant, c'était la femme devant lui qui captivait toute son attention.

L'énergie grésillait autour d'elle, le filet constituant une barrière qui les séparait physiquement. Mais leurs psychés étaient totalement liées, tout comme leurs âmes.

Elle l'avait mordu à travers le filet magique et son esprit hurlait sa douleur. Le cri s'était rapidement transformé en gémissement lorsqu'elle avait avalé le sang.

La main sur la nuque de Leela, Balthazar absorbait le spasme qui lui parcourait le bras et qui provenait de l'énergie éthérée qui emprisonnait sa déesse.

Cela brûlait.

Mais il endurait cela pour elle, le besoin de la toucher et de la tenir surpassant la douleur provoquée par ses chaînes.

Leela, souffla-t-il.

Son pouvoir était pleinement engagé et débusquait les

derniers blocages de leurs esprits. Il avait besoin de connaître chaque détail de leur passé.

L'amour.

La vie.

Les rires.

Ils avaient vraiment été unis, avec Leela, la femme qui lui avait fait découvrir le véritable plaisir. Elle lui avait appris tout ce qu'il savait. Et il le lui avait bien rendu.

Il y avait eu plusieurs filles avant elle.

Et elle avait connu d'autres hommes avant lui.

Mais ils n'avaient pas trouvé de réelle alchimie jusqu'à ce qu'ils se rencontrent.

Tant de passion et d'ardeur, une liaison torride provoquée par un coup du sort.

Ils étaient faits pour être ensemble, leurs corps s'adaptant l'un à l'autre de manière si sublime et parfaite qu'il n'était pas étonnant qu'ils aient pu chaque fois contourner la manipulation de leur mémoire.

L'âme de Leela lui appartenait.

Et son âme appartenait à Leela.

Le lien n'avait été que partiellement achevé parce qu'aucun des deux n'avait compris les répercussions de sa morsure. Mais ils ne s'en étaient pas souciés non plus.

Parce qu'ils n'avaient d'yeux que pour l'autre, une sensation que Balthazar n'aurait jamais crue possible, mais dont il se souvenait désormais chaque seconde.

Elle l'avait tellement tenté qu'il n'avait plus voulu regarder une autre âme.

Jusqu'à ce qu'il soit forcé de l'oublier. Pourtant, leurs esprits étaient restés connectés. Son désir de la retrouver avait été écrasant et enivrant, et avait motivé ses actions au cours des millénaires.

Elle a toujours été faite pour moi, s'émerveilla-t-il en posant son front sur le sien.

L'élan d'enthousiasme que cela créa lui rappela le filet, mais il l'ignora, ayant besoin de sa déesse et des souvenirs qui les habitaient.

Ils traversèrent ensemble une histoire de sexe et d'intrigues, leurs vies se croisant constamment puisqu'ils se retrouvaient sans cesse.

Seulement pour que les souvenirs leur soient arrachés.

Melanythos avait foutu en l'air son cerveau. Elle apparaissait toujours pour brouiller sa compréhension du passé, le séduire et manipuler son esprit.

Il eut mal au cœur devant l'assaut des expériences volées, des souvenirs déformés et des injustices que Leela avait été forcée de regarder avant que sa propre mémoire ne soit effacée.

Dian l'avait contrainte à choisir : Balthazar ou les moments qu'ils avaient partagés.

Elle avait choisi Balthazar et avait supplié le Séraphin de lui laisser la vie sauve.

Du fait du lien partiel, il aurait pu être tué.

Mais désormais, ils étaient liés pour toujours et leurs esprits s'épanouissaient dans cette union.

Les combats faisaient rage autour d'eux, les Séraphins se battant dans le ciel tandis que Balthazar s'accrochait à Leela, revivant une dizaine de souvenirs à la fois.

Ils s'étaient souvent retrouvés au fil des siècles, jouant et forniquant, s'approchant régulièrement de la vérité. Mais c'était la première fois qu'ils découvraient leur propre histoire, qu'ils pouvaient la vivre ensemble, car c'était aussi la première fois que Balthazar avait pu accéder aux pensées de Leela.

Les règles avaient été redéfinies.

Les rôles avaient été inversés.

Et dorénavant, leurs avenirs s'entremêleraient indéfiniment.

Leela pouvait subir la réformation, mais cela ne démantèlerait pas son lien avec Balthazar.

On pouvait également lui infliger un traitement similaire, mais son âme serait à jamais à elle.

Un sourire de triomphe apparut sur son visage, les émotions de sa jeunesse caressant son cœur pour approfondir ce qu'il ressentait déjà pour Leela.

Son doux Séraphin.

Sa déesse pleine de vie.

Son audacieuse libertine.

Bon sang ! Il voulait l'embrasser, la dévorer, consommer ce lien de la plus pure des manières.

Mais ce fichu filet la retenait captive.

Le ciel s'ouvrit avec plus d'énergie éthérée, un éclair de lumière créé par l'épée de Stark attira l'attention de Balthazar. Elle heurta celle d'un autre guerrier et le cordon de feu engendré par la rage enserra les sens de Balthazar et poussa son pouvoir à se manifester.

Parce qu'il pouvait désormais affecter les Séraphins. Les percevoir. Les *sentir*.

Mais son don ne lui permit pas de manipuler leur essence.

Les runes de protection, réalisa-t-il. Vera restait entièrement muette pour lui, tandis que l'esprit de Stark ne donnait que des fragments de pensées.

Comment fonctionnent les runes de protection ? demanda-t-il à Leela. *Celles qui neutralisent le pouvoir des autres Séraphins, je veux dire.*

Leela répondit quelque chose dans un ronronnement, son esprit, au septième ciel des souvenirs, préférant se rappeler un incident en Scandinavie datant d'environ trois siècles. Ils s'étaient croisés dans la rue, littéralement, et avaient fini par passer deux jours au lit.

C'était la dernière fois que Melanythos avait modifié leur mémoire.

Leela était rentrée en réformation peu après, reprenant le processus depuis le départ.

Balthazar ne l'avait pas su, sa perception de la réalité ayant été complètement altérée par l'arrivée de Nythos. Elle s'était jouée de lui si parfaitement, apparaissant comme un fantôme de son passé pour détruire le moment qu'il avait partagé avec Leela.

Une partie de lui avait perçu que c'était une mauvaise chose, il le ressentait maintenant dans ses tripes, mais il s'était perdu dans sa manipulation.

Cette fois-ci, sa connexion avec la psyché de Leela avait contrecarré toutes les tentatives de démanteler ses souvenirs.

Non pas grâce au lien du sang qu'ils venaient de former, mais par le fait qu'il connaissait maintenant son esprit.

Un rebondissement fascinant, parce que c'était toujours son incapacité à entendre les pensées de Leela qui l'avait attiré vers elle chaque fois qu'ils s'étaient « rencontrés ». Alors qu'il avait vraiment besoin de cette connexion mentale pour rompre leur cycle tourmenté.

Peut-être qu'il l'avait soupçonné et que ça l'avait incité à la poursuivre.

À moins que ce ne soit que le destin.

Un autre craquement sec attira son attention vers le ciel. Un Séraphin tomba sans vie et son corps massif s'écrasa sur l'une des tables, faisant hurler les mortels quand il reprit sa forme corporelle.

Stark ne s'attarda pas là-dessus et frappa un autre Séraphin avec un éclair de lumière identique qui le fit lui aussi dégringoler.

Cependant, une légère inquiétude assombrissait l'aura

de Stark. Il disparut en un clin d'œil. Balthazar en chercha la cause, car le guerrier semblait tuer ses frères avec une facilité déconcertante.

Diversion, pensa Stark. *C'est... diversion.*

Balthazar fronça les sourcils et observa à nouveau la scène.

Melanythos accaparait Vera dans un combat d'énergie mystique pendant que Stark s'occupait des guerriers. À quatre contre un, ce dernier n'avait plus que deux Séraphins à neutraliser. Contrairement aux autres, l'un d'entre eux n'avait pas d'épée.

C'est celui qui a figé les humains, se rappela Balthazar en étudiant le long corps de l'homme. Il paraissait plus froid et réfléchi dans son approche, créant une sorte de rune qu'il avait clairement l'intention de lâcher sur Stark.

Mais le guerrier séraphin l'attrapa avec son épée et réduisit l'énergie en fumée avant de lancer une sphère de magie enflammée sur l'homme qui l'esquiva. Cependant, la boule pivota et explosa dans son dos, emprisonnant ses ailes pâles et l'envoyant planer vers le sol.

Il atterrit parmi les mortels qu'il avait initialement paralysés, leurs corps étant depuis longtemps libérés de l'emprise mystique qu'il avait exercée sur eux.

Beaucoup d'entre eux prenaient des photos et des vidéos plutôt que de s'enfuir pour sauver leur vie.

C'est donc l'humanité d'aujourd'hui, songea Balthazar, dégoûté. Personne ne cherchait à aider. Personne n'essayait de protéger les autres. C'étaient des spectateurs trop occupés par leurs foutus téléphones pour faire autre chose.

Diversion.

Le mot attira de nouveau l'attention de Balthazar, mais cette fois, il venait de Leela.

Il croisa son regard alerte qui avait provisoirement

interrompu son voyage dans le passé au profit de leur environnement actuel.

Leek et Kital ont disparu, poursuivit-elle, regardant les trois Séraphins hors de combat avant de lever les yeux vers le ciel. *Il y a vraiment quelque chose qui cloche, B. Ces guerriers sont trop jeunes pour cette mission. Ce qui veut dire que les combattants d'élite... sont ailleurs.*

Il jeta un nouveau coup d'œil à Vera et Stark et remarqua l'absence d'un Séraphin dans le ciel.

Patreel est parti.

Pourtant, il avait vu le traqueur arriver avec les deux autres.

Ce qui ne pouvait signifier qu'une chose.

Le Conseil est au courant pour Vera et Stark, dit-il dans un grognement sourd.

Soit Patreel les avait prévenus, soit ils l'avaient découvert d'une autre manière. Mais la suite était claire.

Le Conseil a attiré Vera et Stark ici afin de laisser Hydria sans protection.

Parce qu'à part Leela, ils étaient les principaux alliés d'Hydria à connaître la façon dont fonctionnaient le Conseil et les guerriers.

Caro avait également quelques idées, mais sa récente réformation l'avait laissée hors du coup.

Le Conseil avait donc provoqué une situation qui attirerait l'attention de Vera et de Stark en menaçant les vies de Balthazar et de Leela.

Était-ce Patreel qui les avait conduits ici ?

Ou s'étaient-ils volatilisés droit dans un piège ?

Balthazar secoua la tête : ce qui était fait était fait. Stark et Vera étaient ici.

Et les guerriers séraphins profitaient probablement de leur absence à Hydria. À l'instant même.

Merde, murmura Leela.

Balthazar partageait ce sentiment, mais il n'avait pas l'intention de se laisser décourager par ce revers. Les Hydraiens avaient besoin de lui. Et tant pis s'il tombait dans un piège tendu par les Séraphins.

C'était là que la famille comptait.

Là où les émotions brillaient.

Il ne renoncerait jamais à se battre pour ceux qu'il aimait, ce que ces salopards de Séraphins stoïques allaient bientôt apprendre.

— Il faut retirer ce filet, dit-il à Leela, la détermination assombrissant sa résolution. Désolé, mon cœur, mais ça va faire mal...

Chapitre 32

Stas

Un Séraphin aux plumes rubis planait juste au-delà des protections, ses yeux vert clair et ses traits ciselés rappelaient ceux de Stark.

— Tu dois être Adriel, supposa Stas en l'examinant.

Ses épaules carrées et ses épais cheveux dorés, moins blonds que ceux de Stark, suffisaient à trahir la ressemblance avec son fils.

Oui, c'est bien le père de Stark.

Fais attention, Aya, l'avertit Issac, l'inquiétude rayonnant à travers leur lien.

— Et tu dois être Astasiya, répondit platement le Séraphin de la Guerre. Le Conseil souhaite te parler.

— Oui, on m'a dit ça, répondit-elle.

— Gabriel était censé te conduire à eux pour une discussion. Je crains que ses intentions n'aient... changé.

— Hmm, ouais, il était occupé à me botter les fesses, répondit-elle honnêtement. Mais on jettera un œil à l'agenda de la semaine prochaine et on vous rappellera.

Il fronça les sourcils, le seul signe qu'il ressentait sans doute quelque chose. *La confusion.*

LEXI C. FOSS

— Tu ne peux pas ignorer une injonction, mon enfant.
Les édits existent pour une raison.

— Pour contrôler les Séraphins, répondit Sethios qui
apparut à côté d'elle. Oui, je trouve votre Conseil
supérieur assez fascinant. Vous posez vos derrières sous un
dôme, faites jouer les destinées dont vous voulez discuter et
proférez des édits auxquels tout le monde obéit comme par
magie. Ça doit être ennuyeux à force.

Adriel cligna des yeux avant de reporter son attention
sur Stas.

— Ton éducation a été faussée par l'influence des
abominations. Nous rectifierons cela pour toi.

— Ben voyons, dit Sethios. Ça n'a pourtant pas si bien
marché avec Caro, non ?

— Nous pouvons t'aider à comprendre la raison d'être
de notre espèce et la façon dont nous prospérons,
poursuivit Adriel, comme si Sethios n'avait rien dit.

— Le but étant de suivre aveuglément les ordres du
Conseil sans aucun égard pour les choix ou désirs
personnels, intervint encore son père. Non, merci.

Si Stas était d'accord sur le fait qu'elle ne voulait rien
avoir à faire avec ces êtres, elle était également prête à
négocier si cela permettait à Lizzie et Aidyn de vivre.

— Si j'accepte de t'accompagner pour rencontrer le
Conseil, épargneras-tu Lizzie et sa fille ?

Adriel la regarda fixement.

— Les abominations ?

Stas croisa les bras, ses ailes battant doucement dans
son dos pour la maintenir en l'air.

— Ce ne sont pas des abominations. Et elles ont un
nom : Lizzie et Aidyn.

Il cligna à nouveau des yeux, son expression ne laissant
rien transparaître.

— Les abominations ne peuvent pas vivre.

— Alors je suppose que je n'irai pas voir le Conseil.

Il inclina légèrement la tête sur le côté, rappelant à Stas un oiseau perplexe.

— Tu les choisis plutôt que ton propre peuple ?

— Je choisis ma famille plutôt qu'un Conseil qui tue sans pitié ou sans raison valable, répondit-elle en fronçant les sourcils. S'ils sont prêts à négocier, je les rencontrerai volontiers.

Elle se tut pour lui permettre d'y réfléchir, mais il la fixait de son regard vert vide.

Un temps.

Suivi d'un autre.

Et d'un troisième.

Puis il dit finalement :

— Si tu ne viens pas de ton plein gré, nous t'escorterons après avoir achevé notre tâche ici.

D'un geste de la main, il fit apparaître six autres Séraphins dans les nuages.

— À moins que tu ne préfères nous livrer les abominations maintenant ? Ensuite, nous quitterons l'île avec elles, et toi, pour retourner au Conseil. Dans ce cas, elles resteront en vie. Au moins jusqu'à ce que nous ayons fini de les étudier.

— Pour rencontrer le Conseil qui a ordonné de soumettre ma meilleure amie et sa fille à des expérimentations et finalement à la mort, répéta-t-elle avec une ironie songeuse.

Quelque chose qu'Adriel ne comprit visiblement pas, puisqu'il acquiesça simplement.

— Hmm, gronda-t-elle en inclinant la tête. Oui, je pense que je vais passer mon tour.

— Alors tu exposes cette île à la destruction, répondit Adriel.

— Pour quels motifs ? intervint Caro qui apparut de l'autre côté de Stas.

Sa présence surprit momentanément Adriel. Une émotion scintilla dans ses yeux verts et disparut en un éclair.

— Caro.

— Adriel.

Le père de Stas pouffa de rire.

— Quelles retrouvailles touchantes !

— Est-ce que le Conseil a ordonné l'extermination des abominations ? insista Caro en se concentrant sur Adriel.

— Nous sommes ici pour le Séraphin créé en laboratoire et l'enfant illégitime, répondit-il. Nous éliminerons tous ceux qui se mettront en travers de notre chemin.

— Moi y compris ? demanda Caro.

— Tu retourneras en réformation.

— Aucune chance, dit Sethios sur un ton glacial. *Jamais.*

— Sa programmation est défaillante, répondit Adriel en s'adressant enfin au père de Stas. Comme la tienne.

— Alors tu veux aussi m'enfermer dans une boîte ? grogna Sethios. Mon père m'a récemment forcé à me noyer dans un bloc de ciment. Donc, pour faire écho à ma fille, je crois que je vais *passer mon tour*, je suis devenu claustrophobe. Mais merci quand même.

Adriel jeta un coup d'œil à Stas.

— Ta destinée peut être sauvée si tu permets au Conseil de te guider. Tu n'es qu'une enfant à nos yeux. Tes fautes ne sont pas les tiennes.

— Mon destin est directement lié à une prophétie de destruction, dit Stas, très sérieusement. Je pense que je vais plutôt tenter ma chance avec ceux que j'aime.

— Que tu aimes, répéta Adriel en haussant les sourcils. Ça manque de sens pratique.

Elle le dévisagea.

— L'amour est bien plus puissant que ce que tu penses.

— Adriel, intervint à nouveau Caro. Il y a tant de choses que tu ne comprends pas, que tu ne *sais* pas.

— Tu oses dire cela à un ancien ? demanda-t-il

Son ton n'était pas exactement offensé, mais à la limite de la stupeur.

Une émotion, pensa Stas. *Adriel montre des signes d'émotion.*

C'est lui qui a été envoyé à Osiris pour la première réformation, répondit Issac. *Peut-être que c'est pour ça.*

— Osiris...

— Nous en avons fini avec cette conversation, Caro, répondit Adriel. Tu seras renvoyée en réformation, et ton compagnon et ta fille t'y rejoindront. Gabriel aussi, puisque nous avons maintenant la preuve de ses intentions. Il nous a trahis. Et je n'ai aucun doute sur le fait que tu es la cause de cette trahison.

Il sortit son épée et fut imité par les six autres derrière lui.

— Dernière chance de venir de votre plein gré, les menaça-t-il.

— C'est ce que mon père a dit quand il t'a invité dans cette chambre de réformation ? demanda Sethios sur le ton de la conversation.

Adriel fronça les sourcils.

— Je n'ai jamais subi la réformation.

— Osiris...

— Mon commandant, ils nous font perdre notre temps, interrompit l'un des guerriers séraphins. Nous devons frapper maintenant avant que Gabriel ne revienne.

Ce fut au tour de Stas de froncer les sourcils.

Ils savent que Stark n'est pas ici.

Comment ? demanda Issac. *Est-ce qu'ils peuvent le percevoir ?*
Non. Ils savent qu'il est parti et qu'il reviendra.

Le malaise parcourut ses veines, provoquant un frisson le long de sa colonne vertébrale.

C'était une diversion...

Avec Balthazar et Leela pour appâts, traduisit Issac. *Merde !*

Préviens Luc.

Je suis en train, répondit-il.

Cela signifiait que Patreel avait dû les trahir, mais il n'était pas là non plus. Elle reconnaissait vaguement l'ange qui avait parlé. C'était soit Leek, soit Kital. Les deux hommes étaient présents. Elle les avait vus en Islande, mais ne savait pas quel nom mettre sur quel visage.

L'autre traqueur était là aussi. *Arvane.*

Mais pas Patreel.

On a au moins trois guerriers séraphins, dont l'un est le plus âgé et le plus puissant, et un pisteur. Je ne connais pas les trois autres, mais tous ont des épées. Je suppose donc que ce sont aussi des guerriers.

Je transmets les détails à Lucian, répondit Issac.

Adriel ne semble pas au courant de sa propre réformation et le guerrier à ses côtés l'empêche de poser des questions.

Sa mère avait tenté de l'expliquer à deux autres reprises pendant que Stas parlait à Issac. Mais le guerrier l'interrompait chaque fois, affirmant que c'était inutile d'essayer de gagner du temps.

Les traits impassibles d'Adriel suggéraient qu'il était d'accord avec lui.

On devrait s'en servir, murmura Issac, les mots sonnant plus comme ceux de Luc, mais peut-être communiquait-il le sentiment de celui-ci.

Je ne pense pas qu'il soit d'humeur à écouter, dit Stas au moment où l'épée d'Adriel percuta l'une des protections.

L'énergie grésilla dans l'air comme un éclair alors que

la magie derrière la marque était réduite à néant.

Ah, ils arrivent... chuchota-t-elle alors que les autres commençaient à planter leurs épées dans les protections devant eux.

— Merde !

Elle se replia derrière le second niveau de sécurité, suivie par ses parents.

— On ne va pas tenir une demi-heure, dit son père.

Non, on aura de la chance si on tient cinq minutes, pensa Stas alors que les Séraphins finissaient de briser leur première ligne de défense.

— Il a amené les trois plus importants membres de sa lignée, après Gabriel, répondit la mère de Stas. Ainsi qu'un traqueur, un télépathe et un cryptographe.

— Un cryptographe ? répéta Stas. Tu veux dire un spécialiste des codes ?

— Dans ce cas, ils sont plutôt spécialisés dans les runes, répondit sa mère. Ils étaient au courant pour les protections.

— Patreel ? s'interrogea le père de Stas.

— Ou ils l'ont toujours su, dit sa mère avec un tressaillement lorsque les Séraphins attaquèrent la seconde ligne de défense. On doit retourner à terre.

Qu'est-ce qui se passe, mon amour ? demanda Issac.

Stas l'informa de leur descente et atterrit à côté de lui.

Luc était avec lui, le regard fixé sur le ciel. Alik les avait rejoints avec une horde d'Hydraiens qui les encerclaient. C'étaient en majorité des Gardiens, mais ils étaient aussi accompagnés par les plus puissants immortels dotés d'aptitudes défensives.

— Adriel est la clé, annonça Luc sans préambule. Nous devons lui faire comprendre ce que nous savons sur la réformation. Comme il est leur leader, sa confusion se répercutera sur les autres.

— Leek ne m'a pas laissé parler, dit sa mère, en faisant référence au guerrier aux cheveux noirs qui l'avait interrompue.

— Connaît-il la vérité ? demanda Luc.

— Impossible à dire, mais il a facilement convaincu Adriel qu'on tentait de gagner du temps, répondit-elle. C'est un stratagème pratique, je peux donc comprendre pourquoi il en a tiré cette conclusion.

— Ou alors, c'était une ruse habile pour t'empêcher de dire la vérité à Adriel, murmura Sethios, regardant le ciel. Il nous faut une nouvelle stratégie.

— La stratégie, c'est de convaincre Adriel de la vérité, réitéra Luc.

— Comment proposes-tu de faire ça ?

Sincèrement curieux, le ton d'Issac contenait une note de gravité, pas de moquerie. Son esprit faisait écho à ce sentiment, approuvant l'idée de Luc, mais souhaitait juste savoir comment la réaliser.

— Nous avons besoin d'Osiris, annonça Luc.

Cela fit taire tout le monde.

— Sans la faculté de Vera à manipuler la mémoire, poursuivit-il, et la capacité de Stark à faire potentiellement appel à l'instinct paternel d'Adriel, si tant est qu'il en ait un, nous n'avons pas d'autre option. Osiris est le seul à pouvoir le convaincre de la vérité.

— Il y a forcément un meilleur moyen, argumenta aussitôt Sethios. Et puis, ce n'est pas comme si on pouvait convoquer mon père. Il a passé sa vie à apparaître selon son bon vouloir, pas selon celui des autres.

— Mateo peut l'appeler, fit remarquer Luc.

— On fait ça, intervint Issac avant que le père de Stas ne puisse parler.

— Vous avez perdu la tête ? demanda Sethios qui désapprouvait manifestement l'idée.

Stas n'était pas sûre d'être d'accord non plus.

Sa mère tendit le bras vers lui alors qu'il allait s'approcher d'Issac.

— Sethios...

— Ce plan ne me plaît pas particulièrement. Et le fait qu'on doive s'appuyer sur la personne à qui on a essayé de cacher nos liens pendant des siècles encore moins. Mais on a besoin de son savoir, dit Issac, répondant au regard meurtrier de son père par un regard glacial. Ça m'étonnerait qu'il accepte de perdre ses atouts hydraiens aux mains d'une poignée de Séraphins. Il nous aidera.

— À quel prix ? demanda son père. En obligeant Stas à travailler avec lui ?

— Si ça permet à tout le monde de rester en sécurité, je paierai ce prix, intervint Stas avant qu'Issac ne puisse parler pour elle.

Non pas qu'il l'aurait fait, mais il connaissait son esprit et sa détermination. Il était au courant de ses intentions avant même qu'elle ne les exprime et le regard qu'il lui lança en fut la preuve.

— On n'a plus le temps de discuter, poursuivit-elle. Luc, essaye d'appeler Osiris. En attendant, on a besoin d'un plan de repli pour convaincre Adriel de la vérité.

Parce qu'elle reconnaissait que c'était leur meilleur espoir. S'ils pouvaient le convaincre de son histoire, il pourrait fléchir suffisamment pour que les autres Séraphins marquent un temps d'arrêt.

Bien sûr, Patreel s'était dérobé.

Et là, après avoir clairement attiré Vera et Stark dans un piège, on ne le voyait plus.

À moins qu'il ait été persuadé de le faire.

La lignée d'Osiris pouvait user de contrainte grâce à leur autorité sur la résurrection et la vie, mais y en avait-il une autre qui pouvait faire la même chose ?

Une question qu'elle poserait *après* s'être occupée du chaos dans le ciel.

— Blake, dit soudain sa mère.

— Quoi ? s'écrièrent plusieurs voix en même temps, y compris celle de Stas.

— En effet, répondit Luc avec un hochement de tête. Son état actuel pourrait suffire à piquer leur curiosité.

Caro hocha la tête.

— Je vais le chercher.

Elle disparut, laissant le père de Stas froncer les sourcils dans son sillage. Comme il ne disait rien à voix haute, cela suggérait qu'il parlait à sa mère via leur lien.

Ce qui n'aidait pas vraiment Stas à comprendre la situation.

— Pourquoi Blake ?

— Parce que c'est un humain qui a subi une forme de réformation, ce qui prouve qu'Osiris a au moins une connaissance concrète du processus. L'idée peu pragmatique de pratiquer une telle chose sur un humain peut être la diversion dont nous avons besoin pour tenir les Séraphins à distance.

— Et si ça ne marche pas ? insista Issac alors qu'un autre déferlement d'énergie grondait dans le ciel.

Plus qu'une seule barrière, pensa Stas d'un air sinistre.

— Alors, espérons qu'on pourra se battre assez longtemps pour qu'Osiris ou les autres arrivent, répondit Luc en tendant la main à Jacque. Téléporte-moi à Mateo. On doit discuter d'un plan. Alik, à toi de jouer.

Le télépathe sourit.

— Il était temps, bon sang.

— Où sont Jay et Lizzie ? demanda Stas.

— En sécurité, répondit vaguement Alik, concentré sur le ciel. Bon, voici ce qu'on va faire.

Il transmit ses ordres aux Hydraiens qui se mirent en

action avec une efficacité donnant à penser qu'ils s'étaient préparés pour un tel moment au cours des derniers siècles.

Sauf qu'ils avaient prévu de combattre les Ichoriens, pas les Séraphins.

Ce qui devint évident au moment où les anges atteignirent la plage. Ils semblaient presque s'ennuyer et avaient rengainé leurs épées dans une démonstration d'arrogance qui retourna l'estomac de Stas.

— Dernière chance d'obtempérer, mon enfant, dit Adriel, le regard fixé sur elle.

Merde. Ils n'allaient pas avoir le temps de faire diversion. Parce que même si sa mère pouvait ramener Blake pour une discussion, ces Séraphins étaient plutôt d'humeur à tuer. Tout dans leurs postures et leurs regards laissait transparaître la soif de sang.

Ils méprisaient les abominations.

Ils étaient là pour tuer sans pitié ceux qu'ils pensaient ne pas être faits pour ce monde.

Ce qui ne leur laissait qu'un seul choix.

On se bat.

On se bat, répondit Issac. *Toujours.*

Toujours, convint-elle, ses lèvres se retroussant devant la confiance de son ton et la façon dont ce mot caressait ses sens.

— Je choisis la vie, admit-elle honnêtement. Je choisis l'amour. Je choisis la famille.

Elle commença à dessiner une rune que Gabriel lui avait enseignée, consciente qu'elle ne ferait pas grand mal à un être de la puissance d'Adriel. Mais cela servait de message.

Je ne plierai pas.

Elle lança la protection.

Adriel la fit dévier.

Et la bataille commença.

Chapitre 33

Leela

UN TIRAILLEMENT DANS LA CONSCIENCE DE LEELA LA FIT grimacer. Il était directement lié à la rune située dans le bas de son dos, le lien de fidélité l'alertant des désagréments de Stas.

Elle transmit la sensation à Balthazar, lui expliquant ce que cela signifiait.

Ils avaient raison de dire que c'était une diversion, un moyen d'écarter Vera et Gabe d'Hydria.

Ils vont défendre l'île, lui assura Balthazar.

Tes Hydraiens ne sont pas prêts à combattre les Séraphins.

Nous sommes plus capables que tu ne le crois.

Ils vont lutter contre un ennemi invisible qui utilise le pouvoir éthéré pour se battre, pas des armes standards, lui rappela-t-elle.

Ils trouveront un moyen.

L'assurance qu'il dégageait l'aidait à surmonter sa propre appréhension, mais le tiraillement persistait.

Il tira d'un coup sec un morceau du filet sur sa gorge, lui arrachant un sifflement.

Tu sais, j'ai toujours été un fan du bondage, dit-il tranquillement. *Mais là, on passe à un niveau bien supérieur.*

Seul un sadique apprécierait ce degré de torture au lit, dit-elle les dents serrées, tressaillant lorsqu'il brisa un autre cordon autour de son épaule. *Sethios adorerait ça.*

Balthazar eut un grognement.

Je connais quelques Hydraiens qui adoreraient aussi.

Alik ? supposa-t-elle.

Dans une vie antérieure, répondit Balthazar, l'air triste. *Avec Jenika.*

Leela se souvint de la femme blonde.

On s'est rencontrées une fois.

Elle se remémora une fête où des flammèches léchaient le bout des doigts de cette femme qui dansait.

Qu'est-ce qui lui est arrivé ?

Lucinda l'a tuée, répondit-il, d'un ton amer. *Sur ordre d'Osiris.*

Leela fronça les sourcils.

Ça paraît contre-productif de tuer une personne aussi puissante que Jenika.

Elle se souvenait de la facilité avec laquelle elle manipulait le feu, laissant derrière elle un sillage de flammes lorsqu'elle se déplaçait sur la plage.

Balthazar ne répondit pas, mais ses pensées confirmèrent qu'il était d'accord.

Il continua à défaire les filaments éthérés, la douleur se réverbérant dans son esprit. Mais il l'endurait pour elle, sa résolution de la délivrer étant sa priorité et son unique pensée.

Le dernier filament autour de son cou céda, libérant complètement sa tête.

Sans perdre de temps, les lèvres de Balthazar retrouvèrent les siennes passionnément tandis qu'il continuait à faire travailler ses mains sur son corps. Ils étaient en plein chaos, des anges se battaient au-dessus d'eux, des humains criaient autour et elle était immobilisée par des fils ardents. Pourtant, elle n'avait jamais autant désiré un baiser de toute sa vie.

Elle avait besoin de lui.

D'eux.

De leur lien.

De tout ce qu'ils avaient à offrir, leurs corps mourant d'envie l'un de l'autre tandis que leurs âmes batifolaient dans une dimension qu'aucun d'entre eux ne pouvait voir, juste sentir.

Sa langue rencontra la sienne dans un baiser puissant, enivrant et parfait.

Elle ne sentait plus le feu qui l'enveloppait, le filet s'étant dissous au fond de ses pensées alors qu'elle savourait cette étreinte nécessaire.

Balthazar restait résolument concentré, ses doigts effleurant sa peau tandis qu'il continuait à briser le matériau qui l'enserrait.

Jusqu'à ce qu'elle soit enfin libre et capable de se jeter sur lui.

Elle enroula ses bras autour de son cou et son corps se fondit dans sa force. La sensation d'être de retour *chez elle* frappa ses sens et la submergea entièrement.

À moi, souffla-t-elle, se perdant contre lui juste un instant. *Tu es à moi.*

Il sourit contre sa bouche.

Hmm, je pense que j'aime la façon dont ça sonne.

Vraiment ? se demanda-t-elle sincèrement. *Parce que je sais ce que tu penses de la monogamie.*

Elle avait souvent ressenti la même chose. Mais Balthazar était différent. Elle ne voulait rien d'autre. Quand elle était avec lui, il comblait tous ses désirs. Personne ne pouvait faire le poids.

Je n'ai jamais considéré la monogamie parce que mon âme n'a jamais été satisfaite par qui que ce soit, lui murmura-t-il.

Il ouvrit les yeux pour capter son regard tout en prenant son visage entre ses mains.

— Je t'attendais.

Pour achever notre lien, réalisa-t-elle.

Il hocha la tête, sa paume glissant vers sa nuque pour la maintenir contre lui tandis qu'il pressait sa main contre le cœur de Leela.

— Tu es à moi, aussi.

Les lèvres de Balthazar s'emparèrent des siennes avant qu'elle ne puisse répondre.

Non pas qu'elle ait eu grand-chose à ajouter.

Ils étaient enfin complets, deux âmes unies par un rituel qui transcendait le temps et l'espace.

Avec l'enfer qui dansait au-dessus et autour d'eux.

Mel lui avait pris ça. Dian aussi. Ils l'avaient soumise à trois mille ans de solitude, d'expérimentation et d'interminables *réformations*.

Pas étonnant qu'elle ait eu des sentiments si forts tout au long de sa vie. Elle avait lutté contre un châtiment qu'elle ne méritait pas. Cherchant l'amour de sa vie, son cœur, l'autre moitié de son âme.

Tous ces amants ne lui importaient désormais plus. Seuls Balthazar et les sentiments et sensations qu'il pouvait éveiller en elle comptaient. Et elle savait qu'il ressentait la même chose.

Ces aventures précédentes paraissaient fades, comparées à celle-ci, à leur amour, à leur *destinée*.

Pourtant, on lui avait caché cela.

Sa propre sœur.

Son attention se porta sur la garce qui luttait dans le ciel contre Vera, leurs pouvoirs irradiant d'elles alors qu'elles se battaient avec leurs facultés plus qu'autre chose.

Elles avaient probablement utilisé des runes pour

démanteler leurs défenses et s'étaient sans doute plongées dans l'esprit de l'autre pour tenter de le détruire.

Leela plissa les yeux. Elle était le sexe personnifié, grâce aux lignées de la Fertilité et de la Sensualité, créant la parfaite Aphrodite que Mel avait régulièrement tenté d'incarner dans les temps anciens.

Mais Leela était la véritable déesse de la beauté, de l'amour et du sexe. Ce qui signifiait que ses facultés psychiques n'étaient pas très utiles au combat.

Cependant, elle avait appris quelques trucs.

Et elle pouvait envoyer un méchant crochet du gauche.

L'épée de Gabe fit tomber le dernier guerrier et sa tête atterrit sur une table.

Leela n'entendit même pas les cris, elle était entièrement concentrée sur Mel.

Gabe se dirigeait déjà vers cette dernière pour lui régler son compte, provoquant une réaction instinctive de la part de Leela. Elle se volatilisa aux côtés de Vera, laissant Balthazar observer le tout d'en bas, et frappa Mel en plein visage.

— Espèce de salope, gronda-t-elle en l'attrapant par les cheveux et en tirant si fort qu'elle lui en arracha une poignée.

Puis elle la frappa encore avant de créer sa propre rune pour emprisonner la femme dans des filaments de braises ardentes.

Mel se mit alors à tomber vers le sol sous sa forme corporelle et atterrit tête la première au beau milieu de la rue avec un *craquement* satisfaisant.

Le sang gicla partout.

Son corps complètement brisé.

Elle se remettrait en quelques minutes.

Ou pas, songea Leela quand Gabe apparut à côté de Mel pour lui trancher le cou.

OK, ça lui prendra plutôt quelques jours, donc.

Elle ne se rétablirait pas aussi vite que les guerriers qui étaient dotés d'un pouvoir de régénération accélérant le processus. Certains Séraphins mettaient jusqu'à un mois pour se remettre d'une décapitation. Cela prendrait probablement quelques jours à sa demi-sœur. Peut-être une semaine.

Sauf si les humains l'enterraient d'ici là.

Ce qui emprisonnerait Mel indéfiniment.

Une pensée qui plaisait beaucoup à Leela, vu son humeur actuelle.

En fait...

Elle fondit sur la dépouille pour s'en emparer, se volatilisa au milieu de l'océan, à une centaine de kilomètres au large, et laissa tomber la tête de Mel.

Puis elle fit une centaine de kilomètres dans la direction opposée pour y larguer son corps.

Ça, ça la ralentirait un peu.

Surtout si son corps ou sa tête finissait par couler au fond ou par être mangé par une créature marine.

— Tiens ! Va guérir de *ça* ! dit-elle, consciente que l'âme de sa sœur serait à proximité.

Bien sûr, elle ne pouvait pas l'entendre. Les esprits ne rôdaient pas dans cette dimension comme des fantômes, mais disparaissaient temporairement dans un autre état pendant qu'ils reconstituaient leur forme corporelle.

Satisfaite, Leela retourna auprès de Balthazar, Gabe et Vera. Ils observaient les humains d'un air sinistre, les téléphones prenant des photos et des vidéos dans tous les sens.

— On n'a pas le temps, Vera, dit Gabe. Il va falloir leur laisser leurs souvenirs.

Balthazar s'était rembruni.

— Les vidéos sont déjà en ligne. Même si tu modifies leurs esprits...

Il n'eut pas besoin de terminer sa phrase, tout le monde comprit l'implication.

— Trop de gens l'ont vu maintenant, dit Leela à voix haute.

— Ça s'est déjà produit et on a pu le contenir, commença Vera, le regard fiévreux.

— Pas comme ça, répondit Balthazar. La technologie permet désormais aux nouvelles de se répandre instantanément dans le monde entier.

— Ils trouveront une quelconque explication pour ça, insista Gabe. On n'a pas le temps de s'inquiéter pour eux. Les protections sont tombées à Hydria. Je peux *sentir* l'énergie du combat dans mes veines.

— C'était une diversion, dit Vera, son expression s'assombrissant. La manipulation de mémoire que j'ai pratiquée sur Leek était trop précipitée. Sa génétique de guerrier le guérissait plus vite que je ne pouvais travailler. D'après ce que Melanythos m'a dit dans le ciel, Leek a compris que quelque chose clochait et il s'est rendu auprès du Conseil. Ils ont restauré ses souvenirs et connaissent désormais notre véritable allégeance.

Gabe se tut un moment avant de hocher la tête.

— Alors on n'a plus rien à cacher.

— Je suis d'accord.

Vera ne semblait ni surprise ni attristée par cela, elle l'acceptait seulement.

— On doit y aller.

Le ton de Gabe laissait transparaître un soupçon d'urgence et l'inquiétude faisait cligner ses iris vert pâle.

Il était lié à Clara, ce qui signifiait qu'elle venait de lui dire quelque chose.

Leela faillit lui poser la question, mais un frisson

d'effroi parcourut sa colonne vertébrale : la rune de fidélité palpitait de puissance et de *souffrance*.

Ça ne va pas du tout.

— On doit partir tout de suite, répéta Gabe en disparaissant.

Vera suivit sans un mot.

De petits cris de stupeur résonnèrent dans la foule, faisant tressaillir Balthazar. Il pouvait entendre toutes leurs pensées et sentir la confusion qui se dégageait de leurs auras.

Leela enroula ses bras autour de lui.

— Je te tiens, lui chuchota-t-elle à l'oreille.

Elle déclencha sa faculté à se volatiliser et les emmena directement à Hydria où ils atterrirent sur la plage éclairée par la lune.

Cela n'avait cependant rien de romantique.

C'était cauchemardesque et cruel.

La puanteur âcre de la chair brûlée.

Les faibles gémissements.

Les pleurs.

Une sinistre sensation de pouvoir.

Une désolation totale.

Hydria...

Hydria évoquait la *mort*.

CHAPITRE 34

STAS

Une demi-heure plus tôt

SEPT CONTRE CENT, CELA PARAISSAIT LOIN D'ÊTRE équitable.

Toutefois, les dons hydraiens n'avaient aucun effet sur les Séraphins.

Et sous leur forme éthérée, ceux-ci restaient invisibles.

Les seuls capables de les voir étaient Issac, Stas et son père.

Sa mère n'était pas encore revenue.

Mais Eliza était arrivée avec Amelia, Tom, Tristan et Nadia.

Un souffle violent se fit entendre sur toute la plage. Le regard de Tristan se porta vers les Séraphins qui formaient un V protecteur derrière Adriel.

Il s'avança légèrement et la terre gronda en signe de protestation, la vibration trahissant ses pas.

— Brillant, dit Issac avec un sourire lorsqu'une seconde réverbération révéla la position de Leek.

Comment Tristan fait-il cela ? se demanda-t-elle.

Il n'aurait pas dû être capable de...

Elle écarquilla les yeux.

Tu lui montres où se trouvent les Séraphins.

Je le montre à tout le monde, rectifia Issac. *Tristan ne fait qu'améliorer le visuel avec du son.*

Sur ordre d'Alik, un groupe d'Hydraiens se rua en avant, ouvrant le feu et lançant des couteaux sur les assaillants. Mais les projectiles passaient à travers leurs corps éthérés.

Leek envoya alors une rune vers les Hydraiens. Sethios l'intercepta et la réexpédia vers l'océan. L'énergie éthérée, telle une grenade, explosa en un brasier au-dessus des vagues.

Le guerrier séraphin en projeta plusieurs autres, dont deux qu'elle réussit à attraper et à jeter comme son père. Mais la troisième frappa les forces hydraiennes, provoquant un incendie qui en fit hurler plusieurs.

Les flammes furent aussitôt étouffées par l'un des Hydraiens qui se servit de son aptitude à contrôler l'eau.

Mais d'autres runes arrivèrent, trop rapides pour que Stas les rattrape toutes. Sethios s'y attela également. Ils étaient les seuls capables de voler suffisamment vite pour contrer la puissance de feu éthérée.

Elle vit soudain les exercices de Stark sous un nouvel angle : il l'avait vraiment ménagée.

Merde !

La formation en V se fractionna lorsqu'Adriel s'éleva dans le ciel entouré par Arvane et Kital, laissant Leek mener le raid sur la plage.

— Je m'occupe d'Adriel, annonça son père. Caro me rejoindra quand elle aura réveillé Blake.

Réveiller Blake ? pensa Stas.

Mais elle n'eut pas le temps de demander ce que cela signifiait, car Leek tira une nouvelle salve de grenades.

Stas prit son envol et en rattrapa la plupart pour les dévier vers l'océan. Quelques-unes lui échappèrent, provoquant de nouvelles explosions, mais les Hydraiens se chargèrent des conséquences.

On doit trouver un moyen de les faire tomber, grogna Stas en continuant à intercepter les tirs. *Les dons des Hydraiens sont inutiles contre eux.*

Le feu serait efficace s'ils prenaient leur forme corporelle, répondit Issac.

Mais comment les faire... ?

Un filet s'abattit sur elle, bourdonnant de puissance. Elle se baissa et le bord de la toile éthérée frôla son aile, lui arrachant un petit cri.

Stark ne lui avait jamais montré ce tour-là.

Et le cri d'un Hydraien sur la plage lui dit que ça marchait sur tout ce qui bougeait, pas seulement sur un Séraphin sous sa forme angélique.

Je m'en occupe, dit Issac alors que Stas se tournait vers le pauvre immortel piégé sous l'énergie. Pour lui, cela ressemblait probablement à un feu invisible.

London, dit Stas, se rappelant le nom de l'Hydraien qui n'avait que quelques centaines d'années et la capacité de contrôler l'air. *Peux-tu lui montrer les filaments ?*

J'y travaille, mon amour, répondit Issac, sa voix mentale épuisée. *Concentre-toi sur les orbes.*

Stas se tourna vers Leek, nota la puissance de feu entrante et bondit à nouveau dans le ciel pour attraper les sphères.

Seulement, celles-ci étaient différentes.

Elles n'explosaient plus avec un temps de retard, mais plutôt à la seconde où elle les touchait, ce qui l'envoya s'écraser au sol. Elle se volatilisa vers l'océan avant qu'une autre ne puisse l'atteindre. Elle entendit le cri inquiet d'Issac dans son esprit.

Je vais bien, dit-elle d'une voix rauque, l'impact de l'orbe initial ayant mis le feu à son corps.

Mais l'eau la refroidit immédiatement et estompa la brûlure tandis que son immortalité se déclenchait pour la guérir.

Finalement, Stark a été trop gentil avec moi, grommela-t-elle en essayant de remuer ses ailes.

Une autre boule lumineuse fonça sur elle.

Ses yeux s'écarquillèrent et elle se volatilisa juste à temps pour l'éviter.

Leek volait au-dessus d'elle avec un air blasé.

— Tu aurais dû accepter l'offre d'Adriel.

Une déclaration inexpressive, suivie d'un autre filet d'énergie auquel elle échappa de justesse.

Au moins, il était concentré sur elle et non sur les Hydraiens de la plage. En dehors du guerrier très expérimenté avec qui elle devait jouer à cache-cache, il leur en restait quand même trois à éliminer, grâce à l'assistance visuelle d'Issac.

Elle se volatilisa au-dessus de lui dans les nuages, puis disparut pour réapparaître à sa droite.

Où un orbe l'attendait déjà.

Il la frappa en pleine poitrine, ce qui la précipita dans l'océan avec un cri de douleur. La boule d'énergie se transforma en rocher qui la piégea sous l'eau, allongée sur le sable.

Son cœur battait à tout rompre et des cauchemars lui revenaient en mémoire : elle était enchaînée sous les vagues.

Hurlant à l'agonie.

Mourant à répétition.

Sans pouvoir s'échapper.

Ni bouger.

Ni *respirer*.

La voix d'Issac résonnait dans son esprit, mais elle ne pouvait pas l'entendre à cause du bruit de l'eau dans ses oreilles. Elle serra la mâchoire, refusant d'inspirer.

Mais elle ne pouvait pas se volatiliser.

Elle ne pouvait pas *remuer*.

La magie la tenait captive, lui rappelant qu'elle s'était déjà trouvée sous terre.

Oh bon sang...

Elle poussa de toutes ses forces, incapable de bouger.

Des cris retentirent dans sa tête. Peut-être les siens. Ou ceux d'Issac. Ceux des Hydraiens de la plage. *Ou de Lizzie.*

Stas serra les dents.

Je ne vais pas mourir ici. Ils ne vont pas m'avoir aussi facilement. Je ne vais pas endurer ces conneries !

Mais le rocher ne voulait pas bouger, bordel ! Il semblait maintenant se prolonger par des chaînes s'enroulant autour d'elle pour la retenir sous l'eau et s'assurer qu'elle se noierait... tout comme sa mère... les cauchemars... le destin qu'elle avait toujours redouté.

Ses bras tremblaient.

Ses jambes cessèrent de remuer.

Ses poumons brûlaient.

Les yeux lui piquaient.

Non, non, non ! Réfléchis !

Il y avait forcément un moyen de s'en sortir, de contrer l'énergie éthérée.

Le fait qu'elle retenait Stas captive signifiait qu'elle n'était pas encore vraiment sous le niveau de la mer... Une fois sous l'eau ou sous terre, les Séraphins ne pouvaient pas se volatiliser.

Mais... Stark a bien dessiné une rune dans les cachots d'Osiris, non ?

Ce qui signifiait qu'elle pouvait en créer une aussi. *Peut-être.*

Elle lâcha les chaînes d'énergie, ferma les yeux et se concentra sur la magie qui l'entourait, essayant de trouver une faille dans le sort.

Ces derniers jours, Stark lui avait enseigné plusieurs runes, pour la plupart défensives. Il avait déclaré qu'elle n'avait pas le temps d'apprendre les runes offensives. Elle devait avant tout savoir se défendre.

D'où les leçons où elle avait dû attraper et lancer des boules magiques.

Mais elle n'avait pu saisir celle-là et avait été frappée de plein fouet.

Bon, et maintenant ?

La voix de Stark résonna dans sa tête, lui rappelant la fois où il l'avait piégée sur un tapis d'entraînement pendant sa formation de Sentinelle.

Furieuse, elle avait songé qu'il se comportait comme un enfoiré. Mais à cet instant, elle voyait cette leçon sous un nouveau jour.

Déplace-moi, avait-il dit. *Déplace l'obstacle.*

Elle l'avait alors éjecté d'elle.

Mais elle ne pouvait pas en faire autant avec le rocher.

Elle pouvait toutefois essayer de le fracasser.

Concentre-toi, concentre-toi, se dit-elle alors que ses tripes lui demandaient d'inspirer.

La voix d'Issac était à nouveau dans sa tête, son ton affolé s'emparant de son esprit.

Aide les autres, lui dit-elle.

Aya...

Je vais trouver une solution, lui promit-elle. *Aide juste les autres.*

Merde, elle avait besoin de respirer !

Elle était sous l'eau depuis trop longtemps.

Elle allait se noyer.

Et mourir.

Mais je reviendrai, pensa-t-elle en délirant. *Je reviendrai... et j'aurai encore deux ou trois minutes...*

Elle avait déjà vécu cela. Elle pouvait le refaire.

Cette fois, elle comprenait ce qui se passait, savait qu'elle pouvait s'échapper, qu'il y avait un moyen de *s'en sortir*.

Les cauchemars menacèrent à nouveau son esprit, l'entraînant sous les vagues, dans l'obscurité de la mer, vers une forme détériorée : sa mère mourant sans fin...

Stas eut un frisson, la fraîcheur de l'eau envahissant ses poumons et la brûlant de l'intérieur.

Elle accueillit la douleur et se sentit vivante malgré la réalité.

Je reviens tout de suite, dit-elle à Issac. *Continue de te battre.*

La colère d'Issac s'abattit sur ses sens, la suivit dans les profondeurs de la mort.

Et la ramena en promettant de la venger quand elle se réveilla à nouveau.

Aya ! cria-t-il.

Ses lèvres s'entrouvrirent, l'instinct de vouloir respirer la frappa de plein fouet. Mais elle le réprima, murmura à Issac qu'elle était de retour et se mit à réfléchir aux runes que Stark lui avait enseignées.

Issac menaça d'aller la chercher et de la sortir lui-même.

Non, dit-elle. *Tu es le seul à pouvoir aider ceux qui sont sur la plage.*

C'est un putain de massacre, Aya, grogna-t-il avec une frustration et une peur manifestes.

J'arrive, promit-elle.

Mais sa bouche l'obligea à inspirer de nouveau. Elle absorba plus d'eau et fut renvoyée dans les ténèbres.

Elle revint, l'esprit plus concentré que jamais, et se mit

à tramer de l'énergie éthérée au-dessus de la surface, à seulement un mètre cinquante de sa tête.

Je ne suis pas sous l'eau.

Je peux toujours voir la lune.

Je peux le faire.

Mais elle n'avait pas assez de temps. Deux minutes s'écoulèrent durant lesquelles elle se noyait... Ses poumons se consumaient.

Elle revint furieuse, maudissant Leek et son foutu rocher.

Je vais le détruire. Ensuite, je te détruirai aussi.

Un cri perçant déchira l'air au-dessus d'elle, assez fort pour l'atteindre sous les vagues.

Les Hydraiens mouraient.

L'île était en train de perdre la bataille.

Il n'en a fallu que sept, pensa-t-elle sans réfléchir. *Merde, merde, merde !*

Elle commença à s'agripper à l'énergie, la faisant tournoyer aussi vite qu'elle le pouvait, l'aiguisant pour la transformer en une foutue grenade, son esprit se rappelant la magie qu'elle avait attrapée à maintes reprises.

Deux minutes passèrent.

Elle partit.

Et revint avec une détermination renouvelée.

La panique d'Issac continuait de filtrer dans ses pensées.

Je ne peux pas mourir, lui rappelait-elle sans cesse. *Toi non plus.*

Et elle vaincrait cela.

J'y suis presque...

Le triomphe bourdonnait dans ses veines, la rune était finie. Maintenant, elle avait juste besoin de l'amadouer. Elle dut se concentrer, se maîtriser, puiser dans un pouvoir qu'elle ne comprenait pas entièrement pour tirer le fil sous les vagues.

Trop tard, pensa-t-elle d'un air hébété, sa bouche s'ouvrant à nouveau.

Se noyer...

Tomber dans l'obscurité.

Flotter...

Hein ? pensa-t-elle, l'esprit engourdi.

Elle ouvrit les yeux et sa bouche aspira l'air frais. Crachant et toussant, elle réalisa que sa rune avait fonctionné, l'explosion s'étant produite pendant qu'elle était inconsciente.

Bien joué !

Elle s'élança dans la nuit et entrouvrit la bouche à la vue des flammes recouvrant la plage, illuminant les taches de sang sombre sur le sable noir.

Issac !

Elle se volatilisa à toute vitesse vers l'endroit où elle l'avait vu pour la dernière fois.

C'était une putain de boucherie. Certains étaient complètement morts. D'autres étaient hors de combat, mais au moins, ils s'en remettraient.

Comme lorsque les Sentinelles avaient fait irruption lors du mariage de Lizzie et Jayson.

Lizzie, pensa-t-elle, l'esprit en ébullition.

Combien de temps avait-elle perdu dans les vagues ? Assez pour que les Séraphins aient pu avancer dans l'île.

On les retient, lui dit Issac d'une voix tendue. *Tout juste. Mais on les retient.*

Où es-tu ?

La réponse lui arriva dans la seconde qui suivit : une étincelle vola dans le ciel alors que London utilisait sa capacité à manipuler le vent pour créer une sorte de protection contre les runes.

Ils sont invisibles, mais ils ont besoin d'un flux d'air constant pour nous atteindre, expliqua Issac.

L'eau rejoignait le mur de London, créant un bouclier formé par les éléments qui semblait faire reculer les Séraphins pour le moment.

Cela ne durerait pas.

Ils trouveraient bientôt un moyen de contourner ce problème.

Stas commença à se diriger vers eux, son esprit travaillant en surrégime alors qu'elle essayait de découvrir une autre solution, une stratégie pour les abattre.

Elle n'avait pas d'épée.

Et elle était loin d'être à la hauteur avec les runes.

Leek l'avait bien trop facilement maîtrisée lorsqu'il s'était concentré sur elle. Et il récidiverait sans aucun doute. Mais elle ne le voyait nulle part. Seuls deux Séraphins semblaient se battre contre les Hydraiens.

Où est Leek ? A-t-il réussi à passer dans les terres avec l'un d'eux ?

Ils étaient quatre sur la plage et trois autres étaient partis dans le ciel avec son père à leurs trousses.

Ezekiel et Eliza les ont attirés vers les arbres. Un message envoyé par Skye et relayé par Ezekiel. Je n'ai pas tout compris.

Elle allait hocher la tête, mais les Séraphins lancèrent une nouvelle spirale d'énergie sur le bouclier, créant un fracas retentissant qui fit bondir plusieurs Hydraiens en arrière.

Leurs runes étaient de plus en plus fortes.

Il doit y avoir un moyen...

Un cri aigu frappa encore son esprit. Non, pas son esprit. Ses *oreilles*.

Elle jeta un coup d'œil vers le haut, cherchant son origine. C'était le même que celui qu'elle avait entendu sous l'eau.

Lizzie, réalisa-t-elle. *C'est Lizzie.*

Issac...

Vas-y ! lui dit-il avant qu'elle ne puisse finir. *Je m'en sors.*

Stas s'élança dans les airs, se volatilisant vers sa meilleure amie et le chaos qui régnait autour de chez Luc.

Des corps jonchaient le sol.

Y compris ceux de Sethios et Blake... immobiles... morts.

Elle fondit sur le terrain à côté d'eux, ses yeux s'arrondissant à la vue du regard sans vie de son père.

— Papa ? murmura-t-elle, assaillie par les souvenirs de l'avoir perdu il y a tant d'années.

Mais il avait survécu.

Il n'était pas mort ce jour-là. Il avait juste été enlevé. Et elle l'avait *sauvé*.

C'est un Séraphin. Immortel. Il reviendra.

Pour Blake... ce ne serait pas le cas. Il était encore humain, mortel. Sa poitrine avait été entièrement tailladée par un Séraphin.

Un autre cri s'éleva dans l'air, attirant son attention vers sa mère... à genoux... une lame sur la gorge.

Une dague tenue par Kital.

Adriel parlait sans émotion, ses mots se perdant dans le vent. Ou peut-être que l'esprit de Stas ne les enregistrait simplement pas. Parce qu'il pointait une épée sur le cou de sa meilleure amie. Jayson était à terre à côté d'elle, il ne respirait pas.

Pas décapité. Pas mort, pensa-t-elle automatiquement.

Sa voix mentale avait pris un étrange ton évaluateur, de nature stoïque, pragmatique. *Séraphique.*

Aidyn était dans les bras de Lizzie, accrochant ses petits poings aux cheveux roux de sa mère.

Les deux tremblaient.

Les deux étaient terrifiées.

Pourtant, Adriel parlait.

Stas ne l'entendait pas. Elle ne voyait que la lame sur la gorge crémeuse de Lizzie.

Le métal entama un mouvement.

Vers le haut.

Décrivant un arc.

À un angle qui ne pouvait signifier qu'une chose.

— Si c'est ton choix, dit Adriel, ses paroles perçant finalement l'esprit de Stas. Alors, je vais sceller ton sort.

Stas cligna des yeux.

Ses lèvres s'entrouvrirent.

L'épée se mit à fendre l'air.

Et un cri s'échappa de la gorge de Stas. Si retentissant, si puissant, si... *furieux*.

Ils avaient attaqué sa famille, ses proches. Et ce Séraphin de la Guerre avait l'audace d'essayer de *décapiter sa meilleure amie devant elle* ?

Son pouvoir ruissela dans ses veines. Elle le lâcha dans le vent vers Adriel comme si elle avait l'intention de l'étrangler.

Mais il était trop loin pour qu'elle puisse l'atteindre.

Et trop proche de sa meilleure amie.

Avec cette putain d'épée en l'air.

Sur le point de décapiter une femme *tenant un bébé*.

— Arrêtez ! cria Stas.

Sa voix n'avait jamais été aussi autoritaire, aussi puissante. Elle se propagea sur sol, amplifiant l'énergie jaillissant du bout de ses doigts et faisant flamber l'air autour d'eux.

Elle poussa un mugissement vers les cieux, exigeant un châtiment pour cette injustice.

Ils avaient attaqué les Hydraiens.

L'avaient noyée.

Avaient neutralisé son père. Et Jayson.

Tenaient sa mère sous la menace d'un couteau.

Avaient tué Blake.

Et Grace et Ash, ajouta son esprit en regardant leurs formes sans tête. *Morts.*

La colère grandit encore en elle, se déversant par le bout de ses doigts sous forme d'arcs électriques qui frappèrent Adriel, Kital et Arvane en pleine poitrine.

Ils tombèrent alors à genoux et elle continua à en lâcher d'autres. Et d'autres encore…

Ils ne feront plus de mal à qui que ce soit.

Ils ne prendront pas Lizzie.

Ils ne prendront pas Aidyn.

La voix mentale d'Issac irradiait à nouveau dans son esprit, lui demandant ce qu'elle faisait, mais elle ne pouvait répondre. Elle écumait de *rage.*

Ces monstres avaient attaqué sa famille.

Ils voulaient qu'elle obéisse ? Qu'ils aillent se faire foutre !

Au lieu de cela, ils subiraient la colère de sa désobéissance.

Un autre cri s'éleva dans sa gorge, vibrant dans l'air tandis qu'une puissance accrue s'échappait du bout de ses doigts, faisant trembler le sol sous sa fureur.

Une haine comme elle n'en avait jamais connu enflamma ses veines tandis que des images de la plage défilaient dans sa tête : le sang, les vies perdues, l'horrible bataille devant la maison de Luc. Elle ne savait même pas si ce dernier était encore vivant. Jacque l'avait-il téléporté à temps ? Mateo ? Et les autres Gardiens ?

Les seules têtes qu'elle avait vues appartenaient à Grace et Ash, mais il devait y en avoir d'autres. Jay avait un peloton de Gardiens pour lui, tout comme Luc. Étaient-ils tous morts ? Ou juste mis hors de combat ? Se réveilleraient-ils à nouveau ?

Des larmes coulèrent sur son visage, l'impression d'avoir échoué la frappant en plein ventre et lui insufflant une énergie supplémentaire.

De la chaleur.

De la lave.

De l'électricité.

Ses ongles lui faisaient mal, le sol rocheux entamant sa peau, mais elle l'ignora. Et sa douleur, son angoisse et sa colère envahirent l'atmosphère.

Ces connards de Séraphins devaient *ressentir, comprendre.* Ils étaient des outils, des armes, des coquilles insignifiantes dénuées d'émotions. Ils ne comprenaient pas le sens de la vie, de la famille, de *l'amour.*

Elle poussa tout cela vers eux, les forçant à expérimenter chaque parcelle d'existence, exigeant qu'ils *respectent le but de la vie.*

Pourquoi exister sans émotion ?

Sans lien avec les autres ?

Sans *sentiment* ?

Leur existence futile lui brisait le cœur et son âme hurlait devant l'injustice qui leur était faite.

Tout le monde autour d'elle pleurait aussi.

Lizzie. Aidyn. La mère de Stas.

Elle ressentit leur chagrin et le canalisa dans la toile d'existence qu'elle tissait autour de l'île.

Pourquoi vivre ? Pourquoi exister ? Pourquoi respirer tout court ?

Ces êtres étaient cruels. Ils n'avaient aucun but. Ils avaient vécu leur vie pour rien.

Mais elle les obligerait à *ressentir.*

Elle les forcerait à comprendre le sens de l'existence.

Elle contraindrait leurs âmes à éprouver des sensations, à *vivre.*

Vous... allez... sentir... la douleur...

La douleur de sa perte. Celle d'Issac, de Luc, du

monde en général. De la perte potentielle d'autres vies : des amis, des êtres chers, des êtres qui *comptaient*.

L'électricité bourdonnait autour d'elle, hérissant les poils de ses bras et de ses jambes. Elle n'avait plus froid. Elle n'était plus trempée par les vagues. Elle n'était plus du tout un être corporel.

Mais un Séraphin d'une grande puissance.

Une essence éthérée qui exigeait que ces anges *se prosternent* devant une nouvelle raison d'être.

Les sensations.

La vie.

Les sentiments.

Les émotions.

Le feu se déchaîna sur son être, se déversant dans ses veines en une force invisible qui parcourut encore une fois ses bras jusqu'au sol. Elle était un esprit possédé par le chagrin, la colère et la détermination.

Des larmes brouillaient sa vision.

La nuit caressait ses sens.

Tout incarnait la beauté, les âmes dansant autour d'elle à son commandement, s'inclinant sous son énergie.

Cette puissance faisait *mal*.

Elle ne pouvait ni respirer ni bouger. Elle était esclave de la sensation de cette purge.

Jusqu'à ce que ses oreilles entendent la quiétude.

Le silence magnifié.

Un murmure d'acceptation.

Une *lueur*.

Elle ravala sa salive, inclina la tête et examina ses mains. Elles semblaient normales, toujours pâles, ses ongles souillés par la saleté des rochers, mais sinon exactement comme elles avaient l'habitude d'être. Pourtant, elle pouvait sentir une vibration d'énergie statique effleurer sa peau et encourager son esprit.

Tant de pouvoir, s'émerveilla-t-elle, fixant la paume de ses mains comme si elles contenaient toutes les réponses.

Aya, souffla Issac dans son esprit. *Tu vas bien ?*

Je ne sais pas, admit-elle. *Je... j'ai l'impression d'avoir... implosé ?*

Tu as vaincu tous les Séraphins, lui dit-il. *Ils... pleurent.*

Elle fronça les sourcils, reporta son attention sur Adriel, Kital et Arvane et constata qu'ils pleuraient en effet.

Co-comment ?

Elle ravala à nouveau sa salive et son estomac se serra à la vue de ces êtres puissants agenouillés qui la regardaient avec révérence et crainte.

L'expression de sa mère exprimait la même adoration, tout comme celle de Lizzie.

Stas secoua la tête.

—Je... je ne...

Des applaudissements lents se firent entendre à sa gauche, le son perturbant le silence autour d'eux.

Elle cligna des yeux, son cœur battant rapidement dans sa poitrine. Puis elle se tourna doucement vers le son.

Et trouva Osiris appuyé contre un arbre, les jambes croisées au niveau des chevilles, comme s'il n'y avait pas eu d'éruption de pouvoir quelques secondes avant.

— Bravo, ma petite-fille, la félicita-t-il. Maintenant, peux-tu recréer ce pouvoir et l'utiliser sur une île entière de Séraphins ?

CHAPITRE 35

IL ÉTAIT TEMPS ! DIT ALIK, ENCLENCHANT SA TÉLÉPATHIE pour parler directement à Balthazar. *Wakefield nous aide à voir les Séraphins. Mais on ne peut pas leur faire de mal...*

Il s'interrompit.

Balthazar fronça les sourcils lorsqu'un bourdonnement statique se mit à danser sur sa peau.

La puissance ondulait autour d'eux, refroidissant l'air comme un sinistre baiser de la mort.

Leela eut un frisson et resserra sa prise autour de son cou.

Balthazar fouilla rapidement l'esprit des personnes les plus proches de lui, cherchant une explication, des informations, *tout* ce qui pouvait lui dire ce qui se passait.

La voix mentale de Jay était inexistante, ce qui fit bondir son cœur.

Mais les pensées de Lizzie confirmaient que son meilleur ami était toujours vivant.

Et Luc observait la source de cette énergie, ses talents stratégiques analysant la démonstration qui se déroulait devant lui.

Stas, souffla Balthazar. *C'est ce que nous ressentons.*

Je sais, murmura Leela. *Je... je peux le sentir à travers le lien d'allégeance.*

Que fait-elle ? demanda-t-il.

Mais il eut sa réponse la seconde suivante lorsque les esprits des Séraphins s'ouvrirent sur toute l'île, lui permettant non seulement d'entendre leurs réactions, mais aussi de percevoir leurs *émotions*.

Balthazar resta interdit devant la confusion, la terreur et la tristesse qui l'assaillirent en même temps. Il faillit perdre pied, mais la présence de Leela le maintenait ancré, lui donnant une racine à laquelle s'accrocher pendant qu'il absorbait le chaos qui se déchaînait sur Hydria.

Les combattants séraphins étaient tous tombés à genoux, leurs esprits totalement sous l'emprise de Stas.

Mais Leela semblait aller bien.

Est-ce que Stark ou Vera avaient été touchés ? Et Sethios et Caro ?

L'esprit submergé d'Issac, que Balthazar pouvait officiellement réentendre, lui dit qu'il allait bien, mais qu'il était légèrement inquiet pour Stas, car elle ne lui répondait pas.

Et elle venait de se noyer plusieurs fois avant de s'envoler vers la maison de Luc.

À cet instant, elle semblait pleinement embrasser son pouvoir, rendant tout le monde sur cette île conscient de sa force et de sa puissance.

En contraignant les Séraphins à... à...

Elle les force à ressentir leurs émotions ?

Balthazar ne savait pas trop comment expliquer la sensation qu'il éprouvait, mais il voulait partager ces suppositions avec Leela.

C'est comme si elle leur faisait comprendre le but de la vie.

Elle est de la lignée d'Osiris. Il est le Séraphin originel de la Vie et de la Résurrection. Elle déclenche... un pouvoir... de sa lignée, répondit Leela, son expression s'accordant à son ton abasourdi. *Je n'ai jamais vu ou ressenti une telle chose.*

Tu peux le percevoir ?

Seulement grâce à toi, avoua-t-elle. *Et la froideur de l'air. Sinon, je ne ressens rien. Elle ne me contraint pas du tout.*

Il hocha la tête, son esprit cherchant Stark. À part une légère surprise, il semblait aller plutôt bien. Du moins, d'après les bribes que Balthazar tirait de ses pensées.

Clara se tenait à côté de lui, le guerrier séraphin s'étant directement rendu auprès d'elle dès son arrivée, une information qu'il avait captée dans l'esprit de Clara.

Parce qu'il pouvait l'entendre comme avant, grâce à son lien avec Leela.

Et Clara s'était réellement liée à Stark.

Une chose qu'il découvrit non pas en fouillant dans son esprit, mais à partir des sentiments qui émanaient d'elle.

Le soulagement.

La confusion.

Un soupçon de peur.

Et une bonne dose de confiance.

Les émotions de l'île l'avaient engloutie, mais il semblait que l'apparition de Stark l'avait aidée à retrouver son calme.

Rien que pour ça, il approuvait. Mais il reviendrait plus tard sur le pourquoi et le comment de ce lien.

Balthazar se mit à la recherche de Sethios ou de Caro, trouvant le premier aussi silencieux que Jayson, mais il entendit Caro très clairement. La fierté rayonnait d'elle, teintée d'un soupçon de crainte.

Qu'est-ce que ça veut dire ? se demandait-elle. *Que lui fera le Conseil quand il découvrira ça ?*

Une excellente question.

Balthazar retourna vers son plus vieil ami, curieux

d'entendre son évaluation finale, et fronça les sourcils lorsqu'il remarqua l'absence de surprise dans ses pensées.

Nous devons rejoindre Luc, dit lentement Balthazar. *Tu peux nous volatiliser jusque chez lui ?*

Leela ne demanda pas pourquoi, elle actionna sa capacité à voler et les transporta dans le salon de Luc.

Son vieil ami se tenait à la fenêtre, observant Stas et les trois Séraphins agenouillés dans l'herbe. Mateo et Jacque l'encadraient, le regard fixé sur les événements extérieurs.

D'après le bavardage mental des autres Hydraiens, il y avait encore deux Séraphins agenouillés sur la plage, complètement captivés par la transe que Stas avait tramée dans l'air.

Mais Mateo et Luc ne semblaient pas si inquiets, leur posture était détendue. Jacque était le plus vigilant du groupe, braquant ses yeux argentés sur Balthazar dès son arrivée. Ses lèvres se retroussèrent, le soulagement se reflétant sur ses traits.

Balthazar lui fit un clin d'œil, heureux de le voir aussi sain et sauf. Les pensées d'Owen étaient proches et suggéraient qu'il se trouvait également dans la maison.

Pas surprenant.

Ces deux-là étaient clairement passés à l'étape suivante de leur amitié. Ils en étaient encore au stade initial, alors il n'insisterait pas. Mais il approuvait absolument. Cela faisait des décennies que les deux Hydraiens se tournaient autour. Bien avant la mort supposée d'Owen.

Jacque n'avait clairement pas apprécié le fait d'avoir été maintenu dans l'ignorance, mais il ne laisserait pas l'occasion lui échapper à nouveau.

Cependant, une certaine colère demeurait dans son aura, suggérant que les deux hommes avaient encore quelques détails à régler.

— Content de te revoir à la maison, B, dit Luc sans se retourner. Et aussi juste à temps.

— Certains diraient que je suis en retard, répondit Balthazar.

Luc hocha la tête.

— Mais tu es sain et sauf. C'est tout ce qui compte.

— Je suis surpris que tu sois encore là, esquiva Balthazar, conscient que son vieil ami avait quelques secrets dans sa tête.

L'un d'entre eux concernait le fait qu'il avait anticipé la réaction de Stas.

Parce qu'Osiris en avait mentionné la possibilité.

Un fait qui surprit Balthazar plus qu'il ne l'aurait admis.

Depuis quand discutes-tu ouvertement avec Osiris ? voulut-il demander. Mais il faisait confiance à Luc depuis trois millénaires. S'il parlait à Osiris, c'est qu'il avait une très bonne raison de le faire.

— Vu la situation, je ne peux pas abandonner Hydria comme ça, répondit Luc en se tournant vers lui. Ils ont besoin d'un leader.

— D'un roi, rectifia Balthazar.

Son vieil ami poussa un soupir en secouant sa tête blonde.

— On sait tous les deux que je ne suis pas en état de gouverner en ce moment, B.

La sincérité tourbillonnait dans ses yeux émeraude.

— Je ne suis pas en mesure de prendre des décisions appropriées et logiques.

— C'est possible, approuva Balthazar, sentant la fureur dans son aura. Mais ton raisonnement est toujours lucide.

Luc le considéra pendant un instant.

— Peut-être. Je passe pourtant mon temps à douter de

moi ou de mes décisions. J'ai besoin... de retrouver une certaine clarté.

Balthazar se tut, conscient de ce que son ami désirait. Elle était juste là, à l'orée de ses pensées, cette demande de répit. Même s'il savait que c'était probablement le pire moment pour s'échapper et se ressourcer.

Du coup, il était resté.

Mais à chaque instant qui passait, sa psyché se détériorait, la colère l'emportant sur la patience.

Luc avait temporairement besoin de ne pas prendre de décisions. Un moment à lui pour faire son deuil, pour laisser libre cours à sa fureur, pour exécrer le monde entier.

Un rafraîchissement psychique.

Et il voulait que Balthazar gouverne en son absence.

Jay était trop occupé par sa fille pour prendre le trône.

Alik était trop amer pour ça.

Ce qui ne laissait que Balthazar comme véritable option.

Pour combien de temps ? voulut-il demander. Mais il savait que son vieil ami ne serait pas capable de lui fournir un délai. Il partirait le temps dont il aurait besoin pour reprendre le contrôle de ses émotions et de son esprit logique.

B, chuchota Leela, toujours concentrée sur les fenêtres. *Osiris vient de se volatiliser là-bas.*

Balthazar suivit aussitôt son regard, remarquant le Séraphin qui applaudissait près des arbres. Luc avait également redirigé son attention, mais il ne sembla pas surpris par cette arrivée.

Parce qu'il l'avait appelé, un fait que Balthazar tira de son esprit et de celui de Mateo.

Ils l'avaient contacté pour qu'il explique la réformation à Adriel. Un plan judicieux, sauf que le Séraphin de la Vie et de la Résurrection ne s'était pas pointé à temps pour être d'une grande aide. Sa petite-fille avait plutôt fait le travail pour lui.

Ce dont il semblait maintenant assez fier.

Le teint olive de son crâne chauve reluisait sous le clair de lune, la lueur créant un halo factice autour de son cuir chevelu.

Un ornement approprié pour un Séraphin.

Mais il n'y avait rien d'angélique chez cet homme ou dans son âme.

Balthazar se dirigea vers la porte, voulant entendre leur conversation.

Les autres le suivirent et le rejoignirent à l'extérieur tandis qu'Osiris disait :

— Maintenant, peux-tu recréer ce pouvoir et l'utiliser sur une île entière de Séraphins ?

Stas le regardait en clignant des yeux, trop abasourdie par son apparition, ou peut-être par ce qu'elle venait d'accomplir, pour parler. La confusion créée par ce pouvoir indescriptible tourbillonnait dans son esprit. Elle savait qu'elle avait mis en échec les Séraphins par une forme de renaissance, en les forçant à ressentir leurs émotions. Seulement, elle n'avait aucune idée de la façon dont elle avait fait ça.

Par la colère.

Par le désespoir.

Par l'épuisement.

Toutes les causes étaient possibles dans son esprit, mais Balthazar soupçonnait qu'il s'agissait d'une combinaison des trois, renforcée par l'amour.

Elle avait puisé dans ses facultés pour sauver sa meilleure amie. Un exploit admirable qui méritait certainement des éloges, mais Balthazar doutait qu'elle veuille les recevoir d'Osiris.

— Hmm, c'est bien ce que je me disais, continua

l'ancien Séraphin, répondant lui-même à sa question sur la capacité de Stas à recréer ce pouvoir. Je suis prêt à commencer ton entraînement quand tu le souhaiteras, Astasiya.

Elle fronça les sourcils, une partie de sa confusion cédant la place à une ardente vague d'émotions intenses.

La furie.

Cela alourdissait l'air autour d'eux et noyait toutes les autres émotions dans la clairière.

Leela appuya sa main dans le bas du dos de Balthazar, ressentant clairement la sensation à travers leur lien.

Cela ressemblait à une flamme d'un rouge profond, brillant rageusement et brûlant bien plus que tout le reste. Sauf que c'était invisible et que personne ne semblait le remarquer, à part Balthazar.

Parce qu'il percevait les émotions volatiles de Stas.

Tout comme il pouvait entendre la rage qui se déversait dans ses pensées.

Elle venait de comprendre une chose que personne n'avait encore réalisée. Mais au moment où elle le pensa, Balthazar savait qu'elle avait raison.

— Tu t'es contenté de regarder tout ça se produire, dit-elle sur un ton faussement calme. On t'a appelé à l'aide, mais plutôt que de venir nous donner un coup de main, tu es resté là à attendre que ça soit fini.

Osiris la fixait, mais ses yeux, du même vert que ceux de sa petite-fille, ne laissaient rien transparaître.

— Tu avais besoin d'un terrain d'entraînement. Je t'en ai fourni un.

Elle haussa les sourcils.

Mais ce fut Caro qui répondit, sa colère rivalisant avec la fureur de sa fille.

— C'est toi qui as orchestré tout ça ?

Osiris la regarda.

— Pas directement. Leek connaissait déjà la vérité à cause de la manipulation de mémoire trop hâtive de Vera. Je n'ai fait que précipiter l'inévitable en leur donnant un agent à manipuler.

— Patreel, dit Leela.

Balthazar fut surpris. Non pas par la réponse, puisqu'il se doutait de la même chose, mais par le fait qu'elle le dise à voix haute.

— Il avait rempli sa mission et n'était plus utile à aucun d'entre nous, répondit Osiris, confirmant indirectement son implication dans les événements de ce soir. Il méritait aussi son sort, ce que tu peux reconnaître, j'imagine, étant donné le rôle qu'il a joué dans tes réformations.

Les mâchoires de Leela se crispèrent, son esprit faisant écho à ses paroles, ce qui fut aussitôt suivi d'une réfutation.

Patreel n'en savait rien, pensa-t-elle. *Il n'était qu'un pantin.*

Balthazar se pencha sur elle, lui assurant en silence qu'elle n'était pas seule dans ce conflit mental. Il était d'accord sur le fait que Patreel devait être puni pour ce qu'il avait fait, mais il pensait aussi que ce n'était pas vraiment sa faute non plus.

Le Conseil supérieur des Séraphins était à blâmer plus que quiconque. Ou, en tout cas, ses membres originels.

— Patreel s'est peut-être attiré ce sort, quel qu'ait été son rôle auprès du Conseil, dit Stas. Mais Grace ne méritait pas de mourir. Ash non plus. Les Hydraiens sur la plage ne méritaient pas non plus d'être blessés ou tués. Et mon père, Jay, Lizzie et *Aidyn* n'ont pas mérité tout ça.

Stas avançait d'un pas à chaque mot jusqu'à ce qu'elle ne soit plus qu'à un mètre d'Osiris.

— Les sacrifices sont souvent nécessaires lorsqu'on forme une personne aussi puissante que toi, répondit-il, nullement gêné ni par sa proximité ni par la fureur tranquille qui se dégageait d'elle.

— Les *sacrifices* ? répéta-t-elle. Tu as mis tout le monde en danger. Tu as laissé des innocents mourir. Juste pour me *former* ?

Son poing atterrit sur la mâchoire d'Osiris, ce qui choqua tout le monde autour d'elle.

Caro fit un pas en avant, mais Osiris leva la main et elle s'arrêta à mi-chemin. Soit par le simple effet de son geste, soit par une sorte de contrainte qu'il avait libérée. Balthazar ne pouvait pas lire l'ancien immortel, ses émotions et son esprit lui appartenaient totalement. Sans doute grâce à une sorte de rune. Ou peut-être grâce à sa seule puissance.

Cependant, cela ne semblait pas intimider Stas. Elle lui dit en pleine face :

— Je ne m'entraînerai jamais avec toi. Plus maintenant. Pas après ce que tu viens de faire. Tu es un monstre.

— Ce n'est pas moi qui ai envoyé les guerriers ici pour tuer Elizabeth et sa progéniture, fit-il remarquer d'une voix dénuée d'émotion. C'est le Conseil supérieur des Séraphins.

— Pourtant, tu es resté là à les regarder quasiment réussir, lança-t-elle. Ça te rend tout aussi coupable.

— Ça me rend patient, répondit-il. Et ça signifie que j'ai foi en ce que tu peux faire. Et j'ai eu raison, comme le prouve *tout ceci*.

Il fit un geste en direction d'Adriel, Arvane et Kital, tous à genoux, fixant Stas avec des visages émerveillés comme si elle était une déesse digne d'être vénérée.

— Et si tu avais eu tort ? demanda-t-elle. Tu les aurais laissés tuer Lizzie ? Aidyn ? Jayson ?

— J'ai rarement tort, voire jamais, répondit Osiris.

— Je ne suis pas prête à mettre les autres en danger sur

la base de cette présomption, lâcha-t-elle. Je ne suis pas comme toi.

— C'est exactement pour ça que tu as *besoin* de moi, lui dit-il. J'étais là. Si la situation s'était avérée vaine, je serais intervenu. Hélas, on n'a pas eu besoin de moi. *Tu* étais la solution. Mais tu avais besoin de ce coup de pouce pour faire confiance à ton propre pouvoir et découvrir ce que tu peux accomplir sans compter sur tes mentors pour le faire à ta place.

Gabe et Vera, songea Leela, les bras croisés. *C'est comme ça qu'il est impliqué. Il a dû contraindre Patreel à dire à Mel ou Dian où nous trouver, et le persuader d'aller demander de l'aide à Vera et Gabe. Il voulait qu'ils soient absents pour tester Stas.*

Donc le Conseil n'était pas derrière cette diversion.

Ils auraient pu l'être, murmura-t-elle. *Mais ça résulte de l'influence indirecte d'Osiris à travers Patreel. C'est lui qui a conçu les règles du jeu.*

Les pensées de Luc faisaient écho à l'analyse de Leela, son propre esprit réfléchissant à la stratégie et la trouvant logique, voire un rien respectable. Mais il n'était pas d'accord avec l'approche sacrificielle d'Osiris.

Balthazar non plus.

Ils avaient perdu quelques bonnes personnes encore ce soir. Des Hydraiens dont ils avaient désespérément besoin pour le combat à venir.

Des Hydraiens comme Ash et Grace, pensa-t-il, son regard tombant sur leurs corps sans vie. *Ils n'ont pas mérité ça.*

La main de Leela s'aplatit contre sa colonne vertébrale et elle posa sa tête sur son épaule pour lui offrir son soutien. Balthazar aurait à supporter l'essentiel de ce coût émotionnel, surtout si Luc le laissait aux commandes.

Qui d'autre avons-nous perdu ? se demanda Balthazar. *Combien sont morts aujourd'hui ?*

— Vous nous avez coûté plusieurs vies importantes ce

soir, dit Luc sans détour, son raisonnement étant sur la même longueur d'onde que celui de Balthazar.

C'était la raison pour laquelle ils étaient bien assortis pour diriger. Luc avait l'avantage stratégique, tandis que Balthazar connaissait l'esprit et le cœur de leur peuple.

— Ash était notre meilleure pyrokinésiste, poursuivit Luc. Grace était jeune, mais très compétente dans l'art de lire l'histoire des objets, en plus de se battre.

— Pour la première, je ne suis pas d'accord. Et vous avez toujours Owen pour remplacer la seconde, répondit Osiris.

Luc fronça les sourcils.

— Nous n'avons pas d'autres pyrokinésistes sur l'île.

— Peut-être pas. Mais il y a des gens qui peuvent prendre leur place. Et j'en ai tenu compte dans les événements de ce soir, dit-il en croisant les mains devant lui. La puissance globale d'Hydria reste aussi forte que jamais. Ce qui s'est avéré assez déterminant contre les Séraphins, une chose qui, je le sais, les choquera, parce que le Conseil ne s'attendait pas à un tel combat et qu'il n'en a envoyé que sept.

— C'était donc un exercice d'entraînement et un test, traduisit Stas, les poings serrés sur les côtés comme si elle avait envie de frapper à nouveau Osiris.

Balthazar doutait que l'ancien lui permette un autre coup.

Il espérait donc, pour le bien de Stas, qu'elle se calme, même s'il comprenait tout à fait sa colère.

— Il n'y a pas que le pouvoir dans la vie, dit tranquillement Balthazar. Nous sommes une famille. La perte de nos proches joue sur notre moral, ce qui peut fortement saper notre aptitude à combattre avec cohésion.

Luc en était une preuve suffisante : la disparition

d'Aidan avait eu une incidence sur sa capacité à gouverner.

Osiris observa Balthazar un moment avant de regarder Lizzie et Aidyn, puis tourna son regard vers Stas.

— Peut-être y a-t-il des choses que tu pourrais également m'apprendre, proposa-t-il. Généralement, l'humanité est considérée comme faible, mais tu m'as montré aujourd'hui qu'elle peut aussi avoir ses forces.

— Je ne m'entraînerai pas avec toi, répéta Stas, inflexible.

Ses émotions suggéraient qu'elle parlait toujours sous le coup de la colère.

Balthazar ne pouvait pas lui en vouloir.

Mais la déception imprégnait l'esprit de Luc. Parce que même s'il n'était pas d'accord avec les méthodes d'Osiris, il pouvait voir l'avantage pratique de travailler avec lui.

Balthazar jeta un coup d'œil à son plus vieil ami, surpris par ses pensées.

Luc l'ignora, son regard fixé sur l'ancien Séraphin.

Osiris poussa un soupir.

— Si, mon enfant, tu n'auras pas le choix, dit-il en s'éloignant d'elle. Je serai dans les parages.

Il jeta un coup d'œil à son fils à terre et pinça les lèvres.

— Guéris-le, Caro. Guéris-les tous.

Plutôt que de se volatiliser, il marcha simplement vers les arbres et disparut dans la nuit au coin d'un chemin.

— On le laisse se promener sur Hydria maintenant ? demanda Stas alors que Caro s'agenouillait à côté de Sethios.

La contrainte, réalisa Balthazar. *Il vient de l'obliger à guérir.*

Évidemment, murmura Leela.

— Je pense qu'Osiris se promène déjà sur Hydria depuis des siècles, dit Luc à voix basse, les yeux plissés vers le chemin qu'Osiris venait d'emprunter. Combien de pertes avons-nous subies ?

— Luc ?

La voix d'Eliza venait de l'obscurité. Un soupçon de panique précéda son arrivée, son aura troublée par un mélange de stupéfaction et de terreur.

Balthazar fronça les sourcils, son pouvoir s'activant aussitôt pour tenter de découvrir ce qui provoquait cette réaction chez elle.

Il avait passé les derniers mois à écouter ses émotions afin de l'aider à guérir des horreurs de son passé.

Mais dès qu'elle pénétra dans la clairière et qu'elle vit tout le monde debout, elle se figea.

Ou peut-être était-ce à cause du regard glacial que Luc lui adressa.

— Je n'ai pas le temps pour toi maintenant, lâcha-t-il. Reviens plus tard.

— Luc, intervint Balthazar en s'avançant.

Luc lui lança un regard.

— Pas maintenant.

Si elle me parle tout de suite, je vais dire ou faire quelque chose que je vais regretter.

L'aveu résonna entre eux et l'expression sérieuse de Luc fit réfléchir Balthazar.

Depuis des mois déjà, son vieil ami persistait à nier son attirance pour l'Hydraienne, affirmant qu'elle était beaucoup trop jeune pour lui, trop inexpérimentée. Mais ça ne l'empêchait pas de la désirer secrètement.

À cet instant, il semblait admettre ouvertement son attirance, du moins à Balthazar, et dire qu'il n'était pas prêt à y faire face dans son état d'esprit actuel.

Parce qu'il ne voulait pas risquer de détruire avec quelques mots bien sentis la possibilité qu'il avait devant lui.

Une évolution intéressante.

Ou peut-être la fatigue lui avait-elle soutiré cet aveu.

Quoi qu'il en soit, Balthazar hocha la tête, disant qu'il comprenait.

— Mais j'ai vraiment...

— Eliza, j'ai des choses plus importantes à gérer pour l'instant. Nous devons notamment rassembler les morts sur l'île, déclara fermement Luc. Sauf si tu peux me donner le nombre de victimes hydraiennes, ça peut attendre.

La femme aux cheveux noirs ravala sa salive, la détermination assombrissant ses iris sombres. Elle inclina le menton pour dire qu'elle avait compris, son esprit devenant étrangement vide tandis qu'elle repartait dans l'obscurité sans un mot de plus.

Balthazar soupira. Ce n'était pas du tout la bonne façon de gérer la situation, mais c'était mieux que de laisser Luc lui exploser à la figure.

Pourtant, il se demandait ce qu'elle avait voulu dire. Elle semblait le camoufler dans son esprit, peut-être parce qu'elle avait remarqué que Balthazar était dans les parages, ce qui ne fit que l'intriguer davantage.

Il allait presque la suivre pour lui parler en tête-à-tête quand Sethios revint à la vie avec un juron furieux qui détourna l'attention de tous.

Caro se rendit aussitôt auprès de Jay, sans même embrasser Sethios, le prendre dans ses bras ou commenter son rétablissement.

Ce qui lui fit froncer les sourcils et jeter un coup d'œil autour de lui.

— *Papi* l'a contrainte à guérir tout le monde, expliqua Stas, les dents serrées.

Ignorant les autres, les sourcils froncés, Sethios s'agenouilla à côté de Caro, appuyant sa main sur son épaule. L'énergie circulait entre eux, la connexion était palpable et forte.

Il ne dit rien et se mit juste au travail pour s'efforcer de l'aider à travers leur lien.

Essaye-t-il de briser la contrainte ? se demanda Balthazar.

Il lui offre peut-être de l'énergie pour qu'elle reste stable, répondit Leela. *Son don de guérison est récent et ça doit l'épuiser.*

Ce qui voulait dire qu'elle avait besoin d'aide.

Balthazar chercha l'esprit de la seule Hydraienne qui pouvait l'assister et la trouva sur la plage.

— Lara est en train de guérir London, dit-il à l'intention de Luc. D'après ce que j'entends dans ses pensées, il n'y a pas beaucoup de morts définitifs, juste des blessures graves ou des Hydraiens qui mettront quelques jours à revenir.

Les Hydraiens ne mouraient que par décapitation ou par exsanguination complète, ce qui se produisait lorsqu'une balle incendiaire pénétrait dans le sang. Cependant, les Séraphins n'avaient pas utilisé d'autres armes que leurs épées éthérées. Du moins, c'est ce qu'il comprenait des esprits qui l'entouraient.

— Aya, souffla Issac, faisant irruption des arbres, là où Eliza s'était tenue.

Balthazar fronça les sourcils, réalisant que Stas avait disparu sans un mot.

Il essaya de trouver son esprit, mais les émotions d'Issac secouaient ses sens avec force, attirant son attention sur le couple enlacé dans la clairière.

L'amour, l'adoration, le respect et l'inquiétude se déversaient d'Issac qui tenait Stas avec une férocité que Balthazar ressentait jusque dans son âme.

Le fait de les voir s'étreindre juste à côté de Sethios et Caro créait une étrange réalité. Un nouveau mode de vie.

Un destin que Balthazar ignorait avoir voulu, mais qu'il désirait plus que l'air lui-même.

Parce qu'il avait cela aussi.

Il avait Leela.

L'autre moitié de son esprit.

La femme qu'il était censé revendiquer depuis toujours et qu'il avait passé trois millénaires à chercher, perdre et retrouver.

Il croisa ses iris turquoise et la compréhension s'épanouit entre eux.

C'est nous, pensa-t-il en la regardant.

Ce que notre passé nous a refusé, murmura-t-elle.

Ce que notre avenir nous promet, répliqua-t-il en posant sa main sur sa joue.

Elle se blottit contre lui et ferma les yeux.

Ce que notre présent est déjà, ronronna-t-elle.

Il pressa doucement ses lèvres contre les siennes.

Je te dois toujours des pancakes.

C'est vrai, convint-elle.

Je t'en ferai des tout frais une fois qu'on aura fini ici.

De toute façon, ce serait probablement déjà l'heure du petit-déjeuner lorsqu'il tiendrait sa promesse.

Ses longs cils blonds se relevèrent, un soupçon de malice dans ses iris.

Seulement après m'avoir laissée lécher le sirop sur tes abdos.

Tu veux dire que tu me préfères aux pancakes ?

Je dis que tes abdos me rappellent les gaufres et je préfère ça aux pancakes, murmura-t-elle.

Menteuse, dit-il en plissant les yeux. *Je peux lire tes pensées, Lee.*

Bien sûr que tu peux, répondit-elle en souriant. *Donc, tu sais que je dis la vérité sur le fait que je te préfère avec du sirop au petit-déjeuner.*

Il l'embrassa encore avant d'effleurer sa joue et presser sa bouche contre son oreille.

— Le sentiment est réciproque.

Ce qui, pour Balthazar, s'approchait d'une déclaration d'amour. Parce que les pancakes étaient sa passion dans la vie.

Mais Leela était devenue plus importante que son adoration du petit-déjeuner.

Et constituait désormais le repas dont il préférait se délecter.

Il fit glisser ses lèvres sur sa joue, puis se redressa et se concentra sur la nuit à venir.

Leela serait son dessert.

Plus tard.

Une fois qu'il aurait fini de consoler ses Hydraiens.

Et de discuter des prochaines étapes avec les autres Anciens.

CHAPITRE 36

BALTHAZAR

Quatre morts, dont Blake, treize immortels blessés, en grande partie guéris, et six Séraphins souffrant d'émotions, annonça Jay en croisant les bras et en écartant les pieds pour affermir ses appuis. Ceux-là sont en cellules pour le moment. Mais ça ne les empêchera pas de partir.

— C'est vrai, mais ils n'ont pas l'air d'en avoir très envie, répondit Luc.

— On dirait plutôt qu'ils sont dans une sorte d'étrange réformation, nota Caro, la tête posée sur l'épaule de Sethios.

Il avait passé son bras autour d'elle sur le canapé, continuant à lui offrir sa force.

La contrainte s'était estompée ou avait été retirée, lui permettant de se remettre de sa frénésie de guérison.

Les deux options suggéraient qu'Osiris était toujours dans les parages, mais qu'il restait hors de vue sur l'île. Un fait qu'Issac confirmait également, puisqu'il ne repérait l'ancien Séraphin dans la vision de personne.

Évidemment, il pouvait utiliser ses pouvoirs pour contraindre les gens à ne pas le voir.

Mais ça n'aurait ni queue ni tête.

Il était clair que si Osiris voulait déambuler sur Hydria, il le ferait. Avec ou sans permission.

Et Balthazar était trop épuisé pour que cela le préoccupe en plus de tout ce qui se passait.

— Ils ont repris leurs esprits, mais restent dociles, poursuivit Caro. Et leur détachement stoïque a cédé la place à toutes leurs émotions.

— Les souvenirs d'Adriel semblent aussi lui revenir, ajouta Stark, appuyé contre le mur du séjour de Luc, les jambes croisées nonchalamment au niveau des chevilles. Il n'arrête pas de mentionner une certaine Dapharia.

Le front de Caro se plissa.

—Je ne connais personne de ce nom.

— Moi non plus, répondit Stark. Mais il s'obstine à la demander.

— Ce nom ne me dit rien non plus, ajouta Leela.

— Peut-être que je découvrirai son identité en fouillant dans son esprit, proposa Vera en s'écroulant dans le fauteuil le plus proche du canapé où étaient assis Sethios et Caro.

Balthazar et Leela avaient pris possession de l'autre fauteuil de la pièce, elle perchée sur l'accoudoir, son bras autour des épaules de Balthazar. Il avait envie de la faire asseoir sur ses genoux, mais il se retint, préférant se concentrer sur la conversation.

— Qu'est-il arrivé au septième Séraphin ? demanda Sethios. Il s'est échappé ?

—Je n'ai senti Leek nulle part sur l'île, répondit Stark. Et Stas a dit qu'elle ne le détectait pas, contrairement aux autres.

— Oui, elle a établi une sorte de connexion, ajouta Caro. J'imagine que c'est comparable à la façon dont Osiris se connecte à ses Ichoriens.

Stas et Issac tenaient compagnie à Lizzie et Aidyn pour la soirée, Stas ressentant le besoin d'être auprès de sa meilleure amie au cas où les Séraphins décideraient de revenir.

Jay avait failli rester avec eux, mais il n'avait pas voulu manquer la réunion des Anciens. D'autant plus qu'il savait que Luc avait l'intention d'annoncer un nécessaire changement de leader. Ce qui signifiait qu'ils devaient tous être sur la même longueur d'onde pour fournir un front uni aux Hydraiens.

Ce serait temporaire. Juste assez longtemps pour que Luc reprenne confiance en son propre esprit.

Balthazar respectait le fait qu'il avait reconnu la nécessité de contrôler ses émotions, mais regrettait que son vieil ami ne le laisse pas l'aider.

Cependant, ce n'était pas la façon de faire de Luc.

Il devait assumer sa douleur pour pouvoir vraiment s'en remettre.

— On peut donc supposer que Leek est retourné au Conseil, dit Luc.

Intentionnellement placé au fond de la pièce près de la cheminée, il avait une vue sur tout le monde et sur la porte.

— Vous pensez qu'ils enverront d'autres Séraphins pour nous attaquer ?

— Pas avant qu'ils comprennent ce qui s'est passé ici, répondit Vera. Et ça pourrait leur prendre un moment.

Stark inclina le menton en signe d'accord.

— Le temps fonctionne différemment pour les Séraphins. Quelques semaines, quelques mois ou quelques années, pour eux, ça revient au même. Du coup, ça rend difficile de prévoir leur retour.

— Skye nous aidera là-dessus, murmura Caro. Et d'après ce qu'a dit Ezekiel, elle s'est enfin calmée.

— Il n'a pas parlé de la mort qui approchait ? répondit

Alik. Ou du fait qu'elle continuait à psalmodier ça juste avant que Stas n'implose ?

— Peut-être qu'elle voulait dire que les Séraphins étaient sur le point de mourir et de renaître ? suggéra Sethios. Ou bien elle prédisait les pertes hydraiennes.

— Ou elle parlait littéralement du Séraphin de la Mort et de la Destruction, rétorqua Alik. Puisqu'il est clairement obsédé par...

Il cligna des yeux, jetant un regard à Balthazar.

— Ta compagne ? Ta petite amie ? Ta femme ? Je suis vraiment curieux de savoir comment appeler ta nouvelle recrue, parce que « *conquête* » s'applique à beaucoup trop d'autres.

— Elle n'est rien de tout ça, répondit Balthazar. Elle est Leela, un Séraphin de la Fertilité et la femme la plus sensuelle du monde. Elle est sa propre maîtresse et le sera toujours.

Les lèvres de Leela se retroussèrent.

— Une personne qui choisit d'être unie à Balthazar.

— Exactement, dit-il avec un grand sourire. Un défi que je dois relever afin de lui plaire et l'adorer pour l'éternité.

— Un travail très difficile, ajouta Leela.

— Ça ne me plairait pas si c'était facile, répliqua-t-il sérieusement.

Leela se pencha pour l'embrasser, l'esprit rempli de pensées chaleureuses quand elle passa sa langue sur sa lèvre inférieure.

Vivement le petit-déjeuner, B.

Oui, ma chérie.

Il lui rendit son étreinte, sa langue effleurant la sienne dans une douce caresse destinée à lui faire anticiper la matinée à venir. L'aube approchait et il doutait fortement qu'ils puissent bientôt dormir.

C'est une chance que nous n'en ayons pas besoin, pensa-t-il.

Oui, convint-elle. *On peut s'en passer pendant des jours...*

Des jours, répéta-t-il. *Un autre défi que je...*

— Je regrette ma question, les interrompit Alik. Je voulais juste dire que la prophétie de Skye pouvait concerner le Séraphin obsédé par *Leela*. Ce qui fait que ton absence tombe mal, conclut-il en s'adressant à Luc. Mais je comprends que tu en aies besoin.

— Je ne serai pas absent longtemps, promit ce dernier. J'ai juste besoin... de démanteler mon chagrin.

— Tu dois l'accepter, répliqua Balthazar en s'écartant de la bouche de Leela pour braquer son regard sur son vieil ami. La douleur et le chagrin doivent être embrassés, pas repoussés.

Luc cligna des yeux dans sa direction, son esprit ne s'engageant à rien et se concentrant plutôt sur les jours à venir.

— Il faudra dire aux Hydraiens la vérité sur mon absence. Mentir ou dissimuler ne ferait qu'inspirer la méfiance et la confusion, deux émotions dont nous n'avons pas besoin en ce moment.

Balthazar acquiesça.

— Il n'est pas nécessaire qu'ils connaissent les détails. Dites-leur juste que je suis parti faire mon deuil et chercher une nouvelle raison d'être.

Luc s'éclaircit la voix.

— Ils auront besoin de vous trois pour les soutenir émotionnellement.

Alik eut un petit rire.

— Pas vraiment mon fort.

— Mais il va y travailler, ajouta Balthazar avant que Luc ne puisse répondre. Ils nous auront aussi, moi et Jay. Et Stas.

Il était important d'inclure cette dernière. Elle avait

vaincu les Séraphins. Cela lui conférerait un charisme parmi les Hydraiens qu'ils pourraient utiliser pour les rassurer.

— On forme tous une famille, ajouta Jay. On va se débrouiller. Et nous respecterons ton absence, Luc. Personne ne remettra en question ton besoin de retrouver la paix.

Il s'avança et posa sa main sur l'épaule de l'autre homme.

— Au contraire, on t'admire tous d'avoir reconnu ce besoin.

Il serra Luc dans ses bras, lui donna une tape dans le dos et appuya sa tempe sur la tête de l'autre homme.

— Tu es toujours notre roi, dit doucement Jay. Cette réorganisation n'est que temporaire.

— Je n'ai jamais voulu être roi, marmonna Luc en lui rendant son étreinte.

— Non, mais tu es le meilleur pour le job, répondit Jay en l'attrapant par la nuque pour coller son front à celui de Luc. Essaye de ne pas trop t'éloigner, OK ?

Luc soutint son regard un moment, sans accepter ni désapprouver.

— Jacque saura où me trouver, proposa-t-il plutôt.

— Ça me va, dit Jay en le relâchant. On s'occupe des masses et de l'impact potentiel des vidéos virales en ligne. Toi, prends soin de ton esprit.

— Mateo essaye de les effacer d'Internet, annonça Luc à propos desdites vidéos. Mais je crains que le mal ne soit déjà fait.

Jay haussa les épaules.

— Ne t'inquiète pas pour ça. On trouvera une solution.

Son ton se voulut nonchalant, essayant clairement de faire croire que ce n'était pas un problème, mais ils savaient tous que c'en était un sacré.

Les visages de Balthazar et de Leela étaient partout.

Comme l'étaient ceux de Gabriel, de Vera et de tous les Séraphins morts.

Ils venaient d'entrer dans une nouvelle période de leur histoire qui pourrait se finir comme celle pendant laquelle les Grecs et les Romains s'étaient pris pour des dieux.

Ou qui pourrait suivre la voie de la FHC.

Quoi qu'il en soit, ils s'y prépareraient et aviseraient à partir de là.

— Pendant ce temps, Vera et moi, on va travailler sur Adriel et les autres, dit Stark en s'écartant du mur. On vous tient au courant si on apprend quelque chose d'utile.

Luc hocha la tête, acceptant les conditions.

— On va rester avec Ezekiel et Skye de l'autre côté de l'île.

Les paroles de Sethios constituaient plus une affirmation qu'une suggestion ou une offre.

— Stas et Issac seront aussi avec nous.

Balthazar fronça les sourcils.

— Ils n'ont plus l'intention de rester dans ma chambre d'amis ?

— Ezekiel a demandé à Issac de s'occuper du sommeil de Skye. Elle lutte contre les cauchemars. C'est plus facile s'ils sont à proximité, expliqua le père de Stas. Au moins pour le moment.

Luc hocha de nouveau la tête.

— Il pourra aussi nous aider à déchiffrer ses visions. Une décision stratégique.

Sethios et Caro se levèrent et approuvèrent ensemble son commentaire.

— Cela donne aussi à mon père un point de chute s'il décide de revenir. Je doute que vos Hydraiens apprécient le fait qu'il se promène impunément sur l'île.

— On ne peut pas le contrôler, répondit Luc.

— Non. Mais on peut diriger son attention ailleurs, dit Sethios avec un sourire. Crois-moi, j'ai passé quelques millénaires à jouer à son petit jeu. Je sais comment il pense.

Là-dessus, lui et Caro partirent.

Vera et Stark les suivirent.

Laissant Jay, Alik, Luc, Balthazar et Leela seuls dans la pièce.

Un bref silence s'installa, les Anciens accueillant ce moment déterminant de leur avenir et les nécessités qui accompagnaient cette décision.

— Nous l'annoncerons aux Hydraiens plus tard dans la journée, dit finalement Balthazar. Après les enterrements.

Luc acquiesça.

— Je serai avec vous en pensée.

Il avait déjà fait ses adieux à sa manière, en bénissant leurs âmes selon les rites anciens. Pas avec tristesse ou avec le sentiment de les avoir perdus, mais en leur souhaitant paix et bonheur dans l'au-delà.

Une partie de sa guérison consisterait à accepter leur mort, en plus de celle des autres.

Mais Aidan serait celui qu'il pleurerait le plus.

Son père. Sa chair et son sang. L'autre moitié de son esprit.

— Je vais m'en sortir, promit-il, le regard fixé sur Balthazar.

— Je sais, répondit-il en se levant pour étreindre son plus vieil ami. Et à ton retour, on t'accueillera à bras ouverts.

Il souffla les mots à son oreille.

Puis il donna une tape dans le dos de l'homme, comme Jay l'avait fait, et recula d'un pas.

— Je ne te fais pas de câlin, dit Alik. Mais je vais m'activer à restructurer nos lignes de défense en ton absence.

— J'attends un rapport complet à mon retour, répondit Luc.

Alik lui adressa un large sourire.

— Je te ferai plutôt une démonstration.

Les deux hommes partagèrent un moment de compréhension, tous deux ayant connu de grandes pertes. Cependant, Alik laissait encore sa colère orienter sa volonté de vivre, alors que Luc désirait une voie différente. Il ne voulait pas être guidé par un besoin de vengeance. Il souhaitait que la stratégie et la logique reviennent au premier plan de son esprit.

Et il y parviendrait.

Avec du temps.

Un puissant silence s'installa entre les quatre hommes, puis chacun d'eux partit en songeant à ce qu'ils avaient à faire.

Balthazar s'adresserait aux habitants de l'île ce soir après avoir présidé les cérémonies funéraires.

Il annoncerait alors le départ temporaire de Luc.

Et il se joindrait à ses Hydraiens dans leur deuil et leur offrirait sa faculté à calmer leurs émotions tout en embrassant leurs pensées et commentaires.

La camaraderie et le moral des troupes, c'étaient ses spécialités.

Ce qui signifiait que ses pouvoirs seraient nécessaires ce soir et dans un proche avenir.

Heureusement, il avait quelqu'un pour l'aider à traverser cette épreuve.

Leela.

Son défi sensuel, sa partenaire parfaite, son autre moitié.

Elle lui souriait alors qu'ils sortaient de la maison de Luc, isolée au sommet de la colline centrale de l'île, et qu'ils descendaient le chemin menant chez lui.

— Je suppose que c'est une bonne chose qu'Issac et Stas restent avec ses parents pour le moment, dit nonchalamment Leela pendant qu'ils marchaient.

— Oh ? Et pourquoi ça ? demanda-t-il, connaissant déjà la réponse, mais voulant que sa déesse l'exprime à voix haute.

— Parce qu'aujourd'hui, je ne suis pas d'humeur à te partager, répondit-elle.

— Pas de bacchanale sur la plage ?

— Hmm, non, ronronna-t-elle, une énergie grivoise virevoltant dans ses iris turquoise. Je suis trop affamée pour ça.

Il hocha la tête et la prit par la taille.

— De toute façon, je n'ai pas assez de sirop pour tout le monde.

Sa plaisanterie la fit glousser, un son qu'il aimait plutôt bien.

— Je ne t'ai jamais montré ce qui s'est passé le matin où tu m'as fait des pancakes, au Brésil.

L'esprit de Balthazar se rappelait facilement ce souvenir, maintenant que tous les blocages avaient été levés entre eux, mais il joua quand même le jeu.

— J'espère que ça implique que tu lèches du sirop sur mes abdos.

— Et sur ta queue, répondit-elle sans hésiter. Et tes boules aussi.

— Seulement si je suis autorisé à te rendre la pareille, ajouta-t-il.

— Oh, non. Ce sera à moi de te rendre la pareille, B.

Elle passa devant lui et se mit à marcher à reculons, une lueur aguicheuse dans le regard.

— Parce que tu seras le premier à me dévorer.

CHAPITRE 37

LEELA

LE MARBRE ÉTAIT FROID SOUS LES CUISSES NUES DE LEELA, la chaleur de sa peau contrastant directement avec le comptoir de la cuisine.

Mais la vue lui faisait oublier la chair de poule qui parcourait ses jambes.

Balthazar.

Nu.

Sous son tablier.

Il fit sauter un pancake sur la plaque de cuisson, de malicieuses promesses voltigeant dans son regard brun.

Ils avaient déjà joué avec le sirop, s'étaient léchés l'un l'autre jusqu'à l'orgasme plus d'une fois avant de se débarrasser de la collante douceur.

Maintenant, il avait l'intention de la nourrir.

Mais tout ce qu'elle voulait vraiment faire, c'était se mettre à genoux et l'adorer à nouveau avec sa bouche.

Cette sexualité puissante entre eux la rendait insatiable. Et la bosse sous son tablier disait qu'il ressentait la même chose.

— Tu prends des risques, dit-elle d'un ton badin, le

regard posé sur son impressionnante excitation. S'il te plaît, ne te brûle pas.

Ou fais-le, pensa-t-elle. *Et je la guérirai en l'embrassant.*

Les lèvres de Balthazar se retroussèrent, faisant apparaître ses délicieuses fossettes.

— Ne t'inquiète pas, ma chérie. Dans la cuisine, je suis un pro.

— Dans la chambre aussi, murmura-t-elle.

— Pour le sexe, j'excelle partout, ma beauté.

Elle haussa un sourcil.

— Même dans les nuages ?

Il s'arrêta en plein milieu d'un autre pancake et la regarda.

— On peut baiser dans le ciel ?

Elle lui décocha un sourire.

— J'ai des ailes.

Il considéra l'idée un moment.

— Une nouvelle expérience.

— Pour nous deux, admit-elle.

Elle n'avait jamais dansé de cette façon avec un Séraphin, ni avec quiconque d'ailleurs.

— Après le petit-déjeuner, décida-t-il à voix haute en finissant de retourner le pancake.

— Tu ne veux pas attendre d'avoir tes propres ailes ?

Il secoua la tête.

— Tu ne vas pas me lâcher.

— Ça pourrait arriver, si tu fais bien ton travail.

Il posa la spatule et s'approcha de l'endroit où elle était assise sur l'îlot de cuisine. Ses mains trouvèrent ses hanches et il l'attira en avant pour se placer entre ses cuisses écartées.

— Ma chérie, dit-il doucement, ses lèvres frôlant les siennes. *Quand* je ferai bien mon travail, tu seras bien trop accrochée à moi pour me laisser tomber.

Elle enroula ses bras autour de son cou.

— Comme ça ?

Ses mains descendirent le long de ses jambes jusqu'à ses genoux et ses mollets. Il les enroula autour de sa taille et l'attira encore plus près jusqu'à ce qu'ils soient intimement alignés l'un avec l'autre. Le tablier était la seule barrière entre eux et elle voulait désespérément la faire disparaître.

— Comme ça, chuchota-t-il, sa bouche capturant la sienne.

Elle gémit et s'abandonna au baiser et à la douceur de ses lèvres. Il avait un goût de sexe, de sirop et de sensualité.

Sa friandise préférée. Un dessert dont elle aurait toujours envie.

Le torse de Balthazar vibra en signe d'approbation, le grognement sourd provenant des profondeurs de son âme et inspirant à l'esprit de Leela l'idée de sortir pour jouer.

Pourtant, il se retira lentement dans la minute qui suivit, reportant son attention sur les pancakes.

Il lui avait promis un repas et semblait déterminé à aller jusqu'au bout.

Elle le laissa faire, appréciant la façon dont ses fessiers fléchissaient à chaque mouvement.

Si musclé et parfait, il n'était pas étonnant que plusieurs statues aient été sculptées d'après lui. Cela dit, ce n'étaient que des parodies absolues puisque les artistes n'avaient pas reproduit ses réels attributs frontaux.

— Ils étaient intimidés, dit-il en souriant, ayant effrontément écouté la revue sans ménagement de son physique. Ils ne voulaient pas donner de complexes à qui que ce soit, alors ils ont choisi de rester modestes sur le devant.

— Et ton ego l'a permis parce que tu sais que tu es éblouissant.

— Exactement, murmura-t-il avec un sourire. Tout comme tu sais que tu es sublime.

C'était vrai. Elle connaissait ses charmes et ses compétences au lit. C'était ce qui les rendait parfaits l'un pour l'autre, cette confiance partagée dans tout ce qui était sensuel. Et leur besoin commun de vivre pleinement leur vie.

— Et notre amour des pancakes, ajouta Balthazar, toujours à l'écoute de ses pensées.

— Je te l'ai dit, je préfère les gaufres.

— Continue de mentir et je ne te baiserai pas pour le dessert.

— Que feras-tu alors ? répondit-elle, se demandant quelle perversion retorse il pourrait explorer à la place. La fessée ? La flagellation ? Les coups de canne ?

Il pouffa de rire.

— Je ne fais pas dans le sadisme, ma beauté.

— Ça ne veut pas dire que tu n'accepterais pas le rôle.

— C'est vrai, avoua-t-il. Seulement quand ma partenaire préfère ça, mais tu ne veux pas être soumise.

Il retourna un pancake sur une assiette. Suivi d'un second. Puis il en mit deux autres dans sa propre assiette et se tourna vers le réfrigérateur.

— Qu'est-ce que je veux ? demanda-t-elle, curieuse de savoir ce qu'il allait dire.

Il sortit des fruits et de la crème dont il garnit les assiettes, avant d'aller chercher le sirop.

Ce n'est qu'après avoir terminé qu'il la regarda enfin.

— Tu aimes la domination, mais seulement quand elle te fait te sentir en sécurité, expliqua-t-il en prenant les assiettes de pancakes décorés. Tu adores aussi taquiner pour tester les limites, mais tu ne voudrais pas recevoir une correction pour ça.

Il apporta les pancakes à côté d'elle, puis attrapa ses

hanches pour la déplacer vers le milieu du comptoir. Ses jambes s'écartèrent automatiquement pour lui, mais il les referma et posa l'une des assiettes sur ses cuisses.

Elle tenta d'attraper la fourchette, mais il éloigna sa main.

— C'est moi qui te nourris, dit-il. Et tu vas me dire combien ces pancakes sont délicieux à chaque bouchée.

Elle considéra l'idée.

— Qu'est-ce que je gagne à mentir ?

— Tu gagnes plus de pancakes en disant la vérité, répondit-il. Et si tu y mets vraiment de l'enthousiasme, je mangerai les miens sur ta peau nue avant de te nettoyer en te léchant pour le dessert.

— Donc pas d'envol ?

— C'est une mise en appétit avant de voler, lui promit-il, la fourchette tranchant déjà les délices dans l'assiette. Maintenant, ouvre la bouche.

Elle entrouvrit les lèvres et le regarda avec une mine qui se voulait séduisante. Non pas qu'elle en ait eu besoin : il était déjà en érection sous son tablier.

Un éventail de saveurs succulentes atterrit sur sa langue, offrant la parfaite alliance de sirop, de fruits, de crème et de pancake moelleux. Elle gémit, une réponse spontanée, et permit à ses sens d'expérimenter la douceur de la création de Balthazar.

Avec un sourire, il lui donna une autre bouchée, sans lui laisser l'occasion de parler, ce qui ne fit qu'amplifier le son qui sortait de sa gorge.

Tellement bon, pensa-t-elle. *Presque aussi bon que le sexe.*

Rien n'est aussi bon que le sexe entre nous, répondit-il.

D'où le terme « presque ».

Le morceau suivant arriva, les saveurs s'intensifiant avec chaque bouchée. Cela lui rappelait la montée d'un orgasme, chaque pas l'amenant un peu plus haut vers un état d'euphorie qui la faisait supplier.

Plus de sensation.

Plus de saveur.

Plus de *B.*

Ses cuisses frémirent d'excitation, l'approbation lui serra l'estomac tandis que sa langue travaillait sur la fourchette. Le regard brun de Balthazar se transforma en chocolat liquide, son intérêt se faisant une caresse dans l'air qui marqua sa peau et réchauffa tout son corps.

Elle voulait qu'il la repousse sur le comptoir pour la baiser.

Mais la patience de Balthazar triompha.

Il continua de la nourrir d'une main tandis qu'il faisait doucement glisser l'autre sur l'extérieur de sa cuisse.

La parfaite mise en bouche.

Une tentation vouée à décupler son excitation et la pousser vers la folie.

Il était trop bon à ce jeu. Et elle l'aimait absolument pour ça.

Quand la dernière bouchée arriva, ce n'était pas sur sa fourchette, mais sur ses doigts. Elle les suça, passant sa langue autour des extrémités et regardant ses yeux chocolatés fondre.

— Allonge-toi, chuchota-t-il en retirant l'assiette.

Elle s'exécuta, la chaleur de Balthazar la quittant temporairement lorsqu'il alla déposer la vaisselle dans l'évier.

Mais il revint presque aussi vite, ses doigts remontant vers le haut de ses cuisses alors qu'il les séparait pour créer de l'espace pour son corps. La sensation de sa peau contre la sienne fit voler son regard vers son torse nu.

Il avait ôté son tablier.

Et bon sang, qu'il était beau !

Tout en lignes sensuelles et en vallées de muscles.

Elle passa sa langue sur ses lèvres, à nouveau affamée.

— À mon tour de petit-déjeuner, murmura Balthazar en se penchant en avant pour capturer son téton dans sa bouche.

Elle l'attrapa par les cheveux et se cambra contre lui, adorant la façon dont il faisait tournoyer sa langue sur sa peau.

Mais il s'empara de ses poignets l'instant d'après et les passa au-dessus de sa tête.

— Ne bouge pas.

C'était le genre de domination qu'elle aimait, ce qu'il savait et appréciait visiblement aussi.

La malice dansait dans son regard lorsqu'il s'éloigna d'elle pour prendre son assiette. Il la déposa sur son ventre, s'assurant qu'elle ne bougerait vraiment pas, pour éviter de renverser le petit-déjeuner.

Sa fourchette trancha dans les délices, portant un morceau de pancake à sa bouche. Sa gorge hypnotisait Leela. Elle voulait presser ses lèvres sur les lignes masculines, le sentir avaler contre sa langue.

Il détourna son attention en faisant glisser la pointe de sa fourchette le long de son monticule et en descendant pour effleurer ses plis humides.

Les extrémités métalliques étaient juste assez menaçantes pour qu'elle retienne son souffle, mais l'expectative faisait marteler son cœur.

Balthazar ne la pénétra pas, il la caressa même à peine, puis il prit une autre bouchée.

Elle frissonna, la nature érotique de ses gestes la retenant captive sous lui.

Il poursuivit ses caresses aguicheuses, certaines plus abruptes, d'autres plus intimes, alors qu'il s'assurait que le métal touchait son excitation, puis des jeux légers, suivis de sombres promesses venant de son esprit.

Il la félicita d'être restée immobile, la remercia d'avoir rendu sa nourriture encore plus douce et envisagea même de la faire jouir rien qu'avec la fourchette.

Le tout la laissa pantelante sur le comptoir, son corps toujours figé sous ses ordres et l'assiette sur son ventre. Cela prolongeait l'attente, la rendant si fiévreuse qu'elle crut qu'elle allait fondre.

Lorsqu'il avala sa dernière bouchée, elle gémit, son corps tellement prêt pour ce qui allait suivre qu'elle ne put contenir son besoin une seconde de plus.

Il retira délicatement l'assiette, la déposant dans l'évier avec un léger tintement.

Elle ne bougea pas, sachant qu'il voulait sa soumission absolue.

Le temps sembla se figer, son désir atteignant un pic si proche de l'orgasme que ses entrailles en frémissaient. Balthazar ne la toucha pas, mais elle sentit ses yeux sur elle, caressant chaque centimètre, réfléchissant à son prochain geste.

D'un côté, elle voulait l'emmener dans le ciel, glisser sa bite en elle et le chevaucher jusqu'au paradis.

Mais de l'autre côté, plus profond, elle désirait rester ici, se blottir dans ses bras et s'abandonner à l'émotion croissant entre eux.

Leur lien s'était pleinement installé, leurs âmes à jamais enlacées, et cela devait être célébré, embrassé, adoré. *Vénéré.*

Les lèvres de Balthazar caressèrent l'intérieur de son genou, le reste de son corps ne la touchant pas encore. Juste sa bouche et sa langue, titillant sa peau et provoquant la chair de poule sur tous ses membres.

Elle gémit, lui en demandant plus.

Mais elle le connaissait bien. Elle savait qu'il prendrait son temps, qu'il lécherait et mordillerait chaque partie de son corps jusqu'à ce qu'il décide qu'elle était prête pour autre chose.

Leela le laissa faire, se livrant à son toucher, au séduisant assaut de sa bouche contre sa peau, à la caresse familière de sa langue et à la morsure aguichante de ses dents.

— B, gémit-elle.

Elle était si proche de l'orgasme, sans même qu'il ne la touche là où elle le désirait. Il ignorait ses seins, ainsi que l'espace sensible entre ses cuisses.

Au lieu de cela, il se concentrait sur tous les autres points de son corps, explorant des zones dont peu d'hommes connaissaient l'existence, la poussant au bord de la folie.

— Hmm, tu es presque prête, chuchota-t-il, sa langue longeant son aine jusqu'à sa hanche.

— Plus que prête, répondit-elle, son estomac se contractant à force de devoir rester immobile pour lui.

— Non, ma chérie, dit-il en mordillant l'os de sa hanche. Je veux que tu t'envoles, que tu prennes ta forme éthérée. Je veux voir ces belles ailes violettes.

Le cœur de Leela fit un bond à cause du désir dans sa voix, si sombre et sensuelle.

— Tu veux baiser dans le ciel ?

— Seulement quand je t'aurai fait jouir si fort que tu verras des étoiles, ma déesse. Jusqu'à ce que tu perdes la tête et le sens des réalités. Ensuite, je te prendrai si fort que tu n'auras d'autre choix que de t'envoler.

Ses mamelons se durcirent jusqu'à devenir douloureux, son corps était si incroyablement prêt qu'elle avait l'impression qu'elle allait se mettre à pleurer.

Mais il poursuivit son assaut sensuel, la poussant

encore plus loin vers la folie, menaçant de faire exactement ce qu'il avait déclaré.

Elle vibrait, un feu liquide bourdonnant dans ses veines.

— *Balthazar.*

De toute son existence, elle ne s'était jamais autant enflammée, pas même lors de leurs précédentes étreintes.

Les ébats avec le sirop semblaient fades en comparaison avec ça. Cela n'avait été qu'un moment de détente pour se préparer à la matinée qui allait suivre.

Maintenant, Balthazar s'assurait qu'elle savait qui son âme avait réclamé, qui l'avait possédée, à qui elle était liée pour l'éternité.

Et cela ne la dérangeait pas le moins du monde.

Son corps se réjouissait de sa présence, son esprit dansait dans un soulagement étonnant.

Parce que cet homme était à elle.

Et elle était à lui.

Ils étaient liés pour toujours.

Par le sang.

Destinés à vivre une vie pleine de plaisir et d'amour.

Il l'embrassa alors, son esprit et son cœur irradiant la même excitation, un fait qu'il souligna d'un coup de langue contre la sienne.

Ses jambes s'écartèrent lorsqu'il la tira vers le rebord du comptoir et se glissa en elle.

Étonnée, elle s'était attendue à sentir ses lèvres contre sa chair, mais il l'emplit profondément avec son sexe tandis que sa bouche dévorait la sienne.

Elle eut un gémissement et le son résonnant dans sa poitrine fit écho au grognement dans celle de Balthazar.

Une combinaison passionnée.

Une frénésie de besoin et de plaisir retentissant.

Elle souleva ses hanches pour les coller contre les siennes et enroula ses jambes autour de lui.

Elle passa ses bras autour de son cou.

Et il la souleva jusqu'à ce qu'elle soit debout, leurs corps l'un contre l'autre tandis qu'il s'enfonçait profondément dans sa chaleur affamée.

— B, murmura-t-elle, perdue en lui.

— Envole-toi, répondit-il, le bas de son corps la heurtant de telle manière qu'elle n'avait d'autre choix que d'obtempérer.

Elle poussa un cri, au bord de la folie, et perdit la tête, comme il l'avait prédit.

Il continua à remuer en elle, prolongeant les spasmes, s'assurant qu'elle remontait pour tomber une seconde fois en quelques minutes.

C'était un acte de perfection.

Un homme qui connaissait sa compagne, qui baisait comme un roi.

Les ongles de Leela glissèrent le long de son dos et s'enfoncèrent dans sa peau alors qu'elle s'accrochait pour cette chevauchée.

Puis ils s'envolèrent, s'élevant dans les nuages comme elle l'avait suggéré.

Il ne se retint pas à elle plus fort. Détendu, il maintint son rythme et la conduisit à un troisième orgasme sans ralentir.

Parce qu'il savait qu'elle ne le laisserait pas tomber.

Il permit à l'expérience de les submerger tous les deux, son âme et sa vie entièrement entre les mains de Leela, sans la moindre inquiétude.

Alors, le cœur de Leela se mit à déborder d'amour pour lui.

La confiance était la clé de tout, pour eux, pour leur relation, pour le lien qu'ils avaient finalement formé. Et il lui prouvait par ses actes qu'il lui faisait irrévocablement confiance.

Elle lui rendit l'étreinte et la sensation, ses membres le tenant fermement tandis qu'ils dansaient dans le ciel, leurs corps s'accouplant d'une manière que peu avaient connue.

Un nouveau plaisir pour eux deux.

Une façon de marquer le début de leur éternité ensemble.

Une liaison passionnée destinée aux étoiles.

Elle resserra ses bras autour de lui, ses lèvres contre les siennes.

Je veux sentir ta semence en moi, B, murmura-t-elle dans son esprit. *J'ai besoin de te sentir jouir.*

Il sourit contre sa bouche.

— On sait tous les deux que tu pourrais m'y obliger.

— Je pourrais, convint-elle. Mais je veux qu'il n'y ait que nous. Juste ton plaisir et le mien.

Il l'embrassa à nouveau et dicta le rythme en intensifiant son mouvement pour les faire voler en harmonie au-dessus des nuages.

Les ailes de Leela étaient déployées dans son dos, leur permettant de s'élever, leur offrant un lit de plumes sur lequel ils pouvaient faire l'amour.

Le pouce de Balthazar trouva son clitoris, faisant des cercles et exerçant des pressions pour la forcer à le rejoindre dans l'oubli.

Il donna alors une dernière poussée et se répandit en elle.

Elle émit un cri, le son se perdant dans le ciel bleu autour d'eux. Son corps tremblait et ses entrailles s'agitaient. Elle dut lutter pour conserver sa capacité à voler.

Cela prolongeait l'instant, décuplait l'intensité et

mettait leurs vies entre ses mains d'une manière qui lui permit de se sentir forte et égale à Balthazar.

Vivement que tu aies des ailes, pensa-t-elle, étourdie. *Les choses que nous ferons...*

Il gloussa, ses lèvres contre sa gorge, alors que leurs corps continuaient à se mouvoir.

J'ai hâte de pouvoir te savourer sous les étoiles, chuchota-t-il. *D'enfoncer ma langue en toi tout en utilisant mes ailes pour qu'aucun de nous ne tombe.*

Elle eut un frisson et l'image seule la fit presque jouir encore une fois.

Ils ralentirent alors leurs mouvements, leurs cœurs ayant besoin de quelque chose de plus doux, de plus tendre.

Leela se volatilisa jusqu'à la chambre de Balthazar à Hydria. Elle le fit atterrir sur le dos et s'installa à cheval sur ses cuisses. Elle se redressa et commença à se mouvoir, ses ailes bien visibles. Il l'observait, les yeux mi-clos.

— Tu es éblouissante, lui dit-il, ses mains parcourant ses courbes pour la mémoriser.

Elle déploya ses plumes autour d'elle, lui permettant d'en étudier chaque extrémité.

Puis elle l'accompagna à nouveau vers l'oubli, son pouvoir les enveloppant tous les deux et tirant le plaisir de leurs veines.

Haletants, ils retombèrent l'un à côté de l'autre, leurs langues dansant paresseusement tandis qu'ils s'embrassaient pendant les derniers vestiges de leur extase commune.

— Tu as raison, murmura-t-elle, caressant son cou avec son nez, son aile étendue sur son torse pour le revendiquer. Je préfère les pancakes.

Un sourire apparut sur les lèvres de Balthazar.

— Il n'y a rien de mieux pour le petit-déjeuner.

Elle hocha la tête, ses lèvres effleurant son pouls.

— N'hésite pas à m'en refaire quand tu veux.

— Que dirais-tu de tous les matins pour l'éternité ?

— Un défi qu'on apprécierait tous les deux, admit-elle sincèrement.

Parce que cela exigerait d'eux une concentration suffisante pour préparer le petit-déjeuner tous les jours.

— C'est une bonne chose que j'aime les défis, chuchota-t-il, pressant sa paume contre sa joue tout en faisant glisser son pouce le long de sa mâchoire. Avec toi, ce sera mon préféré. Te donner du plaisir, te tenir, te baiser pour l'éternité.

Il sourit contre sa bouche.

— Je ne permettrai jamais que tu t'ennuies.

— Je ne crois pas que ce soit possible avec toi, B.

— Je ferai tout pour que tu n'y songes jamais, Lee, murmura-t-il, sa bouche capturant la sienne dans un baiser torride destiné à les unir pour toujours.

Pour aussi longtemps qu'ils vivraient tous les deux.

Ce qui voulait dire jusqu'à la fin des temps.

Parce que les Séraphins ne mouraient pas.

Ainsi, leurs âmes étaient destinées à danser ensemble.

— Écarte tes jambes, ma déesse, susurra-t-il contre ses lèvres. J'ai une promesse à faire entre tes cuisses et j'ai l'intention de me servir de ma langue.

ÉPILOGUE

ELIZA

Quelques heures plus tôt

CELA FAISAIT DÉJÀ UNE HEURE QUE LES ANCIENS étaient sortis de chez Luc. Eliza faisait les cent pas, attendant le bon moment pour frapper à sa porte.

Elle savait que le roi d'Hydria avait beaucoup de choses en tête, entre l'attaque, les vidéos devenues virales des corps tombant du ciel et ce qui venait de se passer avec Stas. Mais Eliza avait *vraiment* besoin de lui parler.

Peu importait qu'il la déteste.

Il devait l'entendre.

Bon sang ! Ça pourrait même le convaincre de l'aimer un peu. Parce que cela la rendrait certainement utile.

Elle jeta un œil à ses doigts, ses lèvres se tordant sur le côté.

C'était peut-être un coup de chance.

Sauf qu'Ezekiel l'avait aussi vue.

Bordel, il s'y était *attendu*.

La mort arrive, avait dit Skye. *La mort arrive.*

C'était d'Eliza qu'elle parlait. Et de l'aptitude létale qui s'était manifestée dans ses mains.

Ce Séraphin s'était trouvé juste au-dessus d'elle, sur le point de la tuer avec son épée meurtrière. Elle n'aurait pas dû pouvoir le voir, mais elle l'avait soudain aperçu.

Elle eut un frisson en repensant à son visage stoïque, à son regard vide d'émotion lorsqu'il dirigea le métal enflammé sur elle.

C'était à ce moment-là qu'elle avait *capté* la magie.

Elle avait juste ouvert sa paume pour l'absorber et la renvoyer ensuite.

Une réaction absolument instinctive.

Cela avait enflammé le guerrier séraphin et l'avait désintégré en un instant.

Skye était sortie du bois un instant plus tard et avait hoché la tête.

— C'est fait, avait-elle dit. Les entraves de ton esprit sont rompues. Ton pouvoir peut enfin respirer, il a perdu son contrôle.

Puis elle s'était effondrée sur le sable avec un cri de surprise et avait perdu conscience une seconde plus tard.

Ezekiel s'était précipité vers elle et avait pris son corps frêle dans ses bras.

— Tu as le toucher de la mort, lui avait-il dit avant de s'éclipser avec Skye.

Eliza avait fixé l'endroit où s'était tenu le Séraphin, puis le sable couvert de cendres et enfin l'endroit où Ezekiel avait disparu avec Skye.

— C'est quoi ce bordel ? souffla-t-elle.

Et elle n'avait pas cessé de se répéter ça depuis.

Elle avait tué un Séraphin. Ce n'était pas censé être possible.

Mais cet enfoiré aux cheveux noirs n'avait

certainement pas ressurgi. Et elle avait entendu les autres dire que l'un des guerriers s'était échappé.

Non, il ne s'est pas échappé. Il est mort. Et c'est moi qui l'ai tué.

Elle avait essayé de prévenir Luc, mais il lui avait plus ou moins dit d'aller se faire voir.

Et c'était sans doute pour le mieux, parce qu'elle avait de toute façon besoin de quelques minutes de plus pour reprendre ses esprits. Ou quelques heures. Peut-être des jours.

Elle se passa la main dans les cheveux, impressionnée et terrifiée par ce qu'elle avait fait.

Le pouvoir avait été réconfortant. Il avait enhardi son âme et lui avait permis de se sentir *vivante*.

Est-ce que ça veut dire que je suis abominable ? se demanda-t-elle en frissonnant. *Avoir soif de mort doit me rendre infâme, non ?*

Elle n'était même pas sûre de savoir comment cela s'était produit. Cette sphère avait bourdonné sur sa peau. L'énergie ardente avait fait appel à des parties voilées de son être quand elle avait infusé un peu d'elle-même dans l'enchantement avant de le projeter.

Le Séraphin, médusé, avait écarquillé les yeux.

Puis il avait été... réduit en cendres.

Peut-être s'en remettrait-il. Mais elle soupçonnait que le contraire était plus probable. Quelque chose dans tout cela lui avait semblé sans appel.

C'était cette irrévocabilité qui lui avait procuré la sensation de vivre, comme si elle avait absorbé le Séraphin en elle.

Rien que le fait d'y penser lui donnait des spasmes.

Parce qu'elle ne voulait *pas* d'une âme de Séraphin en elle.

Je dois vraiment parler à Luc.

Seulement, elle ne savait pas comment l'approcher. Leur relation était plutôt inexistante. Il lui criait dessus tout le temps ou lui disait durement ce qu'elle avait à faire.

Et elle regimbait.

Eliza avait déjà vécu une vie d'obéissance et refusait de revenir à cela.

Une chose que Luc ne comprenait pas.

Elle était partagée entre l'envie de le tuer – une pensée qui prenait désormais un tout nouveau sens – et la tentation de le baiser. Ou de le baiser pour ensuite le tuer.

Parce qu'elle ne pouvait pas nier son sex-appeal. Ces épaisses mèches blondes et ces étonnants yeux verts faisaient de lui un trophée digne d'être vénéré.

Ce qui la stupéfiait, parce qu'elle avait juré de ne plus jamais avoir de relations sexuelles après tout ce qu'elle avait vécu.

Pourtant, son corps s'enflammait chaque fois qu'il s'approchait, ses jambes se resserrant comme si elles cherchaient à s'enrouler autour de ses hanches musclées.

Une envie qu'elle voulait ignorer.

Il hantait pourtant ses rêves et la prenait à plusieurs reprises. Elle se réveillait ensuite avec un gémissement coincé dans la gorge et réalisait qu'elle était seule et qu'elle désirait l'unique homme de cette île qui ne la toucherait jamais.

Elle serra les dents. C'était la dernière chose à laquelle elle devait penser.

Parce que je viens de tuer un Séraphin.

Sa mâchoire lui faisait mal à force d'être si crispée, mais elle se détendit lorsque la porte de la maison de Luc s'ouvrit.

Elle s'attendait à voir Mateo, puisqu'il était resté ici ces derniers jours.

Les cheveux blonds correspondaient à ses attentes.

Cependant, le grand corps musclé était celui de Luc.

Ses épaules occupèrent la largeur de la porte lorsqu'il la franchit. Puis il la ferma avec un claquement retentissant.

Eliza eut du mal à déglutir. Sa bouche s'était asséchée en le voyant.

Il y avait quelque chose de sombrement mystérieux chez cet homme dont la présence lui donnait constamment l'envie de s'agenouiller. C'était d'ailleurs pour cela qu'elle se disputait autant avec lui. Elle refusait désormais de s'incliner devant quiconque. Pas même devant le roi d'Hydria.

Bon, songea-t-elle, *j'ai juste besoin d'y aller et de demander à lui parler.*

Sauf qu'il était déjà en mouvement et prenait le chemin opposé à celui sur lequel elle se trouvait.

Avec un soupir, elle se lança à sa poursuite.

Elle devait juste s'assurer qu'il n'allait pas faire quelque chose d'important, comme consoler ceux qui pleuraient les vies perdues aujourd'hui : Ash, Grace et Jordy étaient tous très aimés par leurs camarades hydraiens. Ce qui rendait très probable le fait qu'il soit en route pour rendre visite à quelqu'un qui avait plus besoin de lui qu'Eliza.

Pas grave.

Elle attendrait jusqu'à ce qu'il ait une minute de libre. Peut-être qu'il la respecterait pour ça.

Probablement pas, cela dit.

Il n'avait pas l'air de la tenir en estime du tout.

Un fait qui l'agaçait parce que, la plupart du temps, elle obéissait à ses demandes. Malgré tout, il persistait à la traiter comme une enfant, ne lui permettant pas de s'entraîner ou d'apprendre quoi que ce soit sur ce qu'elle pouvait faire pour cette île. Il avait été très clair sur le fait qu'il ne voulait pas du tout d'elle ici.

Quand tu sauras ce que j'ai fait à ce Séraphin, tu changeras d'avis, pensa-t-elle.

Elle était presque excitée à l'idée qu'elle pourrait enfin l'impressionner.

Mais il pourrait aussi réprouver son pouvoir.

Qui était dangereux.

Et il dirait probablement quelque chose sur le fait qu'elle n'en était pas digne, qu'elle ne pouvait pas maîtriser un tel don, qu'elle était beaucoup trop puérile pour ça.

Elle plissa les yeux en pensant à toutes les insultes qu'il pourrait lui lancer.

Peut-être devrait-elle plutôt aller parler à Alik.

Elle hésita un instant, puis secoua la tête.

Non. Luc doit savoir.

Il serait probablement en colère si elle allait d'abord voir quelqu'un d'autre. C'était un miracle qu'Ezekiel n'ait encore rien dit. Il était probablement trop occupé à consoler Skye.

Eliza ravala sa salive.

C'est ma responsabilité. Je l'assume.

Le pas de Luc lui indiquait qu'il était en mission, alors elle garda ses distances en attendant le moment opportun pour lui parler.

Ce qui s'avéra être une bonne chose, puisqu'il s'arrêta soudain. Si elle avait été juste un peu plus proche, sa présence derrière lui serait devenue flagrante.

Elle se cacha derrière un arbre et l'observa avec un froncement de sourcils.

Qu'est-ce que tu fais ?

Il s'était figé sur le chemin.

Tu m'as entendue arriver ?

Peut-être qu'elle devrait s'annoncer et...

— Bonjour, Lucian, dit une voix grave dont la familiarité lui donna froid dans le dos.

Osiris...

Un souvenir l'assaillit : celui de sa première rencontre avec l'homme.

Son corps couvert de chaînes.

Les enchères pour décider à qui appartiendrait sa vie.

L'amusement sadique d'Osiris pour les jeux qui viendraient.

Elle avait eu si froid, avait été si terrifiée, si *brisée*.

Et à la fois furieuse.

Elle avait eu envie de tuer tous les connards de cette pièce.

Et puis il avait utilisé un rasoir pour peler la peau de cette femme, pensa-t-elle.

Son estomac se retourna en se rappelant l'odeur et la vue du corps aspergé d'alcool pour être incendié.

Oh mon Dieu...

Le souvenir la rendait encore malade.

Pourtant, il était là, à quelques mètres d'elle, discutant avec Luc. Elle essaya de se concentrer sur ce qu'il disait, mais son sang martelait dans ses oreilles et rendait l'écoute impossible.

Que fait-il ici ? Comment est-il ici ? Qu'est-ce qui se passe ?

Luc marchait déjà avec lui.

Les jambes d'Eliza se mirent en marche d'elles-mêmes pour les suivre, sa panique augmentant à chaque pas.

Pourquoi l'accompagnes-tu ?

Où est-ce qu'il t'emmène ?

Bon sang ! Est-ce qu'il t'a contraint ?

Elle envisagea de courir pour demander de l'aide, mais ils s'approchaient du rivage. Il n'y avait personne à proximité en dehors d'Eliza.

Et du yacht amarré au quai.

Vers lequel Osiris semblait guider Luc.

Ses lèvres remuèrent, un cri menaçant de s'échapper de

sa gorge. Mais que pouvait-elle faire ? Hurler ? Quelqu'un arriverait-il à temps ?

Elle pouvait essayer d'utiliser son pouvoir pour tuer l'être terrifiant qui se trouvait devant elle. Mais si elle ratait son coup et frappait Luc à la place ?

Et si ça ne marchait même pas ?

Et si elle s'était trompée depuis le début ?

Luc monta à bord suivi par Osiris.

Eliza écarquilla les yeux.

Non. Non. Non.

Elle ne pouvait pas permettre ça. Elle devait faire quelque chose !

Ses lèvres s'entrouvrirent et elle faillit pousser un cri lorsque le moteur démarra.

Tout autour d'elle passa alors au ralenti.

Elle n'avait plus le temps.

Luc était monté de son plein gré sur ce yacht, sans doute contraint par le monstre à ses côtés.

Je ne peux pas laisser faire ça, décida-t-elle en s'élançant en avant. *Je ne peux pas les laisser disparaître.*

Cependant, le navire commençait à se mouvoir.

Elle fit donc la seule chose à laquelle elle pouvait penser.

Elle fonça sur le quai et sauta à l'arrière du yacht.

Je vais le rater...

Tout ce qui l'entourait changea.

Le monde semblait flotter.

Non... C'est moi qui flotte.

Puis ses pieds touchèrent le pont.

L'air semblait scintiller autour d'elle.

Avec des plumes.

Qu'est-ce qui vient de se passer ? pensa-t-elle, abasourdie.

Le yacht prit de la vitesse et elle perdit l'équilibre.

Réprimant un glapissement, elle sauta vers l'arrière et s'accroupit derrière un fauteuil.

Pour se cacher.

Pendant ce temps, derrière elle, Hydria disparaissait.

––––––

Découvrez ce qui se passe ensuite dans *Le roi de sang*...

Deux âmes brisées peuvent-elles s'apporter du réconfort ?

Ou sont-elles destinées à se disputer pour l'éternité ?

Une dangereuse prise de risque mène à un monde de secrets et de vérités qui menacent de détruire tout ce qui est cher à Luc.

Il est le roi d'Hydria. Un immortel de naissance. Le plus ancien de son peuple. Une âme omnisciente destinée à gouverner.

Avec le savoir vient le pouvoir. Mais dans le cas de Luc, ce pouvoir peut être accablant.

Son peuple est en danger.

Les enjeux n'ont jamais été aussi élevés.

Cependant, la femme à ses côtés pourrait devenir son arme la plus redoutable.

En supposant qu'il puisse la dompter.

Eliza est une passagère clandestine. Elle a suivi son cœur au péril de son âme.

Elle voulait seulement le protéger, le sauver, prouver sa valeur.

Mais elle se trouve prise au piège dans un affrontement magique et meurtrier.

Une guerre qu'elle ne comprend pas vraiment.

Et sa docilité pourrait bien être la clé de leur salut.

Dommage qu'elle refuse de marcher au pas.

La soumission n'est pas une option.

Pas même vis-à-vis du Roi de sang.

Le Conseil supérieur des Séraphins a émis un nouvel édit.

Rejoignez-nous et vous régnerez. Refusez et vous serez asservie.

Quel camp choisira Eliza ?

LEXI C FOSS

L'auteure à succès d'*USA Today* Lexi C. Foss est une écrivaine perdue dans le monde de l'informatique. Elle vit à Chapel Hill, en Caroline du Nord, avec son mari et leurs enfants à fourrure. Quand elle n'écrit pas, elle est occupée à cocher des cases sur sa liste de voyages à faire. On peut retrouver beaucoup des endroits qu'elle a visités dans ses écrits, notamment le monde mythique d'Hydria, inspiré d'Hydra, dans les îles grecques. Elle est excentrique, boit beaucoup trop de café et adore nager. Tchao !

https://www.lexicfoss.com/Français

Pour être au courant des dernières nouvelles et connaître les dates de publication, abonnez-vous à ma newsletter: https://www.lexicfoss.com/la-newsletter-de-lexi